KB048931

녹두장군

녹두장군 9

지은이 | 송기숙
펴낸이 | 김성실
편집주간 | 김이수
책임편집 | 손성실
편집기획 | 박남주 · 천경호
마케팅 | 이동준 · 이준경 · 강지연 · 이유진
편집디자인 | 하람 커뮤니케이션(02-322-5405)
인쇄 | 중앙 P&L(주)
제본 | 대흥제책
펴낸곳 | 시대의창
출판등록 | 제10-1756호.(1999. 5. 11)

초판 1쇄 인쇄 | 2008년 7월 1일
초판 1쇄 발행 | 2008년 7월 10일

주소 | 121-816 서울시 마포구 동교동 113-81 (4층)
전화 | 편집부 (02) 335-6125, 영업부 (02) 335-6121
팩스 | (02) 325-5607
이메일 | sungkiller@empal.com(책임편집자)

ISBN 978-89-5940-120-8 (04810)
     978-89-5940-111-6 (전12권)
값 10,800 원

녹두장군

9 승리를 향한 갈망

송기숙 역사소설

시대의창

| 일러두기

1. 이 책은 1994년 창작과비평사(현 창비)에서 완간한 《녹두장군》
   을 개정하여 복간한 것이다.
2. 지문은 원문을 최대한 살리되 현행표기법에 따라 표준말을 기
   준으로 바로잡았다. 대화에서는 사투리와 속어를 포함한 입말
   의 느낌을 살리기 위해 한글맞춤법에 맞지 않더라도 그대로 두
   기도 했다.
3. 외국인 인명人名은 외래어표기법에 따라 고쳤으나, 옛사람들이
   쓰던 발음과 크게 달라지는 경우 그대로 두었다.
4. 독자들에게 생소한 어휘와 사투리 및 속담은 어휘풀이를 달았
   다. 동사 및 형용사는 사전에 등재된 기본형을 표제어로 삼았으
   나, 그 밖의 용어나 사투리 및 잘못된 표현은 본문 표기를 그대
   로 표제어로 삼은 것도 있다.

차 례

제9권 승리를 향한 갈망

백성은 관속들과 부호, 양반들한테 말로는 죽일 놈 살릴 놈 입
침을 튀기지마는 정작 고양이 목에 방울을 달자면 선뜻 나서
는 사람은 열에 하나도 되지 않습니다. 그런 사람들을 나서게
하려면 우리가 기세를 더 올려 승리에 대한 확신을 계속해서
심어주는 길밖에 없습니다.

1. 보부상

"이것이 도대체 어떻게 된 일이오? 여남은 고을에서 만여 명이 모여 대회를 열었다면, 감영으로 쳐들어오자는 수작이 아니겠소?"

백산대회 소식을 들은 김문현은 숨을 씨근거리며 이용태한테 소리를 질렀다.

"그것들이 진즉부터 흉계를 꾸미고 있었던 게로구먼요."

이용태는 남의 일같이 태평스럽게 대답했다.

"고부 놈들이 주동이 되었을 게 아니오?"

김문현은 소리를 높였다.

"그 무슨 말씀이오? 여남은 고을에서 일어났다지 않습니까? 제 소임은 기왕에 일어났던 고부민란을 안핵하는 일입니다. 저는 그동안 제 소임을 다했습니다."

이용태는 지금 당신이 누구한테 덤터기를 씌우려 하느냐는 태도로 되받았다.

"허지만, 총대장이 전봉준이라지 않소?"

김문현이 언성을 높였다.

"전봉준이건 김봉준이건 저보고 다른 고을까지 쫓아다니면서 그자를 잡으라는 말씀이시오? 저한테는 다른 고을까지 휩쓸고 다닐 권한이 없습니다. 저는 초토사가 아니라 고부 안핵사올시다. 다시 말씀드리거니와 제 소임은 전에 일어났던 고부민란을 안핵하는 일이올시다. 여남은 고을에서 일어났다면, 그 책임은 바로 그 여남은 고을 수령들 책임입니다. 고부 한 고을만 놓고 말씀드리더라도 이번에 그놈들이 고부로 쳐들어올 때 그놈들을 막는 일은 안핵사 소임이 아니라 고부 수령 소임입니다."

이용태는 입침을 튀겼다.

"난도들이 고을을 짓밟는 판에 수령 찾고 어사 찾는단 말이오? 더구나 고부에는 후임 수령이 오잖아 공관이잖소?"

김문현은 버럭 고함을 질렀다.

"그 무슨 말씀입니까? 수령이 공관일 때는 그 소임을 맡아 처리할 위계가 엄연한데, 안핵사가 아전들 일까지 하란 말씀입니까?"

이용태도 지지 않고 고함을 질렀다. 여태까지 혀끝 맞물고 시시덕거리던 사람들이 위기가 닥치자 대번에 안면을 바꾸었다. 이용태의 이런 태도에는 고부 호방 입김도 들어 있었다. 무장에서 움직이고 있는 고부 농민군 사정을 감사한테 알리면 감사는 조정에 장계를 올려 어사또 나리께 치라고 할지 모르니 무장에서 누가 무슨 짓을 하든 그것은 무장 현감 소관이므로 어사는 모르쇠로 입을 봉하고 있는 것이 좋겠다고 했던 것이다. 부안댁 등 중인들 도망친 사건이 당장은 이용태한테 유리했으나 그 일이 어찌 될는지 몰라 호방은 이런 일까지 알랑거려 이용태 호감을 샀던 것이다.

"말씀드리기 황송하오나, 한 말씀 올리고자 합니다."

조금 전에 들어와 두 사람이 다투는 꼴을 멀거니 보고 있던 예방 비장이 조심스럽게 허리를 굽실거렸다.

"무엇인가?"

"지금 해야 할 일은 조정에 치보가 아닌가 하옵니다. 이미 무장 현감을 비롯하여 고창, 흥덕, 부안 등 여러 수령들 보장이 왔사온데, 여남은 고을 난도들이 모여 대회를 열 때까지 감영에서 조정에 치보마저 하지 않았다면 문책이 크지 않을까 염려되옵니다."

예방 비장이 침착하게 말했다.

"어서 전보 문안을 만들어오시오."

김문현은 이제야 새로 정신이 난 듯 서둘렀다.

"문안을 만들어왔사옵니다."

예방 비장이 손에 쥐고 있던 전보 문안을 김문현한테 보였다. 김문현이 문안을 읽었다.

"대장이 고부 전봉준이란 말은 왜 쓰지 않았소? 그것만 보충해서 얼른 전보를 치시오."

전봉준을 밝히라고 한 것은 책임을 기어코 이용태한테 떠넘기자는 속셈 같았다.

"그렇게 일어날 때까지 고을 수령이란 놈들은 뭣을 하고 있었단 말인가? 도대체 이 일을 어찌했으면 좋겠소?"

12

김문현은 불에 덴 놈처럼 바장이다가 이용태를 보며 물었다. 시뻘겋게 붉혔던 얼굴을 금방 바꾸어 타협조로 나섰다.

"하늘이 무너져도 솟아날 구멍이 있는 법입니다. 조정에 치보를 했으니, 조정의 조처를 기다리면서 같이 계책을 궁리해 보시지요. 저는 잠깐 볼일이 있습니다."

이용태는 한가한 소리로 대답해 놓고 자리에서 일어섰다. 같이 의논하자고 고운 소리로 말했으나 네 배앓이에 내가 무슨 상관이냐는 태도였다.

"음, 나도 갈 데가 있다. 가마를 대령하여라."

이용태가 나간 다음 김문현은 무슨 일인지 다급하게 서둘렀다. 금방 가마 대령이라고 아뢰었다.

"아니다. 말을 대령하라."

김문현이 다급하게 소리를 지르며 밖으로 나갔다. 그는 심복 장교 하나를 앞세우고 바삐 거리를 가로질렀다. 마치 농민군이라도 치러 가는 기세였다.

"남진 관성묘關聖廟로 가자."

장교는 빙긋 웃으며 성문을 빠져나갔다. 관성묘는 관우 신장을 모신 묘당으로 풍남문 밖 5리쯤 지점의 남고산성에 있었다. 지금 있는 관왕묘는 바로 그 이듬해 전주 사람들이 새로 지은 것이다.

장교가 묘당 아래다 말을 매놓고 관성묘로 달려갔다. 좀 만에 중년 사내 하나가 헐레벌떡 뛰어나왔다.

"아이고, 순상 각하께서 이 *누지까지 어인 일이시옵니까?"

자칭 도사라는 자였다.

"그동안 기체 강녕하신가? 심사가 두루 뒤숭숭하기에 자네더러 꽤나 한번 뽑아달라고 왔네."

김문현이 근엄하게 말했다.

"황공무지로소이다. 어서 드십시다."

김문현은 조그마한 방으로 들어갔다. 방 안에는 역서 등 잡동사니 책들이 가득했다.

"세상이 시끌쩍하니 높은 자리가 불편하이. 한번 잘 뽑아보게."

도사는 김문현한테 두 번 세 번 굽실거리며 정성스럽게 무죽을 갈라 한참 괘를 풀었다.

"33참讖이 나왔사옵니다. 어디 보자아."

도사는 책자를 펴고 33참이란 패를 찾았다. 김문현 앞으로 책자를 펴놓으며 한 군데를 짚었다. 음조를 넣어 읽어내려갔다.

남북과 동서를 분간할 수 없고 눈앞이 참참하고 귀가 먹은 듯하다不分南北餘東西 眼底昏耳似聾.《황정경》한 권을 깊이 읽으라. 귀한 사람이나 천한 사람, 궁한 사람이나 트인 사람을 가릴 것이 없다熟讀黃庭經一卷 不論貴賤與窮通.

김문현이 눈살을 모으며 도사를 건너다보았다.

"해설을 한번 보십시다."

도사는 그 아래를 조심스럽게 가리켰다.

보아도 본 것 같지 않고 들어도 들은 것 같지 않도다 見如不見 聞如不聞.

"그게 도대체 무슨 소린가?"

김문현은 도사를 멍하니 건너다보며 얼빠진 사람처럼 눈알을 굴렸다.

"과히 좋은 소리는 아닌 듯하오나 그렇게만 볼 수도 없사옵니다."

도사는 아첨기가 철철 넘치는 소리로 간사스럽게 말했다.

"《황정경》이란 또 무슨 경인가?"

"바로 그 점이 요체이옵니다. 그런 경이 있사온데, 순상 각하께서 그런 경을 몸소 읽으시라는 말씀이 아니옵고 신불 앞에 그 경을 읽어 치성을 드리면 액을 면할 수 있다는 뜻이옵니다."

도사는 김문현 눈치를 힐끔 살피며 고개를 굽실거렸다.

"으음, 그러니까 무당이 읽는 경이구만. 그러면 자네가 좀 읽어주게나."

"각하 분부시라면 어찌 마다할 수가 있겠사옵니까? 하온데, 이 괘는 무자년 당시 순상 각하께서 뽑으신 괘하고 비슷하옵니다."

"무자년이라면 그 해가 경기전에서 까치하고 백로가 크게 싸움을 벌였다는 해가 아닌가?"

김문현이 눈을 둥그렇게 뜨고 물었다.

"그렇사옵니다. 그 해 봄에도 순상 각하께서 오늘 각하께서 납시듯이 몸소 여기까지 납시어 괘를 뽑으셨사옵니다. 하온데 제가 경을 읽어 드렸더니 각하께옵서는 아무 탈 없이 그 해를 무사히 넘기셨사옵니다."

새빨간 거짓말이었다.

"으음, 그런 일이 있었던가? 그때도 이와 비슷한 괘가 나온 연후에 그런 괴이쩍은 일이 있었다면, 이번에도 나라에 좋잖은 일이 있겠다는 징조가 아니겠나?"

김문현은 눈을 크게 뜨고 도사를 보았다.

"글쎄올시다. 하오나 나라 운수까지는 저희들 힘이 미치지 못하옵고, 순상 각하께 닥칠 액이나 쫓는 수밖에 없사옵니다."

"그도 그렇겠구만. 그러면 바로 경을 읽도록 하게."

김문현이 서둘렀다.

"분부대로 즉시 거행하겠사옵니다. 하오나 치성을 드리자면 사흘 동안 목욕재계를 해야 하옵고, 사흘 밤 사흘 낮은 읽어야 하오니 그리 아시기 바라옵니다."

"사흘씩이나?"

"각하를 위한 치성이온데 어찌 몸을 돌보겠사옵니까?"

작자는 엉뚱한 쪽으로 끌어다가 능청을 떨었다.

"내가 지금 지닌 것이 얼마 안 되네. 더 보낼 테니 정성껏 읽어주시게."

김문현이 주머니를 끌렀다. 문갑 곁에 있는 창호지를 펴고 돈을 쏟았다. 하얀 은자가 쏟아졌다. 도사는 눈이 둥그레졌다. 지금 쏟아진 은자만도 적잖은 액수였다.

다시 말을 달려 선화당으로 돌아오던 김문현은 아문 앞에서 눈이 둥그레졌다. 웬 죄수들이 꽁꽁 묶여서 옥이 있는 쪽으로 끌려가고 있었다. 옷이 깨끗한 것이 예사 사람들이 아닌 것 같았다. 저런 죄수들을 잡아들인다면 자기가 모를 리가 없었다.

"웬 죄수들이냐?"

아문에 파수 선 장교한테 물었다.

"고부 아전들이라 하옵니다."

"고부 아전?"

김문현이 놀라 물었다.

"고부 아전들이 이리 피해왔다 하온데 어사또 나리께서 잡아들이라 하신 모양입니다."

김문현은 이건 또 무슨 변덕인가 하는 표정으로 그들을 보고 있었다. 고부 아전들은 옥이 있는 쪽 골목으로 사라졌다. 고부 호방도 묶여 맨 앞에 끌려가고 있었다. 이용태는 아까 감사 앞에서 나오자마자 감영 포교들에게 그들을 잡아들이라고 영을 내린 것이다. 엊그제 이리 도망쳐와서 영저리 집에 몰려 있던 고부 아전들은 날벼락을 맞고 말았다. 호방, 이방, 형방, 수교는 물론 조성국과 좌수까지 영저리 집에 같이 있다가 한 그물에 몽땅 붙잡혀온 것이다.

아까 감사하고 한바탕 실랑이를 벌인 이용태는 조정에서도 감사처럼 자기한테 문책을 하고 나올지 모르겠다는 생각이 머리를 쳤다. 그러면 나는 어사 임무를 이렇게 수행했노라는 실적을 내놔야 할 것 같아 고부 아전들부터 잡아들이라고 불같이 영을 내린 것이다. 영을 내린 다음 이용태는 지금 자기 방에 앉아 조정에 올릴 장계를 바삐 갈기고 있었다. 조병갑 죄상은 물론 아전들 죄상도 있는 소리 없는 소리, 괴발개발 정신없이 갈겨대고 있었다. 지난 봉기 때 농민군한테 아전들이 돈을 내놓은 일 등 자기가 이미 용서해 주었던 일까지 죄상을 잔뜩 늘어놓고 있었다.

고부 아전들은 괜히 이리 피해왔다가 날벼락을 맞은 꼴이었다.

농민군이 고부로 진군해올 때 굳이 피하지 않았던 것은 이용태 손발 노릇만 했지 자기들 사날로 농민들한테 잘못한 일은 없었기 때문에 버티고 있기로 했던 것이다. 이용태가 너무 험하게 설친 다음이라 자기들한테 엉뚱한 불똥이 떨어지지 않을까 겁이 나기도 했으나, 곤욕을 좀 치르더라도 도망을 치지 않고 버티고 있어야 죄가 없다는 발명이 될 것 같아 용을 쓰고 버티고 있었다. 다행히 농민군 두령들은 전혀 문책을 하지 않아 한숨을 푹 내쉬었다. 그런데 밑바닥 농민군들은 눈에 핏발을 세우고 노려봤다. 누가 어디서 칼을 들고 뛰어들지 몰라 아전들은 의논 끝에 이용태가 부른다는 핑계로 이리 피하기로 했던 것이다. 그 뒤 고부 소식을 들어보니 그대로 있었더라도 아무 일이 없었을 텐데 호랑이 제 방귀에 놀라더라고 괜히 이리 뛰어들어 봉변을 자초한 꼴이 되고 만 것이다.

유독 호방 꼴은 말이 아니었다. 호방은 감영 포교들이 잡으러 왔을 때 이 무슨 짓이냐고 제법 호령을 했으나, 이용태가 보낸 명단을 내밀자 *후명後命 받은 귀양다리 꼴로 입이 떡 벌어지고 말았다. 토끼를 다 잡으면 사냥개를 삶는다더니, 이용태는 이제 어사 임무도 끝난 셈이겠다 호방하고는 더 상종할 일이 없어졌으므로 호방도 사냥개 신세가 된 것이다.

"아따, 장관이다."

배들 동진강 강둑 아래 뚝전 사람들은 강둑으로 가는 농민군 행렬을 건너다보며 감탄을 하고 있었다. 동네 사람들 틈에는 오기창, 최낙수 등 네댓 명이 말없이 농민군 행렬을 건너다보고 있었다. 어

18

제 백산에서 농민군대회를 성대하게 치른 농민군은 전주를 향해 원평으로 가고 있는 참이었다. 그러나 아직도 고을별로 농민군이 계속 오고 있었으므로 급하게 서둘지 않고 천천히 행군을 하고 있었다. 오늘 저녁에는 태인 신덕정을 중심으로 여러 마을에 나누어 진을 칠 참이었다. 그 많은 수가 다 화호나루를 건널 수 없으므로 일부는 나루를 건너고 일부는 이쪽 강둑으로 가서 만석보 헐어버린 곳으로 강을 건널 참이었다.

농민군 행렬은 정말 장관이었다. 어제 농민군대회를 열 때만 하더라도 8천여 명이었으나, 지금은 만 명이 훨씬 넘는 것 같았다. 행렬은 수백 개의 오색 깃발을 찬란하게 휘날리며 끝도 가도 없이 몰려가고 있었다. 행렬 중간 중간에는 풍물패가 고깔에 상모를 휘두르며 신명을 떨었다.

"저 수가 몇만 명이고 깃발은 또 몇백 개여? 전주로 쳐들어가면 싸우고 말고 하잘 것도 없겠구만. 전주 바닥이 농민군으로 꽉 차버릴 것인데, 싸우고 자시고 하잘 것이 있겄어?"

뚝전 사람들이 저마다 한마디씩 했다. 오기창과 최낙수는 동네 사람들 속에 끼여 말없이 구경만 하고 있었다. 갈재에서 같이 역졸들을 죽였던 사람들은 거의가 다시 농민군에 합류했으나 뚝전 점박과 눈끔벅만 오기창과 최낙수를 따라다니고 있었다. 하학동 양찬오와 김한준은 농민군에도 다시 합류하지 않고 집으로 돌아갔다. 두 사람은 그날 저녁 누구보다 정신없이 역졸들한테 몽둥이를 갈겼으나 그리고 나서는 더 등신이 되어버린 것 같았다. 양찬오는 집에 돌아오자마자 식은땀을 흘리고 헛소리까지 하며 지금까지 누워 있고,

김한준은 다시 등신처럼 먼산바라기만 하고 있었다.

지금 오기창과 최낙수는 점박 집에 은신하고 있었다. 이들은 오늘 저녁에도 농민군들과는 상관없이 따로 할 일이 있었다. 태인 장촌 정참봉 처남 유배걸을 죽일 참이었다. 유가가 지난번에 정석남하고 한통이 되었다는 말을 들었기 때문이다. 뚝전 점박과 눈끔벅은 유배걸의 소작인이라 그 집 내막을 잘 알고 있었다.

"오생원 아니오?"

오기창이 깜짝 놀라 뒤를 돌아봤다. 하학동 김이곤이 어디서 왔는지 느닷없이 동네 쪽에서 나타났다. 갑자기 엉뚱한 데서 엉뚱한 사람이 나타나는 바람에 오기창은 잠시 멍청한 표정으로 김이곤을 건너다보고 있었다.

"잘 만났소. 나하고 이야기나 조깨 합시다. 그렇잖아도 우리 동네 갔다가 김한준 씨 만나서 이야기 잘 들었소. 갈재 일은 말만 들어도 시원합디다. 농민군들은 지금 겉으로 내놓고 말은 안 해도 속살로는 모두 오생원 치사요."

김이곤은 오기창 칭찬부터 했다. 하학동 집에 갔다가 이리 길을 무질러 오는 것 같았다. 김이곤이 하도 반갑게 구는 바람에 오기창과 최낙수는 김이곤이 끄는 대로 짚벼늘 뒤로 갔다.

"가족 잃은 심정 누군들 짐작 못 하겠소? 그때 장군님도 입술을 뺌시로 안타까워하십디다. 이제부터 장군님 밑으로 들어가서 같이 싸웁시다."

김이곤은 잡담을 제하고 이야기를 툭 까냈다.

"고맙소. 그런데 이렇게 외톨이로 나돌다 본게 쇠뿔도 각각 염불도 몫몫이더라고 이런 일에도 다 적저금 몫이 있습디다. 갈재 일만 하더라도 그렇게 당장 오늘 저녁만 하더라도 우리가 봐버릴 놈이 있소."

오기창이 가볍게 웃으며 말했다. 일그러진 웃음이었다.

"세상일이란 게 *물때썰때가 있는 것인데, 지금 우리가 관군한테 몰리는 것도 아니고, 저렇게 한참 기세가 오르고 있잖습니까? 대가리를 삶으면 귀까지 익더라고 조정을 쓸어버리면 그 담에는 부자고 양반이고 모두가 벌벌 길 것이오. 그때 가서도 꼭 처치할 놈이 있으면 그때 처치합시다."

"이놈은 꼭 지금 죽여야 할 놈이오."

"태인 유배걸 이야기 같은데, 농민군이 오늘 저녁 바로 그 근처에서 밤을 새요. 그런데 바로 코앞에서 그런 일이 벌어지면 어떻게 되겠소?"

김이곤은 오기창을 똑바로 보며 말했다. 유배걸을 찍어 말을 하자 오기창은 잠시 당황하는 표정이었다. 지난번 갈재에서 김한준이 듣는 데서 유가 이야기를 한 적이 있는데 그 집에 갔다가 들은 모양이었다.

"또 호랭이 사냥에 꿩 타령이오?"

그렇지 않아도 *원두한이 쓴 외 보듯 지루퉁하고 있던 오기창은 유배걸 이름까지 내발기며 변모없이 토파하고 나오자 대번에 비위짱이 상한 것 같았다. 뒷간에 들려도 헛기침을 하는 것인데, 이쪽 사정쯤은 뒤축으로 뭉개듯 해버리자 언제부터 너까지 잘난 상전이냐는 태도였다.

"꿩 타령이 아니오. 어제 백산대회에서 농민군이 지켜야 할 명의 가운데 제일 첫 조목이 함부로 사람을 죽이지 않고 물건을 부수지 않는다는 것이오. 그것을 선포한 것이 바로 어젠데 오늘 저녁에 농민군 코앞에서 사람을 죽인다면 농민군 꼴이 어떻게 되겠소? 따로 놀아도 너무 따로 노는 것 같소."

"금방 뭣이라고 하셨소? 따로 논다고라우? 따로 놀기는 누가 먼저 따로 놀았소?"

오기창이 새삼스럽게 눈자위에 힘을 주며 비아냥거리듯 다그쳤다. 냉랭한 웃음에 대번에 살기가 묻어났다. 누르고 있던 성깔이 고개를 치켜드는 것 같았다.

"무슨 말씀이오?"

김이곤도 *맞대매로 말꼬리를 올렸다.

"전봉준 장군한테 물어보시오. 그 양반은 자기 제자 목숨만 눈에 뵈고 다른 사람 목숨은 안 뵈는 사람이오. 지난번 우리 동생하고 이 사람 조카를 효수할 때 그보다 먼저 효수하기로 되어 있던 사람이 누구고, 그 사람들을 빼내려고 돈을 보낸 사람이 누구요?"

김이곤은 오기창을 빤히 건너다봤다. 오기창 입술에는 싸늘한 냉기가 서릿발처럼 감돌고 있었다.

"그 사람들을 돈으로 살려냈단 말이오?"

"돈을 건네러 갔다가 안 되었은게 탈옥을 시켰지라우."

김이곤은 그제야 *웃물이 도는 듯했다. 그는 정익서가 돈을 가지고 호방한테 갔던 일은 자세히 모르고 있었다.

"돈 보냈다는 말은 금시초문이오마는, 이용태하고 돈으로 흥정을

22

해서 정길남을 빼내려 했다고 칩시다. 그랬다면 정길남을 살려주고 아무개 동생을 효수해라 이렇게 흥정을 했겠소? 정길남은 역졸을 20명이나 해치다 붙잡혔고, 더구나 장군님 심복인게 누가 보더라도 이용태 성질에 영락없는 자리개밋감이지라. 살릴 수만 있다면 돈이 아니라 금덩어리라도 쏟아야지 않겠소? 결국 정길남을 탈옥시킨 바람에 그 불똥이 엉뚱한 데로 튀겼지마는, 그렇다고 정길남을 살리려고 애쓴 장군님을 탓할 수는 없지요."

김이곤이 조리 있게 따졌다.

"하여간, 나는 이제부터 농민군하고는 아무 상관도 없는 사람인 게 그리 아시고, 이래라저래라는 당신들 부하들한테나 하시오."

오기창은 오금을 꼭꼭 박아서 내뱉으며 돌아서버렸다. 김이곤 말이 맞다고 생각하면서도 한번 옥박힌 생각이라 쉽게 풀어지지 않는 모양이었다.

"허참, 이것 일이 꾀어도 묘하게 꾀었구만."

김이곤은 머쓱한 표정으로 허텅지거리를 하며 가볍게 웃었다.

"하여간, 다시 한 번 생각해 보시오."

김이곤이 한마디 했으나 오기창은 대꾸도 않고 가버렸다. 입술을 빨고 있던 김이곤은 오기창을 다시 불러 이야기를 할까 했으나 완강한 뒷모습이 바윗덩어리같이 보였다. 김이곤은 난감한 표정으로 강둑을 향했다.

"하학동 김두령님 아니오?"

김이곤이 돌아봤다. 지난번 봉기에 나왔다가 역졸들한테 붙잡혀 옥에 갔혔다 나온 사람이었다. 얼굴이 해쓱했다. 이번에 잡혀갔던 사람들은 아직 몸이 회복되지 않아 농민군에 나가지 못하고 있었다.

"으째서 저렇게 천연보살이라요? 일어났으면 전주로 배락같이 쳐들어가제. 풍물 들고 놀이판 벌리러 나왔다요?"

사내는 대번에 눈살을 세우고 대들듯이 따졌다.

"지금도 여러 고을에서 한참 오고 있은게 더 모여서 가려고 그럽니다."

김이곤이 웃으며 대답했다.

"허허, 사람 폭폭증이 나서 미치겠구만잉. 저 수면 전주 한나는 엉뎅이로 뭉개도 뭉개버리겠는데 멀라고 더 지달러라우? 난중에 오는 사람은 전주로 오라 하고 전주부터 작살을 내사지라잉."

"하여간 다 속셈이 있은게 더 기다려 보시오."

김이곤은 웃으며 말했다. 어제부터 귀가 아프게 듣는 소리였다. 농민군이든 일반 사람들이든 만나는 사람마다 얼른 쳐들어가지 않느냐고 종주먹이었다. 밑바닥 두령들도 마찬가지였다.

신덕정을 중심으로 널리 진을 치고 저녁을 먹은 다음 전봉준이 두령들을 모았다.

"지금 전주로 곧바로 쳐들어가서 성을 점령하자고들 하는데 지금이 수로는 무리입니다. 우리 농민군 수가 아직 만여 명밖에 안되는데 지금 무남영 병정이나 전주 영병도 적잖습니다. 우리 수가 3,4만 명은 모여야 합니다."

전봉준이 허두를 떼었다. 이미 거두들 사이에서는 합의가 이루어진 일이었다.

"이 수로 쳐들어가면 감영군이 성채에 의지해서 대항을 하겠지만, 3,4만 명쯤이 몰려가면 감영군이 싸울 엄두를 못 내고 모두 도망칠 것입니다. 그렇게 싸우지 않고 이겨야지 만약 성채를 사이에 두고 싸움이 붙으면 우리 피해도 크려니와, 서문 밖이나 남문 밖에 있는 동네 사람들 피해가 엄청날 것입니다. 두 성문 양쪽 성채 밑에 붙어 있는 집만도 2천 채가 넘습니다. 전주는 이미 우리 손에 들어온 것이나 마찬가집니다. 서두를 것이 없습니다."

손화중이 말했다. 장이 서는 전주 서문 밖에는 상가를 비롯한 집이 천여 채나 성채 밑에 붙어 있고, 청나라 상인 등 굵직굵직한 도가와 점포도 수백 채였다. 남문 밖에도 가난한 사람들 집이 역시 천여 채나 바로 성채 밑에 나닥나닥 붙어 있었다.

"3,4만 명이 쉽게 모이겠습니까? 말이 쉽지 3,4만 명은 적은 수가 아닙니다."

동네 두령 한 사람이 말했다. 지금 여러 고을에서 군사들을 모으고 있으나 그게 쉬운 것 같지가 않았다. 통문을 보낸 지가 20여 일째인데 남도 지방에서는 나서겠다는 사람 수가 신통치 않아 출발을 못 하고 있었다.

"백산대회 소문이 제대로 퍼지면 달라질 겁니다. 더 기다립시다."

김개남이 말했다.

"다른 고을 농민군들이 웬만큼 올 때까지 우리는 총질이며 창질을 익히고 진법 조련을 하면서 천천히 원평으로 진군을 합니다. 고을별로 의논을 해서 조련을 하십시오."

전봉준이 아퀴를 지었다.

"난도들이 원평까지 왔단 말이오?"

김문현이 자리에서 벌떡 일어서며 소리를 질렀다.

"어서 조정에 전보를 치시오."

김문현은 제정신이 아니었다. 예방 비장이 바삐 나갔다. 병방 비장 정석희는 농민군 움직임을 살피러 다니느라 거의 밖으로 나돌고 있었다.

백산을 출발한 농민군은 그동안 천천히 움직여 백산에서 대회를 연지 닷새 만에 원평에 이르러 진을 쳤다. 각 고을별로 날마다 이리저리 흩어져 진법 조련을 하고 창질을 익히고 천천히 온 것이다. 그 사이 영광, 옥구, 만경, 순창 농민군이 합류했으며 임실, 남원, 진안, 장수, 무주에서도 모이는 대로 오겠다는 소식이 왔다. 남도에서도 장성, 무안, 장흥, 담양, 창평, 능주, 광주, 나주, 보성, 영암, 강진, 홍양, 해남, 곡성, 구례, 순천 등이 지금 한창 농민군을 모으고 있다는 소식이 왔다.

감영에서는 농민군이 전주를 향해 차츰차츰 가까이 오자 위로는 감사부터 아래로는 저 밑에 군노 사령에 이르기까지 물 빨아가는 웅덩이에 올챙이처럼 도무지 제정신들이 아니었다. 감사는 대비랍시고 영병들을 성채 위에 배치하고 용머리고개에는 무남영 군대 400명을 배치했다. 더 어찌재도 무슨 방도가 없었다. 기껏 시시각각으로 정탐병을 보내 농민군 움직임을 정탐하면서 범 만난 어미 부르듯 아침저녁으로 조정에다 군대만 파송해달라고 전보국 송신기에서 불이 날 지경이었다.

지금 무남영 군을 배치한 용머리고개는 원평서 전주로 들어오는 병 모가지 같은 곳이었다. 무남영은 작년 원평집회 때 농민군들이 한양으로 쳐들어간다고 기세를 올리자 조정에서 겁을 먹고 급히 영을 내려 지난 8월에 부랴부랴 급조한 부대였다. 무남영 군대는 명색이 군대였으나, 400여 명 거의가 군인이라기보다 건달들이었다. 조정에서 만들라니까 급히 만드느라 장판 *각다귀들이나 할 일 없이 건들거리는 동네 *거들충이들을 아무렇게나 긁어모아 군복을 입혀 수만 채워놨을 뿐이었다. 군대 명색이라고 이름을 달았으면 시늉으로라도 병장기를 갖추고 조련을 시킬 법했으나 상하가 군대 운영비 알겨먹는 데만 눈이 벌개 병장기도 변변히 갖춰주지 않았고 총 쏘는 법 하나 제대로 조련을 시키지 않았다. 먹이는 것도 강아지밥보다 조금 나아 그들은 그들대로 불만이 목구멍에까지 차올라 있었다. 감사는 일판이 다급해지자 방비랍시고 그들을 용머리고개에다 세워놓기는 했으나 그들이 어떤 군대인 줄은 감사 스스로가 제일 잘 아는 터라 감사부터가 그들을 논두렁에 세워놓은 허수아비보다 더 믿지 않았다.

조정에 전보를 치러 밖으로 나갔던 예방 비장이 다시 들어왔다.

"어서 전보를 치라는데 무얼 꾸물거리고 있소?"

김문현이 버럭 악을 썼다.

"각하, 민대감 전보가 왔습니다."

예방 비장이 벙긋 웃으며 전보지를 내밀었다. 김문현은 낚아채듯 전보지를 받아 읽었다. 전보를 읽는 사이 김문현 입이 벙그러지기 시작했다.

"음."

멀지 않아 조정 군대를 파송할 테니 너무 걱정 말고 백성이 동요하지 않도록 고을 수령들부터 단속을 잘 하라는 내용이었다. 민영준이 사사로이 보낸 전보였다. 초토사도 홍계훈이 내정되었으니 그리 알라는 내용도 덧붙여 있었다. 김문현은 전보지를 다시 들여다보며 웃음이 얄궂게 일그러졌다. 조정에서 군대를 파견한다는 것도 반가운 소식이지만, 초토사로 김시풍이 아니고 홍계훈이 내정되었다는 소리가 더 기분 좋았다. 그동안 민영준한테 김시풍의 과거 행적과 성격을 자세히 써서 보장을 올린 게 먹혀든 것 같았다. 김문현은 농민군이 쳐들어오는 것보다 혹시 김시풍이 초토사로 발탁될까 싶어 그것을 더 걱정하고 있던 참이었다.

"장위영병이라면 신식 훈련을 받고 신식무기로 무장한 군대 아니오?"

김문현은 비장을 보며 물었다.

"맞습니다. 말짱 양총에다 서양 대포로 무장한 신식군대올시다. 크루프포란 대포는 한 방이 떨어지면 남대문도 가루가 되어버린다 하옵고 회선포란 기관포는 눈 깜짝할 사이에 수백 발이 나간다 하옵니다."

예방 비장이 정신없이 주워섬겼다.

"그 소리는 나도 들었소. 그런 무기라면 가마귀 떼 같은 무지렁이들 몇 만 명이 모인들 무슨 소용이겠소? 대포 소리만 듣고도 우케 멍석에 참새 꼴이 되겠구만."

김문현은 껄껄 웃었다. 농민군이 원평에 도착했다는 소식에 거의 죽을상으로 안절부절 부접 못하던 김문현은 내가 언제 그랬냐는 듯이 땅가뭄에 소나기 만난 꼴로 웃음소리가 한껏 호들갑스러웠다.

28

장위영병은 소문난 군대였다. 일본군 장교를 초청해서 신식 훈련을 받았을 뿐만 아니라 최신식 양총인 모젤 소총이 기본화기였고, 최신 크루프 야포와 역시 최신식 회선포로 무장을 하고 있었다. 크루프포는 독일 크루프 철강회사에서 개발한 포열을 사용한 야포로 그 특징은 바로 포열에 있었다. 화약이 포열 안에서 폭발할 때 그 폭발을 견디려면 포열이 그만큼 견고해야 했으므로 종래의 포열은 그만큼 두꺼웠고 따라서 엄청나게 무거울 수밖에 없었다. 그러나 이 크루프 야포 포열은 강철을 나선형으로 감아 접착을 시켜 파열을 방지했으므로 포열이 얇고 가벼웠다. 이 원리가 포뿐만 아니라 소총이나 기관총 총열에도 사용되어 무기 발달사에 일대 혁명을 일으켰던 것이다. 그 원리를 개발한 것이 크루프 철강회사였으므로 크루프포란 이름이 붙은 것이다.

그리고 회선포란 기관총이었다. 총구가 여러 개이고 총열이 돌아가면서 총알이 나간대서 회선포인데, 예방 비장 말대로 발사 속도뿐만 아니라 사거리가 소총에 비할 바가 아니었다.

"홍계훈이란 이는 전에 난군들이 보은에서 모였을 때 파견됐던 장수지요? 그런 이가 장위영 군대를 끌고 온다면 두루 든든하겠소?"

김문현은 다시 요란스럽게 웃었다. 홍계훈은 지난해 3월 보은집회 때도 군대를 이끌고 내려왔던 사람이었다. 그때 이름은 홍재희였는데 이 근래 홍계훈으로 개명을 한 것이다. 그는 임오군란 때 군인들이 군정으로 쳐들어갔을 때 민비를 상궁으로 변장시켜 탈출시킨 공으로 민비의 총애를 받아 그때부터 벼슬길이 승승장구, 작년 봄 농민들의 보은집회 때는 장위영 사령관으로 임명되어 청주로 출동

했던 인물이었다. 그는 지난 29일 전라 병사 겸임 발령을 받아 형식상 겸직을 하고 있었다.

"조정에서 저렇게 나온다면 우리도 지금 이러고 있을 때가 아닌 것 같사옵니다."

비장이 눈을 밝히며 김문현을 쳐다봤다. 무슨 대단한 계책이라도 있는 듯 눈알을 번쩍였다.

"이러고 있을 때가 아니라니오?"

김문현이 예방 비장을 건너다봤다.

"장위영병이 어떤 군대인지 난군들도 알고 있을 것이고, 서양 신식무기가 얼마나 무섭다는 것도 대충 알고 있을 것입니다. 그렇다면 저것들이 아무리 벽창호들이라 하더라도 제 죽을 일에 겁을 먹지 않을 도리가 있겠습니까? 장위영병이 온다는 소문을 들으면 겁을 먹고 모두 공무니 뺄 궁리를 할 것입니다. 이럴 때 우리가 군사를 동원해서 선손을 쓰는 것이 어떻겠습니까? 그러면 위세는 조정군이 부리고 토벌은 우리가 해버리지 않겠습니까? 각하께서 그렇게 난민을 토벌해버리면 조정에서 각하께 내린 월봉처분 같은 것은 열 번도 더 벌충을 하고 남을 것 같사옵니다."

예방 비장 말을 듣고 있던 김문현 눈에 점점 힘이 오르기 시작했다. 예방 비장은 김문현 눈치를 보며 말을 이었다.

"지금 당장 각 고을 수령들한테 각 고을 군사들을 있는 대로 보내라고 추상같이 영을 내리면 어떨까 하옵니다. 지난번 고부민란 때는 수령들이 모두 겁을 먹고 군대를 보내지 않았지만, 조정 군대가 내려온다는 말을 들으면 수령들도 다투어 군대를 보낼 것이옵니다. 이번에 군대를 보내지 않으면 지난번에 보내지 않은 일까지 문책을 한다고 을러메면 벌벌 떨 것입니다."

"으음, 지금 원평에 모인 난군들 수가 만 명쯤 된다고 했지요?"

감사는 이내 눈을 밝히며 입을 열었다.

"모두가 대창에 녹슨 화승총이나 몇 자루 을러메고 설치는 무지렁이들이 만 명인들 무슨 힘을 쓰겠습니까? 그놈들이 지금 저렇게 몰려든 속은 너무나 뻔하옵니다. 모두가 풀뿌리 나무껍질로 긁다 먹다 부황이 든 놈들이라 밥 얻어먹으러 온 놈들이 태반입니다. 그런 놈이 열에 아홉은 될 것입니다. 지금 난군들은 가마솥을 수백 개 걸어놓고 관곡을 있는 대로 털어다가 밥을 삶아서 거기 오는 놈들은 병신이든 참신이든 섣달 큰애기 개밥 퍼주듯 퍼주고 있습니다. 올벼 논에 참새 떼가 아무리 많아도 때기 한 방이면 풍비박산입니다. 더구나, 굶어서 피골이 상접한 놈들이 며칠 먹었다고 제대로 힘을 쓰겠습니까? 실상이 이러하온데, 지금 고을 수령들은 그놈들 수에 놀라 그 작자들이 욱대기면 식량이건 무기건 있는 대로 내놓고 있사옵니다. 더 한심스런 것은 무기만 내놓는 것이 아니라 포수까지 징발해서 보낸 수령들도 있는 줄 아옵니다. 얼른 손을 쓰지 않으면 53개 고을 무기와 포수들이 전부 난군들 손에 들어가고 말 것이옵니다."

"헌데, 고을 나졸 나부랭이들을 불러들여서 몰고 가봤자 그놈들이 제대로 싸울 것 같소?"

김문현은 고개를 저었다.

"하기야 그렇사옵니다. 그러면 좋은 수가 한 가지 있습니다."

예방 비장은 갑자기 또 무언가 생각난 듯 다시 눈을 밝혔다.

"고을 벙거지들은 *과부댁 머슴놈 똥넉가래 내세우듯 육모방망이 휘두르며 왕방울 행세나 요란스럽지 그런 싸움판에 내노면 내뺄 구멍부터 찾을 것 같습니다. 보부상褓負商들을 모아서 싸우는 것이 어떻겠습니까?"

"보부상? 그 장돌뱅이 도붓장수들 말이오?"

"예, 이놈들은 이문 속이라면 오리 보고 십리 가는 놈들이라 앞으로 장사 편의만 봐주겠다면 물불 가리지 않을 것이옵니다. 작자들은 다리 하나를 밑천으로 사시장철 싸대기만 하는 놈들이라 힘도 좋으려니와, 완력으로 치더라도 한 놈이 시골 왈패 서너 놈은 거뜬히 해치우는 악바리들입니다. 그뿐 아니오라, 보부상들은 그 고을 임방을 중심으로 행수 밑에 똘똘 뭉쳐 상하 위계가 퉁겨논 먹줄같이 반듯하옵고, 행수 명령 하나면 위아래가 한 몸뚱이에 붙은 손발 놀듯 하옵니다. 지금은 보부청 기강이 조금 해이한 듯하나 모두가 먹고 살자는 이곳으로 뭉친 자들이라 감영에서 장사 편의만 약속하면 앞뒤 가리지 않고 싸울 것이옵니다. 중상 밑에 날랜 장수 있는 법이오니 상금이라도 두둑이 걸어노면 주린 매 꿩 사냥하듯 날파람이 날 것 같사옵니다. 각 고을에 영을 내리면 금방 모아들일 수 있사옵니다."

예방 비장은 정신없이 주워섬겼다.

"으음, 그것도 웬만한 계책일 듯하오."

김문현이 고개를 끄덕였다.

"보부상들은 상하 질서도 군율보다 더 엄하려니와 물미장에 써가지고 다니는 그자들 규칙만 보더라도 예사 군대 뺨치게 규율이 엄연합니다. 그런 사람들이라면 상말로 국수 잘 하는 솜씨가 수제비 못

하겠습니까?"

예방 비장은 하늘 높은 줄 모르게 보부상을 치켜세웠다. 관에서 부리는 병졸 명색은 쓰다 망가진 허섭스레기로 치부하고 엉뚱한 보부상들만 정신없이 추켜올렸다. 나졸이나 포졸들 꼬라지는 자기들 스스로가 너무도 환히 알고 있는 까닭에 그자들 행티에 비춰보면 보부상들은 그만큼 돋보일 법도 했다.

"보부상을 모아들인다면 몇 명이나 모을 것 같소?"

"수령님이 서둘기에 달렸습니다마는 2천여 명은 너끈할 것이옵니다."

"으음, 2천여 명이라? 그럼 보부상들을 동원합시다."

이내 김문현은 주먹을 쥐었다. 김문현은 당장 각 고을 수령들한테 불같이 영을 내렸다. 각 고을 수령들은 고을 보부상을 있는 대로 긁어모으고, 사냥꾼이든 병졸이든 가릴 것 없이 총 잘 쓰는 포사들도 있는 대로 모아서 감영으로 보내라고 했다. 특히 보부상들에게는 이번 일에 공을 세우면 장사 편의는 물론이요 공에 따라 중상이 있다는 약속을 하라고 하면서 영을 받은 즉시 얼마쯤 동원하겠는가 보장을 올리라는 말도 덧붙였다. 감영에서는 금방 각 고을로 파발마를 띄워 산지사방으로 달리는 파발마 엉덩이에서 불이 났다.

"멋이라고, 보부상을 모으라고?"

보부상을 동원하라는 영을 받고 누구보다 무릎을 친 것은 금산 군수 민영숙이었다.

"사또 나리께서 선견지명이 있었사옵니다."

영을 가지고 달려온 수교가 민영숙한테 고개를 주억거렸다. 지난번에 농민들한테 쫓겨난 민영숙은 진잠으로 도망쳐서 지금도 거기 객사에 머물고 있었다. 그는 농민들한테 당한 분을 참을 수가 없어 그러지 않아도 지금 보부상들을 동원하여 민란 주모자들을 작살내려고 은밀하게 보부상을 모으고 있는 참이었다. 웬만큼만 모으면 금산으로 쳐들어가려고 눈에 불을 켜고 있는 참인데, 자기 계책과 감영의 영이 칼집에 칼 꽂히듯 찰칵 들어맞은 것이다.

"으음, 이 때려죽일 놈들 두고 보자."

민영숙은 농투성이 상것들한테 쫓겨 뒷담을 넘어 도망치던 일을 생각하면 자다가도 벌떡 일어날 지경이었다. 담을 넘다가 거꾸로 곤두박여 이마가 깨지고 팔을 삐어 지금도 왼팔을 제대로 쓰지 못했다. 밥을 먹다가도 그 생각을 하면 씹던 밥알이 모래알이 되어버렸고, 거리에서 상것들이 웃는 꼬락서니만 봐도 자기를 보고 웃은 것같아 쓸개가 녹아나는 것 같았다. 민영숙은 밤낮없이 이빨만 으득으득 갈며 몸뚱이를 자반뒤집기를 하다가 어느 날 저녁 갑자기 자리에서 벌떡 일어났다. 전임지에서 동네 사람들과 패싸움이 붙은 보부상을 재판했던 일이 생각난 것이다. 네댓 놈이 물미장으로 무지렁이들 30여 명을 작살냈던 사건이다. 그 일이 머리를 스쳤던 것이다. 날이 새기도 전에 당장 금산 부자 김지호와 진산 방학주를 불렀다. 두 사람도 모두 험하게 당하고 진잠으로 피해와 있었다. 민영숙 말을 들은 두 사람은 대번에 돈은 자기들이 대겠다고 주먹을 쥐었다. 민영숙은 곧바로 보부상 행수를 불러다가 일을 시작하여 지금 보부상 행수들이 한창 일을 꾸미고 있는 판이었다.

"밖에 아무도 없느냐?"

민영숙이 큰소리로 통인을 불렀다.

"얼른 금산 김생원하고 진산 방생원을 불러오너라. 보부상 행수 김치홍하고 임한석도 지금 같이 있을지 모르겠다. 같이 있으면 그들도 같이 오라 하여라."

민영숙은 가쁜 숨을 내쉬며 불같이 영을 내렸다. 통인은 벼락에 놀란 토끼처럼 후닥닥 뛰어나갔다. 김치홍과 임한석은 금산 보부상 행수들로 이 근방 고을 보부상 행수들을 쥐락펴락하는 사람들이었다.

"아무도 없느냐?"

민영숙은 또 밖에다 소리를 질러 점심을 다섯 상 준비하라고 이른 다음 술상부터 먼저 들이라고 했다. 그는 비록 남의 고을 객사에서 지내고 있었지만, 수령 이하 진잠 상하 관속들을 종놈 부리듯 했다. 민가들 위세는 어디서나 당겨놓은 빨랫줄이었다.

지금 금산 농민들은 읍내 근처에다 도소를 차리고 2,3백 명이 상주하고 있고, 진산 농민들도 마찬가지였다. 두 고을 농민군은 자기 고을 지키는 것도 짐이 무거웠으므로 원평으로 내려가지 않고 여기에 버티고 있기로 했다. 여기서 기다리고 있다가 한양으로 진격할 때 합류하기로 하고 언제든지 전 고을 농민들이 다시 모일 수 있도록 단단히 대비를 하고 있었다. 진산 농민군들은 금산과는 달리 군수가 돌아와서 집무를 하도록 허락을 했다. 민영숙보다는 좀 나은 자인데다 자기들은 방학주 서사 차행보까지 죽이는 등 금산보다 더 설쳤으므로 군수까지는 손을 대지 말자고 한 것이다.

"술상 들이옵니다."

찬모가 술상을 들고 들어왔다. 관기가 하나 뒤따라왔다. 관기는 생긋 웃으며 나비처럼 사뿐 상머리에 앉았다.

"느그들은 다 죽었다. 그 수모를 열 배, 백 배로 갚아주리라."

민영숙은 입을 앙다물며 잔을 내밀었다.

"무슨 일이온데 그러시옵니까?"

관기가 술을 따르며 아양스럽게 물었다.

"으음, 그 쥐새끼같이 눈이 툭 튀어나온 놈, 그 수염 많이 난 놈, 그리고 진산 황가란 놈하고, 박성삼이랬지, 으음. 두고 보자."

민영숙은 그놈들 대가리라도 털어 넣듯 술을 입에다 탁 털어 넣었다.

"김생원하고 진산 방생원이 오셨사옵니다."

"어서 오시오."

민영숙이 너털웃음을 웃으며 반색을 했다. 보부상 행수들을 지금 찾으러 보냈다고 했다.

"이걸 좀 보시오, 하하."

민영숙이 거듭 너털웃음을 터뜨리며 감영에서 온 감결을 두 사람 앞에 내밀었다. 두 사람은 어리둥절한 표정으로 감결을 받아들고 읽어내려갔다. 두 사람 눈에도 빛이 번쩍했다.

"어쩌면 이렇게도 선견지명이 계셨사옵니까? 정곡을 짚으셔도 알곡을 짚으셨사옵니다."

"정말로 높이 받들어 모셔야겠사옵니다."

김지호와 방학주는 허리를 두 번 세 번 굽실거리며 감탄에 감탄을 마지않았다. 작자들은 길 가다가 금덩어리라도 주운 사람들처럼 희희낙락 웃음소리가 객사 들보가 욱신거릴 지경이었다.

"거기 보면, 보부상들한테 각 고을에서 보아줄 수 있는 편의가 있으면 모두 다 보아주도록 약조를 하라고 했소. 지난번에 약속한 것 말고 더 편의를 보아줄 게 무엇이 있겠소?"

한참 동안 히히덕거리고 나서 민영숙이 물었다.

"그것은 본인들한테 물어보시지요. 사또 나리께서는 그자들에게 편의를 더 약속하시고 우리는 우리대로 상금을 걸면 어떻겠습니까?"

김지호가 방학주를 돌아보며 물었다.

"좋습니다. 5천 냥씩 내어 1만 냥쯤 거는 것이 어떻겠소?"

방학주가 좋다며 성큼 한발 내쳤다.

"좋소. 나도 그쯤 생각했소."

김지호가 맞장구를 쳤다.

"일만 냥? 하하, 역시 호걸들답구려. 자, 잔 받으시오."

민영숙은 잔뜩 가성을 써서 너털웃음을 터뜨리며 김지호한테 잔을 넘겼다.

"이런 일에 그만 돈이 돈이옵니까? 제가 상금을 한번 나눠보겠사오니 어떠신지 들어보십시오. 상금은 3등급으로 나누어 걸되, 1등급은 군아 내사에 돌입해서 살림을 부수는 등 사또 나리 위의를 손상시킨 무엄 방자한 놈들과, 읍내서 불을 지른 놈을 사로잡아 오거나 목을 베어 오는 사람으로 1명을 골라 1천 냥, 2등은 다음 급으로 3명을 골라 한 명에 5백 냥씩 1천5백 냥, 그러면 2천5백 냥이옵니까요?

3등은 그 다음 급으로 25명을 골라 1백 냥씩 2천5백 냥, 그러면 도합 5천 냥이옵니다. 나머지 5천 냥은 양쪽 행수들한테 2천5백 냥씩 나눠 주면 어떻겠습니까요?"

김지호가 손가락을 꼽으며 주워섬겼다. 민영숙과 방학주도 대번에 좋다고 했다. 모두 걸쭉하게 웃으며 잔을 주고받았다. 한참 웃다가 민영숙이 고개를 갸웃거렸다.

"그런데 잡아오는 것은 좋지마는 닥치는 대로 죽이는 것은 그것이 조금……."

무작정 죽이는 것은 아무래도 조금 걸리는 듯 눈을 모았다. 그때 방학주가 나섰다.

"말씀드리기 황송하오나, 지금 조정에서는 초토사를 파송하는 것이나 감영에서 보부상들을 민군으로 초집하는 것은 전봉준이 거느린 난군을 토벌하려는 것이 아니고 무엇이옵니까? 금산과 진산에서 일어난 농투성이들도 전봉준의 통문을 받고 일어난 놈들이오니, 지금 전봉준을 따라다니는 놈들하고 조금도 다를 것이 없는 난군들이옵니다. 그 난군들을 토벌하는 것이온데, 닥치는 대로 죽이지 않으면 어떻게 토벌을 한다는 것이옵니까?"

방학주가 제법 이치를 따져 말했다.

"음, 그렇게 말씀을 해서 듣고 보니 그도 그렇구려."

민영숙은 고개를 끄덕이며 껄껄 웃었다. 민영숙은 오로지 민가지스러기라는 떠세 하나로 분수없이 설쳐대는 *뒤틈바리라 사리 분별은 깜깜하기가 절간 굴뚝이었다. 생긴 것부터가 *바람받이 탱자처럼 어디 밥풀 한낱 붙을 데가 없는 좀스런 쥐상이었다.

그때 김치홍과 임한석이 왔다. 민영숙이 반갑게 맞아들였다. 그는 조정에서 난당을 치려고 곧 초토사가 내려오게 되었으며 감영에서는 보부상들을 동원하라는 영이 내렸다는 소리를 요란스럽게 떠들어댄 다음 난군들을 쳐죽이는 것은 종묘사직을 지키는 일인 까닭에 이제 그런 일을 맡게 된 보부상들은 당당한 의군이라고 했다.

"이제부터 보부상들은 당당한 의군으로서 역적들을 토벌하는 것입니다. 닥치는 대로 쳐죽이시오."

민영숙은 금방 방학주한테서 되글로 얻어들은 소리를 앉은 자리에서 말글로 풀었다.

"이런 의로운 일에 그냥 있을 수가 없어 여기 김생원하고 방생원이⋯⋯."

민영숙은 또 두 사람이 내건 상금을 요란스럽게 떠벌렸다. 김치홍과 임한석은 벌어진 입을 다물지 못했다.

"그리고 지난번에 약속한 편의 말고 또 달리 원하는 것이 있으면 기탄없이 말을 하시오."

민영숙은 호탕하게 나왔다.

"우리 보부상들은 골목골목 개 짖기며 장사나 하는 미천한 장사치들이온데 그런 큰일을 맡겨주신다니 그것만으로도 그저 황송스럽고 영광스러울 뿐이옵니다. 종묘사직을 위하는 일이라니 이 나라 백성으로 신명을 바칠 뿐 따로 바랄 것이 무엇이 있겠사옵니까?"

김치홍은 제가 무슨 충신이라도 된 듯 그럴 듯한 소리로 뇌까렸다.

"기특한 말씀이오. 그러나 감영의 뜻도 있고 하니 무엇이든지 말하시오."

"기왕에 말씀드린 것도 있사오니, 따로 말씀드릴 것이 있으면 그때그때 사또 나리께 여쭙고자 하옵니다."

민영숙은 그러겠다며 언제든지 와서 무슨 일이든지 말을 하라고 했다. 지난번에 그들이 요구한 것은 세 가지였다. 첫째는 청나라와 일본 잡상들 행상을 단속해 줄 것이며, 둘째는 보부상들이 여럿이 다닐 때는 그런 일이 드물지만 한둘이 다닐 때는 기찰포교들한테 뜯기는 것이 적잖으니 보부상들이 관내를 통행할 때 기찰을 완화해달라는 것이었다.

"셋째는 다른 사람들과 시비가 붙었을 때 보부상들 처지를 깊이 헤아려 주시기 바라옵니다. 잘 아시고 계시다시피 보부상들은 보부청에서 발급하는 신표를 가지고 다니오며 스스로 엄한 규율이 있사옵니다. 그것이 보부상 4계명이온데, 계명을 책장 뒷면에 써가지고 다니면서 스스로 엄하게 경계를 하옵니다. 보부상 4계명은, 첫째 망령된 말을 하지 말며勿妄言, 둘째 망령된 짓을 하지 말며勿妄行, 셋째 음란한 말을 하지 말며勿淫亂. 넷째 도적질을 말라勿盜賊는 것이옵니다. 이런 계명을 어길 때는 *채장을 회수하고 임방에서 쫓아내며 심한 자는 곤장을 쳐서 내쫓기도 하옵니다."

그러니까 보부상들이 누구하고 시비가 붙더라도 보부상들이 잘못한 경우는 드문 일이므로 너그럽게 봐달라는 것이다. 보부상들에게 4계명이 있는 것은 사실이었으나, 닳고 닳은 천하 장돌뱅이들이 그런 계명에 얽매일 리 없었다. 더구나 요사이는 일본과 청나라 잠상인들이 방물을 가지고 시골 구석구석까지 쏠고 다니는데다가, 시골 사람들도 셈속이 점점 밝아져서 이문이 전 같지 않았으므로, 가짜 물건으로 사기를 치거나 남의 것을 떼어먹는 등 시비가 그칠 날이 없었다.

민영숙은 외국 *잠상은 자기 권한 밖이니 그것은 조정에서 조처를 하도록 장계를 올리겠고, 나머지는 다 들어주겠다고 앉은자리에서 승낙을 했던 것이다.

"그건 그렇게 지금 당장 몇 명쯤 모으겠소?"

"그러지 않아도 내일이나 모레쯤 거사를 하자고 하려던 참이옵니다. 금산과 진산 보부상은 물론이요, 이웃 고을 보부상까지 300명은 모을 수가 있사옵니다."

"300명?"

민영숙이 고개를 갸웃거렸다.

"보부상 한 명이면 무지렁이들 열 명도 당하옵니다. 저희들이 물미장을 허투루 들고 다니는 것이 아니옵니다."

임한석이었다. 자신만만한 표정이었다. 임한석 말마따나 보부상들이 가지고 다니는 물미장은 허투루 들고 다니는 단순한 지팡이가 아니었다. 물미장은 지겟작대기 겸 지팡이 구실도 하고 신표 구실도 했으나, 위급할 때는 대번에 무기로 돌변했다. 그래서 보부상이라면 봉술 한두 가락씩은 똑 소리가 나게 익히고 있었다. 그들은 물미장을 항상 끼고 살았으므로 짐을 지고 가다가 쉬어 앉을 때는 틈만 나면 솜씨를 익히고 장난삼아 솜씨를 겨루기도 했으므로 웬만한 보부상들은 물미장을 버나재비 접시 돌리듯 했다.

"그것은 나도 알지만 저놈들도 만만찮을걸."

민영숙이 거듭 고개를 갸웃거렸다.

"염려 마십시오. 우리 300명이면 무지렁이들 3천 명은 너끈히 해치울 수가 있사옵니다."

"틀림없으렷다?"

"어느 존전이라고 허언을 농하겠사옵니까?"

"실패하면 어찌하겠는가?"

민영숙은 군령 다짐받듯 근엄한 표정으로 다그쳤다.

"목을 바칠 뿐이옵니다."

"그런 각오라면 안심이오."

민영숙은 너털웃음을 터뜨리며 두 사람한테 잔을 권했다.

이틀째 되는 날 새벽, 김치홍과 임한석은 보부상 3백여 명을 이끌고 금산 농민군 도소를 급습했다. 잠을 자고 있다 급습을 당한 농민군들은 허겁지겁 정신을 차리지 못했다. 물미장에 머리가 깨지고 어깨가 부러지고 난장판이 벌어졌다.

"한 놈도 놓치지 말고 다 잡아라."

김치홍이 악을 썼다. 자다 깨난 농민군들은 쥐구멍을 찾았으나 앞에도 물미장 뒤에도 물미장, 앞으로 쏠리고 뒤로 몰리다가 보부상들 물미장에 짚단 무너지듯 속절없이 나동그라졌다. 백여 명이 붙잡혔다. 붙잡힌 농민군들은 머리가 깨지고 어깨가 부러지고 이빨이 나가고 꼴이 말이 아니었다. 다행이 죽은 사람은 없었다. 모두 꽁꽁 묶었다.

"동네로 가자."

김치홍과 임한석은 이번에는 동네를 향해 보부상을 몰고 갔다.

"촌놈들 한번 죽어봐라."

보부상들은 닥치는 대로 패고 부수고 북새질을 쳤다. 그러나 우두머리급들은 거의 놓쳐버렸다. 동네서 악다구니가 쏟아지자 대번에 사태를 알아차리고 죽어라고 도망을 친 것이다. 나는 죄가 없다고 태연하게 있던 사람들만 다리뼈가 부러지고 머리통이 깨지고 *천도깨비 곁에 고목 꼴이 되고 말았다. 대창을 들고 맞서는 사람도 있었으나 물미장 앞에 맥을 추지 못했다. 물미장 한 대면 웬만한 사람은 그대로 맥을 놨다.

그들은 금산을 휩쓸고 나서 그 기세로 진산으로 내달았다. 금산 소식을 들은 진산 도소에서는 농민들을 다급하게 모아 싸울 태세를 갖추고 있었다. 그러나 시간이 없어 3백여 명밖에 모여들지 않았다. 진산 농민군은 세 패로 나누어 도소를 중심으로 진을 쳤다. 제대로 싸움이 붙었다. 농민군들은 화승총을 뺑뺑 쏘아댔다. 보부상들은 무춤했다. 그러나 농민군 작전을 알아차린 보부상들은 담을 넘어 죄어들었다. 도소를 중심으로 여기저기서 맞붙었다. 바람개비 돌아가듯 하는 보부상 물미장 앞에 농민군 대창은 보릿대춤도 아니었다. 농민군들이 수없이 물미장 밑에 널브러졌다.

"죽여라!"

그때 늦게 온 농민군 한 패가 뒤에서 들이닥쳤다. 다시 드잡이판이 벌어졌다. 보부상들도 널브러지기 시작했다. 그러나 다시 농민군들이 밀리기 시작했다. 보부상들은 농민군들을 쫓아가며 머리통이고 뒤통수고 가리지 않고 후려갈겼다. 쫓기던 농민군들은 단매에 머리가 깨지고 다리가 부러졌다.

싸움은 금방 끝이 나고 말았다. 50여 명이 널브러져 버르적거렸다. 죽은 사람만 20여 명이었다. 보부상은 대여섯 명이 머리가 깨지고 옆구리를 찔렸을 뿐 죽은 사람은 없었다. 박성삼과 황방호는 용케 도망쳤으나 박성삼 아버지도 죽고 염소수염도 죽고 말았다.

보부상들은 동네로 내달았다. 동네서도 닥치는 대로 팼다. 사내들은 걸렸다 하면 목숨 부지를 못했다. 특히 방필만 소작인들이 몰려 사는 동네는 흉년에 개 토벌도 아니고 달걀섬에 절구질도 아니었다. 사내 꼴 뒤집어쓰고 귓불에 피만 말랐다 하면 다 때려죽였다.

"나는 농민군하고는 아무 상관도 없는 사람이오."

보부상들이 길례 집으로 들이닥치자 길례 아버지가 의젓하게 말했다.

"저놈도 쌍통 생긴 것이 농민군으로 생겼다."

"맞다. 저놈은 김지호 씨한테 산송에 져서 이를 갈고 있는 작자다."

누가 소리를 지르자 대번에 물미장이 길례 아버지 머리통을 후려갈겼다. 물미장이 거푸 떨어졌다. 그대로 맥을 놓고 말았다.

박성삼 집은 살림을 전부 짓부순 다음에 불까지 질러버렸다. 동네 여자들은 저승에 든 사람들처럼 넋이 나가버렸다. 방불해야 대들기도 하고 눈물도 나는 것인지 모두들 하얗게 질려 등신처럼 벌벌 떨고만 있었다. 보부상들은 한 나절을 휩쓸고 다니다 물러갔다.

날벼락도 이런 날벼락이 없었다. 죽은 사람이 114명이나 되었다. 보고를 받은 진산 군수는 넋이 나가고 말았다. 곧바로 감영에 보장을 올렸다. 민영숙도 겁을 먹고 보장을 올렸다. 민영숙은 이번 싸움은 보부상과 동학도 사이에 쌓인 사원이 폭발한 것이라고 자기 발뺌부터 했다.

"114명이나 죽어?"

보장을 받은 김문현도 입을 떡 벌리고 말았다. 너무도 엄청난 사건이라 곧바로 조정에 치보를 했다. 조정에서는 사건을 엄중히 조사해서 다시 보장을 올리라는 영이 내려왔다. 김문현은 얼굴이 굳어졌다. 다시 보장을 올리라는 게 심상치 않았기 때문이다.

2. 감영군 출동

4월 4일. 홍계훈이 장위영 병정 800명을 거느리고 군산포를 향해 인천항을 떠나는 날이었다. 고종은 현직 대신과 전직 대신들을 희정당熙政堂으로 불렀다. 영의정 심순택과 조병세, 김홍집, 정범조, 김가진 등 중신들이 침통한 표정으로 모여들었다.

"호남지방 소란이 날이 갈수록 자심하여 그대로 두고 볼 수가 없기로 장위영병을 파견하여 소란을 수습하기로 했소. 장위영 홍계훈 정령관이 병졸 800명을 거느리고 오늘 신시(오후 3~5시)에 인천항을 떠날 것이오. 소란이 오래가니 민심이 매우 소연하여 민망하기 이를 데 없소. 난도들이 발호하자 한양 사람들까지 민심이 크게 동요하는 듯하니 오늘은 여러 대신들 의견을 널리 들어 선후책을 도모할까 합니다. 모두 기탄없이 말을 해주시오. 그동안 난군들 기세는 어떠한지 그것부터 말을 하시오."

고종이 영의정 심순택을 보며 말했다. 정세보고를 하라는 것이다.

"완영完營에서 계속 전보가 들어오고 있사온데, 아까 들어온 전보를 보면 경군 조발이 크게 효험을 내고 있는 듯하옵니다. 경군이 나선다는 소문이 퍼지자 그동안 기승을 부리며 전주 가까이 오던 난군들이 어제오늘 사이에 도망을 치고 있다 하옵고 감영에서도 군사들을 조발하여 출동을 시킨 듯하옵니다. 하오나 난군들은 이합집산이 무상한 까닭에 아직 안심을 할 수가 없사옵고 난군들이 다시 기세를 올리지 못하도록 하는 것은 앞으로 조정에서 취하는 선후책에 달린 줄로 아뢰옵니다."

심순택은 꼬리를 달았다. 대신들이 민영준 눈치를 보았다. 그러나 민영준은 아무 말도 않고 있었다.

김문현은 그 사이 보부상을 모아 부대를 편성하여 무남영병과 함께 1300여 명을 어제 원평으로 출동시켰다. 보부상뿐만 아니라 몇 고을 백정들과 종이 만드는 종이장이며 석유 행상 등 별의별 사람들을 다 모아 부대를 편성한 것이다. 감영군監營軍이 나서자 원평에 진을 치고 있던 농민군들은 백산과 부안 쪽으로 물러나고 있었다.

"저도 그렇게 생각하옵니다. 잠시 흩어졌다 하여 안심할 수가 없을 것이옵니다. 본래 그들이 모인 것은 그동안 쌓인 원울怨鬱을 호소하고자 하는 것이온즉 군대에 의존하는 것보다는 곤췌困悴한 민정의 소재를 헤아려 민심을 가라앉혀야 할 것이옵니다. 그러자면 민막을 고치고 민정에 따라 정사를 펴서 백성의 고통을 덜어주어야 할 줄로 아옵니다."

조병세가 수습의 원칙을 제시했다. 이것은 여태까지 대신들 입에서 들어볼 수 없었던 파격적인 말이었다. 지난번 삼례집회나 보은집회와 원평집회, 그리고 고부봉기까지 농민들 움직임을 모두 동학도들 난동으로만 규정하던 태도와는 전혀 다른 소리였다. 우선 심순택이나 조병세는 동학도란 말은 한 마디도 하지 않았다. 이번 봉기에 대해서도 민영준을 중심으로 한 민씨 일파 등 권신들은 백성 고통은 입에 얹지 않고 언제든지 만만한 동학에다 모든 책임을 덮씌워 어디까지나 동학도들이 난을 일으킨 것으로 들이대고 있었다. 감영에서 올라온 장계는 말할 것도 없었다. 오로지 동학도들 때문이라고 그 책임을 동학에 전가하여 자기들의 실정을 은폐하고 자신들이 저지르고 있는 가렴주구를 후무렸다.

그런데 조병세는 근본 원인은 그동안 백성한테 쌓인 원한과 울분이라고 사건의 핵심을 꼬집어서 말한 것이다. 이런 정도의 말이나마 임금에게 곧이곧대로 한 사람은 여태까지 한 사람도 없었던 것이다. 심순택을 정점으로 의정부를 이끌어가고 있는 조병세와 정범조도 사실상 민가들 꼭두각시에 불과했으나 이번 봉기로 그만큼 위기의식을 느낀 것 같았다. 재야 유림들도 벌써부터 만만찮게 민씨들을 공격하고 있어 마음이 흔들리고 있던 참이었다.

작년 8월 재야 유림들은 민씨들을 공격하고 나왔으며 영남 유생 권봉희는 의정부를 일컬어 '3정승은 *시위尸位요 6판서는 *소찬素餐'이라고 극렬하게 비판을 했다. 여태 민씨 정권을 그렇게까지 격렬하게 비판을 하고 나온 사람은 없었다. 죽음을 무릅쓴 그들의 태도에서 의정부 대신들은 민씨 정권의 종말이 오고 있는 것이 아닌가 겁이 나기도 했다. 그 소를 냈던 소두 격인 권봉희를 비롯한 안

효제, 이건창 등은 귀양을 갔지만, 의정부 대신들 태도는 그때부터 조금씩 달라지기 시작했다. 그때 민씨들은 권봉희 일당은 말할 것도 없고 가족들까지 *노륙지전孥戮之典을 가해야 한다고 발악을 했으나 조병세를 비롯한 대신들이 적극적으로 반대해서 가족들은 화를 면했다.

"짐의 생각도 같소이다. 백성이 일어나서 소란을 피우는 것은 오로지 탐학스런 정치에 견디지 못하여 그런 것이니, 이제부터 수령을 택할 때 특별히 목민지재를 골라 폐막을 영원히 고쳐야 할 것이오. 백성의 고통을 덜어주고 따뜻하게 어루만져야 백성이 마음 놓고 안업에 종사할 수 있겠지요."

고종은 침통한 표정으로 말했다. 사실 고종도 나라 형편을 어지간히 알고 있는 터라 이런 일이 있을 때마다 두고 쓰는 소리였고, 정사를 의논할 때마다 거의 빼놓지 않고 하는 소리였다. 그러나 이런 소리는 그저 입에 붙은 소리일 뿐 구체적인 정책으로 실천하여 실제로 백성 고통을 덜어준 적은 한 번도 없고 따뜻하게 어루만진 적은 더구나 없었다. 나름대로는 그런 뜻을 가지고 있는 듯했고 오늘도 그런 소리를 하는 고종의 표정은 어느 때 없이 침통했으나 현실적인 조건은 어떤 정책도 그의 말대로 시행할 수가 없었다. 우선 재정이 바닥나서 관리들 급료 한 푼 제대로 줄 수가 없었으며, 당장 궁중 살림살이도 관직을 팔아서 지탱하는 형편이었다. 무엇보다 임금 주변에는 눈에 돈꽃만 독버섯처럼 만발한 민씨 척족들이 철옹성처럼 장막을 치고 있었으며, 나라를 걱정해야 할 상하 조신들은 민씨들 눈치만 보고 있었다.

"난도들 소란을 막는 것은 목전에 당면한 일이나, 모든 것이 법으로 이루어져야 하옵는데, 전보를 보니 엊그제 금산 난동은 심히 우려되는 바가 없지 않사옵니다. 보부상배들이 동학도들을 무차별 격살했다 하온데, 동학도를 다스린 것은 그 일만 가지고 생각하면 상쾌한 일이나 관령에 의한 것이 아니고 서로 난투를 벌인 것이니 이 것은 법으로 한 일이 아니옵니다. 이런 일도 가닥을 추려서 다스려야 나라의 법도가 제대로 설 줄 아옵니다."

김홍집이었다. 금산과 진산 사건은 조정 대신들도 그만큼 충격을 받은 사건이었다. 조정에서는 다시 자세하게 조사를 하여 보고하라고 했으나 감사는 민영숙과 의논한 끝에 다시 보고를 하면서도 두 패 사이의 사원이 폭발한 사건이라는 기본 태도를 그대로 고수했다.

"그 일은 그 일대로 따로 시시비비를 *사핵하여 처리하도록 하시오."

고종은 당장 더 급한 불이 발등에 떨어진 판이라 그런 일쯤 참견하고 싶지 않은 모양이었다. 김홍집이 이때 이 문제를 꺼냈던 것은 민영준의 딱한 처지를 생각하고 관심을 돌리려는 것이었으나, 고종이 가볍게 튀겨버리자 머쓱해지고 말았다.

그때 조병세가 다시 나섰다.

"오늘날 백성의 사정은 너무 불쌍하고 슬픕니다. 초가 4간을 가진 자가 1년에 바친 세납이 백여 금이요, 논 5,6두락을 버는 사람이 4석 이상을 바쳐야 하니, 그렇게 바치고 나면 그들은 입에 제대로 풀칠도 못할 지경이옵니다. 집칸이나 있고 논마지기나 있다는 사람들이 이러하니 더 가난한 백성 사정은 미루어 짐작할 수가 있습니다.

백성이 편하게 일하고 편하게 살 수 있다면 어찌 소요를 일으키겠습니까? 대경장大更張 대시조大施措가 없이는 아무리 엄하게 다스리고 벌을 주어도 실효가 없을 줄로 아뢰옵니다."

조병세는 대경장 대시조라는 어마어마한 소리를 했다. 고종은 묵묵히 듣고 있었으나 대신들은 겁먹은 눈으로 조병세와 민영준 눈치를 살폈다. 저 작자가 죽으려고 환장했나 하는 눈들이었다. 듣기만 해도 섬뜩한 대경장과 대시조라는 말을 하면서 대자에다 힘까지 주며 사뭇 고개를 주억거렸다. 경장이란 정치 사회적으로 부패한 모든 제도를 개혁한다는 뜻이겠는데 거기다가 대자를 붙여 거의 혁명적인 개혁을 해야 한다는 의지를 드러내고 있었다. 이런 생각은 일반 백성이나 식자들은 두말할 것도 없고 지배층에서도 웬만한 사람들은 느끼고 있는 정치적 인식이었고, 조정에서 녹을 먹고 있는 조신들도 속으로는 똑같은 생각을 하고 있었다. 그러나 민가들이 진을 치고 있는 조정에서 모가지를 걸지 않고는 입도 짝할 수 없는 소리였다. 따라서 조병세는 민씨 일파에게 정면으로 도전을 하고 있는 셈이었다.

"그렇사옵니다."

정범조가 상체를 한껏 힘 있게 주억거리며 큰소리로 동조를 하고 나왔다.

"백성이 목숨을 걸고 소란을 일으킨 것은 무엇보다 너무 잔학스럽게 다스리고 너무 가혹하게 늑탈을 하기 때문이옵니다. 이번에도 그 허물을 동학도들에게 씌우고 있사오나 동학도들은 고통 받는 백성인 까닭에 동학도가 아니라 백성으로 나선 것이옵니다. 지난번 복

합상소나 보은취회 때는 교조신원을 내세웠사오나 이번에는 동학에 대한 무슨 원정은 한마디도 없는 것으로 보아 동학도들이 앞장을 섰다 하더라도 그것은 어디까지나 탐학에 견디지 못하여 일어났다고 보아야 할 것이옵니다. 이들을 평정하려면 무엇보다 백성을 괴롭히는 병폐부터 크게 고칠 대경장이 앞서야 할 것이오며, 그 다음으로는 성의聖意를 제대로 받들어 백성을 따뜻하게 어루만질 수 있는 인재를 제대로 골라 임명을 하셔야 할 줄로 아뢰옵니다."

정범조는 이번 봉기는 동학도들이 주도를 했다 하더라도 동학도이기 전에 탄압받는 백성으로 앞장섰다는 점을 명백히 한 다음 근본적인 해결책은 국정 쇄신이며 앞으로 국정의 핵심을 인사정책에 두어야 한다는 점을 강조했다. 이번 사건의 원인은 어디까지나 백성에 대한 탐학이라는 점을 부각시켜 민씨 정권의 실정을 규탄한 것이며, 특히 인사정책을 강조한 것은 민씨들이 지금까지 수령들 인사를 거의 독점하고 무지막지한 횡포를 부린 데 대한 규탄이었다. 지금 각 고을에 나가 있는 수령이나 감사치고 민씨 사람 아닌 사람이 거의 없다는 사실은 임금도 잘 알고 있었다. 잠시 침묵이 흘렀다. 잠시였으나 숨이 막힐 지경이었다. 두 사람 모가지가 왔다갔다하는 순간이었다. 그러나 민영준은 입을 꾹 다물고 있었다.

"잘 들었소. 지금 군사들이 내려갔으니 진압을 할 거이오. 진압을 한 다음에 난도들을 어떻게 조처했으면 좋겠소?"

고종이 말머리를 돌렸다.

"수괴는 이미 이름이 드러났으니 그자를 잡아죽이면 그자를 따르던 자들은 스스로 흩어질 줄로 아옵니다. 그 수괴들만 잡아 처단을 하고 부화뇌동한 백성은 모두 용서하면 그들은 모두 제 집으로 돌아가 농사에 전념할 것으로 생각되옵니다."

조병세였다. 대신들은 아직도 민영준 눈치를 힐끔거리고 있었다.

"동학 수괴 몇 사람은 부득이 속히 잡아서 처치를 해야 할 것이오나, 따라나선 평민들 처치를 어떻게 해야 할 것인지 더 말씀해 주십시오."

심순택이 대신들을 보며 말했다.

"선량한 평민이 한 사람이라도 다친다면 그는 어찌 백성을 위해서 해독을 제거하는 뜻에 합치하겠소? 정부는 그들을 가릴 엄한 규칙을 세워야 할 것이오."

고종이 말했다.

"전주에서 보낸 전보를 보면, 난군을 토벌하려고 영병과 여러 읍의 포수들을 출발시켰다고 하는데, 그런 군대를 가지고 있으면서도 감사는 무엇 때문에 수차에 걸쳐 경병만 파견해달라고 숨이 넘어갔는지 알 수가 없습니다. 전라감사 하는 일은 도무지 대중을 잡을 수가 없습니다."

조병세가 전라감사에 대한 노골적인 불신을 드러내고 있었다. 김문현도 민영준 사람이었으므로 이 또한 뼈있는 말이었다.

"난군들이 일어나서 소란을 피우면 두려워하고, 그들이 물러가면 또 태평하게 있고, 이런 꼴이니 심하게 민망스러운 일입니다. 결국 수괴를 잡으려면 그럴 만한 사람이 나서야 될 것 같습니다."

김홍집이 교묘하게 변명을 하고 나섰다.

"그들을 잡는 일도 그렇거니와 어루만지는 일은 그럴 만한 사람을 제대로 골라 임명한 뒤에 공정하게 처치를 해야 일이 온전하게 발라질 것입니다."

정범조가 받았다. 홍계훈은 난을 제대로 평정할 만한 재목이 못 된다는 소리 같았다. 홍계훈은 민비의 심복 중의 심복이므로 이것도 역시 민씨 일파를 노골적으로 불신하는 말이었다. 대신들은 모두 숨을 죽이고 있었다.

"초토사가 오늘 신시에 인천항을 출발하면 며칠날 군산에 도착하오?"

고종은 말머리를 돌리며 심순택한테 물었다.

"모레(4월 6일)는 도착할 것이옵니다."

"경군이 파견된다는 소리만 듣고도 난군들이 두려워서 흩어지고 있다면 굳이 하륙을 할 것이 없지 않겠소?"

고종이 물었다.

"그러나 갑자기 돌아오는 것도 어려운 일이니, 형편을 보아가면서 결정을 해야 할 것 같사옵니다."

조병세가 말했다. 몇 가지 자잘한 이야기를 더 한 다음 회의가 끝났다. 모두 민영준을 날카롭게 힐끔거리며 서성거렸다. 한마디도 입을 열지 않던 민영준은 굳은 표정으로 밖으로 나갔다. 돌같이 굳은 민영준 표정에 대신들은 숨을 죽였다. 아무래도 만만찮은 표정이었다.

4월 5일. 전주를 출발한 감영군이 요란스런 기를 앞세우고 원평에 도착했다. 1천5백여 명쯤 되는 것 같았으나 고을에서 올라온 보

54

부상패가 계속 따라붙고 있으므로 수는 점점 늘어나고 있었다.

감영군은 크게 두 부대였다. 한 부대는 무남영 부대 4백 명을 주축으로 이루어진 부대였으며, 다른 부대는 각 고을에서 모여든 보부상 부대로 이루어진 부대였다. 무남영병은 수가 4백 명밖에 되지 않았으므로 요 며칠 사이 아무나 끌어다가 잡동사니들로 수를 보충했다. 전주 근방 백정과 종이 만드는 종이장이, 석유 행상 등 3백여 명을 끌어다 넣은 것이다. 보부상 부대는 전주를 출발할 때는 6백여 명이었으나, 각 고을에서 늦게 올라온 사람들이 계속 붙고 있었다. 금산과 진산 보부상들이 제일 많았다. 그들은 며칠 전 두 고을을 험하게 휩쓸었던 기세로 기고만장이었다. 무남영 부대는 무남영 영관 이경호가 인솔하고, 보부상 부대는 송봉희가 인솔했다. 감영군 무기는 양총이 150여 정쯤 되는 것 같고 나머지는 화승총이었으며 보부상들은 화승총과 물미장이었다.

이경호가 금구 이방을 불렀다. 금구에서 관군 뒤꽁무니에 붙어 따라온 이방은 고개를 굽실거리며 똥그란 눈으로 이경호를 쳐다봤다. 뒤에는 호방과 형방이 굽실거리고 있었다.

"우리는 오늘 여기서 숙영을 합니다. 밥을 준비하시오. 난군 놈들이 여기서 대접을 잘 받은 모양인데 우리도 대접 한번 받아봅시다."

이경호는 핀잔조로 영을 내렸다.

"저희들이 난군들을 대접할 리가 있겠습니까요? 밥을 하기는 어렵지 않사오나 식량은 어찌할까요?"

"식량이오? 난군들 치기에도 바쁜 사람들한테 무슨 의논을 하는 게요?"

이경호가 깡 고함을 질렀다.

"하오나……"

이방은 두 손을 맞쥐고 틀면서 굽실거렸다.

"잔소리 말고 어서 밥을 지으시오. 그리고 여기는 동학도 소굴이오. 동학도들 가운데 평소에 유독 표 나게 날뛴 놈들 이름을 적어오시오. 하나도 빼지 말고 적어야 합니다."

이경호는 거푸 명령을 내렸다.

"여기는 남도로 오가는 길목이라 교통이 좋은 까닭에, 그 때문에 동학도들이 작년에도 여기서 집회를 했사오며, 이번에도 여기 머물렀던 줄로 아옵니다. 장이 크게 서고 여각이 많은 까닭에 장사치며 행인들도 많이 모여들고 있으며 동학도들 발길 역시 잦은 것 같사오나 여기가 유별나게 동학도들이 많은 것은 아니옵니다."

이방은 이경호의 눈치를 살피며 변명을 했다.

"뭣이라고? 당장 고부 놈들 몇천 명이 여기 동학도들 집에서 피했다가 무장으로 가지 않았소? 그놈들이 하필 이리 왔을 적에는 장 보려고 왔으며, 다른 데는 여각이 없어서 여각을 찾아왔단 말이오?"

"하오나……"

"잔소리할 테요."

이경호가 눈알을 부라리며 허리에 찬 칼로 손이 갔다. 이방은 기겁을 하며 뒤로 물러섰다. 어서 영을 거행하지 못하느냐고 거듭 호령을 하자 이방은 불에 덴 놈처럼 뛰쳐나갔다.

이경호는 곁에 있는 초관들한테로 고개를 돌렸다.

"싸움을 제대로 하려면 군사들이 잘 먹어야 한다. 가까운 동학도들 집에 가서 소를 몇 마리 끌어다 잡도록 하여라."

"옛, 영대로 거행하겠사옵니다."

초관은 얼씨구나 하고 뛰어나갔다. 병졸 20여 명을 거느리고 이웃 동네로 내달았다. 양총과 화승총을 멘 병졸들은 동네로 들어가자 동임부터 물어 그 집으로 쏠려 들어갔다.

"이 동네 동학도 이름을 전부 대시오."

"우리 동네는 동학도가 한 사람도 없사옵니다."

"이 새끼 뒈지고 싶냐?"

초관이 칼을 쑥 뽑아 동임 목에다 댔다.

"이놈 새끼, 쌍통 생긴 것이 너부터 동학도같이 생겼다. 어서 대!"

동임은 질겁을 했다. 칼끝이 살을 밀고 들어가자 동임은 칼끝을 따라 목을 위로 뽑아 올리며 눈과 입이 점점 크게 벌어지고 있었다. 그때 다른 병졸이 장작더미에서 장작개비를 들고 왔다. 어서 대지 못하느냐고 동임 등짝을 냅다 후려갈겼다. 동임은 죽는다고 악을 쓰며 대굴대굴 굴렀다. 주걱뼈를 맞은 것 같았다.

"이 새끼부터 동학도가 틀림없다. 저 소 끌고 가."

병졸들은 장작개비를 내던지고 소를 끌고 나갔다. 동네 개들이 들판으로 나와 정신없이 짖어댔다.

"저 집에 있는 돼지도 끌고 가!"

초관은 골목으로 들어가다가 돼지 소리가 나자 그리 손가락질을 했다. 병졸들이 몰려갔다. 돼지가 엄청나게 컸다. 돼지우리 울목을 뽑고 안으로 들어가서 돼지 목을 새끼로 단단히 묶었다. 끌어당겼다. 돼지가 악을 쓰며 뒷발로 버텼다. 한 놈이 울목으로 돼지 엉덩짝을 후려갈겼다. 돼지가 후닥닥 뛰어 번개같이 밖으로 내달았다. 새끼줄을 잡아당기던 병졸이 새끼줄에 끌려 돼지 밥통을 껴안고 나동그라졌다. 작자는 얼굴까지 구정물을 뒤집어썼다. 김치 줄거리며 험한 것이 옷에 너덜너덜 붙었다. 작자는 손으로 얼굴을 문지르며 퉤퉤 침을 뱉었다. 제물에 화가 받쳐 입을 앙다물며 울목을 주워들었다. 돼지를 쫓아 뒤란으로 달려갔다. 다른 작자들도 울목을 꼬나들고 뒤따랐다. 돼지는 장광 곁에서 숨을 헐떡이고 있었다. 병졸들은 돼지를 둘러싸고 몽둥이로 후려갈겼다. 돼지가 병졸 가랑이 사이로 돌진했다. 가랑이를 치받힌 작자가 깨진 중두리 위로 발랑 나자빠졌다. 작자는 옆구리를 싸안고 허옇게 눈을 까뒤집었다. 깨진 데다 옆구리를 받힌 모양이었다.

동네 앞에는 벌써 소가 두 마리나 끌려나왔다. 동네 사람들은 집 안에서만 발발 떨 뿐 얼굴도 내밀지 못했다. 저쪽 동네로 갔던 패도 소를 두 마리 끌고 왔다. 동네 개들이 들판으로 몰려나와 미친 듯이 짖고 있었다.

"어라, 알짜배기는 저 사람들이 잡아오네."

저쪽 동네로 갔던 병졸들은 개까지 잡아끌고 왔다.

"저걸 몰랐구나. 푹 삶아서 된장 바르면 얼매나 별미겠어. 밥 위에 떡이다. 우리도 잡자."

"총으로 쏴."

장교 명령에 양총 든 병졸들이 개를 향해 총을 겨누었다. 개들은 논바닥에서 정신없이 짖고 있었다. 탕, 탕. 대번에 개들이 나동그라졌다. 작자들은 새끼로 개 모가지를 묶어 질질 끌고 왔다.

"우리 소 내놔라!"

그때 골목에서 늙은 할머니 한 사람이 허겁지겁 쫓아나오며 소리를 질렀다. 할머니는 소고삐를 붙잡았다. 아까부터 저쪽에서 악을 쓰던 할머니였다. 며느리인 듯한 여자가 따라와서 말렸으나 소용없었다.

"못 가져간다. 가져갈라면 나를 쥑애놓고 가져가거라. 이것이 어뜨코 장만한 손 중 아냐?"

할머니는 소고삐를 잡고 버럭버럭 악을 썼다.

"이런 재수 없는 늙은이가 뉘 앞에서 행패여. 얼른 끌고 가!"

초관이 악을 썼다. 병졸들이 할머니를 사정없이 뒤로 떠밀며 소엉덩이를 갈겼다. 그러나 할머니는 고삐를 놓지 않고 악을 썼다. 병졸 하나가 할머니를 사정없이 밀어버렸다. 할머니가 뒤로 발랑 나가떨어졌다. 할머니는 그 자리에서 버르적거렸다. 할머니는 버르적거리면서도 소 놓고 가라고 악을 썼다.

그때 대구댁 술집에서는 대구댁이 앙칼지게 소리를 질렀다.

"술값 내고 가이소, 예."

술을 마시고 나가던 장교가 할기시 돌아봤다.

"술값? 외상이여, 외상. 치부책에다 딱 달아놔. 금구 수령이 갚아줄 것인게."

장교는 불쾌한 얼굴로 뇌까리며 돌아섰다.

"내가 당신을 언제 봤다꼬 외상인교?"

대구댁은 더 앙칼지게 쏘아붙였다.

"인자 봤은게 외상 아닌교?"

장교는 경상도 사투리로 비아냥거렸다.

"농민군들은 당신들만 못해도 술값 안 내는 것 못 봤구마."

대구댁은 장교 뒤에다 대고 악을 썼다.

"저 때려죽일 년 보게. 웬 갱상도 년이 빼락빼락 악을 쓰는고 했등마는, 농민군 역성드는 것 본게 저년도 동학도가 틀림없구마. 너 이년 이리 나온나."

장교는 홱 돌아서며 눈알을 까뒤집었다.

"그런 닦달 할라카면 술값부터 내고 닦달하이소."

대구댁은 지지 않고 소리를 질렀다.

"이런 때려쥑일 년, '닦달하이소오?' 내가 느그 서방이냐?"

장교는 목로 위에 있는 술방구리를 들어 대구댁을 향해 사정없이 내던졌다. 대구댁은 가슴에 술방구리를 안고 발랑 나가떨어졌다. 술방구리가 박살이 나고 술을 뒤집어쓴 대구댁은 땅바닥에서 버르적거렸다.

"술값 받을라면 전봉준한테 가서 받아라, 이 미친년아."

장교는 악을 써놓고 사라져버렸다. 장교들은 술집마다 휘지르고 다녔다. 벌써 모두 술이 거나했다. 원평 주막에 술이 동이 나버렸다. 주막집들은 부랴부랴 문을 닫았으나, 그런 주막은 술 취한 감영군들 거친 발길에 빈지가 모두 박살이 나버렸다.

감영군 저녁밥은 쇠고기, 돼지고기, 개고기로 푸짐했다. 모두 정신없이 먹어댔다. 국을 두 그릇 세 그릇, 배가 개구리 배가 되도록 우겨댔다. 감영군들은 배를 쓸며 아무 데나 퍼질러 앉아 숨을 씨근거렸다.

"이제부터 잠은 각 초별로 아무 데나 들어가서 동학도들을 몽땅 내쫓아버리고 그 집에서 잔다."

장교가 영을 내리자 영병들은 환성을 질렀다. 영병들은 얼씨구나 하고 초별로 다투어 동네로 흩어졌다. 아무 집이나 무작정 들이닥쳐 사내 꼴 뒤집어썼다 하는 사람은 무작정 동학도라고 몽둥이로 후려갈겼다. 금방 소문이 퍼지자 사내들은 모두 도망쳐버렸다. 젊은 여자들만 남기고 식구들도 몽땅 내몰았다. 여자를 차지하지 못한 사람들은 다른 동네로 달렸다. 가쁜 숨을 사뭇 헐떡거리고 정신없이 내달았다.

지난번 고부에서 역졸들이 했던 짓보다 더했다. 요사이 동학도라는 말은 관속이나 양반, 부호들한테는 야릇한 말이 되어버렸다. 동학도라면 반드시 죽여야 한다는 말이 된 것이다. 동학도들에게는 아무리 잔인하고 못된 짓을 해도 전부 면책이 되어버리고 그 가족에게 하는 짓까지도 마찬가지였다. 영병들은 그 근방 10여 리 안통 동네를 모두 휩쓸었다. 그들은 농민군하고 전쟁을 하러 온 것이 아니라 백성한테 무슨 원한이라도 풀러 온 사람들 같았다.

여자들을 겁탈하고 난 영병들과 보부상들은 집집마다 샅샅이 쓸고 다니며 장롱을 뒤져 은비녀, 은가락지 등 값나가는 물건은 있는 대로 쓸어담았다.

다음날 감영군은 백산을 향해 원평을 출발했다. 농민군은 지금 백산에 진을 치고 있었다. 어제 원평에서 했다는 소리를 들은 농민군들은 당장 쫓아가서 쳐죽이자고 아우성이었다. 특히 원평 사람들은 길길이 날뛰었다. 농민군 두령들은 조금만 참자고 말렸으나 원평 사람들은 자기들이라도 쫓아가겠다고 날뛰었다. 두령들은 빌듯이 말렸다.

"저놈들이 백산에 진을 치고 있다면 바쁠 것도 없소. 오늘은 태인서 자고 갑시다."

이경호가 송봉희를 돌아다보며 웃었다. 농민군 토벌쯤 늦가을 한마당 콩 타작쯤으로 생각하는 것 같았다.

"병졸들도 싸울 때는 싸우더라도 먹고 놀 때는 노는 것같이 놀아야 싸울 맛도 나겠지요."

두 사람은 껄껄 웃었다. 마치 *유산 나온 아낙네들 꽃길 아끼듯 길을 아끼고 싶은 모양이었다.

태인에 당도했다. 여기서도 4,50명씩 초별로 아무 동네나 들어가서 자라고 했다. 그런데 태인은 동네가 텅텅 비어 있었다. 원평 소문을 듣고 동네 사람들이 모조리 도망쳐버린 것이다. 동네에는 어리친 강아지 새끼 한 마리 얼씬거리지 않았다. 숫제 동네를 영병들한테 내맡겨버린 것이다. 소와 돼지는 거의 끌고 가버리고 개도 데리고 가버렸다. 영병들은 닭이나 오리 심지어는 고양이까지 닥치는 대로 잡아서 삶아 먹었다. 여기서도 집집마다 장롱을 뒤진 다음 안방에 들어가 이불이며 옷가지를 있는 대로 끌어내려 깔고 덮고 베고 잤다.

"오늘 저녁에는 기집 사냥도 못하고 이것이 먼 꼴이여?"

금산 보부상 하나가 낄낄거렸다. 그때 태인 보부상이 씽긋 웃었다.

"저쪽 동네에 유세깨나 떠는 양반이 한 집 있는데, 아까 옴시로 본게 그 동네 사람들은 안 내빼고 그대로 있습디다. 그 양반 놈 유세를 믿고 안 내뺀 것 같소. 그 동네 계집년들은 모두 그 양반집에 모였을 것 같소. 그 동네 한번 가면 으짜겠소? 혹시 나중에 말썽이 생

62

기더라도 이웃 동네 든 놈들을 잡아다 족치제 10리 밖에 든 우리가 지목받을 까닭은 없겄지라."

태인 보부상들이 능글맞게 웃으며 씨월거렸다.

"그러면 오늘 저녁에는 양반 년들 배때기 한번 타보께라우."

"저쪽 동네 이방 놈 집도 옹골질 것이오. 그 집에도 그 동네 기집 년들이 다 모여들었을 것이고 장롱 속도 포실할 것 같소."

"그러면 그 집으로 갑시다."

"그래도 양반 기집년 맛이 더 낫겄지라우."

"그러면 두 패로 나눠서 취미대로 갑시다."

모두 좋다고 했다. 작자들은 두 패로 나누어 두 동네로 치달았다. 양반집은 기왓골이 고래 등 같았다. 조용히 대문을 두드리자 청지기 가 나왔다.

"우리는 영병이오. 대장님 영을 받들고 나리를 뵈러 왔소."

무슨 음모라도 하듯 낮은 소리로 속삭이자 청지기는 음모에 동조 하듯 두말 않고 안채를 향해 앞장을 섰다. 청지기가 감영군이 왔다 고 하자 양반 나리가 허겁지겁 뛰쳐나왔다. 양반을 행랑채 앞까지 데리고 왔다.

"미안하요."

한 놈이 양반 등 뒤에서 목을 감아버렸다. 재갈부터 물린 다음 꽁 꽁 묶어 곳간에다 처넣고 밖에서 몽둥이로 문을 괴었다. 발발 떨고 있는 청지기 코앞에다 칼을 들이댔다.

"이것이 칼인데 말이여, 이것을 장난으로 갖고 댕긴 것이 아닌게 시킨 대로 해야 혀. 아차하면 배때기에서 등짝가지 맞창이 날 것인게, 알겠제?"

청지기는 알았다며 발발 떨었다.

"이 집에 당신 말고 사내놈이 몇 놈 있어?"

"저쪽 사랑방에 머슴들 서넛하고 나리 친척 둘이 자고, 그라고는 없소."

청지기는 이미 정신이 반은 나가버렸다.

"동네 기집년들은 어느 방에 몇이나 들었어?"

여남은 들었다며 저쪽 방을 가리켰다. 패거리는 사랑방에 자고 있는 사내들도 몽땅 꽁꽁 묶어 곳간에 처넣었다. 청지기도 같은 꼴로 처넣고 몽둥이를 서너 개나 가져다 곳간 문을 단단히 괴었다. 모두 여자들이 있는 방으로 몰려갔다. 여자들 목에다 칼을 들이대고 욱대겼다. 여자들은 꼼짝 못하고 발발 떨었다. 하나씩 차지하고 방이며 헛간으로 끌고 갔다.

이런 일은 여러 동네서 벌어졌다. 상민들은 도망을 쳤으나, 양반과 아전들은 감히 우리한테까지 손을 대랴 큰기침을 하고 있다가 벼락을 맞았다. 내노라고 떵떵거리던 양반과 아전들이 여남은 집이나 험하게 당하고 말았다. 그러나 아무도 항의해 오는 사람들이 없었다. 여자들이 당해노니 없었던 것으로 숨겨버리자고 작정한 것 같았다.

다음날 감영군들은 한쪽에서는 상음上淫 맛이 걸걸하다고 큰기침을 하며 낄낄거리고 한쪽에서는 그것을 몰랐다고 발을 굴렀다.

3. 유인

4월 6일(양력 5월 10일) 아침. 백산에는 농민군 5천여 명이 진을 치고 있었다. 들판에는 보리가 이삭을 빼물고 연두색으로 피어나던 나뭇잎이 파란색으로 녹음을 드리워가고 있었다.

전봉준 부대와 고영숙 부대는 모두 백산에 몰려 있었고, 손화중 부대 2천여 명은 백산 서쪽 용계리에 진을 치고 있었다. 김개남과 김덕명 등 다른 부대는 원평에서 이리 오지 않고 만석보 쪽으로 가다가 어디론가 감쪽같이 사라져버렸다. 손화중 부대는 3,4천 명을 두 부대로 나누어 한 부대는 진즉 부안으로 가서 관아를 점령한 다음 관아 뒤 상소산에 진을 치고 나머지 반은 여기 있었다.

"개망나니들, 오늘은 오겠지. 오냐, 붙기만 해라, 그저!"

백산에 몰려 앉은 농민군들은 태인 쪽 들판을 건너다보며 이를 악물고 별렀다. 백산은 조그마한 산이 온통 농민군으로 더뎅이가 져버렸다. 전봉준 부대 3천여 명이 몰려 앉자 산은 온통 사람으로 하얗게 덮여버렸다. 농민군을 따라다니며 밥을 얻어먹던 가족은 한 사람도 없었다. 어제 모두 홍덕으로 보낸 것이다. 가족들은 원평까지 따라갔고 어제도 이리 따라와서 밥을 먹었으나 전봉준은 오늘 아침에 모두 홍덕으로 보내면서 거기서 따로 밥을 해 먹이도록 했다.

농민군 두령들은 백산에 모여 마지막으로 감영군 칠 계책을 가다듬고 있었다.

"조정군이 그제 인천에서 출발했다니 벌써 군산포에 당도했는지 모릅니다. 감영군이 저렇게 충그리고 있는 것도 조정군이 오기를 기다리는 것이 아닌지 모르겠습니다."

정읍 손여옥이 말했다. 그는 지금 정읍 농민군을 정읍과 고부 경계에 숨겨놓고 있었다. 손여옥은 송희옥이 전봉준 비서로 들어가자 고창 농민군은 홍낙관한테 맡기고 정읍 농민군을 거느렸다. 그는 손화중보다 한 살 위였으나 손화중 조카로 정읍 읍내 삼산리가 고향인데 그동안 고창 접을 맡아오고 있었다.

"방금 정탐병이 왔소. 따라서 조금 있으면 감영군이 쳐들어올 것 같습니다. 그리고 조정군은 어제 해거름까지도 군산포에 당도하지 않았습니다."

전봉준이 말했다. 감영군 움직임은 정탐군들이 여러 패 나가 시시각각으로 알려오고 있었고, 군산포에는 오거무가 어제 늦게 다녀왔다. 오거무는 지금 전주로 군산으로 두루마기 자락에서 휘파람 소리가 날 지경이었다.

"조정군이 어제까지 안 왔다면 어제 밤사이에 왔을지 모릅니다.

그렇다면 감영군을 오늘 궤멸시켜버려야지 그렇지 않고 싸움이 오래가면 조정군이 바로 이리 올지 모르지 않겠습니까?"

"그렇습니다. 오늘 결판을 내야 합니다."

그때 밖이 소란했다.

"온다!"

"모양 한번 요란스럽구만."

두령들이 밖으로 나갔다. 감영군이 화호나루 쪽으로 떼를 지어 몰려오고 있었다.

"어서 오너라. 우리 대창 맛이 으짠가 한번 보여주마."

농민군들은 감영군을 건너다보며 대창을 틀어쥐었다. 농민군 두령들은 말없이 감영군을 건너다보고 있었다. 전봉준, 손화중, 김개남, 김덕명, 최경선 등 20여 명이었다. 감영군은 요란스런 깃발을 나부끼며 제법 기세 좋게 오고 있었다.

"저 수가 나루를 건너려면 시간이 오래 걸릴 것입니다. 우리 부대는 아까 말씀드린 대로 감영군이 나루를 건너는 것을 보아가며 임기응변을 하겠습니다. 여러 두령들께서는 지금 각자 부대로 돌아가십시오. 그때그때 파발을 띄워 형편을 알리겠고, 계획대로 되었을 때는 천태산 꼭대기에다 봉화를 올려 알리겠습니다."

전봉준이 말했다.

"저녁에 봅시다."

두령들은 모두 자신만만한 표정으로 돌아섰다. 김개남, 김덕명, 손여옥은 말목 쪽으로 가고, 손화중은 용계리 쪽으로 갔다. 바로 백산 아래 용계리에는 손화중 부대 등 여러 부대가 진을 치고 있었다.

손화중 등 두령들은 내려가자마자 부대를 끌고 부안 쪽으로 갔다. 백산에는 전봉준 부대와 고영숙 부대만 남았다. 김개남, 김덕명 부대는 만석보 건너편 태인 가는 길목 여러 동네에 흩어져 숨어 있고 손여옥 부대는 정읍 쪽에 숨어 있었다.

전봉준은 영솔장 최경선과 비서 송희옥과 정백현, 그리고 김도삼과 정익서 등 두령들을 거느리고 그대로 백산 꼭대기에서 감영군이 다가오는 것을 바라보고 있었다. 전봉준 부대에는 고부 사람들뿐만 아니라 아직 봉기하지 않은 고을에서 미리 달려온 민회 패 등 다른 고을 사람들이 많이 섞여 있었다. 진산서 보부상한테 작살이 난 황방호와 박성삼도 50여 명을 이끌고 와서 합류했으며, 김만수 아버지 김일두가 모아온 백정 50여 명이 모인 천민부대도 있었고 순천, 광주 등 여남은 고을 민회 패도 눈알을 번득이고 있었으며 김확실과 텁석부리가 거느리고 있는 갈재 녹림객 30여 명은 지금 정탐을 나가거나 도소에서 두령들 호위를 맡고 있었다.

감영군이 저쪽 도선목으로 집결하고 있었다. 나룻배를 끌어다 대놓기는 했으나 아직 건너지는 않고 있었다. 모두 도착을 한 다음에 엄호를 하며 건널 모양이었다.

"점심을 먹으시오."

두령들이 점심을 먹으라고 했다. 농민군들은 점심밥을 싸서 옆구리에 차고 있었다. 모두 앉은 자리에서 밥을 먹기 시작했다.

— 빵빵.

감영군들이 저쪽 강둑에서 백산을 향해 양총을 갈겼다. 그러나 어림없는 거리였다.

"이 촌놈 무지렁이들아, 거그 꼼짝 말고 가만히 앉아 있어라. 양총알 맛이 꼬소할 것이다."

감영군은 농민군을 보며 먹이 본 맹수들처럼 기고만장이었다. 감영군들은 양총에 대한 자신감이 대단했다. 사실, 대창과 화승총은 양총에 상대할 수가 없었다. 농민군은 거의가 대창이고 화승총을 가장 많이 가졌다는 고부 농민군이 20명에 1명꼴이었으나 화승총 성능은 양총과는 비교가 되지 않는 원시적인 총이었다. 신식총은 최대 사거리가 500미터가 넘었으며 반자동이라 1분에 12발을 쏠 수 있는데, 화승총은 사거리가 100미터밖에 되지 않았으며, 한 방 쏘는데 1분 가까이 걸렸다. 감영군들이 농민군을 얕볼 만도 했다.

감영군이 도선목을 중심으로 강둑 위아래로 진을 쳤다. 강을 건널 때 나룻배를 엄호하려는 진용이었다. 그러나 백산에 있는 농민군들은 그대로 앉아서 지켜보고만 있었다. 2천여 명에 가까운 수가 다 건너려면 꽤나 시간이 걸릴 것 같았다. 감영군은 이번에는 군량도 가지고 오는 것 같았다. 어디서 싸움이 붙을지 몰라 태인에서 관곡을 가지고 오는 모양이었다. 1백여 섬은 되는 것 같았다. 날이 끄물거리더니 빗방울이 하나씩 떨어지기 시작했다.

"우리는 으째서 이라고 가만히 있으까?"

백산에 앉아 있는 농민군이 저쪽에 있는 전봉준을 보며 속삭였다.

"다 건넌 다음에 칠라고 그러까?"

농민군은 끼리끼리 속삭이며 감영군이 움직이는 것만 구경하고 있었다.

"오매, 저것이 우리 동네 만득이 아녀?"

그때 하학동 강쇠가 고부 읍내 쪽에서 오는 길을 보며 눈을 둥그렇게 떴다. 하학동 사람들이 모두 깜짝 놀랐다. 만득이가 다가오고 있었다. 50여 명이 만득이 뒤를 따르고 있었다. 뒤따르는 사람들은 대창을 들고 있었으나, 만득이는 손에 큼직한 손작두 날을 을러메고 다가왔다. 강쇠가 쫓아내려갔다.

"으짠 일이여? 어디서 와?"

강쇠가 만득이 앞으로 다가서며 다급하게 물었다. 만득이는 별로 반기는 기색도 없이 숨을 씨근거리며 백산에 있는 사람들과 강쇠를 번갈아 보았다. 그는 눈동자가 안정을 잃고 있었고 연방 가쁜 숨을 내쉬고 있었다.

"시방 감영군이 수천 명 양총을 들고 화호나루를 건너고 있는 참이여."

그때 김천석 등 하학동 사람들이 달려왔다. 모두 만득이 손을 잡고 반겼다.

만득이도 반기기는 했으나, 무얼 잃은 사람처럼 건둥거렸다.

"장흥 사람들 왔제?"

만득이는 연방 백산 쪽을 두리번거리며 물었다. 김학삼이 이끈 장흥 선발대 3백여 명이 조금 아까 당도했다. 만득이는 장흥에서 이방언이 보낸 선발대 속에 끼어 오다가 따로 떨어져 고부 읍내를 다녀오는 길이었다. 장흥 선발대가 갈재를 넘어 천원에 당도했을 때 만득이는 김학삼의 허락을 얻어 고부 읍내로 달려갔다. 김학삼은 만득이 사정을 잘 알고 있었으므로 그가 이끈 천민부대 50여 명을 그대로 달려 보냈던 것이다. 만득이는 종과 백정, 무부巫夫 등 장흥 천민부대 50명의 대장이었다.

어느 고을이나 천민부대는 따로 편성되거나 여러 고을 천민들이 모여 한 부대를 이루었다. 만득이 부대에도 강진 천민들이 합류했다. 동학은 사람 차별 않는 것을 신행의 가장 중요한 덕목으로 내세웠지만 그게 말같이 쉬운 일이 아니었다. 상민들도 종이나 백정 등 천민들하고는 어울리기를 싫어했고 천민들도 상민들하고 섞이기를 싫어했으므로 부대를 따로 편성할 수밖에 없었다.

눈에 불을 켜고 읍내에 당도한 만득이는 가쁜 숨을 사뭇 헐떡거리며 대원들을 이끌고 호방 집으로 쏠려 들어갔다. 마당에서는 행랑아범이 손작두로 여물을 썰고 있다가 만득이를 봤다. 만득이는 다짜고짜 행랑아범 어깨를 낚아채고 유월례 어디 있느냐고 욱대겼다. 행랑아범은 멍청하게 만득이를 보고 있다가 입을 열었다.

"장문리서 살림을 차리고 있다는 소리는 들었네마는 나는 가보지도 않았네."

행랑아범은 냉랭하게 대답하며 다시 작두질을 하려 했다. 그 사이 대원들은 집을 빙 둘러쌌다.

"누구하고 살림을 차렸단 말이오?"

만득이가 우악스럽게 행랑아범 어깨를 잡아 흔들며 다그쳤다.

"뻔하지 않은가?"

"호방 놈 어뒀소?"

"전주 갔다고 하는 것 같데."

만득이는 다시 눈이 뒤집혔다. 주변을 두리번거리던 만득이는 행랑아범을 밀치고 손작두 고두쇠를 뽑았다. 대창을 내던지고 손작두

날을 꼬나들었다. 손작두가 유독 커서 날이 떡살 찍으려고 늘여놓은 인절미 모태만 했다. 자루는 홍두깨만큼 길쭉했다.

"그 집으로 갑시다."

만득이가 이를 갈며 행랑아범더러 앞장을 서라고 욱대겼다. 행랑아범이 민치적거리자 곁에 섰던 농민군이 창을 들이대며 어서 앞서라고 을러멨다. 행랑아범은 굼뜨게 일어나 앞장을 섰다. 행랑아범을 앞세우고 가는 만득이 모습은 호방이고 유월례고 단칼에 두 동강을 낼 것 같았다. 유월례가 살던 집에 당도했다. 홍덕댁이 내다봤다.

"유월례 어디 갔어?"

만득이가 소리를 질렀다.

"진작 전주 갔소."

잔뜩 겁을 먹은 홍덕댁은 달달 떨며 대답했다. 여기서도 부대원들이 집을 빙 둘러쌌다.

"호방하고 같이 갔단 말이여?"

만득이는 숨소리가 풀무질 소리였다.

겁에 질린 홍덕댁은 여차여차해서 호방이 전주로 데리고 갔다고 묻잖은 소리까지 단숨에 주워섬겼다.

"그 개 같은 놈, 으음."

만득이는 이를 갈며 손작두로 기둥을 내리찍었다. 작두날이 기둥 모서리를 깊이 파고들었다. 작두밥이 황소 혓바닥만큼 입을 벌렸다. 만득이는 거푸 기둥을 찍었다.

"오냐, 이놈 두고 보자."

작두날이 아까보다 더 깊이 파고 들어갔다. 만득이는 이를 갈며 집을 나왔다. 이빨 가는 소리가 호두 알 으깨는 소리였다. 저러고도 이빨이 성할까 싶었다. 만득이는 우황 든 소 앓듯 신음소리를 내며 백산을 향해 내달았다.

"인자 왔어?"

김학삼이 만득이를 맞았다. 김학삼은 만득이 표정만 살필 뿐 얼른 뭐라 묻지 않았다. 곁에 있던 대원이 김학삼을 한쪽으로 따내 간단히 이야기를 했다.

"전주로 갔다면 그놈은 독안에 든 쥐네. 며칠만 참게."

김학삼은 만득이 등을 다독거리며 달랬다. 그동안 김학삼은 만득이 옥바라지를 하기도 하고 얼마 전에는 이방언의 영을 받고 장흥 아전들을 위협하여 만득이를 방면시키는 등 여러 가지로 만득이 뒤를 돌봐주었다.

김학삼은 장흥 신청神廳 행수를 사이에 넣어 옥바라지를 했다. 장흥은 어느 고을보다 신청이 컸는데 신청과 장흥 아전들 사이는 특별한 연이 있었다. 30여 년 전 임술 농민봉기 때 무당 남편들이 아전들 편을 들어 민란 주모자였던 평화 고씨 집을 습격할 때 앞장을 섰던 까닭이다. 김학삼은 그들과 무슨 연이 있는 것은 아니고 이방언 지시로 돈을 주고 신청 행수를 구워삶았던 것이다. 지금 장흥부 행수 기생은 신청 행수 딸이고, 일반 기생들도 신청 출신들이 많았으므로 신청 행수는 아전들과는 두루 얽혀 있는 터라 신청 행수가 나서자 장흥 아전들은 만득이를 처갓집 일가처럼 살뜰하게 돌봐주었다.

감영군은 이경호 부대가 먼저 건넜다. 나루를 건너는 족족 백산을 향해 진을 쳤다.

"백산 아랫동네에 몰려 있던 난군들은 벌써 도망치고 없습니다."

영병 두 사람이 달려와서 이경호한테 소리를 질렀다.

"하하, 허망한 놈들도 있구만. 부안으로 도망치면 삼면이 바다인데 다음에는 어디로 내빼려고 그리 내뺐다더냐?"

이경호가 껄껄 웃었다.

"야, 이 촌놈 무지렁이 새끼들아, 우리 영병들이 다 건너갈 때까지 꼼짝 말고 거그 자빠졌거라. 총 한 방도 안 쐈는데 내뺄라면 용천한다고 대창 들고 일어났냐?"

감영군 병졸들이 백산을 건너다보며 욕설을 퍼부었다. 그러나 백산에 있는 농민군들은 꼼짝 않고 보고만 있었다. 전봉준도 그대로 보고 있었다. 그는 곁에 둘러선 두령들과 간혹 이야기를 할 뿐이었다. 손화중 부대는 벌써 저만큼 부안 쪽으로 가고 있었다. 빗방울이 굵어지기 시작했다.

감영군들이 나루를 거의 건넜다. 먼저 건넌 이경호 부대와 보부상 부대는 백산을 향해 진격할 태세를 갖추었다. 이경호 부대는 강둑 쪽이고, 보부상 부대는 들판 쪽이었다.

"진격!"

드디어 이경호가 진격 명령을 내렸다.

"죽여라!"

"한 놈도 남기지 마라."

감영군들은 악다구니를 쓰며 내달았다. 감영군은 콩 볶듯 요란스럽게 총을 갈기며 백산으로 진격을 했다. 빗줄기가 점점 더 굵어졌다. 전봉준 부대와 고영숙 부대는 백산에서 도망치기 시작했다.

"저놈들이 또 도망친다."

"쫓아라."

이경호와 송봉희가 다급하게 소리를 질렀다.

"야, 다 죽여라."

감영군들은 악다구니를 쓰며 부리나케 내달았다.

"이놈들아, 양총 맛이나 보고 내빼라!"

감영군들은 기고만장 악을 쓰며 쫓아갔다. 백산에 있던 전봉준 부대는 부안과 줄포 중간쯤 방향으로 도망쳤다. 빗방울이 더 굵어지고 있었다. 감영군은 악다구니를 쓰며 백산 모퉁이를 돌아 내달았다. 전봉준 부대는 벌써 저만치 들판으로 도망치고 있었다. 비를 맞으며 도망치는 농민군 꼴은 처량했다. 이경호 부대와 보부상 부대는 정신없이 쫓았다. 뒤따라 달려가던 이경호가 송봉희한테로 갔다.

"싸움은 이미 이겨논 싸움, 비를 맞으며 쫓아갈 것까지 있습니까? 오늘은 이 근방 동네서 자고 맑은 날 천천히 작살을 내는 것이 어떻겠소?"

이경호가 송봉희한테 말했다. 농민군들은 부안 쪽으로 도망치고 있었으므로 다른 데로 쉽게 옮겨갈 것 같지도 않았다. 부안은 삼면이 바다로 막힌 반도라 도망쳐 보았자 기껏해야 고창이나 무장으로 도망칠 수밖에 없었다.

"그럽시다. 내일 칩시다."

송봉희가 대번에 동의했다. 두 사람은 곧바로 추격을 중지하라고 영을 내렸다. 이경호 부대는 백산 아래 용계리를 중심으로 근처 동네에 들고 보부상 부대는 서쪽 들판 대산리를 중심으로 근처 동네에 들기로 했다. 내일 싸운다고 하자 감영군은 환성을 질렀다. 오늘 저녁 여기서도 재미 볼 생각에 지레 입들이 바지게로 찢어졌다. 모두 동네로 들어갔다. 동네는 여기도 태인처럼 텅텅 비어 있었다. 모두 빈집으로 들어가서 비를 피했다. 좀 만에 비가 그치기 시작했다.

"어라, 저것들 봐라."

저쪽으로 도망치던 농민군이 되돌아서서 이쪽으로 오고 있었다. 고부천을 건너 부안 쪽으로 갈 줄 알았는데, 고부천을 거슬러 고부 읍내 쪽으로 빠지고 있었다. 농민군은 보부상 부대가 들어간 대산리 와 웬만큼 거리를 두고 평교리로 향했다. 농민군은 감영군쯤 안중에 없다는 듯 가까이 지나갔다. 금방 도망치던 농민군들이 언제 도망쳤 냐는 듯 겁 없이 곁으로 지나가고 있었다.

"저놈들이 우리하고 한판 붙자는 거야 뭐야?"

송봉희가 농민군을 건너다보며 눈을 부릅떴다. 농민군은 보부상 이 든 동네를 건너다보며 신나게 꽹과리까지 두들겨댔다. 깃발은 비 에 젖어 축 처졌으나 풍물을 치는 기세는 대단했다. 북과 장구는 도 롱이를 씌워 간수하고 꽹과리와 징만 두들겨댔다.

"모두 다시 모여라. 저놈들을 대번에 요절을 내자."

송봉희가 명령을 내렸다. 보부상들이 모두 집에서 나왔다.

"난군을 공격한다. 진격!"

보부상 부대는 농민군을 향해 총을 쏘며 내달았다. 농민군은 또 정신없이 도망쳤다. 농민군들은 비를 쫄쫄 맞으며 고부 쪽 평교리 사거리로 접어들었다. 송봉희는 저놈들이 실성한 놈들 아니냐고 두 런거렸다.

"멈춰라."

송봉희가 명령을 내렸다. 보부상들이 다시 멈췄다. 도망치던 농민군도 멈춰 서서 뒤를 돌아보고 있었다. 농민군들은 다시 보부상 쪽을 바라보며 꽹과리와 징을 신나게 두들겨댔다.

"저 자식들이 우리를 놀리는구나. 다시 진격!"

약이 오른 송봉희가 얼굴이 새빨개지며 악을 썼다. 보부상들은 또 정신없이 총을 갈기며 쫓아갔다. 농민군은 또 도망쳤다.

"대장님, 보부상 부대가 농민군을 추격하고 있습니다."

이경호 부대 초관 하나가 이경호한테로 달려가며 소리를 질렀다.

"뭣이?"

이경호는 깜짝 놀라 밖으로 뛰어나왔다.

"저 사람이 저게 무슨 짓이야. 왜 나한테는 말도 않고 혼자 공격을 해?"

이경호는 대번에 눈을 치떴다.

"뻔하지 않습니까? 장사치들을 이끌더니 금방 셈속으로 노는 것 같습니다."

곁에 섰던 장교가 핀잔조로 뇌었다. 농민군을 혼자 쳐서 공을 챙길 속셈이라는 소리 같았다.

"저런 의리 없는 작자!"

이경호는 입을 앙다물었다.

"우리도 추격한다. 빨리 모여서 진격하라."

이경호가 불같이 영을 내렸다. 점심을 지으려고 쌀을 안치고 있던 병졸들이 정신없이 뛰어나왔다. 농민군은 평교리에서 말목 쪽으로 길을 잡아서고 있었다.

"저놈들이 말목으로 갈 모양이다. 길을 무질러라."

이경호 부대는 산전리 쪽 들판을 무질렀다. 농민군을 쫓아가던 보부상 부대가 다시 멈추었다. 농민군도 멈춰서 감영군을 돌아보며 요란스럽게 풍물을 두들겨댔다.

"정말 저놈들이 우리를 놀리고 있다. 다시 진격하라. 이번에는 기어코 전멸을 시킨다."

송봉희는 화가 머리끝까지 치솟아 목이 찢어져라 악을 썼다. 농민군은 또 도망쳤다. 농민군은 할깃할깃 돌아보며 내뺐다. 비가 그쳤다. 구름발 사이로 해가 나왔다. 봄 날씨답지 않은 변덕이었다. 저녁 새참 때쯤 된 것 같았다.

감영군 두 부대가 농민군을 양쪽으로 정신없이 쫓았다. 보부상 부대는 평교리에서 곧바로 쫓고 이경호 부대는 말목 쪽으로 쫓았다. 마치 두 부대가 경주라도 하듯 정신없이 추격을 했다. 이경호 부대는 농민군이 말목으로 가려는 줄 알고 앞지르려 했으나 응봉리를 지난 농민군은 운학동 쪽으로 내달았다. 농민군들은 쏜살같이 들판을 달렸다. 앞을 지르려던 이경호 부대를 따돌린 셈이었다. 보부상 부대는 쫓다 말고 또 멈추었다. 백산에서 시오리쯤 되는 곳이었다. 이경호 부대가 보부상 부대 쪽으로 달려왔다. 농민군은 운학동 못 미친 삼거리에 멈춰 다시 뒤를 돌아보고 있었다.

"여보시오. 공격을 하려면 계획을 세워서 같이 해야 할 게 아니오?"

이경호가 송봉희한테 버럭 화를 냈다. 송봉희는 사정이 그렇게 되었노라고 변명을 했으나 이경호는 얼굴이 붉으락푸르락해지며 눈알을 뒤룩거렸다.

"조금 있으면 해가 지겠는데, 여기서 멈추는 게 어떻겠소?"

송봉희가 말했다. 이경호는 농민군을 할기시 돌아봤다. 농민군은 이번에는 꽹과리를 치지 않고 그냥 멈춰 서서 보고만 있었다.

"우리는 저쪽으로 더 가다 큰 동네서 자겠소."

이경호는 창동 쪽을 가리키며 퉁명스럽게 대답하고 돌아섰다. 그는 농민군들이 다시 말목으로 방향을 바꿀 것으로 짐작하는 것 같았다. 이경호 부대가 움직이자 농민군은 또 꽹과리를 요란스럽게 두들기면서 깃발을 휘둘렀다. 이경호가 걸음을 멈추고 쏘아봤다. 농민군들은 분명히 놀리는 가락이었다.

"저놈들을 쫓아라."

이경호가 대번에 악을 썼다. 이경호 부대는 농민군을 향해 돌진했다. 보고 있던 송봉희 부대도 쫓기 시작했다.

농민군은 운학동을 지나 들판을 피해 천태산과 두승산 사이 탑선리로 향했다.

"저놈들이 산으로 내빼자는 수작인가? 좋다. 쫓는 데까지 쫓아라."

이경호 부대는 보부상 부대를 앞질러 쫓았다. 구름 사이로 얼굴을 내민 해는 벌써 서산마루로 들어갈 구멍을 찾고 있었다. 농민군은 정신없이 탑선리 쪽으로 내달았다.

그때 탑선리 사람들은 깜짝 놀랐다.

"농민군들이 우리 동네로 몰려오요. 우리 동네가 전쟁터가 되겠소. 동네 사람들은 전부 피하시오. 빨리 천태산으로 피하시오."

탑선리 동임이 숨넘어가는 소리로 외쳐댔다. 농민군이 몰려오고 그 뒤에 감영군이 정신없이 쫓아왔다. 동네 사람들이 모두 뛰어나와 부랴부랴 천태산으로 붙었다. 탑선리 사람들도 감영군들이 원평과 태인에서 분탕질쳤다는 소문을 듣고 있었으나 설마 이렇게 귀빠진 동네까지 올 줄은 미처 생각도 못했다. 동네 사람들은 허옇게 산으로 붙었다.

농민군은 탑선리를 지나 천태산 줄기 자랏고개로 붙고 있었다. 이경호 부대는 악다구니를 쓰며 쫓아갔다. 서산으로 넘어가는 해를 보던 이경호가 부대를 멈추라고 했다.

"조금 있으면 어두워질 것 같다. 저놈들이 산으로 올라가는 것이 무슨 계략이 있는 것 같잖아?"

이경호가 탑선리 앞에 멈춰 장교들을 돌아봤다.

"산으로 붙는 것이 아니라 저기가 고개 같습니다."

곁에 있던 장교가 다급하게 말했다. 보부상 부대가 벌써 가까이 오고 있었다.

"그대로 쫓아라."

보부상 부대를 돌아본 이경호가 명령을 내렸다. 농민군은 벌써 선두가 자랏고개를 올라서고 있었다. 이경호 부대는 총을 갈기며 쫓아갔다. 농민군은 허위허위 고개를 넘어 도망쳤다.

호남평야는 아래쪽이 노령산맥으로 막히는데, 그 노령산맥에서 들판 쪽으로 천태산과 두승산이 한참 떨어져 우뚝 솟아 있었다. 이 두 산을 잇는 낮은 산줄기에 자랏고개가 걸쳐 있었다.

"이제 됐습니다. 황토재까지는 뒤도 돌아보지 말고 내달으시오."

전봉준은 두령들에게 명령을 내렸다. 농민군은 들판 건너 저만치 보이는 황토재를 향해 바람같이 내달았다.

"왜 자꾸 내빼기만 할까, 이런 데서 한판 붙제?"

별동대 대원들이 투덜거렸다.

"다 속셈이 있는 것 같은게 암말 말고 달려!"

김승종이 소리를 질렀다. 김장식은 도매다리 자기 동네를 돌아보며 이를 갈았다. 도매다리뿐만 아니라 동네마다 불에 탄 집터가 마치 마귀들이 벌였던 잔치 뒷마당같이 시커멓게 남아 있었다. 고부 농민군들은 불탄 집터를 보며 모두 새삼스럽게 이를 갈았다. 들판을 반쯤 달리자 감영군들이 자랏고개를 넘어왔다. 그들도 정신없이 쫓아왔다.

농민군은 황토재에 다다랐다. 황토재는 어째서 이런 데가 재라는 이름이 붙었을가 싶게 손잔등같이 펑퍼짐한 곳이었다. 농민군들은 쫓아오는 감영군을 건너다보고 있었다.

감영군은 들판을 무질러 농민군이 온 길을 그대로 달려왔다. 전봉준 등 두령들은 여유 있는 모습으로 달려오는 감영군을 건너다보고 있었다. 땅거미가 옅게 지고 있었다.

들판을 달려오는 이경호 부대와 송봉희 부대는 서로 선두를 다투느라 정신이 없었다. 가까이 왔다.

"꼼짝 말고 거깄거라!"

감영군은 양총을 갈겨대며 달려왔다.

"이제 마지막 후퇴입니다. 저 산봉우리가 매봉이고 그 옆에 낮은 봉우리가 손소락등입니다."

전봉준이 황토재 동남쪽으로 두어 마장 거리에 있는 산봉우리를 가리켰다.

"최두령은 아까 말한 대로 저 봉우리를 차지하고 고두령은 바로 가서 저녁밥을 먹으시오."

전봉준은 최경선과 고영숙한테 영을 내렸다. 농민군은 또 황토재를 버리고 내달았다. 날이 어두워지고 있었다. 황토재를 차지한 감영군은 더 쫓지 못하고 닭 쫓던 개처럼 멍청하게 보고만 있었다. 최경선이 거느린 고부 농민군은 손소락등으로 올라붙고 고영숙이 거느린 나머지 농민군은 손소락등을 오른쪽으로 놔두고 동쪽 평지로 내달았다.

최경선이 맨 뒤에 올라가는 농민군 부대한테 동네에 들어가서 모닥불 피울 나무를 가지고 가자고 했다. 농민군들은 동네에 들어가서 장작과 섶나무를 한 아름씩 안고 나왔다.

"이제 바쁘지 않소. 천천히 갑시다. 밥은 벌써 해놨을 것입니다."

고영숙은 두령들한테 각 부대가 가서 밥 먹을 동네를 말했다. 이 근방 여러 동네에다 미리 쌀을 보내 저녁밥을 지어두라고 시켜놓은 것이다. 고영숙 부대는 배장, 내촌, 내정, 쌍정, 두지, 만종, 용정, 시목 등 예닐곱 동네로 나누어 들어갔다.

손소락등 꼭대기에 올라선 전봉준은 황토재를 건너다보고 있었다. 감영군은 여기저기 모닥불을 피웠다. 거기서 야영을 할 모양이었다.

"감영군은 저기다 진을 칠 것 같지요?"

전봉준은 최경선한테 물었다.

"계획대로 된 것 같습니다."

최경선이 꽃봉오리 같은 웃음을 지으며 대답했다. 전봉준은 정길남을 불렀다.

"천태산을 향해 봉화를 올려라."

정길남이 미리 준비해 온 섶나무를 재빠르게 쌓은 다음 불쏘시개에 불을 붙여 섶나무 무더기에 불을 댕겼다. 봉홧불 두 개가 훤하게 피어올랐다. 금방 천태산 꼭대기에서도 봉화가 올라 화답을 했다. 거기도 두 개가 올랐다. 미리 단단히 준비를 했던지 봉홧불이 큼직했다.

천태산에는 아까 탑선리를 지날 때 미리 대원을 보내놨던 것이다. 천태산에 오른 봉화는 손화중, 김개남 부대 등 여러 부대한테 일이 계획대로 되었다는 것을 알리는 봉화였다. 손화중 부대는 아까 백산에서 잠시 부안 쪽으로 물러갔다가 말목 쪽으로 오면서 봉화를 기다리고 있었고, 태인 쪽에서는 김개남, 김덕명 부대가, 정읍 쪽에서는 손여옥 부대가 기다리고 있었다. 농민군들은 이제 황토재에 진을 친 감영군을 넓게 포위한 셈이었다.

"여기서도 모두 모닥불을 피우고 옷을 말리라 하시오."

전봉준이 영을 내렸다. 농민군들은 산꼭대기 여기저기 모닥불을 피우고 옷을 말리기 시작했다.

그때 저쪽 큰길로 정탐 나갔던 병정들이 헐레벌떡 달려왔다. 정읍 쪽에서 웬 부대가 하나 말목 쪽으로 가고 있다고 했다. 보부상들 같은데 2백 명도 넘을 것 같다는 것이다. 보부상들은 지금도 계속 몰려들고 있는 모양이었다.

"정읍 보부상들은 이미 원평에서 감영군과 합세를 했고 지금 가

는 보부상들은 순창이나 담양 쪽 보부상들이 정읍을 거쳐 와서 감영
군을 찾아가는 것 같소."

최경선이 말했다. 임군한 졸개들이 산지사방으로 쏘다니며 정탐
을 하고 있었으므로 농민군들은 그들 움직임을 소상히 알고 있었다.

"두령들이 모두 모였습니다."

동네 두령급들까지 전부 모였다.

"여러분 고생하셨습니다. 일이 계획대로 되었습니다. 조금만 있
으면 밥이 올 것입니다. 그러면 지금부터 오늘 저녁 작전계획을 말
씀드리겠습니다."

전봉준이 차근하게 입을 열었다. 옷이 비에 젖은 두령들의 몰골
은 후줄그레했으나 눈에서는 빛이 번쩍거리고 있었다.

"다행히 우리 계획이 제대로 들어맞아 감영군을 여기까지 꼬여와
서 황토재에다 진을 치게 했습니다. 모두 짐작하셨겠지만 위가 백산
에서 부안 쪽으로 도망쳤다가 되돌아온 것이나, 백산에서 이리 오는
가까운 길을 놔두고 자랏고개로 돌아온 것이나 모두 그만한 까닭이
있었습니다. 그것은 감영군이 어두워질 시간에 황토재에 당도하여
황토재에다 진을 치지 않을 수 없게 만들자는 계획이었습니다."

전봉준의 말을 들은 두령들은 모두 입을 벌리고 고개를 끄덕였
다. 그러니까 전봉준은 시간을 치밀하게 계산하여 감영군이 황토재
에 이르렀을 때는 어두워져서 더 움직일 수 없도록 어두워질 시간에
맞춰 그들을 끌고 온 셈이었다.

"허허, 우리가 내뺄게 감영군들은 자기들이 무서워서 내빼는 줄
만 알고 죽어라 하고 쫓아왔제마는 그러고 본게 우리 손아귀에서 놀

아난 셈이구만."

두령들이 속삭이며 웃었다.

"오늘 저녁에 야습을 합니다. 양총 가진 감영군을 제대로 치는 길은 야습이 제일 좋은 방법입니다. 금방 밥을 가져오면 밥을 먹은 다음에 모두 신발을 단단히 단속하고 창이며 칼을 손보도록 하십시오. 공격명령이 떨어지면 있는 힘을 다해서 무찔러야 합니다. 감영군을 한 놈도 살려 보내서는 안 됩니다. 전멸을 시켜버려야 합니다. 여태까지 우리 가슴속에 응어리진 원한을 오늘 저녁에 한 오라기도 남기지 말고 다 풀어버립시다."

전봉준은 힘진 소리로 말했다.

"야습! 음, 양총 가진 놈들을 작살내자면 야습이 제일이겠구만."

두령들은 이제야 알겠다는 듯이 거듭 고개를 끄덕이며 눈을 밝혔다. 이 야습은 지난 정월 고부 사람들만 봉기했을 때부터 전봉준이 마음속에 간직하고 있던 회심의 전술이었다. 성능 좋은 양총으로 무장한 관군을 무찌를 수 있는 방법은 야습이 제일 효과적인 방법이었다. 아무리 신식 총이 성능이 좋아도 목표가 보이지 않는 밤에는 작대기보다 못하기 때문이다. 전봉준은 총의 이런 약점을 이용해서 첫싸움을 야습으로 결판을 내버리자고 작정하고 있었다. 그래서 정월 봉기 때부터 고부 농민군에게 야습훈련을 시켰고 이번에도 마찬가지였다. 원평까지 진출했다가 다시 백산으로 돌아오는 사이에도 여러 가지 구실을 붙여 농민들을 밤에 내보내 어둠에 단련을 시켰던 것이다. 그런데 야습은 여러 번 쓸 수 없는 전술이므로 한판 싸움으로 감영군이 더 힘을 쓸 수 없을 만큼 결정적인 타격을 주어야 했다.

이 싸움은 관군과 농민군이 싸우는 첫 싸움이므로 이 싸움의 성패는 엄청난 의미를 지닐 수밖에 없었다. 이번 봉기 전체의 성패가 달린 싸움이었다. 감영군을 무찔러버리는 것도 중요한 일이지만 이 싸움의 결과에 따라 지금 어정쩡하고 있는 여러 고을 농민군들의 거취가 좌우될 판이었다. 더구나, 지금 한양에서 오고 있다는 정부군 사기에도 그만큼 크게 타격을 줄 것이 분명했다.

감영군을 하필 황토재에다 유인하여 진을 치게 한 데는 몇 가지 이유가 있었다.

첫 번째, 전투를 하는 데는 지리적으로 유리한 자리를 차지하는 것이 가장 중요한 일인데, 야습에는 황토재만큼 유리한 자리가 없었다. 전봉준은 자기 집이 바로 여기서 얼마 안 되는 조소리였으므로 이 근방 지형을 손바닥 보듯 잘 알고 있었다.

두 번째는 농민군이 도망치는 못난 꼴만 보여 감영군이 자만심을 갖게 하려는 것이었다.

세 번째는 감영군을 잔뜩 지치게 하고 밥도 제대로 먹지 못하게 하자는 것이었다. 농민군은 미리 점심을 준비하고 있다가 든든하게 먹었지만 감영군은 점심도 먹지 못하고 여기까지 30여 리를 쫓아왔다. 그들은 태인에서 군량을 가지고 왔으므로 오늘 저녁밥은 해먹겠지만 지치고 주린 배에다 밥을 잔뜩 먹어놓으면 그대로 곯아떨어질 판이었다.

전봉준은 지금 밥을 하고 있는 몇 동네에 오늘 아침에 쌀을 보내 밥을 하라고 이르고 다른 동네 사람들은 전부 피하라고 했다. 지금 이 근방도 아까 고영숙 부대가 밥을 먹으러 간 몇 동네 말고는 한 사람도 남지 않고 전부 피해버렸다. 하학동 사람들도 마찬가지였다. 금구에서 집에 돌아온 달주 모녀는 연엽과 함께 정읍 일갓집으로 피했다.

"지금 정탐꾼들이 감영군 동정을 샅샅이 살피고 있습니다. 우리는 여기서 기다리고 있다가 새벽 짬에 습격을 합시다."

전봉준이 말을 맺었다. 여기 정탐도 주로 김확실 패가 맡고 있었다.

"제 생각에는 감영군들이 먼저 기습을 해올 것 같습니다. 우리가 먼저 기습을 할 것이 아니라 저자들 기습에 대비하고 있다가 되받아치는 것이 어떻습니까?"

조만옥이 단정적으로 말했다. 감영군 뱃속을 들여다보기라도 한 듯 자신 있게 말했다. 너무 자신 있게 말하는 바람에 두령들은 잠시 어리둥절했다.

"아까 저자들 쫓아오는 것을 보셨겠지만, 이경호 부대하고 송봉희 부대가 따로따로 놀고 있습니다. 서로 먼저 우리를 쳐서 공을 세우려고 경쟁을 한 것이 분명합니다."

두령들은 고개를 끄덕였다.

"저자들이 우리 꼬임에 말려들어 여기까지 끌려온 것은 우리를 깔본 탓도 있지만, 이경호와 송봉희가 서로 공을 다투는 경쟁심도 큰 원인인 것 같습니다. 오늘 저녁에도 틀림없이 그들은 다른 부대 모르게 어느 한 부대가 우리를 기습해 올 것 같습니다."

조만옥은 도망치면서도 감영군의 결정적인 약점을 본 것이다.

"우리는 저 작자들 기습에 대비하여 미리 두 패로 나누어 매복을 하고 있다가 그들이 기습을 해올 때……."

조만옥이 작전계획을 설명했다. 두령들은 모두 고개를 끄덕이며 전봉준을 봤다.

"조두령 아주 좋은 계책을 내놓으셨습니다. 조두령 계책대로 합시다."

전봉준은 시원스럽게 결단을 내렸다.

"지금 김개남 두령과 김덕명 두령은 가까이 태인 창촌 근방에 있고, 손여옥 두령은 정읍 쪽에 있으며, 부안 쪽으로 피한 척했던 손화중 두령은 지금 말목을 거쳐 이쪽으로 오고 있을 것입니다. 지금 그들과는 긴밀하게 연락을 하고 있습니다. 이제부터 우리는 저녁밥을 먹은 다음에 감영군이 기습해 올 것에 대비하여 두 부대로 나누어 매복을 하겠습니다. 아까 조두령께서 말씀하신 대로 감영군 가운데서 한 부대가 기습을 해온다고 가정하고 한 부대는 이쪽 길목에 매복을 하고, 다른 부대는 황토재를 빙 둘러 매복을 합니다. 한 부대가 기습을 해오든 전부가 기습을 해오든 기습 부대 선두가 이쪽 포위망 속에 들어왔을 때 공격을 합니다. 그때는 징을 울리겠습니다. 감영군 두 부대가 한꺼번에 기습을 해올 때는 징과 꽹과리를 섞어서 울리고, 한 부대만 기습해 올 때는 징만 울리겠습니다. 그 징소리에 따라 공격을 해주십시오."

전봉준이 작전을 설명했다.

"감영군이 기습을 해오지 않을 때는 우리가 기습을 하는데, 시간은 새벽닭이 세 머리 울 때 하겠습니다. 감영군을 어지간히 무찔러 그들의 전열이 흩어졌을 때 날이 새버려야 그들을 전멸시킬 수 있습니다. 기습을 할 때는 그들을 멀리 쫓으려 하지 마십시오. 다른 쪽으로 도망치는 놈들은, 서북쪽은 무장과 고창 농민군이, 북쪽은 태인과 금구 농민군, 그리고 동쪽에서는 정읍 농민군들이 처치할 것입니다. 우리는 두승산 쪽으로만 붙지 못하게 하면서 무찌르면 됩니다."

전봉준은 자세하게 작전계획을 설명했다.

"그런게 다른 부대가 처치할 몫도 의논좋게 남겨노면서 우리는 우리 몫만 작살을 내자는 말씀이그만이라."

정왈금이었다. 모두 웃었다.

"물으실 말씀이 있으시면 물으십시오."

정왈금 말에 한바탕 웃고 난 다음 전봉준이 말했다.

"시방 감영군 놈들보다 더 때려죽일 놈들은 보부상 놈들입니다. 금산하고 진산서 했다는 소리 들었지라우. 이놈들은 씨를 말려야 하요."

김이곤이 이를 악물며 말했다.

"파리고 모기고 가릴 것 없습니다. 닥치는 대로 무찌릅시다."

조만옥이었다. 감영군들은 황토재에다 모닥불을 여러 개 피우고 장막을 치는 것 같았다. 김확실 부대는 지금 황토재 근방에서 감영군 움직임을 지켜보고 있었다. 감영군들은 밥을 하는지 이웃 동네가 집집마다 불이 훤했다.

"제가 한 말씀 드리겠습니다."

한쪽에서 황방호가 말했다.

"저희들은 보부상들하고 싸워봐서 그 사람들 솜씨를 압니다. 그 작자들은 물미장 휘두르는 솜씨가 보통이 아닙니다. 아니할 말로 대낮에 제대로 맞붙으면 농민들 열 사람이 그 작자들 한 사람 당하기가 어렵습니다. 제 생각에는 기습을 해오면 틀림없이 그 사람들이

해올 것 같습니다. 감영군들은 총을 가졌고 그 사람들은 거의 물미장만 가졌기 때문에 우리하고 가까이 맞붙는 데는 그 사람들이 감영군보다 유리하다고 생각할 것입니다. 그 사람들 물미장에 대처할 방도를 생각해 보아야 할 것 같습니다. 제 생각에는 이쪽에는 농민군들이 더 많이 매복을 해야 할 것 같고, 우리도 양총이 있으니 첫판에는 양총으로 작살을 내서 기를 죽여야 할 것 같습니다."

황방호가 차근하게 말했다.

"좋은 말씀입니다. 금산, 진산 이야기를 듣고 나도 그 점을 걱정하기는 했습니다마는 깜깜할 때는 별로 맥을 추지 못할 줄 알았는데, 역시 깜깜하더라도 물미장 내두르는 솜씨야 어디로 갈 리가 없습니다. 양총으로 기를 죽이고 바짝 가까이 붙어 수로 우겨댈 수밖에 없을 것 같은데 더 좋은 의견 있으시면 말씀해 보십시오."

여러 사람이 의견을 내놨으나 뾰족한 수를 내놓은 사람은 없었다. 양총으로는 첫판에 기를 죽이고 수로 우겨대는 길밖에 없겠다는 결론이었다.

황방호는 진산에서 50여 명을 끌고 왔으나 여태 넋 나간 사람처럼 맥이 없었다. 너무도 엄청난 꼴을 당한 다음이라 반은 정신이 나간 것 같았다. 박성삼도 마찬가지였다.

밥을 먹은 고영숙 부대가 밥을 지고 왔다. 고영숙 부대는 일부는 밥을 지고 오고 본대는 동네서 기다리고 있었다.

모두 밥을 먹은 다음 전봉준은 부대 배치를 했다. 지금 감영군이 진을 치고 있는 황토재 주변에는 달주 부대와 이싯뚜리 부대 등 정예부대를 배치하고 나머지는 이쪽에다 집중적으로 배치했다. 그리고 손소락등에는 일부만 남아 거기에 농민군들이 몰려 있는 것처럼 모닥불을 피우고 있으라 했다.

"오늘 저녁에는 수건을 머리에 쓰되 여자들처럼 머리를 전부 싸서 쏩니다. 그것이 우리 편이라는 표시입니다. 그리고 오늘 저녁 군호는 '백산' 하고 '지리산'이오. 군호를 모르면 무작정 찌릅니다. 그럼 모두 지금 제자리로 부대를 이끌고 가시오."

전봉준이 영을 내렸다.

고영숙은 전봉준 설명을 듣고 나서 바삐 내려가고 최경선은 자기 부대 두령들한테 다시 자세한 지시를 한 다음 자기가 맡은 곳으로 가라고 했다.

4. 황토재의 새벽

나주 천민부대 대장 김일두는 대원들을 데리고 자기가 맡은 데로 바삐 갔다. 황토재에서 동쪽으로 두 마장쯤 떨어진 동네 앞이었다. 그는 대원들을 전부 한 군데로 모았다.

"여기는 내가 자원을 해서 맡았는데, 생각이 있어서 맡았구만. 생각이 멋이냐 하면, 우리는 여기서 고기 잡는 어살 치대끼 어살을 치고 있다가 이놈들을 작살을 낸다 이것이여. 여기는 전에 내가 한번 와본 적이 있어서 그 생각이 났는디……."

황토재와 여기 사이에는 모들뜨기 부대까지 두 부대가 두 겹으로 진을 치고 있었다. 그러니까 여기는 세 번째 진이자 마지막 진이었다.

"먼 소리냐 하면, 바로 이 아래가 언덕인데 말이여, 여기 앉아서 황토재 쪽으로 가랭이를 벌리대끼 사람들이 *늘늘히 늘어서 말하자면 어살을 치는구만. 어살 끝이 저 양쪽 동네에 닿게 친다 이 말이

92

여. 그렇게 어살을 치고 바로 여기 어살 끝 언덕 밑에는 여남은 명이 몽둥이하고 대창을 들고 기다리고 있구만. 저쪽에서 감영군이 이리 내빼오면 양쪽에 어살을 치고 있던 사람들이 사정없이 소락때기를 질러서 이리 몰기만 혀! 그라면 모두 여기 어살 끝으로 몰려들어서 언덕 밑으로 뛰어내리제 별 조화 있겠어? 저쪽에서 두 번 세 번 당하고 죽을 둥 살 둥 모르고 달려오던 놈들이 여기서 또 당한다 생각하면 얼마나 정신없이 내빼다가 얼마나 정신이 없이 언덕을 뛰어내리겠어. 그때 언덕 밑에 몽둥이 들고 숨어있던 사람들은 어째사 쓰겠어? 여기까지 찾아와줘서 이쁘다고 얼굴을 쓰다듬어서 그냥 보내든지 작살을 내든지 그것은 알아서 혀!"

김일두 익살에 대원들은 낄낄 웃었다.

"내가 씨름꾼인게 말인데, 씨름에서 제일 웃길로 치는 가락수가 멋인 중 알어? 저 사람이 심을 쓰는 것을 봐서 그 심을 받아갖고 제 심으로 나가떨어지게 하는 것이 젤로 웃길로 치는 가락수라 이거여. 말하자면 우리도 시방 그런 가락수를 쓰는구만. 이빨 악물고 저놈들한테 죽고살고 쫓아가서 찌르고 패는 것이 아니라 즈그들보고 죽고살고 달려오라고 우리는 여기 가만히 지다르고 있다가 오는 족족 찔러준다 이 말이여. 그놈들이 언덕 밑으로 뛰어내릴 적에 찌르기 싫은 사람은 그런 수고도 할 것 없이 뛰어내리는 것 봐서 밑에다 날래 창만 갖다 내놔."

모두 웃었다.

"그렇게 우리는 소리만 지르고 대창만 잘 대고 있으면 즈그덜이 달려와서 즈그덜 사날로 대창으로 뛰어내려서 죽어주는구만."

곁에서 누가 말하자 또 와크르 웃었다.

"*가을 논고랑에 게살 치고 있는 격이구만."

또 웃었다.

"늦가을에 파닥파닥 뛰는 *모치 초장에다 찍어 먹어 봤제? 모치 꼴랑지를 잡고 초장에다 대가리를 대고 있으면 이놈이 초장에다 대가리를 내둘러서 제 몸뚱이에다 초장을 묻혀주거든. 바로 그거 구만."

모두 와 웃었다.

"그래도 조심해사 써. 궁한 쥐가 괭이를 문다잖어? 너무 시삐 보 다가는 이쪽이 상해. 언덕을 뛰어내리는 놈한테 몽댕이를 휘두를 때 도 무작정 휘두를 것이 아니라 뛰어내려갖고 땅바닥에 탁 엎으러지 는 바로 그때 휘두르라 이 말이여."

김일두는 입담이 구수했다.

"우리는 지금부터 덤벙거릴 것 없어. 이따 징소리 난 담에도 담배 한대 피우고 일어서도 늦잖어. 그래도 설 자리나 봐두고 담배를 피 워도 피워사 쓰겠구만."

김일두는 대원들을 데리고 나섰다. 낱낱이 간격을 골라 설 자리 를 잡아주었다.

손소락등 아래 신봉리 외딴집에 있는 도소에는 파발과 정탐꾼들 이 부산스럽게 드나들었다. 산매 쪽, 말목 쪽, 주천 삼거리 쪽으로 매 시각마다 파발이 뜨고 들어왔으며 황토재 경군을 정탐하는 정탐 꾼들도 바삐 드나들었다. 손소락등에는 1백여 명이 남아 여기저기 모닥불을 피우고 꽹과리를 치며 농민군들이 모두 거기 있는 것처럼 허장성세를 보이고 있었다. 감영군도 수십 군데 모닥불을 피우고 몰려 있었다.

밤이 이슥했다. 그때 황토재 쪽에서 달려오는 사람들이 있었다.

"누구여? 군호?"

"백산!"

"지리산!"

그들은 거침없이 군호를 대고 도소 쪽으로 달려갔다. 장호만 패였다. 최경선한테로 갔다.

"감영군 장교들은 지금 술을 잔뜩 퍼마시고 곤드레만드레가 되었소. 저쪽 동네 어느 집에서 제삿술이라도 털어온 것 같소."

"잠자리는 어떻게 할 것 같던가?"

"동네서 차일이랑 덕석(멍석)이랑 이불이랑 있는 대로 가지고 와서 장막을 치고 있소. 울목을 뽑아다가 말뚝을 박고 덕석으로 옆을 둘러서 그 위에다 차일을 치요. 장막은 차일 하나 크기요. 장막 하나를 먼저 치고 장교들은 지금 그 속에서 부어라마셔라 장을 치고 자빠졌소."

감영군들은 옆 동네에서 땔나무도 있는 대로 가져오고 울타리며 마룻장까지 몽땅 뜯어다 모닥불을 피우고 있다는 것이다.

밤중쯤 된 것 같았다. 감영군 진영에서는 싸움을 하는지 한참 고함소리가 나다가 조용해졌다. 손소락등에서도 풍물 소리가 멈추고 모닥불만 타고 있었다. 사방이 쥐죽은 듯 고요하고, 하늘에는 별빛만 가슴 졸이듯 부산하게 반짝이고 있었다. 삼태성이 한참 기울었다.

그때 황토재 쪽에서 또 달려오는 사람이 있었다.

"누구여? 군호?"

백산을 대고 바삐 파수를 통과했다. 김갑수 패였다.

"감영군들이 수상하요. 시방 한쪽에서 소리 안 나게 사람들을 깨우고 있소. 틀림없이 습격을 할 것 같소. 보부상 패 같소."

김갑수가 바삐 말했다. 최경선은 알았다며 전봉준한테 말하고 각 부대로 재빨리 전령을 띄웠다. 황토재 서쪽에 매복을 한 달주도 감영군의 움직임을 알아채고 있었다. 달주는 각 부대 대장들을 모았다.

"보부상들이 기습할 것 같다. 지금부터 조심조심 장막으로 바짝 붙어라. 징소리가 나면 무작정 달려가서 먼저 장막 문부터 막아서고 차일 끈을 자른다. 차일 끈을 잘라 차일을 가라앉혀야 한다."

달주는 속힘이 잔뜩 꼬인 소리로 지시를 했다.

"끈도 끈이제마는 얼른 장막 안으로 들어가서 차일 받힌 장대를 뽑아버려야 차일이 그놈들을 덮치지 않겠어?"

김장식이 말했다.

"그것은 위험하잖아? 하여간 요령껏 해봐."

대장들은 모두 부대로 달려갔다. 이내 별동대 대원들은 솔밭 사이로 살금살금 기어갔다.

"저 앞에 보초 저놈들만 해치우면 더 바짝 가겠잖아?"

장진호가 속삭였다.

"우리가 해치우겠어!"

조딱부리가 나섰다. 그는 셋이 한패로 얼려 다녔다. 셋이 다 도끼를 울러메고 있었다. 아까 동네에 들어가 도끼를 챙겨가지고 온 것이다. 그들은 장진호하고 한참 속삭이더니 도끼를 놔두고 단검만 챙겨들고 빠져나갔다. 모두 숨을 죽이고 있었다. 좀 만에 윽하고 낮은 비명소리가 났다. 이쪽으로 오는 것 같았다.

"해치웠다. 졸고 있더라."

조딱부리 패가 어둠속으로 다가오며 의기양양하게 속삭였다. 장 진호 부대는 곧바로 움직이기 시작했다. 바짝 가까이 갔다. 관군들 이 소리를 죽이고 모이고 있었다. 한쪽 장막만 움직이는 것 같았고, 바지가 시커먼 게 보부상들 같았다. 모두 귓속말로 속삭이며 조심스 럽게 움직였다. 수가 꽤 많았다. 천 명 가까운 것 같았다.

"간다."

보부상들은 황토재를 빠져나가기 시작했다. 달주 부대는 숨을 죽 이고 그들이 빠져나가기를 기다렸다. 보부상들은 자기들 깐에는 아 무도 모르게 감쪽같이 빠져나간다고 가고 있었다.

고부 별동대는 장막 곁으로 가까이 기어갔다. 다른 장막은 조용 한 게 세상모르고 잠에 곯아떨어진 것 같았다. 차일 끈 자를 사람들 은 한손에 단검을 쥐고 있었다.

"장막 하나에 적게 잡아도 50명씩은 자고 있을 것이다. 문마다 파 수가 서 있을 것인게 그놈들부터 작살을 내고……."

장진호가 속삭였다. 도끼를 손에 든 조딱부리 패는 도끼자루 잡 은 손에 힘을 주었다. 시간이 상당히 지난 것 같았다. 모두 숨을 죽 이며 귀를 쫑그리고 있었다.

─빵빵.

─징징징징징징징.

총소리와 징소리가 요란스럽게 울렸다. 양총 소리가 콩 볶는 소리였고 징은 여남은 개가 밤하늘을 찢었다. 장진호 대원들은 총알같이 퉁겨나갔다. 장막 앞 파수들부터 작살을 냈다. 장막 울목을 타고 오른 대원들은 차일 끈을 잘랐다. 잠에서 깬난 감영군들은 장막 속에서 수라장이 되고 말았다. 장막 문에는 파수를 작살내고 대창을 겨누고 있었다. 감영군들이 밖으로 몰려나왔다.

"죽어라."

문에 버티고 있던 별동대원들이 사정없이 찔렀다. 감영군들은 비명을 지르며 안으로 쏠려 들어갔다. 장진호 등 서너 명이 그들을 따라 장막 안으로 들어가 차일 받친 장대를 훌떡 들었다. 끌고 문 쪽으로 잡아당겼다. 차일이 가라앉았다. 감영군들은 차일을 뒤집어쓰고 허우적거렸다.

"죽여라!"

"아이고매. 사람 죽네."

고함소리와 비명소리가 쏟아졌다. 차일 끈을 자른 대원들은 가라앉은 차일 위로 뛰어내렸다. 도끼를 든 조딱부리 패도 뛰어들었다. 차일을 밟고 다니며 도끼를 내리찍었다.

"아이고, 사람 죽네."

조딱부리 패는 차일이 불퉁거리는 데만 찾아 사정없이 찍었다.

"죽어라."

— 퍽.

- 퍽.

조딱부리는 있는 힘을 다해서 도끼를 내리찍었다.

"아이고!"

웬 여자인지 여자 비명소리도 났다. 조딱부리는 무작정 내리찍었다. 한참 찍어대자 차일이 잠잠해졌다. 밖으로 뛰어나왔다. 앞에 있는 장막도 차일이 가라앉았다. 조딱부리는 그리 달려가다가 장막 울타리 옆에서 우뚝 멈췄다. 울타리 친 멍석 사이로 머리가 하나 불쑥 나왔다. 조딱부리는 도끼를 사정없이 내둘렀다.

—퍽.

바로 앞에서도 멍석 사이를 뚫는 것 같았다. 또 고개가 하나 나왔다.

"니 애비 찾냐? 여기 있다."

조딱부리가 내리찍었다. 그는 서너 놈을 찍고 저쪽으로 달렸다. 발아래 시체들이 걸렸다. 물컹물컹한 시체들을 짓밟고 내달았다. 조딱부리는 장막으로 뛰어들어갔다. 역시 차일 위를 밟고 다니며 불퉁거리는 데다 도끼를 내리찍었다.

여기저기서 난장판이었다. 새벽별이 빛나고 있었으므로 맨머리와 수건 쓴 머리는 금방 구별이 되었다. 총소리는 그치고 징소리만 사방에서 연방 요란을 떨고 있었다.

송봉희 보부상 부대도 두 겹 세 겹으로 포위되어 작살이 나고 있었다.

"아이고, 나 죽네."

"아이고, 워매."

농민군들은 닥치는 대로 쑤셔댔다. 창으로 찌르고 칼로 쑤셨다. 대창은 금방 끝이 무디어졌다. 거꾸로 잡고 후려갈겼다.

"죽어라."

"아이고."

고함소리와 비명소리가 들판을 뒤덮었다. 보부상 부대는 양총과 징소리에 놀라 대번에 진이 흩어졌다. 그들은 도망치기에 정신이 없었다. 앞뒤에서 악을 쓰며 대창을 들이대자 물미장 한번 제대로 쓰지 못했다. 금산과 진산에서 그렇게 험하게 설치던 그곳 보부상들도 도무지 맥을 추지 못했다.

"온다."

만득이는 손작두를 움켜잡고 대원들한테 속삭였다. 대원들은 하학동으로 가는 길 양쪽에 몸을 숨기고 있었다. 감영군들이 가까이 달려왔다.

"죽여라."

만득이가 소리를 질렀다. 길 양쪽에서 50여 명이 뛰어나가며 대창을 내질렀다. 만득이가 작두날을 휘둘렀다. 감영군 머리통에서 둔탁한 소리가 나며 픽픽 쓰러졌다. 감영군들은 계속 도망쳐왔다. 만득이는 정신없이 작두날을 휘둘렀다. 길가에 금방 시체가 쌓여 발에 밟혔다. 서너 명이 저쪽으로 도망쳤다.

"쫓아가거라."

끝까지 쫓아 셋을 다 죽였다. 감영군은 더 오지 않았다. 만득이는 다시 숨으라고 소리를 질렀다.

그때 김일두 부대 쪽으로도 감영군들이 도망쳐오기 시작했다.

"온다. 자기 앞으로 올 때만 소리를 지른다."

김일두는 삼지창을 꼬나들고 초입에 서서 지시를 했다. 여남은 명이 달려오는 것 같았다. 그들은 소리 지를 것도 없이 제대로 달려갔다.

"온다."

언덕 밑에서는 대원들이 고개를 내밀고 속삭였다. 감영군들이 가까이 달려왔다. 대원들은 몽둥이를 겨누고 언덕 밑에 바짝 붙었다. 감영군 서너 명이 한꺼번에 논바닥으로 뛰어내렸다. 논바닥에 떨어져 몸을 추스르려는 순간이었다. 머리를 향해 몽둥이가 나갔다.

— 퍽.

— 퍽.

비명소리가 나자 뒤따르던 놈들은 옆으로 도망치다 뛰어내렸다.

"왔냐? 여기도 있다."

그쪽 논두렁 밑에서도 퍽퍽 소리가 났다. 감영군들은 연거푸 달려와서 연거푸 언덕 밑으로 뛰어내리고 김일두 대원들은 정신없이 몽둥이를 휘둘렀다. 나중에는 떼를 지어 몰려왔다.

"언덕 밑으로 더 내려가거라."

김일두가 소리를 질렀다. 발을 받치고 있던 사람들이 언덕 밑으로 내려갔다. 언덕 밑에서 몽둥이를 휘두르는 대원들은 정신을 차릴 수가 없었다. 땀을 뻘뻘 흘리며 몽둥이를 내둘렀다. 시체 위에 시체가 겹으로 쌓였다.

"죽여라."

"한 놈도 살려 보내지 마라."

김일두는 고래고래 악을 썼다.

그때 멀리 외곽을 포위하고 있던 부대들도 도망쳐오는 감영군들을 작살내기 시작했다. 손화중 부대, 김개남, 김덕명, 손여옥 부대도 발을 받치고 있다가 오는 족족 무찔렀다.

날이 새기 시작했다. 만득이 부대 앞에도 시체가 수없이 누워 있었다. 50여 명이 넘었다. 날이 새자 농민군들은 동네를 뒤지기 시작했다. 손소락등과 매봉, 시루봉을 기준으로 동서로 나뉘어 동네를 뒤져나갔다. 서쪽으로 뒤져가는 패는 황토재 저쪽 들판을 향해 뒤져 갔다. 만득이도 근처 동네로 부대원들을 몰고 갔다.

"닥치는 대로 쳐죽여라!"

감영군들은 마치 두부모에 미꾸라지 박히듯 별의별 곳에 별의별 요상스런 꼴로 박혀 있었다. 마루 밑이나 짚벼늘 속은 두말할 것도 없고, 아궁이 속이며 심지어는 우물 속에 들어가 목만 내놓고 있다가 머리에 빨랫돌을 맞고 가라앉기도 했다.

"양총이다."

장진호 부대 대원 하나가 양총을 주워들고 소리를 질렀다.

"양총 챙겨라."

장진호가 눈이 번쩍 뜨이는지 다급하게 소리를 질렀다. 여기저기 양총이 뒹굴고 있었다. 부대원들은 눈알을 희번덕거리며 양총을 챙기기에 정신이 없었다.

"총알도 잘 챙겨!"

장진호 대원들은 양총과 총알을 챙기느라 정신없이 싸댔다. 그들은 감영군 추격은 젖혀두고 양총을 챙기기에 정신이 없었다.

"야, 총알이 20발이다."

그들은 보물이라도 챙기듯 눈을 희번덕거리고 다녔다. 다른 부대도 그제야 양총을 챙기느라 눈알을 번득였다.

천치재 쪽으로 도망치던 감영군은 이리저리 쫓겨 다니다가 들판

102

으로 내달았다. 천태산과 두승산 쪽에서 손화중 부대가 다가오고 있었다. 그들은 그쪽으로 도망치는 감영군을 잡아죽이며 서서히 포위망을 좁혀오고 있었다. 북쪽과 동쪽 김개남, 김덕명, 손여옥 부대도 마찬가지였다. 지쳐빠진 감영군들 잡기는 식은 죽 먹기였다. 농민군은 관군보다도 검은 바지 입은 보부상들을 더 무지막지하게 죽였다.

황토재에는 시체가 두 겹 세 겹으로 쌓여 있었다. 들판에는 감영군이 이리저리 정신없이 몰려다니고 있었다. 황토재 쪽에서도 농민군이 들판으로 몰려갔다. 감영군은 마치 들판에 나온 노루처럼 갈팡질팡했다. 사방에서 죄어들었다. 독안에 든 쥐였다. 손화중 부대가 점점 가까이 왔다. 포위망이 차츰 좁아졌다. 들판 한가운데에는 *무삶이해놓은 논에 물이 가득했다. 무논으로 포위망을 좁혀들어갔다. 막판에 몰린 감영군이 무논으로 추적추적 뛰어들었다. 3백여 명이 넘었다. 그들은 모두 맨손이었다.

"이놈들아, 거그 빠져갖고는 안 죽는다."

농민군들은 깔깔 웃었다.

"에라, 개 같은 놈들 논에서 한판 붙자."

젊은이들이 바짓가랑이를 걷어올렸다. 대창과 몽둥이를 들고 논으로 뛰어들어갔다. 조딱부리 패도 도끼를 을러메고 뛰어들어갔다. 저쪽에서 만득이도 손작두를 들고 뛰어들었다. 밖에 서 있는 농민군들은 언제 풍물을 챙겨왔는지 요란스럽게 두들겨대며 기세를 올렸다. 감영군들은 한군데로 송사리 떼 몰리듯 오물오물 몰렸다. 농민군들은 대창과 몽둥이를 으르며 다가갔다.

"쑤셔라, 쑤셔. 옹골진 재미는 느그들이 본다."

밖에 있는 농민군들은 소리를 지르고 풍물이 요란법석을 떨었다. 대창이 나가고 몽둥이가 올라갔다. 감영군과 농민군이 한데 뒤엉켜 난장판이 벌어졌다. 조딱부리 패는 쓰러진 놈 대가리만 골라 도끼를 내리찍었다. 만득이 손작두도 정신없이 춤을 췄다. 무논에서는 대창과 몽둥이가 타작마당에 도리깻열 번득이듯 했다. 두령들도 한쪽에서 구경을 하고 있었다. 농민군들은 좀 만에 대창과 몽둥이를 내리고 서성거리기만 했다.

"다 죽었다."

농민군들이 소리를 질렀다. 대창과 몽둥이를 추켜올리며 만세를 불렀다.

"몰살이다, 몰살."

밖에 있는 농민군들도 함성을 지르고 꽹과리 소리는 땅덩어리를 뒤엎어버릴 것 같았다. 논에 들어갔던 농민군들이 소리를 지르며 밖으로 나왔다. 모두 옷이 쫄딱 젖고 온몸이 흙감태기였으나 좋아서 어쩔 줄을 몰랐다. 농민군들이 나온 무논에는 감영군 시체가 죽은 오리 떼처럼 둥둥 떠 있고 논물이 벌겠다.

동쪽에서 아침 해가 벙긋 솟아올랐다. 보리가 패고 산에 녹음이 우거진 산과 들이 아침 햇살에 환하게 빛이 났다. 어제 왔던 비로 하늘과 들판이 한결 정갈하고 환했다. 온 천지가 농민군 함성에 덩달아 소리라도 지르며 활짝 웃는 것 같았다.

전봉준 부대는 황토재로 몰려들었다. 손화중 부대도 왔다. 손화중 부대는 두 부대로 나뉘어 한 부대는 지금도 외곽을 지키면서 도망치는 감영군을 잡아죽이고 있었다. 김개남이나 김덕명, 손여옥 부대도 마찬가지였다.

황토재는 감영군 시체로 더뎅이가 져 있었다. 차일이 내려앉고 울이 무너진 장막 안은 시체가 험하게 얽혀 있었다. 최경선이 저쪽에 있는 평상으로 올라갔다. 감영군들이 동네서 떼메다 논 것이다.

"모두들 고생하셨습니다. 여러분이 잘 싸워서 감영군을 거의 무찔렀고, 지금 도망치고 있는 자들은 멀리 포위하고 있는 농민군이 모두 죽일 것입니다. 지금 밥을 하고 있습니다. 뒤치다꺼리를 한 다음에 밥을 먹겠습니다. 그 사이 부대별로 자기들이 맡았던 곳 시체를 전부 저쪽 산으로 옮겨다 묻고, 시체를 챙기면서 감영군이 도둑질해온 봇짐을 전부 한 군데다 모읍니다."

최경선이 담담하게 말을 마치고 내려갔다. 전봉준이 곁에 서 있었다.

"만세나 한번 부르고 뭣을 해도 합시다."

군중 속에서 소리를 질렀다. 모두 만세를 부르자고 악을 썼다. 최경선이 웃으며 다시 단으로 올라갔다.

"농민군 만세."

최경선이 선창을 하자 목이 찢어져라 만세를 불렀다. 풍물이 요란을 떨었다.

"보국안민 만세."

농민군들은 더 크게 소리를 질렀다.

"녹두장군 만세."

농민군들은 반 미쳐버렸다. 만세, 만세. 농민군 만세. 농민군들은 두 번 세 번 중구난방으로 만세를 불렀다. 최경선이 내려왔다. 농민군들은 꽹과리를 두들기며 자기들이 맡았던 곳으로 갔다. 별동대원들은 장막으로 뛰어가서 정신없이 차일부터 뒤졌다. 양총을 찾느라 눈을 희번덕거렸다.

"야, 여있다."

대원들은 소리를 질렀다. 시체가 *어겹이 져 있었으나 그런 것은 거들떠보지도 않고 양총만 찾아 눈알을 번득였다. 양총을 주운 젊은이들은 노리쇠를 당겨보기도 하고 실없이 뻥뻥 쏘아보기도 했다.

"당신들은 웬 여자들이오."

장막이 무너진 멍석 사이에 여자들 서너 명이 서로 껴안고 발발 떨고 있었다.

"우리는 아무 죄가 없소. 억지로 잽혀온 여자들이오."

여자들이 벌벌 떨면서 대답했다. 여자 하나는 헝겊으로 처맨 다리에 피가 홍건했다. 시체들 사이에도 여자들이 감영군 시체와 어겹이 져 있었다.

"이런 때려죽일 놈들, 아까 여자들 고함소리가 나글래 먼 소린가 했등마는 천벌을 맞을 놈들이구만."

감영군들이 끌고 와서 끼고 잤던 여염집 여자들이었다.

"허허."

장교들이 잔 장막에는 여자들과 남자들이 반반이었다. 감영군들은 어제 태인에서부터 얼굴이 반반한 여자들을 골라 뒤에 달고 왔던 것이다. 한쪽에는 깨진 술상과 술바텡이가 나뒹굴고 있었다. 이불을 들췄다. 이불 속에서도 남녀 시체가 나왔다. 술에 얼마나 곯아떨어졌던지 누운 채 그대로 죽은 자도 있었다.

"이놈이 대장 같구만."

한쪽에 비단 이불을 깔고 덮고 자던 자가 반듯하게 죽어 있었다. 작자는 이마에 도끼 자국이 선명했다. 도끼 한방에 그대로 맥을 논 것 같았다. 무남영군 대장 이경호였다. 곁에 죽은 여자도 머리에 도끼 자국이 있었다.

훤한 대낮에 드러난 전쟁마당은 말이 아니었다. 시체마다 피가 범벅이었고, 입을 벌리고 죽은 자, 눈을 멀거니 뜨고 죽은 자, 짊어지고 다니던 보퉁이를 껴안고 죽은 자, 장막 울타리를 뚫고 고개를 내밀고 늘어진 자 가지각색이었다.

"보따리부터 챙겨라. 허리에 전대 찬 놈도 있다. 주머니도 몽땅 따오고 호주머니도 뒤져라."

이싯뚜리가 저쪽에서 소리를 질렀다. 모두 피 묻은 보따리를 주워가지고 왔다. 길쭉한 보따리도 있고, 애호박만하게 단단히 싼 보따리도 있었다. 보따리를 짊어지거나 허리에 묶거나 등에 엇질러 메고 죽은 자도 있었다.

"이놈들이 뭣을 도둑질했는가 조깨 까보자."

젊은이 하나가 유독 큼직한 보따리를 하나 깠다. 남자 명주 바지 저고리 한 벌, 승새가 고운 무명베 치마저고리 한 벌, 여자 마른 갖신 한 켤레, 어린이 남바위 한 벌, 명주 토시 한 켤레, 무명 버선 두 켤레, 놋수저 젓가락 여남은 벌이었다. 옷가지는 진솔이 아니고 한두 물 입은 것도 있었다.

"이 때려죽일 놈이 한 살림씩 장만했구만."

"예끼, 더러운 놈들."

별동대원들은 새삼스럽게 화가 나서 감영군 시체에다 퉤퉤 침을 뱉었다. 농민군들은 보따리를 여남은 개씩 들고 와서 한 군데다 던졌다. 전대와 주머니를 따다 던지기도 하고 호주머니에서 꺼낸 은가락지 은비녀를 던지기도 했다. 보따리가 무더기로 쌓여가고 멍석에 펼쳐놓은 보자기에는 은비녀와 은반지 등 패물이 쌓여가고 있었다.

강쇠도 보따리를 여남은 개 가져다 던졌다. 강쇠는 보자기에 싸여 있는 패물을 보고 나서 대장들 눈치를 힐끔 살피며 저쪽으로 갔다. 강쇠는 다시 대장들 쪽을 한번 돌아본 다음 손바닥을 펴봤다. 은가락지였다. 그는 다시 쥐고 저쪽으로 가다가 상판을 으등그리며 고개를 갸웃거렸다. 돌아서려다 이내 크게 결심이라도 한 듯 조끼 호주머니에 집어넣고 천연스럽게 저쪽으로 갔다. 한참 가다가 다시 고개를 갸웃거리며 똥마려운 놈처럼 상판을 으등그렸다. 뜨거운 것이라도 들고 견디듯이 상판이 일그러졌다.

"하이고 개 같은 놈들."

강쇠는 누구한테 하는 소린지 욕설을 퍼부으며 미치겠다는 표정이었다.

"에이."

강쇠는 입을 앙다물고 돌아섰다. 대장들 있는 데로 뚜벅뚜벅 갔다.

"어허, 아까 내놀락 했는데 깜박 잊어부렀구만잉."

강쇠는 혼잣소리를 크게 하며 보자기 위에다 은반지를 홀쩍 던져놓고 어색하게 웃으며 돌아섰다.

"개 같은 놈들!"

강쇠는 새삼스럽게 화가 나는지 시체 곁에 뒹굴고 있는 신짝 하나를 냅다 걸어찼다. 보따리는 웬만한 거름 벼늘만하게 쌓였다. 50짐은 실할 것 같았다. 한쪽에서는 들것을 만들어 시체를 저쪽 산자락으로 나르고 있었다.

감영군 대장 두 사람 가운데 무남영 영관 이경호는 계집을 껴안고 자다가 도끼에 맞아 죽었고, 기습을 하러 가던 보부상 대장 송봉희는 도망쳐서 목숨을 구했다. 전투가 시작되었을 때부터 날이 새기까지 상당히 오랜 시간이 걸렸으므로 그들은 어둠을 타고 많이 도망쳤다. 자고 있던 이경호 부대 피해가 훨씬 컸다. 이경호도 죽고 병사들도 엄청나게 죽었다. 농민군들은 양총을 백여 자루나 빼앗았다.

이날 전투에 참가한 감영군 수는 정확히 알 수 없고, 죽은 수도 정확히 알 수 없었다. 각 고을에서 늦게 출발한 보부상들이 밤에까지 계속 몰려와 감영군에 합류했으며, 죽은 사람도 촘촘히 수를 세지 않고 그대로 파묻어버렸기 때문이다. 감영군은 대충 2천여 명은 넘었을 것 같고, 죽은 사람은 1천3백 명쯤 될 것 같았다.

시체를 묻은 다음 아침밥을 먹은 농민군들은 끼리끼리 양지쪽에 모여앉아 무용담에 침이 밭었다. 두령들은 회의를 하고 있었다.

"전주로 가면 감사 놈 마빡은 내가 뽀갤 테여. 그놈 마빡도 이경호 마빡매이로 수박 뽀개대끼 이 도끼로 콱!"

조딱부리가 이를 악물고 도끼질하는 시늉을 했다. 그는 이경호는 자기가 죽였다고 우겼다.

"시방 두령들이 의논을 하고 있는 것 같은데 전주는 뜸을 더 들여갖고 쳐들어간다는 것 같구만."

나이 먹은 사내가 늘어진 소리로 말했다.

"먼 소리여? 감영군이 작살나부렀은게 빈집이나 마찬가진데, 뜸을 들이고 잦히고 할 것이 멋이여?"

"두령들은 더 깊이 생각하는 것이 있는 모양이제."

"감영군 꾀어내서 작살냈으면 그만이제 더 깊은 생각이 있으면 먼 생각이 또 있단 말이여?"

농민군들은 저마다 한마디씩 했다.

두령들은 지금 전주로 쳐들어가자는 의견과 군사들을 더 모아서 쳐들어가야 한다는 의견으로 갈려 의논을 하고 있었다.

"지금 전주로 가지 말고 각 고을로 돌자는 까닭은 이렇습니다."

전봉준은 차근하게 말했다.

"첫째는 조정군이 오늘은 틀림없이 군산포에 당도할 것 같은데 조정군은 감영군하고는 다릅니다. 지금 오고 있다는 조정군은 장위영병이라는데, 장위영병이라면 모두가 양총으로 무장을 하고 신식 대포에다 회선포에 신식 조련을 받은 최정예 부대입니다. 대창 가지고는 쉽게 상대를 할 수가 없습니다. 우리는 남도 쪽으로 여러 고을을 돌며 군사도 더 끌어들이고 관아에 있는 화승총이며 무기를 모두 빼앗아 방불하게 무장을 한 다음에 계책을 세워야 할 것 같습니다. 둘째는 지금 우리가 전주로 가서 성을 차지하면 조정군은 성 밖에서 공격을 할 터인데 성안에 있으면 방어야 쉽겠지만, 저 사람들 무기로 보아 자칫하면 우리가 성안에 갇혀버릴 염려가 있습니다. 우리는 전주성을 차지하자는 것이 목적이 아닌데 그렇게 되면 우리는 백성하고 줄이 끊어지고 말 것입니다. 옛날 홍경래군은 정주성定州城으로 들어가서 버티다가 옴나위를 못하고 성안에서 옥쇄를 하고 말았

110

습니다. 셋째는 이번처럼 밖에서 마음대로 움직여야 조정군도 이리저리 끌고 다니면서 허를 보아 계책을 세울 수가 있을 것입니다. 이리저리 움직이다가 틀림없이 이길 수 있는 승기를 잡아서 조정군도 단판에 완전히 궤멸을 시켜버려야 합니다. 지금 천하 민심이 우리 편으로 기운 것 같습니다마는 민심은 뜬구름 같은 것이라 아직도 둥둥 떠 있습니다. 우리가 조정군한테 패하는 날에는 여기 모인 농민군은 두말할 것도 없고 세상 민심도 구름장 흩어지듯 우리한테서 멀리 떠나버릴 것입니다."

전봉준이 낮은 소리로 조근조근 이야기를 했다. 금방 엄청난 전쟁을 치르고 화려한 승리를 했으면서도 언제 그런 일이 있었느냐는 듯 침착했다. 감영군쯤은 강아지 하나 쫓아버린 것쯤으로 생각하는 것 같았다.

"나도 똑같은 생각입니다마는 방도를 달리 생각합니다."

김개남 역시 차근한 소리로 이의를 제기했다.

"조정군은 최신식 무기로 무장을 하고 최신식 조련을 받았으니 붙기가 쉽지 않다, 고을을 돌면서 군사를 더 모으고 무장을 웬만큼 한 다음에 이리저리 끌고 다니면서 단번에 이길 수 있는 승기를 잡아서 완전히 궤멸을 시켜버리자, 이런 말씀이신데, 그 말씀에 나도 그대로 동감입니다. 그러나 전주를 함락을 시킨 다음에는 거기 오래 머물 것이 아니라 전주에서 바로 나와서 한양으로 올라가면서 충청도나 경기도 관아를 쳐서 무기를 빼앗고 그곳 사람들을 끌어들여도 마찬가집니다. 우리가 전주를 함락한다는 것은 엄청난 뜻이 있습니다. 이씨왕조가 선 이래 민군이 한 도의 수부를 빼앗은 일은 지금까지 한 번도 없었습니다. 천하 민심을 말씀하셨는데 우리가 전주성을 함락하면 그때야말로 천하 민심은 우리한테로 완전히 쏠릴 것입니다."

김개남의 말은 힘이 있었다. 그는 계속했다.

"조정군하고 싸울 때도 감영군하고 싸우듯이 성 밖에서 싸워야 임기응변을 여러 가지로 할 수 있다고 하셨는데, 그것도 한양으로 올라가면서 하면 마찬가집니다. 우리는 한시라도 빨리 한양으로 쳐들어가야 합니다. 시간을 끌면 끄는 만큼 조정에서는 여러 가지로 대비를 할 것입니다. 나는 그것이 제일 걱정입니다. 속전속결, 바람같이 움직여야 합니다. 조정군은 어제 저녁에라도 군산포에 닿아 지금 전주로 가고 있는지 모릅니다. 시가 급합니다."

두령들은 김개남이 말에 고개를 끄덕이며 전봉준을 봤다.

"전주를 점령했을 때 천하 민심이 우리한테로 쏠린다는 말씀은 옳습니다. 그러나 전주에서 바로 한양으로 올라가는 것은 무리입니다. 충청도나 경기도는 전라도하고는 사정이 전혀 다릅니다. 우리가 올라가면서 충청도나 경기도 사람들더러 따라나서라고 하면 선뜻 따라나설 것 같습니까? 지금 당장 전라도 북부 지역만 하더라도 익산, 고산, 함열, 만경, 여산 같은 고을 접주들은 꿈쩍도 않고 있으며 남도 지방도 우리가 통문을 보낸 지가 벌써 한 달이 넘었는데 움직이고 있는 고을은 반도 안 되고 그나마 출발한 고을은 몇 안 됩니다. 전라도도 이러한데 충청도나 경기도 사람들이 선뜻 따라나설 리가 없습니다. 더구나 우리가 올라간다면 동학 법소에서는 동학 두령들을 앞세워 동학도들이 합류하지 못하게 철저히 단속을 할 것입니다. 그리고 우리가 전주를 벗어나 북으로 올라가면 관군을 사방에서 맞게 됩니다. 아래서는 지금 오고 있는 조정군이 쫓아올라 올 것이고, 공주와 청주 영병들이 움직일 것이며, 또 한양서도 내려올 것입니다. 그렇게 되면 우리는 중간에서 완전히 고립이 되고 말 것입니다."

전봉준은 두령들은 한번 돌아보고 나서 다시 말을 이었다.

"백성은 관속들과 부호, 양반들한테 말로는 죽일 놈 살릴 놈 입침을 튀기지마는 정작 고양이 목에 방울을 달자면 선뜻 나서는 사람은 열에 하나도 되지 않습니다. 그런 사람들을 나서게 하려면 우리가 기세를 더 올려 승리에 대한 확신을 계속해서 심어주는 길밖에 없습니다. 하찮은 밤알 하나도 밤송이 속에서 자위가 떠야 깔 수가 있습니다. 밤이 익어 자위가 뜨고 웬만큼 벌어지면 흔들기만 해도 저절로 떨어집니다. 전라도는 이미 민심이 자위가 떴기 때문에 우리가 기세를 올리고 지나가면 저절로 우리한테 붙습니다. 그와 마찬가지로 전라도 소문이 팔도에 퍼져 충청도나 경상도, 경기도까지 자위가 뜨도록 하려면 상당한 시일이 필요합니다. 그러니까 전라도를 도는 것은 무기를 얻고 사람들을 끌어들이는 것도 목적이지만, 우리 소문이 충청도나 경상도까지 울려가서 거기 민심도 익으라고 담금질을 하는 일이기도 합니다. 당장 조정군이 몰려오는 판입니다. 하루 이틀 점령했다가 조정군이 올 때 물러나면 점령하지 않는 것만 못할 것입니다."

전봉준은 여전히 조용한 목소리로 차근차근 이야기를 했다.

"우리가 성을 차지한다고 해서 싸움이 꼭 불리하다고만 할 수도 없지 않습니까? 성으로 다 들어가지 말고 반반으로 나누어서 성 안팎에서 조정군을 공격하면 조정군이 어떻게 맥을 추겠습니까?"

김개남이 목소리를 높였다. 그때 손화중이 나섰다.

"내 생각도 전주성으로 들어가지 않고 밖에서 싸우는 것이 좋을 것 같습니다. 전주성은 언제 점령해도 점령할 수 있습니다. 우리가 성으로 들어가지 않으면 조정군은 반드시 우리를 쫓아올 것입니다. 밖에서 싸워서 조정군을 치고 더 화려하게 입성을 하는 것이 좋을 것 같습니다. 전주성에서 싸움이 붙으면 우선 성채 주변 백성 피해가 클 것 같아 그것도 큰 걱정거립니다. 성은 전쟁에 대비해서 쌓은 것인데 수백 년 동안 전쟁이 없었던 까닭에 성채 주변은 집이 나닥나닥 들어차버렸습니다. 우리는 조심을 한다 하더라도 관군 눈에 백성이 사람으로 보이고 집이 집으로 보이겠습니까? 전주성에서 싸우는 것은 우선 피하고 봅시다. 우리가 내세운 사대명의 첫째 조목도 '불살인 불살물'이고, 사대약속 첫째 조목도 '피를 흘리지 않고 이기는 것을 제일로 삼는다'고 했습니다. 적군을 죽이는 것도 크게 보면 애석한 일인데, 무고한 백성이 많이 다치거나 피해를 입어서는 안 될 것입니다."

손화중이 확실한 태도를 취하고 나왔다.

"제 생각도 그렇습니다."

김덕명이 동조를 했다.

"이건 전쟁인데 돌다리를 두들겨도 너무 두들기기만 하고 있는 것 같습니다."

김개남은 마지못해 양보를 하면서도 아쉬운 표정을 끝내 감추지 못했다.

"아직은 돌다리가 아니라 간들간들한 외나무다립니다. 오늘 황토재 소문도 날 테니 농민군이 많이 모여들 것입니다. 3,4만 명만 모이면 그때는 돌다리가 그만큼 단단해질 것입니다."

손화중이 웃으며 말했다.

5. 조정군도 꾀어내자

　황토재에서 감영군을 무찌른 농민군은 정읍으로 진군했다. 수백 개 깃발을 휘날리며 풍물을 치고 기세 좋게 몰려갔다. 승리의 환희에 젖은 농민군은 기세가 하늘을 찌를 것 같았다. 동네 사람들이 수없이 몰려나와 만세를 부르고 고함을 질렀다.

　전봉준은 전쟁판에서 거둬들인 감영군 보따리는 모두 원평과 태인으로 보내서 주인을 찾아주라고 했다. 잘못하면 서로 내 것이라고 크게 말썽이 생길 것 아니냐고 고개를 갸웃거리는 사람이 있었으나 말썽이 생기더라도 도둑 물건은 주인을 찾아주는 것이 도리라고 했다. 고부처럼 도소를 차리고 물목부터 촘촘히 적어 주인을 가릴 수 있는 데까지는 가려서 돌려주도록 하라고 했다.

　정읍으로 진격한 농민군은 현아를 점령하여 죄 없이 갇힌 죄수와 동학도들을 풀어주고 무기고를 열어 무기를 접수했다. 이미 수령과 아전들은 모두 도망치고 관아는 텅텅 비어 있었다. 그때 느닷없이 읍내에서 불길이 올랐다. 전봉준은 깜짝 놀라 무슨 불이냐고 물었다. 보부상 본부인 임방인 것 같다고 했다. 보부상들에 대한 보복으로 임방에 불을 지른 것 같았다.

"누가 마음대로 불을 지르는 게요?"

전봉준은 버럭 화를 냈다. 정읍 접주 손여옥을 불러 얼른 가서 불을 끄고 더는 지르지 못하게 철저히 단속을 하라고 엄명을 내렸다. 손여옥이 부리나케 쫓아갔다. 그러나 집은 벌써 다 타버려 손을 쓸 수가 없었다.

그때 주천삼거리에서는 정읍에서 타오르는 불길을 보고 눈을 밝히는 사람들이 있었다.

"우리도 고부 아전 놈들 집구석에 불을 질러붑시다."

최낙수가 오기창한테 속삭였다. 오기창 패는 그동안 뚝전에 머물면서 며칠 전에는 유배걸을 죽이고 그대로 뚝전에 있다가 농민군이 정읍으로 몰려가자 그들도 이리 와본 것이다. 오기창은 김이곤 말대접 삼아 그날 밤에는 유배걸을 죽이지 않았으나 계속 틈을 노리고 있다가 기어코 죽여버렸다. 오늘 새벽에는 그쪽으로 도망쳐오는 보부상들을 여남은 명 죽이기도 했다. 그사이 장특실과 송대화가 찾아와 농민군에 합류하자고 달랬으나 아무리 달래도 오기창은 고개를 저었다. 지금도 뚝전 젊은이 등 서너 명이 그를 따라다니고 있었다.

"얼른 가서 질러붑시다."

점박과 눈끔벅은 최낙수 말에 대번에 동조를 하며 오기창을 채근했다. 이내 그들은 고부 읍내로 내달았다.

"호방 놈 나온나."

"웬일이오? 나리께서는 안 계시오."

행랑아범이 지레 징징 우는 소리로 대답했다.

"이놈의 집구석부터 질러!"

오기창이 소리를 질렀다. 호방 식구는 울고불고 야단법석이었다. 부엌에서 시커먼 연기가 피어올랐다. 행랑어멈이 큰방에서 호방댁을 업고 나왔다. 그는 이미 송장이나 마찬가지였다.

이방 집에서도 연기가 치솟고 형방, 수교 집에서도 연기가 솟았다. 갖바치 집이며 빡보 쌀가게에서도 연기가 치솟았다. 새로 든 천가 집은 그냥 두었다. 천가는 원래 심성이 깨끗한 사람이어서 지난번 자기 집에 불이 난 뒤로 자기가 그렇게 원성을 사고 있는 줄 몰랐다고 한탄이 땅이 꺼지더라는 소문이 났는데 오기창도 그 소문을 듣고 용서한 것이다. 아전들은 전부 전주 옥에 갇혀 있었고, 갖바치나 빡보도 집에 없었다. 고부 읍내는 새삼스럽게 이제야 난리를 제대로 만난 것 같았다. 지난 정월이나 얼마 전 무장에서 농민군이 쳐들어 왔을 때도 이런 일은 엄두도 못 냈는데, 아전들은 엉뚱한 날벼락을 맞고 말았다.

그때 군아 도소를 지키고 있던 정왈금은 깜짝 놀랐다. 지금 군아 도소에는 정왈금 등 대여섯 명만 남아 지키고 있었다. 김도삼은 오늘 아침에 황토재 승전 소식을 듣고 그리 가고 없었다. 정왈금이 도대체 이게 웬일인가 어리둥절한 표정으로 달려갔다.

"호방 첩년 집도 질러붑시다."

모두 장문리로 달려갔다. 홍덕댁이 혼자 있다가 뛰쳐나왔다.

"오매 오매. 멀라고 멀쩡한 집에다 불을 지를라고 그러요? 사람이 죄가 있으면 죄가 있제 집이 먼 죄가 있다고 이런 존 집에다 불을 질러라우? 지르지 마시오. 지르지 말어! 존일 합시다. 존일 해!"

홍덕댁은 불을 댕기려는 점박의 손을 틀어잡고 애걸을 했다.

"이놈의 예팬네가 이쁜 소리는 골라서 하고 자빠졌네. 이 첩년 저 첩년, 첩년들한테 알랑거림시로 대궁상 턱찌끼에 살 많이 쪘지야? 이참에도 호방 첩년 끼고 잘 놀아났다는 소문 들었다, 이 때려죽일 년아."

최낙수가 솥뚜껑 같은 손으로 홍덕댁 가슴팍을 홀쩍 밀어버렸다. 홍덕댁은 장작벼늘 옆 지저깨비 위에 발랑 나가떨어졌다. 홍덕댁은 한쪽으로 엉덩이를 벋지르며 죽는다고 악을 썼다. 모탕에다 *고두리뼈라도 찧은 모양이었다.

"올 데 갈 데 없는 년, 몸뚱이 부려서 벌어묵고 사는 것도 죈가?"

홍덕댁은 버르적거리면서도 앙칼지게 쏘았다. 패거리는 섶 나뭇단에다 불을 붙여 문이라고 생긴 문은 다 열어젖히고 안에다 나뭇단을 내던졌다. 대번에 방문이 연기를 토해냈다.

"오매 오매."

홍덕댁이 찢어지는 소리로 악다구니를 쓰며 자기 방으로 달려갔다.

"죽을라고 환장했어?"

점박이 우악스럽게 홍덕댁 덜미를 잡았다. 홍덕댁은 발목 잡힌 장닭처럼 악다구니를 쓰며 요동을 쳤다. 점박의 팔목을 물어뜯었다. 점박이 홍덕댁을 놓치고 말았다.

"오매, 내 돈!"

홍덕댁은 소리를 지르며 무릿매에서 퉁긴 돌멩이처럼 방으로 쏠려 들어갔다. 붙잡을 사이도 없었다. 패거리는 겁먹은 눈으로 그쪽을 보고 있었다. 홍덕댁이 들어간 방에서는 무럭무럭 연기만 쏟아져 나올 뿐 홍덕댁은 나오지 않았다.

"죽었는갑네. 아이고 미친년!"

방문은 마치 체한 것 토해내듯 먹구름 같은 연기만 꾸역꾸역 뱉어내고 있었다. 홍덕댁은 연기 속에서 돈 둔 데를 뒤지다가 숨이 막힌 것 같았다.

"정참봉 집도 질러붑시다."

눈끔벅이 소리를 질렀다.

"갑시다. 그놈 집구석은 불만 지를 것이 아니라, 그 아들놈이랑 식구들도 몽땅 없애붑시다. 그런 종자들은 씨를 말려야 하요."

점박이 소리를 질렀다. 모두 거리로 나왔다. 정왈금 패와 부딪쳤다.

"먼 일이오?"

정왈금이 앞으로 나서며 소리를 질렀다.

"지금 농민군들이 정읍 읍내서도 불을 지르요."

최낙수가 소리를 질렀다.

"그럴 리가 없는데?"

정왈금이 덩둘한 표정으로 그들을 보고 있었다. 패거리는 바람같이 읍내를 빠져나갔다.

진선리 정참봉 집으로 내달았다. 그 집에도 식구들은 없고 행랑아범 등 곁붙이들만 눈 오는 날 들쥐들처럼 옹송그리고 있다가 썰렁한 눈으로 패거리를 건너다봤다.

"식구들은 다 어디 갔어?"

오기창이 소리를 질렀다. 최낙수는 어서 불을 지르라고 소리를 질렀다.

"아이고, 불을 지르다니 그것이 먼 소리라요? 우리 집 도령님은 참봉 나리가 돌아가신 뒤에도 군자도 그런 군자가 없소. 행여나 애먼 사람 다쳐서는 안 된다고, 어사 나리도 만나고 아전들도 만나고, 그런 사람들 만나고 댕기느라고 정신이 없었지라. 아이고, 살고 봅시다. 지발 불만 지르지 마시오. 우리 도령님으로 봐서도 지발 불만 지르지 마시오. 군자도 그런 군자가 없소."

행랑아범이 두 손을 마주 잡고 허리를 굽실거리며 징징 우는 소리를 했다.

"군자? 군자가 뉘 집 강아지 이름인 줄 알어? 정참봉 같은 종자한테서 군자가 나와?"

오기창이 꽥 소리를 질렀다. 그때 안채에서 부엌에서 연기가 쏟아져 나왔다. 행랑채에서도 불길이 올랐다.

정읍에서 나온 농민군들은 읍내 변두리와 주천삼거리에 걸친 여러 동네에 나누어서 오늘밤을 나기로 했다. 농민군들은 정읍 현아에서 가져온 쌀을 집집마다 푼푼하게 나누어주며 밥을 시켰다. 농민군 도소에는 부잣집에서 쌀가마니가 바리로 바리로 몰려들고 김치며 장무새까지 줄을 지어 이고 지고 왔다. 하룻밤 사이에 인심이 손바닥 뒤집히듯 뒤집히고 말았다.

농민군들은 여기서도 풍물판을 벌이고 신명이 났다. 어제저녁 꼬박 뜬눈으로 샜는데도 지칠 줄을 몰랐다. 모두가 제 세상 만난 듯이 풍물판을 휘질렀다.

그때 고부 도소를 지키고 있던 젊은이들이 달려왔다.

"뭣이? 오기창이 아전들 집에 불을 지르고 정참봉 집에도 불을 질러?"

전봉준은 자리에서 벌떡 일어서며 소리를 질렀다. 다른 두령들도 눈살을 찌푸렸다. 정읍 임방에 불 지른 일을 놓고 앞으로는 절대로 그런 일이 없도록 철저하게 단속을 하자고 대책을 의논하고 있는 참이었다.

"사람도 죽였느냐?"

"호방 첩 집에도 불을 질렀는데, 집 지키고 있던 여자가 살림을 끄집어내러 방으로 들어갔다가 타서 죽었다고 하요. 그 사람 말고는 죽은 사람은 없는 것 같소."

젊은이는 다급하게 말했다.

"싯뚜리 자네가 수고 좀 하게! 고부에서 이런 일이 있었다면 이제 불길은 골골마다 일파만파로 번질 참일세. 당장 가서 오기창하고 패거리를 전부 잡아오게. 지금 바로 가게."

전봉준은 문지방 곁에 앉아 있는 이싯뚜리에게 영을 내렸다. 이싯뚜리는 두말없이 일어섰다. 전봉준은 눈을 번득이며 두령들을 향해 입을 열었다.

"이속들더러 우리 편으로 들어오라는 격문을 선포한 지가 바로 엊그젠데 이런 날벼락이 떨어졌습니다. 예사로 단속을 해서는 안 되겠습니다. 더구나 고부에서는 아전들 집과 부잣집에 불을 질렀다면 고을마다 남아날 집이 없을 것입니다. 정읍 임방에 지른 불이 한 나절도 못 가서 고부로 번진 셈입니다. 이러다가는 우리가 봉기한 명분이 박살이 납니다. 우리는 원한을 갚자고 일어난 것이 아니고 세상을 바로잡자고 일어났습니다. 우리가 불을 지르고 죽이고 북새질을 치면 이용태가 몰고 온 역졸들이나 감영군하고 무엇이 다르겠소. 어떤 명분이나 어떤 이유로도 안 됩니다. 우리가 내세운 첫째 명의가 무엇입니까? 고부에서 일이 벌어져버렸으니 단속을 해도 예사로 단속해서는 안 되겠습니다. 다른 고을로 더 번지지 못하게 두령들께서 책임을 지고 막아주십시오. 농민군 두령 가운데 웬만한 분을 지금 바로 각 고을로 보내서 철저히 단속을 해주십시오. 살인과 방화는 물론 사사로운 보복은 절대로 안 된다고 철저하게 단속을 해야 합니다. 지금 가서서 고을로 사람을 보내고 오십시오."

전봉준은 다급하게 지시를 내렸다.

두령들이 바삐 나갔다.

"그래도 백성 원한을 너무 사고 있는 자들은 가려내서 징치를 해야지 않겠습니까?"

두령들이 나간 다음에 최경선이 조용히 입을 열었다.

"최두령까지도 그런 한가한 생각을 하시오?"

전봉준이 버럭 소리를 질렀다.

"지금이 어느 땝니까? 허수아비 같은 감영군을 이겼다고 우리가 다 이긴 줄 압니까? 조정과 관속들만 남기고 온 천하 백성이 다 우리 편이 되어도 힘겨운 싸움입니다. 무엇 때문에 가만히 있는 사람들까지 적으로 만듭니까? 조정이 우리한테 굽히고 나오면 관속들이 맥을 추겠소, 부호와 양반들이 맥을 추겠소? 그때는 모두가 이미 물 밖에 난 고기, 징치하고 말 것도 없습니다. 못된 사람들 징치를 하더라도 그런 일은 제일 나중에 할 일입니다."

전봉준 입에서는 불이 쏟아지는 것 같았다. 최경선은 머쓱해지고 말았다.

"봉기하지 않은 각 고을에도 절대로 보복하지 말라는 방을 써서 붙이도록 하시오. 그리고 깃발을 더 만드시오. '쓸데없이 사람을 죽이지 않고 물건을 부수지 않는다.' '항복한 사람은 대접한다.' 이 두 가지를 여남은 개씩 더 써서 행군할 때 맨 앞에 세우시오."

전봉준은 바삐 지시를 했다. 두령들은 보복에 대처하느라 정신이 없었으나, 승리에 도취한 농민군들은 한창 신명이 났다. 남사당패는 있는 재주 없는 재주 온갖 재주를 다 부리고, 배의근 등 소리꾼들이 소리를 하고, 농민군들은 정말로 내 세상을 만난 것 같았다.

두령들이 돌아와서 아까 하던 의논을 다시 시작하려는 참이었다. 오거무가 헐레벌떡 달려왔다.

"조정군이 군산포에 당도해서 전주로 가고 있습니다."

오거무가 다급하게 말했다.

"지금 어디로 가고 있소?"

전봉준이 물었다. 두령들은 모두 오거무만 보고 있었다.

"배에서 내리는 것만 보고 달려왔습니다. 전주로 간다면 바로 발진을 했더라도 임피나 어디 중간에서 자고 갈 것 같습니다."

"수는 얼마나 되고 무기는 어떠했소?"

"수는 8백 명쯤 되는 것 같고 모두 양총에 대포가 여남은 문, 회선

124

포인 모양인데 그것 역시 여남은 문이었습니다."

"알았소. 오처사는 오늘 밤 사이에는 조정군 동태만 알아오시오. 우리는 내일 고부를 지나 흥덕으로 해서 고창에 가서 잘 참입니다."

전봉준은 오거무한테 다급하게 말하며 은자 여남은 닢을 건넸다. 오거무는 고개를 꾸벅하고 돌아섰다.

4월 8일. 농민군은 고부를 지나 흥덕으로 갔다. 고부 사람들은 새삼스럽게 겁먹은 표정들이었다. 어제 이싯뚜리는 오기창을 붙잡지 못했다. 진선리에 갔을 때는 정참봉 집이 다 타버린 다음이었고 오기창의 종적을 알 수 없었다.

흥덕에 당도하자 거기에 몰려 있던 가족들이 만세를 부르며 미친 듯이 환영을 했다. 흥덕 현아에서는 지레 겁을 먹고 웬만한 죄수들은 다 풀어 놨으므로 농민군은 무기고에서 무기만 거둬가지고 고창으로 향했다. 농민군은 요란스럽게 풍물을 치며 기세 좋게 고창 읍내로 들어갔다. 가족들이 다시 따라붙었다. 며칠 동안 허전했던 농민군 꼬리가 다시 어수선해졌다.

그때 홍계훈이 거느린 조정군은 전주를 향해 행군을 하고 있었다. 어제 군산포에 도착한 조정군은 중간에 임피에서 자고 오늘 아침 일찍부터 다시 행군을 했다.

조정군은 3개 부대였다. 그들은 모제르 소총을 어깨에 메고 신식 크루프 야포 10여 문과 회선포 10여 문을 앞세우고 행군을 했다. 크루프포는 바퀴가 달려 굴리고 갔으며 회선포는 총신과 받침대를 따로 떼어 병사들이 메고 갔다. 군사들은 8백 명이라고 소문이 났고 어제 배에서 내려 임피까지 올 때도 8백여 명이었으나 어찌된 일인지 오늘은 5백 명도 못될 것 같았다.

병사들은 시커먼 군복에 단추가 수십 개 번쩍거리는 군복을 입고, 모자도 구식군대가 쓴 전립이 아니고 색다른 모자였으며 신도 발등을 전부 싸서 목이 한참 올라간 가죽 군화였다. 군복은 옷 모양부터가 우리 군복하고는 전혀 달랐다. 윗도리 앞가슴에는 누런 단추가 두 줄로 열댓 개씩 촘촘히 달려 번쩍거리고, 모자는 갓에서 양태를 떼어버리고 앞쪽에다 손잡이만 달아놓은 모양이었다. 일본군대 모습 그대로였다. 그런 게 신식이라면 모두가 신식이었다. 이런 모습에 비하면 구식군대는 이들이 신은 군화에 짚신 꼴이었다.

홍계훈을 비롯한 장교들은 말을 타고 갔다. 말은 병방 비장 정석희 등 이속들이 어제 마중을 나오면서 전주에서 끌고 온 것이다. 조정군은 감영군이나 농민군처럼 깃발도 휘날리지 않고 북이나 날라리 같은 것도 없었다. 일본 나팔을 몇 사람이 가지고 있을 뿐이었다. 날렵하고 간동한 옷차림이며 정연하게 열을 지어 가는 모습이 엊그제 감영군에 비하면 외양부터가 하늘과 땅 차이였다. 허장성세만 요란스럽던 감영군은 처음부터 그렇게 요란스럽게 설치다가 사라져버릴 바람잡이들 같았고 이 군대는 진짜 싸움을 하러 온 군대 같았다.

조정군 행렬 한참 뒤에는 색다른 군복을 입은 행렬이 따르고 있었다. 청나라 병사들이었다. 대장은 조선 주재 청나라 통리 *원세개 심복 서방걸이었다. 장교 2,3명을 합쳐 17명이 대포를 4문이나 끌고 행군을 하고 있었다. 그들도 장교는 말을 탔다.

원세개는 한양 주재 청나라 통리아문 통리로 12년 전 임오군란 때 대원군을 청나라로 납치하는 등 조선에서 위세를 떨치고 있었으며 이번에도 민영준과 농민군 대처 방법을 논의하고 자기 나라 군대까지 파견한 것이다.

그는 임오군란 2년 뒤 갑신정변 때는 개화당을 몰아내고 일본군을 창덕궁에서 철퇴시키는 등 특히 일본과의 관계에서 조선 정부를 견제하고 조선 정치에 크게 영향을 끼쳐오고 있었다. 일본 세력을 견제하는 목적은 두말할 것도 없이 조선 조정을 자기들 손아귀에 더 단단히 틀어쥐려는 것이므로 이번에 자기 나라 군대를 보낸 속셈도 뻔했다.

청나라 군사 뒤에는 짐을 잔뜩 실은 마바리가 50여 필이나 따르고 있었다. 주로 포탄과 소총 실탄, 기타 여러 가지 군수품들이었다.

그런데 조정군은 먼데서 보는 겉모습과는 달리 군사들 얼굴이 얼음장처럼 굳어 있었다. 얼핏 보면 외모처럼 엄격하고 근엄한 표정 같기도 했으나 그게 아니었다. 잔뜩 질려 있는 모습이었다. 장교나 졸병이나 마찬가지였다. 장교들 얼굴은 더 굳어 있고 전주에서 마중 나온 이속들 표정도 마찬가지였다. 무슨 엄청난 죄를 짓고 징벌이라도 받으러 가는 사람들 꼴이었다. 표정이 너무 굳어 시체들이 걸어가는 것 같았다. 더구나 장위영병 행렬 바로 뒤에는 웬 장정 두 사람이 꽁꽁 묶여 끌려가고 있었다. 묶여가는 사람들 얼굴은 더 말이 아니었다. 그러나 그들이 입고 있는 바지저고리는 깨끗했다. 금방 갈아입혀 가지고 온 것 같았다.

대장 홍계훈은 부대 중간쯤 서방걸과 이야기를 하며 나란히 걷고 있었다. 그들 얼굴도 굳어 있기는 마찬가지였으나 그래도 말이라도 하여 걷는 사람은 이 두 사람뿐이었다. 병방 비장 정석회와 이속들은 그들 뒤 네댓 걸음 떨어져 따르고 있었다. 길가 동네서는 사람들이 울타리 너머로 고개를 내밀고 구경을 하고 개들이 들판에서 컹컹 요란스럽게 짖어대고 있었다.

홍계훈이 대관 하나를 불렀다. 저만치 앞쪽 길가에 있는 소나무 숲속에 있는 묏벌을 가리키며 뭐라고 한참 지시를 했다. 대관은 거수경례를 붙이고 앞으로 달려갔다. 선임대관 이학승李學承이었다. 전주를 5,60리쯤 남겨둔 곳이었다.

"저 묏벌로 가서 부대별로 정렬하라."

이학승이 소나무 숲속 널찍한 묏벌을 가리켰다. 조정군이 모두 묏벌로 들어갔다. 묶어오던 장정들도 그대로 끌고 들어갔다. 홍계훈은 다른 대관과 함께 묏벌로 들어가며 또 무엇을 지시하는 것 같았다. 그 대관은 원세록이었다. 서방걸과 병방 비장을 비롯한 전주 이속들은 묏벌로 들어가지 않고 가던 길을 그대로 가고 있었다. 뒤에 따라오던 청나라 군대도 묏벌을 힐끔거리며 지나갔다.

묏벌 주변에는 앞에총을 한 병사 여남은 명이 눈알을 번득이며 사방을 경계했다. 초관들은 널찍한 묏벌에 병사들을 가지런히 열을 지어 세워놓고 인원 점검을 했다. 병사들은 묏벌에 서 있는 *문인석처럼 꼼짝도 하지 않고 서 있었다. 묶인 장정들은 맨 앞에 꿇어앉혀졌다. 묏벌에 들어선 홍계훈이 얼굴은 더 차갑게 굳어졌다. 그때 저쪽에서 동네 조무래기들 한 떼가 달려왔다.

"쌔끼들아, 안 가?"

보초 섰던 병사가 총을 겨누며 소리를 질렀다. 조무래기들은 앗 뜨거라, 총소리에 놀란 날짐승처럼 후닥닥 도망쳤다. 한 놈은 신이 벗겨지자 얼른 집어 손에다 쥐고 내뺐다.

이학승이 앞으로 나섰다. 이내 홍계훈이 묏벌 조금 높은 데로 올라섰다. 묶인 장정들은 고개를 떨어뜨리고 발발 떨고 있었다.

"인원보고. 총원 8백 명, 사고 344명, 현재원 456명, 사고 내용 탈영 330명, 보초근무 12명 열외 2명."

이학승이 거수경례를 붙이고 절도 있는 목소리로 인원보고를 했다. 답례를 하는 홍계훈은 잠시 눈자위가 씰룩거렸다. 탈영이라면 병사들이 도망쳤다는 소린데, 그 수가 적잖이 330명이라고 했다. 그게 사실인 것 같았다. 어제까지도 8백 명이던 군사가 지금은 5백 명도 못 되었기 때문이다. 홍계훈은 입을 꾹 다물고 표독스런 눈으로 군사들을 한번 훑어봤다. 병사들 얼굴은 더 굳어버리고 눈알이 튀어나올 것 같았다. 묏벌 저만치 양쪽에 서 있는 문인석도 홍계훈 서슬에 허리를 더 굽죄이는 것 같았다.

묏벌 소나무에는 까마귀가 여남은 마리 날아와 까옥까옥 울고 있었다. 이내 홍계훈이 입을 열었다.

"본관은 오늘 아침 너희들에게 전쟁 뒤에 후한 상을 약속하고 동시에 엄중한 경고를 내렸다. 그럼에도 불구하고 또 2명이 군율을 어기고 탈영을 시도했다. 군율이 얼마나 엄한 것인가 이 자리에서 보여주겠다. 다시 경고한다. 차후로 탈영하는 자는 본인을 체포하지 못할 경우 대신 가족을 잡아다 처단한다. 명심하라. 가족을 처단한다. 알겠는가?"

홍계훈은 버럭 소리를 질렀다. 동태처럼 바짝 얼어붙은 병사들은

그대로 홍계훈만 보고 있었다. 입도 얼어붙어버린 것 같았다. 앞에
묶여있는 사람들은 더 발발 떨고 있었다.

"알겠는가?"

홍계훈은 다시 고함을 질렀다.

"예."

"대답이 작다. 알겠는가?"

"예."

병사들 목소리가 조금 커졌다. 홍계훈은 눈알을 부라리며 잡아먹
을 듯이 거듭 소리를 질렀다. 그제야 병사들 목소리가 제대로 나왔
다. 홍계훈은 묶여 있는 사람들 쪽으로 몸을 돌렸다.

"두 병사는 고개를 들라."

홍계훈이 낮은 소리로 말했다. 묶인 사람들은 하얗게 질린 얼굴
로 홍계훈을 쳐다보았다. 그들은 오늘 도망치다 잡힌 모양이었고,
사람들 눈 때문에 군복을 벗기고 바지저고리를 입혀 끌고 온 것 같
았다. 한 사람은 키가 크고 한 사람은 땅딸막했다.

"너희들은 군율을 어기고 상관의 경고를 무시한 자들이다. 군율
에 따라 이 자리에서 포살한다."

홍계훈은 원세록을 향해 고갯짓을 했다. 원세록이 곁에 대기하고
있는 초관 두 사람에게 뭐라 지시를 했다. 초관 하나가 병사들을 거
느리고 묶여 있는 병사들 쪽으로 갔다. 병사들에게 뭐라 지시를 했
다. 병사들은 묶인 병사들 팔을 양쪽에서 잡아 일으켰다.

"대장님, 한번만 용서해 주십시오."

키 큰 병사가 발을 버티며 홍계훈을 향해 소리를 질렀다.

"어서 끌고 가!"

초관이 소리를 지르자 곁에서 끌고 가던 병사들이 거세게 밀어붙였다. 키다리는 징징 울며 살려달라고 소리를 질렀다. 그러나 땅딸보는 순순히 따라갔다. 병사들은 초관 지시에 따라 두 사람을 소나무에다 묶었다. 그 사이 다른 초관은 병사 10여 명을 그들을 향해 저만큼 일렬횡대로 세웠다.

"대장님, 한번만 용서해 주십시오."

키다리는 계속 징징 울며 살려달라고 고함을 질렀으나 땅딸보는 입을 꾹 다물고 앞만 보고 있었다. 초관이 조용히 하라고 키다리에게 호령을 했다. 이내 홍계훈이 그들을 봤다.

"마지막으로 할 말이 있는가?"

홍계훈이 소리를 질렀다. 땅딸보가 홍계훈을 보며 입을 열었다.

"할 말이 많다. 나도 어제저녁 도망치지 못한 것이 철천지한이다. 도망쳐서 농민군에 들어갔더라면 임오군란 때 못 죽인 민비부터 쏴죽이고 똥개보다 더러운 홍계훈 너를 쏴죽일 텐데 이렇게 허망하게 죽다니 눈을 감지 못하겠다. 홍계훈 너도 농민군 대창에 배때기에 바람구멍이 날 날이 며칠 남지 않았다."

땅딸보는 목청껏 소리를 질렀다. 홍계훈은 주먹을 쥐었다. 그러나 마지막 말이라 차마 제지를 못하는 것 같았다. 땅딸보는 이번에는 열을 지어 있는 병사들을 돌아보며 소리를 질렀다.

"너희들도 썩은 군대에 더 남아 있지 말고 모두 도망쳐서 의로운 농민군 깃발 밑으로 들어가거라. 틈만 있으면 도망쳐서……."

"아가리 틀어막지 못하는가?"

홍계훈이 드디어 폭발하고 말았다.

"도망치지 않더라도 전쟁이 터지면 저 홍계훈부터 쏴죽이고……."

땅딸보는 거듭 악을 썼다. 초관이 달려가서 땅딸보 목을 감으며 한손으로 입을 틀어막았다. 그 순간이었다.

"아이고!"

입을 틀어막던 초관이 비명을 지르며 입 막던 손을 쥐고 팔짝팔짝 뛰었다. 손가락을 물어버린 모양이었다. 얼마나 세게 물어버렸는지 초관은 손을 붙잡고 무릎을 꿇으며 죽는 시늉을 했다. 땅딸보는 계속 악다구니를 썼다. 다른 초관이 달려가서 그 병사 목을 감았다. 그때 홍계훈이 성큼 다가가 병사 손에서 후딱 총을 낚아챘다. 노리쇠를 찰칵했다. 노리쇠를 당긴 홍계훈은 잠시 당황했다. 병사들에게 아직 실탄을 주지 않았는데 홧김에 착각을 한 것 같았다. 홍계훈은 이를 악물며 총을 거꾸로 틀어쥐었다. 땅딸보를 향해 있는 힘을 다해서 총을 공중으로 휘둘렀다. 목을 감고 있던 초관은 깜짝 놀라 뒤로 훌쩍 물러섰다. 공중에서 커다랗게 원을 그린 개머리판이 땅딸보 머리통을 내리쳤다. 퍽 소리와 함께 고개가 아래로 푹 꺾였다. 홍계훈이 다시 총을 휘둘러 곁에 묶여있는 키다리도 내리쳤다. 역시 퍽 소리가 나며 고개가 처졌다. 홍계훈은 아직도 화가 덜 풀렸는지 숨을 헐떡이며 땅딸보를 잡아먹을 듯이 노려보고 있었다. 어깻죽지를 들썩이며 한참 숨을 씨근거리고 있던 홍계훈이 다시 이를 악물었다. 또 있는 힘을 다해서 총을 휘둘렀다. 땅딸보의 꺾인 머리를 내리쳤다.

소나무에서는 까마귀들이 깍깍 울었다.

"전주로 출발!"

홍계훈은 총을 내던지며 버럭 악을 썼다.

어제 군산포에서 배를 내릴 때만 하더라도 장위영 병정 8백 명은 기세가 등등했다. 가슴팍에 요란스런 구리단추를 사뭇 번쩍거리며 내 세상에 온 듯 어깨판을 벌리고 거리를 행진했다. 대포를 앞세운 8백 명의 위용은 산이라도 무너뜨릴 것 같았다. 반듯하게 열을 지은 군사들은 나팔 소리에 맞추어 군화 소리도 우렁차게 군산포 거리를 누비며 철커덕철커덕 의기양양하게 행진을 했다. 군산포 사람들은 입이 떡 벌어졌다. 대패질한 기둥나무같이 단정한 차림에 발까지 착착 맞추어 행진을 하자 진짜 군대는 저런 것이구나 하는 표정들이었다.

그들은 40여 리를 행군, 군산과 솜리(이리) 중간 임피 읍내에 당도할 때까지만 하더라도 기세가 하늘을 찌를 것 같았다. 임피 읍내에 이르자 홍계훈은 임피 현감에게 읍내 한쪽 동네 50여 호를 몽땅 비우라고 하여 거기다가 숙소를 정했다. 임피는 전주를 80여 리를 남겨둔 곳이었다. 저녁을 먹은 다음 병사들한테 자유 시간을 주었다. 그동안 비좁은 배 속에서 뱃멀미에 시달렸던 병사들은 우리를 뛰쳐나온 짐승들처럼 주막으로 달렸다.

"조정 군대고 장위영 군대고 그까짓 것들이 몇천 명 몰려와봤자 농민군 도술 앞에 어떻게 맥을 추냐 이 말이여."

술청으로 들어서던 조정군들은 봉놋방에서 튀어나온 소리에 깜짝 놀랐다.

"엊저녁 하룻밤 새에 황토재에서 작살난 감영군이 몇천 명인 줄 알아?"

조정군들은 봉놋방 쪽에 귀를 기울이며 목로에 자리를 골라 앉았다. 봉놋방에서는 걸쭉한 목소리가 계속 술청까지 쩡쩡 울리고 있었다. 술국을 뜨고 있던 주모는 깜짝 놀라 조정군 쪽을 힐끔거리며 봉놋방 쪽으로 달려갔다.

"가만!"

조정군이 손을 들어 주모를 막았다. 주모는 달달 떨리는 손으로 술국과 술방구리를 조정군 앞에 가져다 놨다. 조정군들은 그대로 봉놋방 쪽에 귀를 쫑그리고 있었다.

"그렁게 농민군이 3천 명도 넘는 감영군을 황토재에서 하룻저녁 새에 씨도 없이 다 죽여부렀다, 시방 이 말이오? 에끼, 여보시오. 곧이가 안 듣기요."

"허허. 이 양반이 나는 한양 갔다 온 사람인데, 한양 안 가본 사람이 한양 가본 사람을 이길라고 하네. 나는 황토재에서 싸우다가 그 속에서 천운으로 살아온 사람이오. 당신들한테 뭣을 얻어먹을라고 내가 거짓말을 하겠소?"

술이 거나해진 사내는 큰소리로 욱대겼다. 조정군들은 술잔을 입으로 가져가며 그대로 귀를 쫑그리고 있었다.

"그렁게 보부상도 감영에서 나가라 해서 전쟁에 나갔다가 모두 농민군 도술에 걸려서 다 죽어버리고 당신만 혼자 살아왔다 이 말인데, 어디 도술 걸린 이야기를 제대로 한번 해보시오. 그렁게 농민군들이 도술을 부리는데, 징소리로 도술을 부리더라 이 말이지라우?"

곁에서 이야기를 추슬렀다.

"아이고, 그놈의 징소리 말도 마시오. 생각만 해도 등떼기에 얼음

덩어리가 쏟아진 것 같소. 동학 두령들이 도술을 부린다고 해도 나는 그런 맹물에 조약돌 삶은 소리 작작 하라고 코똥만 통통 뀌었제 으쨌더라요. 그런데 내가 도술에 걸려본게 도술이 뭣인 줄을 똑똑히 알겠습디다. 우리가 밤중에 농민군을 습격해서 대번에 작살을 내불라고 귀신도 모르게 살살 기다시피 그쪽으로 가잖았소? 그런데 바로 발 앞에서 난데없이 빵빵 총소리가 나고 징소리가 벼락을 치요그랴. 징소리가 나자마자 농민군 수천 명이 악을 씀시로 창을 들이대는데, 창을 들이대면 우리도 같이 물미장을 들이대든지 내빼든지 해사 쓸 것 아니오? 그런데 세상에 이것이 먼 일이겄소? 내뺄라고 돌아선게 멀쩡하던 발이 땅에 딱 붙어갖고 떨어지지를 않소그랴. 아무리 내뺄라고 발버둥을 쳐도 발목이 땅에서 떨어져야 내빼지라우. 이놈의 발목이 쥐덫에 치인 것도 아니고, 뿌리박힌 나무도 아니고, 하여간 꼭 땅속에서 어떤 놈이 발목을 꽉 틀어잡은 것매이로 발이 땅바닥에 딱 붙어버리는데, 한번 붙어버린게 옴쭉달싹을 못하겠습디다. 나만 그런 것이 아이라, 전부가 꼼짝달싹을 못했소. 그것이 도술이 아니면 멋이겄소?"

사내는 호들갑스럽게 주워섬겼다.

"예끼 여보시오. 아무런들 멀쩡한 발이 땅에 붙는단 말이오?"

곁에서 잔뜩 깔보는 소리로 핀잔을 주었다.

"그런게 도술이지라우."

"그래갖고 이쨌소?"

다른 사람이 이야기를 채근했다. 주모는 애가 달아 어쩔 줄을 몰랐으나 조정군들은 사내 말을 한마디라도 놓칠세라 듣고 있었다.

"옴쭉달싹을 못하고, 벼락 맞고 정신 나간 놈매이로 서 있는데, 내 대갈통에서 떵 소리가 납디다. 나는 떵 소리만 듣고 픽 나자빠져버렸는데, 어쩌다가 눈이 떠져서 눈을 끔벅끔벅해본게 희부옇게 멋이 보입디다. 생각을 해본게 내가 나자빠질 적에는 한밤중이었는데, 눈앞에 뭣이 보이잖소? 아이고, 내가 죽어갖고 시방 저승에를 왔구나. 저승은 해도 없고 밤이나 낮이나 이렇게 희부연 모양인데 이런 데서 살라면 깝깝하겠다, 무망 간에도 속으로 이런 생각을 함시로 옆에를 둘러본게 내 옆에도 송장이 수십 명이 누워 있잖겠소? 누워 있는 꼴이 꼭 가을 군산포 갯가에 생선 말릴라고 대발 위에다 아무렇게나 헤집어논 꼴입디다. 나는 다시 정신을 차리고 찬찬히 본게 누런 수건에 대창 든 농민군들이 사방으로 휘지르고 댕기고 있고그라. 위매 저 잡것들이 시방 저승에까지 쫓아왔구나 하고 찬찬히 본게, 들에도 농민군, 산에도 농민군, 온 천지가 농민군 천지요그라. 저승이 아니구나, 잘못하다가는 저놈들한테 죽어도 두 번 죽게 생겼다. 나는 다시 죽은대끼 눈을 딱 감고 그대로 엎뎌 있었지라우. 해가 중천에 오를 때까지 그렇게 숭을 쓰고 있는데, 이참에는 농민군들이 들것을 들고와서 내 곁에 있는 송장을 떠메 가잖겠소? 나도 덜렁 들어서 엎어갖고 달려갑디다그려. 그대로 실려갔지라우."

"갖다 묻어버리면 생매장될라고라우?"

곁에서 낄낄 웃었다. 조정군 병사들은 아직 그대로 듣고 있었다.

"들어보시오. 어디다 내리길래 가만히 눈을 떠본게 송장을 묻기는 묻는데, 이놈들이 의붓아비 산소에 벌초하듯 흙구뎅이를 판둥만둥해 갖고 송장을 늘늘히 늘어논 담에 흙만 몇 삽 떠서 눈가림을 하잖겄소. 옳다 살았다, 하고 그대로 숭을 쓰고 있다가 나도 흙을 몇 삽 뒤집어썼지라우. 흙을 뒤집어쓰고 한참 숭을 쓰고 있다가 농민군들이 전부 가버린 것 같길래 그때사 슬그머니 털고 일어났제 으쨌더라요."

방 안에 있는 사람들이 모두 웃었다.

"그런 데서 살아온 것 본게 당신 선산 하나는 따뜻한 데다 자리를 잡은 모양이오."

"맞소. 우리 할아부지 묏자리가 제대로 자리를 잡아 앉았다고 풍수마다 입에 침이 마르등마는 선산 덕 한번 제대로 본 것 같소."

그때 술을 마시던 조정군 병사가 술방구리를 들고 봉놋방 쪽으로 갔다. 일행 두 사람도 따라갔다.

"실례합시다."

장교가 문을 열자 모두 입이 떡 벌어졌다.

"우리는 오늘 여기 온 조정군이오. 밖에서 이야기 들었소. 몇 가지 물어봅시다."

보부상 사내는 대번에 눈이 튀어나올 것 같았다. 장교는 안심하라고 달랜 다음 전쟁이 벌어진 과정과 죽은 숫자를 하나하나 물었다. 사내가 떠듬떠듬 묻는 대로 이야기를 했다. 여기뿐만 아니라 조정군들은 여러 군데서 황토재 전투 이야기를 들었던 것이다. 조정군은 아침에 일어나보니 무려 3백여 명이 도망쳐버렸다.

6. 고창을 거쳐 무장으로

4월 9일. 농민군은 역시 신나게 풍물을 치며 무장茂長으로 진군했다. 농민군 뒤에는 농민군 식구들이 수천 명이나 뒤따르고 있었다. 농민군 식구들뿐만 아니라 별의별 사람들이 다 따랐다. 그들은 이불 보따리를 이고 지고 *풍각쟁이 뒤에 동네 조무래기 따라가듯 부지런히 따라가고 있었다. 보리가 패서 지금 무른 여물이 들려고 하는 보릿고개 대마루판이라 수가 엄청났다. 정판쇠 패 등 사당들도 길례를 포함해서 가족들 틈에 끼여 갔다.

농민군이 읍내에 가까워지자 무장 읍내서 연기가 치솟고 있었다.

"저건 또 뭐요?"

전봉준이 놀라 발걸음을 멈췄다. 그때 앞서 갔던 무장 농민군들이 달려왔다.

"농민군들이 아니고 읍내 사람들이 지른 것 같습니다."

농민군이 온다는 소리를 듣고 읍내 사람들이 아전들 집에 들이닥쳐 아전들을 잡아 개 패듯이 패고 그들 집에 불을 질러버렸다는 것이다. 손화중이 거점인 여기는 동학이 거세었던 만큼 동학도에 대한 아전들 횡포도 그만큼 심했던 곳이었다.

"이거 어떻게 말려야 제대로 말리겠소?"

전봉준은 발걸음을 멈추며 맥 빠진 얼굴로 두령들을 돌아봤다. 여기에도 이미 방을 붙이고 단단히 단속을 했는데도 이 꼴이었다. 전봉준 거점인 고부와 손화중 거점인 무장, 하필 이 두 군데서 이런 일이 벌어지고 있었다. 전봉준 말마따나 그 영향은 일파만파로 번져 나갈 판이었다.

무장 현감은 미리 도망쳐 무사했다는 것이다. 해주 판관으로 발령 난 조명호는 전주에 와 있다는 후임 현감 김오현을 눈이 빠지게 기다리다가 농민군이 몰려온다는 소식을 듣고 도망쳐버린 것이었다.

"작정했던 대로 여기서 며칠 동안 홍계훈 동정을 살피면서 창질이나 총질 등 솜씨를 익힙시다. 그러다가 홍계훈이 이리 진격해 오면 계책은 그때 세우겠습니다."

농민군은 무장 읍내에서 영광 쪽으로 한 마장쯤 떨어진 여시메란 나지막한 산에다 도소 자리를 정하고 진을 쳤다. 농민군들은 그 아래 들판에다 장막을 쳤다. 여러 번 쳐본 솜씨들이라 삽시간에 장막이 수십 채 들어섰다.

두령들은 농민군 병사들이 장막을 치는 사이 보복을 못하게 하는 방법을 의논했다. 손화중의 제의로 그런 사람은 누구를 불문하고 목을 베겠다고 엄중하게 경고하는 방을 각 고을에 붙이기로 했다. 각 고을에 곧바로 통문을 보내고 방을 여러 장 써서 무장부터 읍내 곳곳에 붙이라고 했다.

그때 무장 접주 강경중이 웬 군복 입은 사람들을 30여 명 데리고 왔다.

"조정군에서 도망친 병사들이 농민군에 들어와서 싸우겠다고 찾아왔습니다. 30명이나 됩니다."

강경중 말에 두령들이 벌떡 일어나서 밖으로 나갔다. 신식 군복을 입은 병사들이 마당에 열을 지어 섰다. 총은 들지 않았다. 밖에다 두고 온 것 같았다.

"농민군 장군님들께 경례!"

지휘하는 병사의 호령에 따라 병사들이 거수경례를 붙였다. 절도 있는 동작이었다. 거수경례를 붙이자 농민군 두령들은 어떤 식으로 답례를 해야 할지 몰라 잠시 망설이다 그대로 꾸벅 고개를 숙였다.

"장위영 병사 강상호 이하 29명, 우리도 농민군에 지원해서 백성을 위해 신명을 바치기로 뜻을 모아 찾아왔습니다. 농민군 병사로 받아주시기 바랍니다."

강상호는 꼿꼿한 자세로 서서 크게 말했다. 강상호는 병사들 가운데서 계급이 제일 높은 것 같았다.

"반갑습니다. 잘들 오셨습니다."

전봉준이 내려가서 강상호 손을 잡았다. 두령들은 병사들 손을 한 사람 한 사람 잡으며 등을 다독거렸다.

"잘들 왔소. 천군만마를 얻은 것 같소."

두령들은 조정군 병사들을 얼싸안을 듯 반겼다. 마당에는 농민군과 동네 사람들이 몰려와 색다른 군대를 구경하고 있었다. 두령들은 우두머리급 세 사람만 방으로 맞아들이고 나머지는 장막으로 데리고 가서 밥부터 먹이라고 했다.

"반갑소. 어려운 결단을 내렸소. 빈말이 아니라 정말로 천군만마를 얻은 것 같소. 새삼스럽게 우리 봉기에 자신이 생깁니다. 우리 모두 신명을 바쳐 도탄에 허덕이는 백성을 구하고 나라를 건집시다. 인사부터 합시다."

전봉준이 두령들을 소개했다.

"듣기에 반수 이상이 도망쳤다던데 사실이오?"

김개남이 물었다.

"수는 잘 모르겠습니다마는 많이 도망쳤습니다. 우리는 한 집에서 자다가 한꺼번에 도망쳤습니다."

"왜 도망쳤소?"

"군산에서 내려가지고 임피에서 자다가 황토재 전투 소식을 듣고……."

황토재 소문이 쫙 퍼져서 사람들이 자기들을 보는 눈이 농민군한테 금방 죽을 사람들로 보더라는 것이다. 마침 살아서 도망쳐온 보부상들 말을 듣고 더 겁이 났다고 했다. 전부터 농민군 소식을 듣고 나라를 건질 진짜 군대는 농민군이라 생각하고 있던 참에 그런 소식을 듣자 대번에 마음이 달라졌다는 것이다. 도망친 장위영 병사들은 먼데로 내뺀 사람도 있겠지만, 농민군으로 많이 올 것이라고 했다.

"조정군은 말이 군대지 개판도 그런 개판이 없습니다. 조정이나 조정 군대나 썩을 대로 썩어서 더 썩을 것도 없습니다."

다른 병사가 갈마들었다.

"관군 장교 놈들은 병사들을 종은 고사하고 짐승 취급도 아닙니다. 건뜻하면 무지막지하게 패고, 무엇보다 군사들은 배가 고파서 제일 견딜 수가 없습니다. 상관 놈들은 우리 밥할 쌀을 퍼갖고 가서 술을 받아먹기 일쑤고, 지금도 급료가 몇 달치나 밀려 있습니다. 굶주리다 못한 병사들이 여염집에 들어가 먹을 것을 도둑질하다 들켜 망신당한 일이 수두룩합니다."

병사들은 관군 내부 이야기가 나오자 입침을 튀기며 다투어 까발리고 나왔다.

"대포는 몇 문이나 가져왔소."

"우리 영에 가져온 것이 10문이고 청나라 원세개가 보낸 서방걸이란 놈이 4문을 가지고 왔습니다."

두령들은 원세개가 사람을 보냈다는 말에 눈이 둥그레졌다.

"서방걸이란 놈은 군인도 아닌데 그놈이 홍계훈 상전입니다. 대포를 쏠 청나라 군사는 17명인데, 이놈들한테는 배에서도 밥을 따로 대접하고 상전 대접입니다."

얼마나 배가 고팠는지 말끝마다 밥이었다. 대포 성능을 물었다.

"크루프포란 대포는 옛날 대포보다 훨씬 작은데 성능은 훨씬 뛰어납니다. 오칸 집이 맞으면 형체도 없이 날아갑니다. 회선포는 총알이 소총 알보다 두 배나 큰데 사거리도 두 배쯤 됩니다. 드드드드 하고 순식간에 수십 발이 나갑니다."

듣던 대로였다. 두령들은 포탄을 몇 발쯤 가지고 왔는가, 크루프 포 사거리는 얼마쯤 되는가, 여러 가지 궁금한 것을 물었다.

"조정군이 전주로 들어갔는데, 어떻게 생각하시오? 금방 이리 쳐들어 올 것 같지 않소?"

전봉준이 물었다.

"군사들이 도망친 바람에 홍계훈은 넋이 나갔을 것입니다마는, 우리는 그런 것까지는 짐작을 못하겠습니다. 홍계훈은 종잡을 수 없는 작자입니다."

강상호는 조심스럽게 말했다.

"신무기에는 김개남 장군이 제일 관심이 많습니다. 이 사람들은 김개남 장군 휘하에 두십시오."

전봉준이 김개남한테 말했다.

"우리는 첨부터 전봉준 장군님 휘하에 들어가기로 작정을 하고 왔습니다."

강상호가 말했다.

"하하, 그렇다면 원하는 대로 장군 휘하에 두십시오."

김개남이 선선하게 말했다. 전봉준은 다음에 또 올 것 같으니 그때 오면 다른 부대에도 고루 배치하고 이 사람들은 우선 자기 부대에 두겠다고 했다. 다른 이야기는 차차 더 듣자며 가서 밥을 먹으라고 했다. 정길남이 데리고 나갔다. 그들이 나가자 김만수가 도포 입은 사람을 하나 데리고 왔다. 고창 부자 은대정 집 서사라고 했다.

"주인 어르신께서 보내서 왔습니다. 어르신께서는 그동안 인심을 잃고 살아온 것을 크게 뉘우치고 있다며 군수에 보태시라고 백미와 포목을 보내셨습니다. 줄포에서 물건을 가져올 증서이옵니다."

서사는 정중하게 말하고 전봉준 앞에 봉투를 하나 내밀었다. 전봉준이가받아 알맹이를 뽑아 보았다. 종이가 두 장 나왔다. 하나에는 백미 3백 석, 하나에는 무명 50동이라 쓰어 있었다. 두령들은 모두 놀라는 표정이었다. 너무 많았기 때문이다. 무명베는 한 동이 50필이므로 50동이라면 250필이었다. 은대정은 운봉 박봉양과 함께 전라도를 울리는 만석꾼 부자였다. 그는 농민군들이 불을 지른다는 소문을 듣고 어지간히 놀란 것 같았다.

"고맙다더라고 전하시오. 우리가 일어난 것은 나라를 바로잡고 왜적을 몰아내자는 것이니 앞으로도 힘을 합쳐 같이 나라를 건지자 하더라고 전하시오."

"말씀대로 전해 올리겠습니다."

서사는 고개를 깊숙이 숙이고 물러났다. 전봉준은 내일 아침 일찍 줄포로 사람을 보내 물건을 추심해오라고 회계 일을 보고 있는 김경천한테 증서를 넘겼다.

"그러지 않아도 옷이 해진 사람이 많아 마음이 쓰이더니 잘 되었습니다. 손대는 얼마든지 있겠다, 바로 베를 가져다 옷을 지읍시다."

김개남이 말했다. 밥을 얻어먹으려고 농민군 뒤에 따라다니는 가족들이 많았으므로 손대는 넘쳐흐르고 있었다.

"따라다니는 식구가 그런 일이라도 하면 *파적도 되고 밥 먹기도 한결 활발할 것 같습니다. 그런 일을 시키자면 일을 맡아 주장할 사람이 있어야겠는데, 연엽 그 처자가 고부에 와 있다니 여기 와서 그 일을 맡으라고 하면 어떨까요?"

최경선이 나섰다.

"음, 그것 좋겠소. 지난번 봉기 때 들어보니 그 처자 사람 부리는 횟손이 웬만한 남자 뺨치겠습디다."

손화중이 껄껄 웃으며 말했다. 전봉준은 저절로 입이 벙그러졌다. 대번에 연엽을 불러오라고 고부로 사람을 보냈다.

장막을 다 친 농민군들은 또 흐드러지게 풍물판을 벌였다. 그들은 틈만 나면 풍물판이었다. 밥 먹을 때만 빼놓고 진군할 때도 풍물, 전쟁을 할 때도 풍물, 쉴 때도 풍물이었다. 저녁에는 장막마다 모닥불을 큼직큼직하게 피우고 사당패가 판을 벌였다. 여기서도 풍물이 흥을 돋웠다. 남사당패와 사당패가 여러 패였으므로 서너 군데서 판이 벌어졌다.

농민군들은 세상 살다가 살판도 이런 살판이 없었다. 보릿고개 대마루판에 허연 쌀밥에 배가 터지겠다, 가는데 마다 백성 환영 소리가 목이 찢어지겠다, 낮이고 밤이고 풍물판에 놀이판까지, 하여간 당장 내일 죽어도 한이 없을 것 같았다.

"아따, 선하다. 쌀밥을 묵은게 똥 누기도 편하구만잉. 똥이 언제 빠져나갔는지 모르게 쏘옥 빠져나가버리그만."

이쪼르르가 논두렁 밑에서 *고의말을 추스르고 나오며 웃었다. 초아흐레 달이 중천에 밝았다.

"그러고 보면 부자 놈들은 묵기도 잘 묵고 똥도 편하게 누고 시상은 그놈들 시상이여."

논두렁에 앉아서 곰방대를 빨고 있던 퉁방울눈이 이쪼르르한테 대창을 넘기며 이죽거렸다. 그들은 장막 주변을 멀찍이 순라를 돌고 있는 참이었다. 보릿고개에는 나물이나 나무뿌리로 배를 채우므로 변이 쇠똥보다 커서 변을 한번 보려면 첫애 낳는 애어미처럼 끙끙

한식경이나 힘을 썼다. 풀을 먹는 소와 염소는 새김질을 해서 삭히는데 사람은 그런 버릇이 없으니 내놓을 때 무진 고생을 할 수밖에 없었다. 그렇게 똥구멍이 찢어지던 사람들이 하루 세 끼가 *진창만 창 허연 쌀밥이라니 입에 창자에 밑구멍까지 두루두루 호사였다.

"이렇게 잘 먹고 편하게 지내는 줄도 모르고 시방 우리 어무니는 저녁마다 정화수 떠놓고 손 비비느라고 정신이 없을 것이구만. 히히."

이쪼르르가 낄낄거렸다.

"어무니들 그런 걱정만 없으면 이런 데 나와도 뭣이 성가시겠냐?"

"그런게 말이여."

"아야, 그런데 말이다. 이참에 본게 을순이하고 니 헛소문이 아니등만. 울타리 너머로 너를 내다보고 있다가 내가 곁으로 간게 깜짝 놀라더라."

"아이고, 그 가시내 이얘기는 하지도 말어. 젠장."

퉁방울눈이 낄낄거리자 이쪼르르는 한숨을 내쉬었다.

"자식, 좀시로도 의뭉떠네. 우리 집 누이년 이얘기 들어본게 이럴 때 농민군에 안 나간 사내도 멋 달렸다고 사내냐고 하더란다. 그 자식은 잘 산다고 떵떵거리제마는 서당에서 밑글 하나도 온존하게 외워바친 적이 없다더라. 을순이가 그런 어리보기한테 시집을 가겠냐?"

"그래도 즈그 부모들이 그 집으로 탁 엎으러졌다잖어?"

"그 가시내가 보통 가시내가 아닌게 두고 봐. 더구나 이번 전쟁으로 세상이 칵 뒤집어져 봐라. 고루고루 볼 만할 것이다."

"보리 패는 것 본게 금방 보리가을 들겠는데, 보리가을 들기 전에 싸움이 끝날란가 몰라?"

"을순이 보고 잡아서 그러지야?"

퉁방울눈이 제물에 또 한참 낄낄거렸다. 두 사람은 이리 진군해 오면서 동네 앞을 지나게 되어 하는 수 없이 집에 들렀다가 왔다. 이쪼르르 어머니는 이제 내가 죽어버리든지 규정을 내야겠다고 을러멨으나 기왕 나섰으니 전주까지만 가고 한양까지는 가지 않겠다고 단단히 약속을 하고 겨우 빠져나왔다. 앞서 가던 퉁방울눈이 우뚝 걸음을 멈췄다.

"누구여?"

저쪽 논두렁에 누가 혼자 앉아 있었다.

"농민군이오?"

"어디 농민군인데 여기까지 나와서 멋하고 있소?"

퉁방울눈이 대창을 겨누고 다가서며 제법 서슬기 있는 소리로 다그쳤다.

"진산 농민군인데, 그냥 혼자 나왔소."

진산 박성삼이었다.

"당신도 집안 걱정이오? 우리도 집안 걱정 함시로 오는 참이오."

그들은 가볍게 웃으며 지나갔다. 박성삼은 오늘 저녁 사당패가 판을 벌인다는 소리를 듣자 가슴에서 방망이질 소리가 났다. 그저께 주천삼거리에서 그들이 논다는 말을 듣고 자리를 피하려고 나오다가 곱게 차려입고 장막으로 가는 사당들 가운데 길례가 끼여 있는 것을 보고 혼자 가슴을 쥐어뜯었다. 박성삼은 길례 생각만 하면 칼로 가슴을 에는 것 같았다. 하필 전쟁판에까지 따라와서 춤에 노래에 화냥기를 떨고 있으니 환장할 지경이었다.

"미친년."

박성삼이 달을 쳐다보며 길게 한숨을 쉬었다. 제 아버지가 죽었는지도 모르고 저러고 다녔다. 박성삼은 보부상들이 무지막지하게 진산을 휩쓴 뒤 집에 가서 자기 아버지가 죽은 꼴을 본 뒤로 등신이 되어버린 것 같았다. 황방호와 함께 진산 사람들을 끌고 왔으나 말을 잃어버렸다. 달주나 다른 젊은이들과도 별로 얼리는 법이 없었다.

다음 날도 농민군들은 하는 일 없이 하루를 보냈다. 몇 고을에서 농민군들이 몰려들어 합류했다. 기왕에 온 고을에서도 같이 오지 못한 사람들이 몇 사람씩 오기도 했다. 접주들이 동학 법소 눈치 보느라 일어나지 않는 북부 여러 고을에서도 20명 30명씩 모여서 달려왔다. 조정군에서 도망친 병사들도 40여 명이 더 왔다. 전봉준은 그들 40명은 김개남 휘하로 보냈다. 그리고 월공과 능주 운주사 지허 스님이 앞장서서 스님들까지 모으고 있다는 소문도 들어왔다. 스님들은 지금 모악산 금산사 골짜기로 모여들고 있다고 했다. 모악산 골짜기 미륵신앙을 신봉하는 스님들을 중심으로 여기저기 깔려 있는 스님들이었다. 스님 부대가 생길 판이었다.

김확실과 텁석부리 등 화적 부대는 요사이는 주로 두령들 호위만 맡았다. 전쟁이 터지면 지난번 황토재 전투에서 그랬듯이 정탐 등 위험한 일은 그들 차지였다. 화적 부대는 임진한과 임문한 등 삼형제가 의논한 끝에 임군한이 거느리고 참여하기로 작정한 것이다. 남원 임진한은 자신이 포수들을 동원하기로 하면 2,3백 명은 금방 동원할 수 있었으나, 그는 그들을 동원할 생각을 하지 않았다. 임진한은 이번에도 대창 들고 나선 농민들 가지고는 세상을 뒤엎을 수 없다는 그의 지론을 되풀이했다. 임군한은 앞장선 사람 능력 나름이라고 전봉준과 손화중, 김개남 등 농민군 두령들 인물과 능력을 내세우며 입침을 튀겼으나 임진한은 농사짓는 백성이란 바람에 몰려들었다가 바람에 흩어지는 구름과 같다는 말을 되풀이했다. 어디까지나 정예병을 모아 단병접전으로 대번에 조정을 뒤엎는 길밖에 다른 길이 없다는 것이다. 그러니까 자기는 그런 사람이 나타날 때까지 기다린다는 태도였다.

"이번에 보니 우리나라에 고집불통이 두 분 계십디다."

별로 농담을 하지 않는 대둔산 임문한이 조용히 웃으며 입을 열었다.

"하나는 나라는 소리 같고 또 하나는 누구란 말인가?"

임진한이 술잔을 들며 웃자 모두 따라 웃었다.

"동학 교주 최법헌이지요. 두 분은 닮은 점이 많습니다. 백성을 도탄에서 건지겠다는 생각도 같고, 30여 년간이나 한결같이 한 분은 동학을 키워오시고 한 분은 포수를 키우신 것도 같고, 한 분은 아직 때가 이르지 않았다고 하고 한 분은 농민들 가지고는 안 된다고 하는 소리도 비슷하고, 벼락이 떨어진다 해도 자기 생각을 바꾸지 않는 것도 같습니다."

임문한 말에 세 사람은 크게 웃었다.

"너무 곱게 빚은 떡은 먹기가 아까울 것 같은데, 두 분 다 그런지도 모르겠습니다. 법헌께서도 30여 년간 키워온 교단이 깨질까 염려하시는 것 같은데 장형께서도 30여 년간 감지덕지 키워온 포수들을 제대로 쓰지 못할까 염려하시는 것이 아니십니까?"

임군한 말에 임진한은 고개를 끄덕였다.

"그런지도 모르겠구만. 그렇지만 딸이 예쁘다고 그냥 늙힌데서야 부모 도리가 아니지. 갈재는 기왕 전봉준하고 의기가 투합하여 지금까지 거들어왔으니 그대로 신명을 바쳐 거들게."

얼마 전 삼형제가 앉아서 내린 결론이었다. 거들되 대둔산 졸개들까지 전부 거느리고 가서 거들라는 것이었다.

전주 서문 밖 청나라 상인 서문모 집에서는 홍계훈과 함께 온 청나라 서방걸이 주인 서문모와 술잔을 기울이고 있었다. 객으로 김덕호도 자리를 같이 했다.

"군산에서 여기까지 오는 동안 조선에도 이렇게 넓은 들판이 있었던가 새삼 놀랐소."

수인사가 끝나고 나자 서방걸은 남도의 풍치며 전주의 인상을 한참 이야기했다. 서방걸은 원세개의 오른팔이자 책사였다. 원세개가 밀고 나가는 조선정책은 거의가 서방걸 머리에서 나오거나 적어도 그와 의논을 했다. 서방걸은 책사답지 않게 인상이 호걸풍이었다. 허우대도 헌칠하고 목소리도 거쿨졌다. 그러나 호탕한 웃음소리 속에서도 눈길은 매섭고 표독스럽게 번득였다.

홍계훈이 당도한 날, 김덕호를 만난 서문모는 적잖이 흥분한 표정이었다. 이번에 초토사하고 같이 온 청나라 상인이 서방걸이라고 자기 가까운 친척이어서 금방 만나고 오는 길이라며 며칠 뒤에 자기 집에서 저녁을 대접하기로 했는데 그 자리에 합석을 하면 어떻겠느냐고 했던 것이다. 김덕호는 문자 그대로 불감청이언정 고소원이었다. 혹시 다른 사람도 끼지 않을까 했으나 와놓고 보니 자기 한 사람뿐이어서 김덕호는 더 흡족한 기분이었다.

"전봉준 주변에서 그 사람을 거들고 있는 사람들은 어떤 사람들이오?"

서방걸이 김덕호한테 잔을 넘기며 물었다.

"거의가 동학 접주들입니다. 대접주급으로는 손화중, 김개남, 김덕명 같은 인물들이 전부터 같이 일을 도모해온 것 같습니다."

김덕호가 곧이곧대로 대답했다.

"그들이 선포했다는 4대명의하고 4대약속, 그리고 12계령을 보았습니다. 그게 동학 교리하고 관련이 있는 것입니까?"

서방걸이 진지하게 물었다.

"잘은 모르겠습니다마는 저도 동학을 조금 아오나 경전에서 따온 대목은 없는 것 같고, 경전하고 뜻이 직접 합치하는 대목도 없는 것 같습니다. 굳이 동학하고 관련시켜 말을 한다면, 명의 첫 조목이 '사람을 죽이지 않고 물건을 부수지 않는다'는 것인데, 이런 대목은 '사람을 하늘처럼 섬기라'는 동학 실천 덕목하고 관련이 있다면 있다고 할 수가 있겠지요. 동학도들은 '사람은 하늘이다人乃天'는 말을 제일 앞세우는 것 같은데, 좌도로 몰리고 있는 판이라 유생들과 조정 눈치를 보느라 그 말은 아무데서나 내놓고 쓰지는 않습니다."

김덕호는 알고 있는 대로 솔직하게 말했다. 서방걸은 한참 고개를 끄덕였다.

"4대약속 가운데 '칼에 피를 묻히지 않고 이기는 것을 가장 귀하게 여긴다'는 첫 조목도 이 조목과 같은 정신이라 할 수 있겠습니까?"

"굳이 그렇게 따진다면 12계령도 그런 정신에서 나왔다고 할 수 있겠으나 그런 소리들이야 굳이 동학이 아니더라도 사람이 지켜야 할 바 도리가 아니겠습니까? 들어보니, 전봉준은 동학 교리에는 별로 관심이 없고 당장 굶주리는 백성 형편을 생각하고 세상을 뜯어고쳐 모두가 고루 벌어먹고 사는, 균산均産이랄까 그런 방도만 생각하는 사람 같습니다. 계령만 보더라도 그것은 전쟁하는 군사들이 실천하자고 선포한 규칙인데 거기에 가난을 구제하자는 조목이 12개 조목 가운데 4개 조목이나 됩니다. 그 사람은 동학 접주라 하지만 동학 의식을 지킨다거나 주문 외우는 걸 본 적이 없다고들 합니다. 동학을 제대로 믿는 사람들은 밥을 먹거나 무슨 일을 할 때마다 한울님께 알린다 하여 잠시 눈을 감는데 그것을 심고心告라 합니다. 그러나 전봉준은 그런 의식에도 별로 얽매이지 않는 것 같습니다."

서방걸은 한참 고개를 끄덕이고 나서 말머리를 돌렸다.

"지난번 무장에서 농민군 5천여 명을 모아놓고 창의를 선포한 것이 3월 20일인데, 그렇게 창의를 선포하고 나서도 사흘간이나 층그리다가 고부로 진격을 했습니다. 5천여 명이라면 역졸 8백 명쯤 쓸어버리기는 식은 죽 먹기인데 왜 곧바로 고부로 진격을 하지 않고 그렇게 층그렸을까요? 역졸들은 고부 농민군 가족들을 죽이고 집에다 불을 질렀으며, 당장 수많은 가족들을 잡아다가 가둬놨는데도 적을 지척에 두고 그렇게 층그리고 있었습니다."

김덕호는 가슴이 뜨끔했다. 이쪽 사정을 너무도 소상히 알고 있는 것도 놀라웠지만 농민군 의도를 환히 꿰뚫어보고 있는 것 같아 더 놀라웠다.

"이용태를 불러들여 그를 잡으려고 그런 것이라고들 합니다."

김덕호가 대수롭지 않게 대답했다.

"그랬다면 이용태가 고부로 가지 않으니까 진격을 했다고 할 수 있는데 그럼 왜 역졸들은 치지 않고 그대로 보냈습니까?"

"역졸들은 싸우지 않고도 이길 수 있는 무리들인 까닭에 겁을 주어 쫓아버리자는 생각이 아니었던가 싶습니다. 그때 싸움이 붙었다면 고부 사람들은 원한이 뼈에 사무쳤던 까닭에 물불을 가리지 않고 대들었을 것입니다. 양쪽이 많이 죽었겠지요. 농민군들은 역졸들을 희생을 무릅쓰고 싸워야 할 만한 가치가 없는 미친개나 쓰레기 같은 무리로 치부한 것 같습니다."

김덕호 말에 서방걸이는 크게 고개를 끄덕였다.

"역졸 따위는 아무 쓸모가 없는 미친개로 보고 맞서서 싸우지 않고 위협을 해서 쫓아버린 것이다, 이 말씀입니까? 개 떼들하고 맞붙어 싸우면 이쪽도 물리지요. 칼에 피를 묻히지 않고 이기는 것을 가장 귀하게 여긴다는 4대약속 첫 조목을 실천한 것입니다그려."

서방걸은 고개를 여러 번 끄덕이며 껄껄 웃었다. 김덕호는 잔을 비우고 서방걸한테 정중하게 넘겼다.

"대단한 인내입니다."

서방걸은 무슨 생각을 하는지 자기 혼자 다시 고개를 끄덕이고 나서 말을 이었다.

"동학 경전 말고 그런 강령을 내거는 데 바탕을 두었을 법한 문헌이나, 혹은 과거 무슨 전쟁에서 내세웠던 비슷한 강령이나, 하여간 지금 농민군이 내건 세 가지 강령에 준거가 되었을 만한 것이 있습니까?"

서방걸이 다시 진지하게 물었다.

"저는 아는 것이 짧아서 거기까지는 잘 모르겠습니다마는, 식자들 사이에서도 그런 걸 놓고 무슨 준거를 이야기한다는 소리는 아직 듣지 못했습니다."

"그럼 이 근방 식자들은 세 가지 강령을 어떻게 보고 있습니까?"

"그것을 화제로 삼는 일은 별로 없는 듯하고, 주로 요사이 떠도는 비결 이야기를 많이 하는 듯합니다."

"비결? 하하."

서방걸이 호탕하게 웃었다. 그 웃음소리에 김덕호는 또 가슴이 뜨끔했다. 김덕호는 서방걸이 농민군에 내건 강령을 파고들 때부터 이 자가 보통내기가 아니라는 생각이 머리를 쳤는데, 그는 농민군 지도자들을 바라보는 각도가 전혀 다른 것 같았다. 그의 마디마디는 마치 과녁을 맞히는 화살처럼 김덕호 가슴에 텅텅 소리를 내고 있었다.

서문모는 여태까지 통역만 할 뿐 한마디도 끼어들지 않았다. 그러고 보니 서문모는 자기가 농민군과 관계가 있다는 것을 이미 눈치 채고 있는게 아닌가 싶어 김덕호는 새삼스럽게 서문모 눈치를 살폈다. 오늘 여기 들어왔을 때 이 자리에 부른 사람이 자기 혼자라는 것을 알고 그때부터 가졌던 의문이었다. 서문모는 상인이지만 유식한 사람이라 이 근방 양반이나 식자들하고도 친교가 넓은데 그런 사람들을 젖히고 자기 혼자만 부른 것이다. 새삼스럽게 중국 사람들은 무서운 사람들이라는 생각이 들어 새로 정신이 났다.

"손화중은 경서도 많이 읽은 사람인가요?"

"선비풍의 조용한 사람인데, 진사進仕에 뜻을 둔 적은 없었던 것 같고, 오래 전에 동학에 입도했다 합니다. 나이는 36살밖에 안 되지만, 동학 교단 서열이나 그가 거느린 교세로 보면 동학 두령으로는 단연 호남에서 제일인자입니다. 인품도 방불하지요."

"그 강령을 누가 기초했다는 말은 듣지 못했습니까?"

서방걸은 끝내 그 강령에만 관심을 집중하고 있었다.

"못 들었습니다. 두령들이 같이 의논해서 정하지 않았을까 싶습니다."

"일해 서장옥이라는 사람은 이번 전쟁에 나서지 않았습니까?"

김덕호는 또 한 번 놀랐다. 동학 교단 속을 이렇게까지 깊이 알고 있는가 싶어서였다.

"그분은 원래 스님 출신이라 늘 잠행을 하시며 잊어버릴 만하면 이따금 나타나 크게 방향만 잡아주신다고 합니다. 그런데 이 근래 나타나셨다는 소문은 없습니다."

서방걸이는 무슨 생각을 하는지 또 혼자 고개를 한참 끄덕였다.

"내가 보기에는 그 강령을 누가 기초했든, 그 강령을 채택한 전봉준을 비롯한 농민군 두령들은 만만한 사람들이 아닙니다. 역시 전봉준은 듣던 대로 대단한 인물입니다. 김처사는 이번 난리가 얼마나 커질 것이라고 봅니까?"

"글쎄요, 설마 전국을 휩쓸거나 조정을 뒤엎기야 하겠습니까?"

"하하. 그렇지 않습니다. 나는 조정을 무너뜨리고 조선 국토 전부를 휩쓸 것이라고 봅니다. 전봉준의 국량이라면 조선 하나는 충분히 호령할 만합니다. 나는 여기 와서 그동안 농민군 움직임을 듣는 사이 제일 궁금한 것이 무장에서 그렇게 무서운 기세로 봉기를 했으면서도 어째서 그 기세로 곧바로 고부에 쳐들어가지 않았을까, 그것이었습니다. 나중에 그 강령들을 보고서야 궁금증이 어렴풋이 풀렸는데 김처사 말을 듣고 보니 이제 제대로 풀립니다. 내가 보기에는 그 강령을 그릇으로 치면 중원은 몰라도 조선 땅덩어리 하나쯤은 너끈하게 쓸어 담을 만한 그릇 같습니다."

서방걸 표정은 전혀 가식이 없어 보였다. 김덕호는 잠시 어리둥절했다. 전봉준이나 강령에 대한 평가도 평가지만, 너무도 솔직하게 자기 속마음을 그대로 털어놓고 있는 것 같아 그것도 놀라웠다.

"초토사는 지금 자기 힘으로는 도저히 안 되겠다고 조정에 증원군을 요청할 생각 같습니다. 그러나 증원군 몇천 명이 와도 전봉준한테는 못 당할 것입니다."

서방걸은 무슨 생각에서인지 또 걸쭉하게 웃었다.

"세간에서는 여기 전 영장 김시풍 씨가 나서면 감당할 수 있을 것이라고 말합니다."

김덕호가 넌지시 운을 떼어보았다.

"김시풍 그 사람 말은 나도 들었소. 그러잖아도 그 사람이 어떤 사람인가 물으려던 참이오. 이번에 초토사 운동을 했다지요?"

서방걸이 눈을 밝히며 물었다.

"그랬다는 소문이 있습니다. 그 사람은 세간에서 그런 말을 할 만한 인물이라 합니다. 장량지재로 꼽는 사람도 있습니다. 화적을 칠때 화적들은 김시풍이란 이름만 들어도 놀랐다고 합니다. 그런데 김시풍 씨는 이번에 처음부터 안 될 운동을 했습니다. 홍계훈 초토사가 민씨 사람이듯이 그이는 대원위대감 사람입니다."

서방걸이 깜짝 놀랐다. 김덕호는 이때다 싶어 말을 계속했다.

"김시풍 씨는 전부터 대원위대감과는 연을 깊이 맺어온 것 같은데, 화적을 친 공로를 치하해서 대원위대감께서 난초를 한 폭 내리시기까지 했답니다. 대원위대감께서는 난초를 잘 치시기로도 유명하지만, 그걸 더 유명하게 만든 것은 난초를 아무한테나 내리지 않는다는 점입니다. 김시풍 씨는 그 난초를 안방에다 걸어놓고 신주모시듯 모시고 있답니다."

서방걸이 수없이 고개를 끄덕였다. 그때 여태 통역만 하던 서문모가 뭐라고 중국말로 한참 서방걸한테 이야기를 했다. 서문모는 김덕호한테 잔을 넘기며, 자기가 금방 서방걸한테 한 말은, 홍계훈이여기 오자마자 아전 가운데 농민군하고 내통하는 사람이 있다는 말을 듣고 뒷조사를 한다는데 유독 김시풍 뒤를 깊이 캔다더라는 말을 했노라고 했다. 서문모는 김덕호가 김시풍 이야기를 꺼낸 속셈을 알아차린 것 같았다.

방금 서문모가 서방걸한테 했다는 말은 김덕호가 서문모한테 전해준 말이다. 김덕호는 그 말을 정석희에게 듣고 어제 서문모한테 했던 것이다. 정석희는 누가 고자질을 했는지 자기도 농민군과 내통했다는 혐의를 받고 있는 것 같다며 김덕호더러 앞으로 웬만한 일에는 서로 만나지 말자고 했던 것이다. 정석희는 상당히 상기된 표정으로 그 말을 했다. 신변의 위협을 느끼고 있는 것 같았다. 홍계훈이 오자마자 지금 감영 안은 그런 엉뚱한 일로 모두가 서로 눈치를 보며 꽁꽁 얼어붙어있다고 했다. 정작 쳐야 할 적은 놔두고 집안에서 분란이 일어나고 있다며 정석희는 허옇게 웃었다.

서방걸은 농민군 이야기는 더 하지 않고 잡다한 이야기로 밤늦게까지 술을 마셨다. 밤이 이슥해서야 술판이 끝났다. 서방걸은 좋은 친구를 만나 기쁘다며 앞으로도 자주 만나자고 했다.

김덕호도 술을 어지간히 마셨으나 너무 긴장했던 까닭에 술이 별로 취하지 않았다. 바깥바람을 쐬니 정신이 맑아오며 서방걸이란 사람이 새삼스럽게 대단하게 느껴졌다. 저 정도라면 홍계훈 정도는 손바닥에 올려놓고 놀겠다는 생각이 들었다.

김덕호는 집에 오자 곧바로 전봉준한테 편지를 썼다. 서방걸하고 둘 사이에 오고간 이야기를 자세하게 쓴 다음, 이 싸움은 홍계훈이나 조선 조정과의 싸움이 아니라 결국 서방걸같이 날카로운 책사를 거느리고 있는 원세개와의 싸움이며 결국 청나라와의 싸움이 되겠다는 말로 끝을 맺으면서, 홍계훈 곁에는 서방걸이라는 청나라의 날카로운 눈과 귀와 입이 있다는 사실을 잊지 말라는 말을 덧붙였다.

나중에 들으니 이날 저녁 홍계훈은 감사하고 관기들을 끼고 술판을 벌였는데, 거기서도 김시풍 이야기가 험하게 오갔다는 것이다. 행수기생이 귀띔해준 말이었다.

"왔습니다."

최경선이 벙그렇게 웃으며 전봉준 방으로 들어갔다. 최경선은 문을 연 채 뒤를 돌아보며 연방 벙글거렸다.

"음, 왔구만."

정익서와 함께 무슨 문서를 보고 있던 전봉준이 벌떡 일어서려다 말았다. 전봉준 얼굴이 대번에 환해졌다. 연엽이 귀밑을 붉히며 조심스럽게 들어왔다.

"먼 길 오느라 고생했구만."

전봉준은 연엽 손이라도 잡을 듯이 들뜬 표정이었다. 연엽은 전봉준 앞에 다소곳이 절을 했다. 전봉준은 그냥 있으라고 비째면서도 연방 벙글거리며 절을 받았다. 연엽이 곁에 있는 정익서한테도 절을 했다.

"지난번에 정두령님께서 너무 애를 많이 쓰셨다는 말씀 잘 들었사옵니다. 정말 감사하옵니다."

연엽은 정익서를 보고 다시 고개를 숙이며 인사치레를 했다.

"애는 무슨? 되레 너무 고생을 시켜서 우리가 부끄럽구만."

정익서가 손을 저으며 어린애처럼 도리질까지 했다. 연엽은 농민군이 지난번에 원평에 진을 쳤을 때 거기 가서 두령들한테 잠깐 인사를 했으나 그때는 너무 번잡스러워 제대로 인사를 할 경황이 없었다. 밖에서 잠깐 인사만 하고 말았다.

"그때 그만큼이라도 고생을 덜한 것은 순전히 정두령 덕택이었지."

전봉준 말에 연엽은 고맙다며 정익서한테 다시 고개를 숙였다. 전봉준은 그때 고생한 것을 다시 위로했다. 그러나 자기 동생 정익수가 오기창한테 죽은 것은 아직 아무도 모르고 있었다.

"원평서 도망칠 때는 호방이 선심을 크게 베풀었더구만."

"예, 그분이 군아에 있을 때부터 자기 집에서 밥도 가져다주고 자상하게 돌봐 주셨구만유."

네 사람은 지난 일을 한참 이야기했다.

"여기서 또 일을 좀 해달라고 불렀구만. 장막 하나를 비워 줄 테니 지금 몰려와 있는 농민군 가족들 가운데서 젊은 여자들을 골라다가 농민군 옷을 좀 지어야겠어."

연엽은 힘껏 해보겠노라고 대답하며 고개를 숙였다. 정익서는 정길남을 불러 당장 장막부터 하나 치우라고 했다.

달주는 연엽이 왔다는 소식을 듣고 도소로 달려오다 바로 도소 앞에서 연엽을 만났다. 최경선이 일할 장막으로 연엽을 데리고 가는 참이었다. 두 사람 역시 손이라도 잡을 듯이 반겼다. 달주도 지난번 원평에서 만나기는 했다.

"어머님하고 남분이도 잘 기시구만유."

연엽은 말을 하며 주변을 두리번거렸다. 두 사람은 장막 뒤로 갔다. 연엽은 손에 들고 왔던 옷 보퉁이를 끌렀다.

"경옥 아가씨가 보낸 것이구만유. 아쉬울 때 쓰라더만유."

연엽이 빙긋 웃으며 예쁜 주머니를 달주한테 내밀었다. 달주는 실없이 주변을 한번 돌아보고 나서 얼른 주머니를 받았다. 주머니가 뭉청했다. 돈인 것 같았다.

"감역 나리는 지금도 전주에 계시오?"

"전주에 계시는데 차도가 없는가 봐유. 상처는 다 나았는데 머리를 다쳐서 그런지 정신이 온전하지 못한 것 같다더만유."

경옥은 자기 어머니하고 대거리로 집에 왔다갔다한다고 했다.

연엽은 그날부터 젊은 여자들 50여 명을 골라 일을 시작했다. 옷감을 대는 등 연엽이 일하는 데 수발은 김경천이 맡았다. 아이들을 줄레줄레 달고 와서 밥을 얻어먹던 천원댁은 연엽이 오자 누구보다 신바람이 났다.

연엽이 왔다는 소문은 삽시간에 농민군들 사이에 퍼져 어디를 가나 연엽 이야기로 꽃을 피웠다. 역졸들한테 잡혀갔을 때 자결을 하려 했다는 이야기가 과장될 대로 과장되어 이야기들이 한층 호들갑스러웠다. 연엽 소문은 고부봉기 때보다 더 떠들썩했다. 아직 연엽 얼굴을 보지 못한 다른 고을 젊은이들은 연엽 얼굴을 보려고 그쪽 장막을 연방 쭈뼛거렸다. 염치 좋은 작자들은 자기 동네 사람 만나러 간다는 핑계로 옷 짓는 장막으로 우죽우죽 들어가서 먼발치로 연엽을 힐끔거리기도 했다.

여자들은 하는 일 없이 밥만 얻어먹다가 일감이 생기자 모두 팔팔 살아난 것 같았다. 축에 끼지 못한 여자들은 거기 끼여 보려고 안달이었다. 연엽은 고부봉기 때부터 소문이 났겠다, 여기서도 대번에 여자들이 떠받들었으므로 일이 그만큼 쉬웠다. 그러나 어려운 대목이 없는 것도 아니었다. 건뜻하면 베 조각이 없어지고, 조금만 눈을 팔면 옷이 없어지기도 했다. 지난번 고부봉기 때는 누룽지 때문에 난처했던 것과는 또 달랐다. 그러나 모두가 가난에 찌든 사람들이라 연엽은 내색을 하지 않고 미리 그런 일에 마음을 써서 표 나지 않게 방지를 해나갔다. 옛날 자기 집에서 어머니가 가난한 사람들을 데려다 부릴 때 그런 일이 있어도 내색을 않고 모른 척 넘겨버리던 심사를 이해할 수 있을 것 같았다.

연엽이 오자 누구보다 얼굴이 훤해진 것은 전봉준이었다. 그는 틈만 나면 옷 마르고 있는 장막에 들렀다. 그때마다 연엽은 대번에 전봉준을 발견하고 귀밑을 붉혔다. 꼭 고부봉기 때 전봉준이 장막에 들어올 때면 언제든지 전봉준 눈에 제일 잘 띌 만한 곳에 서 있다가 얼른 눈을 들어 맞아주었던 것과 똑같았다.

"고생들이 많소."

오늘도 전봉준은 두 번이나 장막에 들렀다.

"고생이라우? 예편네들은 대창 들고 나설 수 없는게 이런 일이래도 해사제라우. 든든한 큰애기 두령님 뫼시고 일을 한게 우리도 꼭 전쟁을 한 것매이로 절로 심이 나요. 오늘부터 우리도 저 큰애기를 두령님이라 부르기로 했는게 우리도 농민군이오."

천원댁 너스레에 여자들이 모두 웃었다.

"우리도 두령님 뫼시고 전쟁하대끼 옷을 한게라우, 이 옷 입고 전쟁을 하면 싸울 때마다 이길 것이오. 우리가 그냥 옷을 짓는 것이 아니고라, 바늘땀을 뜰 때마다 이기라고 땀땀이 정성을 꼭꼭 박아서 옷을 짓고 있소."

천원댁은 너스레가 흐드러졌다. 모두 웃었다. 연엽도 전봉준을 보며 웃었다. 연엽은 이런 때가 다시 오다니 꿈만 같았다. 고부 군아 작청 골방에서 장도를 쥐고 이를 사리물었던 일이 눈앞을 스쳤다. 생각해 보니 그게 바로 한 달 전이었다. 연엽은 여기저기 둘러보고 있는 전봉준을 빤히 건너다보고 있었다.

그때 달주가 괴나리봇짐을 진 젊은이를 하나 뒤에 달고 장막으로 들어섰다.

"장군님 반가운 손님이 한 분 오셨습니다."

"우매."

달주 뒤에 따라온 젊은이를 보던 연엽이가 깜짝 놀랐다. 달주는 전봉준 곁으로 젊은이를 데리고 가서 낮은 소리로 젊은이를 소개했다. 공주 사비정 한중식이었다.

"첨 뵙겠습니다. 주인 마나님께서 격려 말씀을 전하고 오라 하셔서 뵈러 왔습니다."

한중식이 정중하게 허리를 굽혔다. 전봉준은 군자란의 말만 들었지 아직 만나본 일이 없으므로 잠시 어리둥절한 표정이었다. 연엽이 다가왔다.

"먼 길 오셨네유. 그동안 잘 기셨어유?"

연엽은 한중식한테 고개를 꾸벅하며 눈물을 그렁거렸다. 연엽은 친정 오라비라도 만난 듯 감격이 넘치는 표정이었다. 전봉준은 도소로 가자며 앞장을 섰다. 달주가 같이 가자고 연엽을 앞에 세웠다.

"거기 소식은 잘 듣고 있구만."

한중식이 연엽을 돌아보며 웃었다. 연엽은 군자란이며 수정옥 주인 백도 안부를 물었다. 모두 잘 있다고 했다.

"주인 마나님께서 보내신 서찰하고 어음입니다."

도소로 들어가서 자리를 잡아 앉자 한중식이 괴나리봇짐을 풀어 전봉준 앞에 편지를 한 장 내밀었다. 전봉준은 편지 겉봉을 뜯고 알맹이를 뽑았다. 얌전하게 쓴 편지였다. 도탄에 허덕이는 백성을 건지려는 장군님의 높으신 뜻에 감복하여 멀리서나마 하늘같이 우러

러보고 있다고 한 다음, 여자 몸이라 달리 거들어 드릴 길이 없어 돈 몇 푼 보내오니 긴요하게 써주시면 감사하겠다는 내용이었다.

"허허, 이렇게 감사할 데가 있는가?"

전봉준은 어음을 보며 감격어린 소리로 말했다. 어음은 적잖이 만 냥짜리였다.

"어음은 줄포에서 찾으라 하셨습니다."

"이렇게 큰 도움을 받다니 돈도 돈이지만 절로 힘이 나는구만. 갈때 답서를 써주겠네마는 정말 감사하다고 전해 주게나."

전봉준은 거듭 감격어린 소리로 말했다.

"충청도에서도 농민들이 들썩거리고 있습니다. 동학 두령들은 법소 눈치를 보고 있지만 밑바닥 농민들은 어서 일어나지 않느냐고 불퉁불퉁 야단들입니다. 이러다가는 밑바닥 농민들이 동학 두령들을 제끼고 일어나지 않을까 싶습니다."

전봉준은 고개를 끄덕이며 그쪽 사정을 자세히 물었다. 예상대로 충청도도 금방 움직일 것 같았다.

"여기서 한몫 크게 하고 있다는 말을 듣고 놀랐구만."

한중식이 연엽을 보며 한마디 했다.

"지금 농민군에 여자 두령이 하나 났구만. 지난번 정월 봉기 때도 어려운 일을 맡아서 빈틈없이 해냈는데, 이번에도 크게 한 몫 하겠네. 저기가 오자마자 우선 농민군 장막에 훤하게 햇빛이 드는 것 같네. 한 사람 힘이 이렇게 큰 줄은 미처 몰랐구만. 지난번에 역졸들한테 잡혀가서 고생을 할 때는 가슴이 빠직빠직 타더니마는, 무사히 나와서 또 일을 해주니 고맙기 이를 데 없네."

전봉준은 흡족한 표정으로 연엽을 보며 웃었다. 연엽도 수줍게 따라 웃었다. 그때 막걸리상이 들어왔다. 안주는 김치 깍두기에 봄나물한 접시만 달랑 올라 있었다. 전봉준이 한중식 잔에 술을 따랐다.

"이렇게 가난한 술상을 무슨 술상이라 하는 줄 알아요?"

달주가 한중식을 건너다보며 웃었다. 한중식은 무슨 소리냐는 표정으로 달주를 봤다.

"'장군님 술상' '녹두장군 술상' 입니다. 가난한 밥상도 '장군님 밥상' '녹두장군 밥상' 이고."

달주가 킬킬거리며 말했다. 연엽도 입을 가리고 웃었다.

"요새 그런 소리가 있단 말이냐? 고얀 사람들이구만."

전봉준도 술을 받아들고 크게 웃었다. 한중식은 덤둘한 표정이었다. 달주와 연엽은 웃음을 참지 못했다. 전봉준이 들자며 먼저 술잔을 기울였다.

"두령들이나 일반 병사들이나 다 같이 고생하는 처지에 먹는 것에 차등을 두어서야 되겠는가? 그래서 내가 차등을 두지 말라고 조금 심하게 간섭을 했더니 그런 고얀 말이 생겨난 것 같구만."

전봉준이 웃으며 말했다. 한중식은 웃지 않고 연방 고개를 끄덕이며 전봉준을 건너다보고 있었다.

"역시 장군님다우십니다."

한중식이 감탄을 하며 무릎을 꿇고 전봉준한테 잔을 넘겼다.

"한 잔 따라 올려!"

한중식 말에 연엽이 오지병을 받아들고 다소곳이 전봉준이 잔에 술을 따랐다.

"허허, 내가 이런 술을 받아보기는 또 처음이구만."

전봉준은 기분 좋게 술을 받았다. 그는 자기 잔을 한중식한테 권했다. 연엽이 한중식 잔에도 술을 따랐다.

"외람된 말씀이오나, 장군님 휘하에 저렇게 많은 백성이 몰려든 까닭을 이제야 똑똑히 알 것 같습니다. 그저 감격할 뿐입니다. 이 나라 앞날이 훤하게 밝아오는 것 같습니다. 저도 어느 땐가는 장군님 휘하에 들어와서 신명을 바치겠습니다."

한중식이 무릎을 꿇은 채 말했다. 한중식은 감격을 주체하지 못하는 표정이었다.

"과분한 말씀일세. 모두 같이 힘을 합쳐서 일을 하세."

"아시다시피 지금 공주 부내에서는 장준환 씨가 널리 귀를 짜나가고 있고, 이인 근방에서는 이지택 씨란 분이 밤낮없이 움직이고 있사옵니다. 저도 장준환 씨를 거들고 있습니다."

"고마운 일이네. 공주는 어느 지역보다 중요한 곳일세. 앞으로 한양으로 진군할 때는 거기가 거점이 되거나 큰 싸움판이 될 걸세. 갈 때 편지를 써주겠네마는 두 분한테 안부 전하게."

한중식이 알았다고 고개를 숙였다.

"오늘은 참 즐거운 날이다. 너도 한잔 더 해라."

전봉준이 달주한테 잔을 넘겼다.

"장군님, 저는 이 형님하고 이것이 두 번째 술자립니다. 사비정에서 벌인 술자리에서 바로 형님 동생이 되었습니다."

달주가 술잔을 받아들고 말하며 웃었다.

"그랬던가?"

"용배가 하나 빠졌구만. 용배는 생부하고 생모를 찾았다더니 그 냥 생가에 붙박여버린 것이냐?"

한중식이 달주를 보며 물었다.

"호랑이 새끼가 우리 속에 갇혀 지내기가 쉽지 그 작자 성질에 이런 일을 두고 집에 박히겠소? 거기 두령들 밑에 들어가서 젊은이들 모으느라 한창 바쁜 모양이오. 그런데 자기 큰아버지가 천주학쟁이에 다 그 고을 유지라 지금 큰아버지하고는 앙숙이 되어버린 것 같소."

"어머, 큰아버지하고유?"

연엽이 깜짝 놀랐다.

"얼굴은 해사한 녀석이 성깔 하나는 불이라 가는 데마다 불집이 지요."

전봉준은 오랜만에 만났으니 젊은이들끼리 이야기하라며 자리에서 일어섰다.

"수정옥은 장사가 잘 안 돼서 때려치우고 사비정으로 합쳤구만. 이따금 연엽 이야기를 하지. 그런데 어디서 들었는지, 연엽이 장군님 재취로 들어갔다더라고 하길래 나는 그런 줄만 알고 왔더니 와서 보니 그게 아니구만."

"아이구, 무슨 소문이 그런 소문이 다 났대유?"

연엽은 얼굴을 붉혔다.

"그런 소문이 날 법도 하지. 우리끼리 있으니까 말이지만, 지난번에 저기가 역졸들한테 잡혀갔을 때는 장군님께서 얼마나 애를 태우시는지, 내가 민망스러워 견뎌날 수가 없더라구."

달주 말에 연엽이 더욱 얼굴을 붉혔다.

"그럼 다 되었구만. 누가 중매를 서지 그래."

"전쟁만 끝나면 중매 설 사람들 많소. 실은 지금 고부 사람들 모두가 중매쟁이요."

"아이구, 그런 소리 그만하셔유."

달주 말에 연엽은 곱게 눈을 흘겼다.

"양쪽 맘도 다 정해진 것 같고, 그럼 이제 혼례식만 남았구만. 그때는 공주서도 부조 올 사람 많을 거구만. 우리 집 대장만 하더라도 그 배짱이면 혼수야 뭐야 대번에 친정어머니로 나설걸."

연엽은 얼굴을 벌겋게 붉히며 그런 소리 그만 하라고 방색을 했으나 싫지 않은 표정이었다.

"좀 다른 이야긴데 나는 제일 모르겠는 사람이 바로 사비정 그 여자요. 도대체 그만큼 떵떵거리고 사는 사람이 어째서 하필 가난뱅이들 편을 듭니까?"

달주가 물었다.

"얼핏 보면 희한하기 짝이 없는 일이지. 헌데 그이 가슴에도 비수가 꽂혀 있어. 나도 다른 데서 들은 이야긴데……."

군자란 고향은 충청도 예산으로 자기 아버지가 전에 거기 관아 호방을 살았는데, 못된 수령이 *포흠을 잔뜩 내고 나서 그 덤터기를 군자란 아버지한테 씌워 장살을 시켜버렸다는 것이다. 군자란이 아직 처녀 때의 일인데 그 통에 집안이 거덜이 나서 군자란은 그 뒤로 유곽으로 어디로 세상 쓴맛 단맛 다 보며 자기 혼잣손으로 그렇게 큰 재산을 일궜다는 것이다.

"이 험한 세상에서 여자 몸으로 그렇게 엄청난 재산을 모은 것도 놀라운 일이지만, 그보다 생각이 넓고 깊기가 황해바다야. 자기 아버지가 그렇게 당했으면 자기 아버지를 죽인 수령한테만 원한이 서릿발이 칠 것 같은데 그게 아니라구. 이 못된 세상이 뒤집혀서 새 세상이 되기 전에는 시궁창에서 구데기 나오듯 그런 못된 수령은 한없이 나올 수밖에 없다는 거야. 자기 아버지를 죽였던 수령쯤 구데기 하나로 치부해버리고 세상 전부를 보고 있는 거지."

달주는 연방 고개만 끄덕이고 있었다. 연엽도 마찬가지였다. 이런 일에 돈을 만 냥이나 선뜻 보낸 것만 보아도 알 만한 일이었다. 달주는 세상에는 나쁜 사람도 많지만 그런 사람도 있구나 싶었다. 전에 보았던 군자란 모습이 새삼스럽게 드높은 산으로 눈앞에 우뚝했다.

7. 초토사 홍계훈

"맬 사시오, 맬. 맬 하나가 투실투실 고등어만 하요. 맬 사시오, 맬. 고등어매이로 투실투실한 맬 사시오, 맬."

요사이가 멸치 철이라 멸치장수가 골목골목 외치고 다녔다. 유독 음식치레를 하는 전주 사람들은 봄철에 멸치젓 담그는 일이 가을 김장이나 봄에 장 담그는 일만큼 중요한 연중 행사였다. 만경강을 따라 들어온 멸치 배에서 생선장수들이 생멸치를 받아 이고지고 전주 골목골목을 누비고 다녔다.

"여보시오, 나 좀 봅시다."

골목에 서성거리고 있던 왕삼이 멸치장수를 불렀다.

"살라요? 맬이 참말로 좋소. 금방 받아갖고 벼락같이 달려왔그만 이라."

멸치장수는 누런 이빨을 있는 대로 내놓고 웃으며 왕삼을 봤다.

"저쪽 골목에 전에 영장 살던 김시풍 나리 댁 아시오?"

"내가 생선장수로 전주 골목에서 늙은 사람인데, 그 어른 댁을 모르겠소? 그 댁에서 맬 산답디여?"

멸치장수는 옳다구나 하는 표정이었다.

"그것이 아니고라, 내가 시방 그 집에 심부름을 가는데, 그 집 하인 놈이 한나 보기 싫은 놈이 있어서 그라요. 막걸리값 드릴 것인게 이 편지 조깨 그 집에 전해 주시오."

왕삼이 엽전 댓 닢하고 편지 싼 보자기를 내밀었다. 멸치장수는 처음에는 좀 덩둘했다가 돈을 보더니 웬 떡이냐는 표정이었다.

"허허, 그런 일에 먼 돈까지 이렇게 주시오?"

멸치장수는 말로는 비쌔면서도 벙긋 웃으며 돈부터 낼름 받아 챙겼다. 멸치장수는 편지 싼 보자기를 옆구리에 끼고 바삐 내달았다. 왕삼은 멸치장수 뒤를 따라가다가 골목에 몸을 숨겼다. 멸치장수가 김시풍 집 골목으로 들어가려는 순간이었다. 저쪽 골목에서 젊은이 두 사람이 튀어나왔다. 달려가서 멸치장수를 붙잡았다. 두 젊은이는 멸치장수를 소리개 병아리 채듯 낚아 그들이 나왔던 골목으로 갔다.

"이놈들 잘 걸렸다."

왕삼이 빙긋 웃으며 돌아섰다. 왕삼은 요사이 전주에서 잠시 김덕호 일을 거들고 있었다. 젊은이들은 멸치장수를 끌고 바삐 감영으로 갔다. 그들은 멸치장수를 포졸들한테 맡기고 편지 보자기를 들고 홍계훈洪啓薰한테로 달려갔다.

"난군들이 생선장수를 시켜서 김시풍한테 편지를 전한다는 발고가 틀림없는 것 같습니다."

젊은이는 적잖이 흥분한 목소리로 멸치장수한테서 빼앗은 편지를 홍계훈 앞에 내놨다. 편지를 받아든 홍계훈은 눈이 둥그레졌다. '김영장전 상서'라고 쓰인 편지 끝에는 김개남 이름이 씌어 있었다. 홍계훈이 편지를 읽기 시작했다. 지난번에 보낸 편지는 잘 받았다. 조정이 보낸 군대 명색이 8백 명 가운데서 반수가 도망쳤다면 그것이 군대냐. 우리는 2,3일 뒤면 3만여 명이 모인다. 그때 감영으로 쳐들어가겠다. 날짜는 차후에 연락할 테니 만단 준비를 하고 있다가 실수 없기 바란다. 대충 이런 내용이었다.

"음."

홍계훈은 대번에 곰굴 맞춘 사냥꾼처럼 눈을 밝히며 병사를 보았다.

"김시풍이 지금 집에 있는 것 같더냐?"

"예, 조금 아까 들어가는 것을 봤습니다."

홍계훈은 저쪽으로 지나가는 감영 장교를 불렀다. 장교가 달려와서 작대기처럼 꼿꼿하게 섰다.

"너 지금 바로 가서 김시풍 나리를 모시고 오너라. 내가 급히 의논할 일이 있다더라고 곧바로 모시고 와야 한다."

장교가 알았다며 뛰어나갔다. 홍계훈은 자리에서 일어서며 두 젊은이에게 일렀다.

"너희들은 작청에 방을 하나 치워 주안상을 마련하라 이르고, 칼 잘 쓰는 병졸 20여 명을 뽑아, 10명은 그 방 양쪽 방에서 대령하고 나머지는 작청 모퉁이에서 대령하도록 하여라."

젊은이들은 알았다며 뛰어나갔다. 홍계훈이 감사한테로 갔다.

한참 만에 김시풍이 감영으로 들어왔다. 작청으로 안내하자 김시풍은 얼굴이 대번에 연기 쐰 고양이 상이 되고 말았다. 작청은 아전들이 일을 보는 곳이므로 여기서 자기를 맞는 것은 마치 머슴방에서 맞는 것과 같았다. 영장을 지낸 사람한테 이런 대접은 노골적인 모욕이었다. 방 안으로 들어가려던 김시풍은 상판이 더욱 일그러졌다. 방 안에는 아무도 없고 방 한가운데 술상만 하나 덩그러니 놓여 있었다.

"곧 오실 것입니다. 조금만 기다리십시오."

장교 말에 김시풍은 씁쓸하게 웃으며 방으로 들어갔다. 한참 동안 무료하게 앉아 있었다. 그러나 홍계훈은 나타나지 않았다. 김시풍은 상판을 으등그리며 자꾸 밖을 내다보았으나 홍계훈은 오지 않았다. 담배 두어 대 참이나 지나서야 홍계훈이 들어왔다.

"갑자기 오시라고 해서 미안합니다. 홍계훈올시다."

홍계훈이 껄껄 웃으며 마주 앉았다.

"김시풍이라 하옵니다. 어려운 일을 맡아 염려가 많으시겠습니다."

김시풍은 흔연스럽게 허리를 굽혔다. 조금 전까지 붉으락푸르락했던 표정은 마치 탈이라도 벗듯 벗어버리고 인사치레가 깍듯했다. 중키에 몸피가 뚱뚱하고 어깨판이 잔뜩 발그라진 김시풍은 키가 껑충하고 몸매가 호리호리한 홍계훈과는 대조를 이루었다.

그때 선화당 서쪽 담 밖에서는 장정 여남은 명이 골목에 몰려 담 너머로 선화당 쪽에 귀를 쫑그리고 있었다. 도둑질을 하러 금방 담이라도 넘으려는 사람들 같았다. 한 사람은 등에 길쭉한 짐을 지고 있었다. 우두머리로 보이는 사람이 짐을 보더니 깜짝 놀라 짐이 벌어진 데를 얼른 여몄다. 짐 속에서 칼집 끝이 드러나고 있었던 것이다.

"나는 동학도들하고 전생에 무슨 업원이 얼마나 험하게 얽혔는지 악연도 이런 악연이 없소이다. 작년 봄에는 동학도를 쫓아 충청도로 군대를 몰고 갔더니 또 이번에는 전라도로 몰고 오게 되었으니, 악연치고는 이런 악연이 어디 있겠습니까?"

홍계훈은 가성을 써서 목소리를 한껏 우람하게 내고 있었다. 그러나 아직 가성이 자리가 잡히지 않아 또랑광대 수리성 흉내 같았다. 홍계훈은 껄껄 웃으며 김시풍 앞에 주전자 부리를 디밀었다. 김시풍이 잔을 들어 술을 받았다.

"김영장 도움을 받고자 갑자기 뵙자고 했습니다. 김영장이라면 그 무지막지한 화적 떼들도 벌벌 떨었다는 말을 들었습니다. 그 용맹으로 경군 선봉에 서서 난군들 기를 한번 꺾어주십시오."

홍계훈은 조금도 스스럼없이 말했다.

"하하, 저 같은 약졸이 어찌 홍장군 같으신 용장을 받들 수 있겠습니까? 난군들은 홍장군 성망에 겁을 먹고 벌써 멀리 도망치고 있다는 소문을 듣고 있습니다."

김시풍은 거침없이 주워섬기며 껄껄 웃었다. 웃음소리가 우람했다. 원래 배짱이 좋고 당차기로 소문난 사람이었다. 그가 영장으로 있을 때는 감사도 웬만한 감사는 손안에 넣고 주물렀다. 너무 드세게 놀다가 교만이 지나치고 돈이라면 환장을 해서 화적들 돈까지 닥치는 대로 집어삼키다가 된통으로 걸려 물러났던 것이다.

"직위를 가지고 고깝게 생각하시는 듯한데 사직이 존망지추에 놓인 마당에 조정 녹을 먹었던 사람이 백의종군인들 못한단 말이오?"

홍계훈은 눈을 부릅뜨며 느닷없이 술상을 탁 쳤다.

"그 무슨 말씀이옵니까?"

김시풍은 얼굴빛 하나 변하지 않고 껄껄 웃었다. 웃음소리가 아까보다 더 우람했다.

"허면, 난초로 맺은 의리 때문이오?"

홍계훈은 표독스럽게 김시풍을 노려보며 말꼬리를 빠듯 추켜올렸다. 말꼬리가 독사 대가리처럼 올라가고 눈에서는 독기가 펑펑 피어올랐다.

"뭣이라고 하셨습니까? 난초라니요?"

김시풍은 홍계훈한테 잔을 넘기려다 말고 눈을 크게 떴다. 처음으로 놀라는 표정이었다.

"몰라서 묻소? 당신 안방에 걸어놓고 앉으나 서나 쳐다보고 만져보는 그 난초 말이오."

홍계훈은 허옇게 웃었다.

"하하하."

김시풍은 또 큰소리로 웃었다. 웃음소리가 유독 컸다. 잔뜩 깔보는 웃음이었다. 홍계훈은 어디 할 말이 있으면 뇌까려보란 듯이 김시풍을 그대로 노려보고 있었다.

"홍장군 같으신 분이 어찌 소인배들이 떠벌리는 그런 잔졸한 패사를 다 챙겨들으신단 말씀입니까? 우리 집 안방에는 대원위대감 난초가 걸려 있는 것은 사실입니다마는 거기에는 그만한 사연이 있습니다. 그 난초는 전에 무주 적성산 화적을 쳤을 때 대감께서 내리신 난초입니다. 극성이 자심하던 화적들을 무찔러 뿌리를 뽑아버리자, 그때 감사께서 올린 장계 문구가 너무 화려했던 까닭으로 미거한 이 사람 이름이 분에 넘치는 호사를 했던 것 같습니다. 그 바람에 천만 뜻밖에도 대감께서 그 난초를 내리셨던 것입니다. 내력이 그러하기에 가보로 자손만대에 전할 생각이나, 그저 그뿐 그것으로 대원위대감과 다른 연이 있는 것은 아닙니다. 그것을 가보로 여기는 까닭은 꼭 대원위대감께서 내리신 난초래서가 아니라, 작은 공이나마 나라에 공을 세우고 받은 것이라 가보로 여긴 것이고, 서화는 벽에 걸어놓는 물건이라 걸어논 것뿐입니다."

김시풍은 담담하게 말했다. 홍계훈은 머쓱해지고 말았다. 마치 죽으라고 내리친 몽둥이를 맞은 놈이 웃고 일어나는 꼴이었다.

"그게 아니라면 난군 괴수 김개남하고 의리 때문이오?"

홍계훈은 이번에는 아주 낮은 소리로 뇌었다. 몽둥이를 다시 추슬러 갈기는 가락이었다. 홍계훈은 네가 이 몽둥이에도 살아나겠느냐는 듯이 싸늘하게 웃었다.

"그것은 또 무슨 말씀입니까?"

김시풍은 이번에도 별로 놀라지 않고 태연하게 물었다.

"자, 이래도 다른 소리를 하겠소?"

홍계훈은 멸치장수한테서 빼앗은 편지를 김시풍 앞으로 내던졌다. 편지를 주워든 김시풍은 끄트머리에 적혀 있는 김개남이 이름부터 보고 깜짝 놀랐다. 편지와 홍계훈을 한 번 번갈아 본 다음 이내 편지를 읽기 시작했다. 편지를 읽고 난 김시풍은 어이없다는 듯이 또 껄껄 웃었다.

"모함도 방불해야지 이 따위 치졸한 모함이 어디 있단 말씀입니까?"

김시풍은 멀겋게 웃으며 편지를 옆으로 던졌다.

"지난번 김개남 집 상사 때 문상을 기화로 김개남을 만난 것도 모함이오? 그때는 무장에서 선포한 포고문에 김개남 이름이 오른 다음이오."

홍계훈이 버럭 소리를 질렀다.

"하하하, 누가 자세히도 일렀습니다그려. 내가 문상을 간 것은 사실이나 집안 어른 초상에 문상 가는 것은 무슨 기화가 아니라 인륜이고, 더구나 나는 어렸을 때 고인 은덕을 입은 처지였소."

"은덕? 바로 그것이다. 그래 명색 조관을 지냈던 자가 대역 죄인을 보고도 그대로 두었단 말인가? 여봐라, 게 아무도 없느냐?"

홍계훈은 자리에서 벌떡 일어서며 고함을 질렀다. 그때 양쪽 방문이 벼락을 치며 병졸들이 우르르 쏟아져나왔다. 시퍼런 칼이 고슴도치 바늘처럼 김시풍을 향해 촘촘히 둘러서며 날을 번뜩였다.

"묶어라!"

홍계훈이 버럭 소리를 질렀다. 그때였다. 태연하게 앉았던 김시풍이 술상 상잎을 들고 벌떡 일어났다. 술상으로 병졸들을 후려갈겼다. 병졸들이 머리와 얼굴을 맞고 몸을 피하는 순간 마루로 튕겨나갔다. 한쪽이 박살난 술상으로 마루 아래 병졸 얼굴을 갈겼다. 병졸은 얼굴을 싸안으며 칼을 떨어뜨렸다. 김시풍은 얼른 칼을 주워들고 마당으로 뛰어내렸다. 마당에 섰던 병졸들이 칼을 겨누었다. 여남은 명이었다.

"죽고 싶은 놈은 덤벼라."

김시풍은 벼락같이 고함을 지르며 칼을 겨누고 앞으로 나갔다.

"죽여라. 역적이다."

홍계훈이 마루에서 악을 썼다.

"물러서지 못하느냐?"

김시풍이 악을 쓰며 앞으로 내달았다. 칼이 김시풍 손에서 바람 개비 돌아가듯 했다. 병졸들은 돌개바람에 쭉정이 날리듯 물러섰다. 서너 명이 김시풍 칼에 나동그라졌다. 홍계훈이 또 악을 쓰자 병졸 들은 다시 몰려들었다. 방에서 뛰쳐나간 병졸들도 달려가서 김시풍 을 둘러쌌다. 김시풍은 미친 듯이 악을 쓰며 병졸들을 치고 나갔다. 물러났던 병졸들이 다시 죄어들었다. 아무리 김시풍이라도 칼이 스 무남은이었다. 담 쪽으로 밀리던 김시풍은 여러 군데 상처를 입었 다. 칼을 떨어뜨리고 말았다. 김시풍은 어깨와 옆구리 여러 군데 상 처를 입고 꽁꽁 묶였다. 홍계훈이 곁으로 다가왔다. 김시풍은 튀어 나올 것 같은 눈으로 홍계훈을 노려보며 악을 썼다.

"이놈, 홍계훈 듣거라. 내 죽어도 고이 죽지 않으리라. 천년만년 원귀로 살아 네놈 간을 씹을 것이다."

김시풍 눈에서는 불이 뿜어나왔고, 입에서는 이 가는 소리가 돌 멩이 으깨는 소리였다. 그때였다.

"이놈들."

저쪽 담에서 칼을 든 장정들이 줄을 타고 미끄러져 내렸다. 여남 은 명이었다. 모두 그리 눈이 쏠리는 순간 김시풍을 둘러싸고 있던 병졸 하나가 칼로 김시풍 오라를 싹둑 잘랐다. 김시풍이 솟구쳐 일어나며 병졸 손에서 또 칼을 빼앗아 휘둘렀다. 다시 난장판이 벌어졌다. 감영 안에 있던 병졸들이 모두 쏟아져나왔다. 김시풍과 담을 넘어온 장정들 칼이 번개같이 희뜩였다. 담을 넘어온 장정들은 김시풍을 중심으로 진을 이루어 아문 쪽으로 밀고 갔다.

"죽여라!"

홍계훈이 미친 듯이 악을 썼다. 그때 뒤에서 여남은 명이 김시풍한테로 돌진했다. 김시풍 뒤를 맡아 뒷걸음질을 치던 장정들이 쓰러지기 시작했다. 순간 김시풍 등에 칼이 꽂혔다.

"윽."

김시풍이 손에서 칼을 떨어뜨리며 무릎을 꿇었다. 담을 넘어왔던 병졸들은 당황했다. 아문으로 내달았다. 그러나 모두 붙잡히고 말았다. 마당에는 여남은 명이 쓰러져 버르적거리고 있었다. 김시풍은 다시 꽁꽁 묶였다. 담을 넘어온 병졸들도 모두 묶였다.

"홍계훈 들어라. 이 원한을 자손만대까지 갚을 것이다."

김시풍은 이를 부득부득 갈며 옥으로 끌려갔다.

다음날 홍계훈은 남문 밖에서 영장 김태두 입회 아래 김시풍의 목을 베어 효수를 했다. 곁에는 다른 세 사람의 목도 같이 매달렸다. 여기저기서 잡혀와 갇혀 있던 농민군들이었다. 사방에서 모여든 장꾼들은 장대 끝에 상투가 대롱대롱 매달린 김시풍 머리를 보고 몸서리를 쳤다.

"농민군 한 사람도 제대로 잡지 못한 주제에 제 편부터 죽이는구만. 잘한다, 잘해. 좋아할 사람들은 농민군밖에 없다."

"제 놈 자리보전을 하자고 멀쩡한 사람을 죽이다니 조정군 앞날도 뻔할 뻔자구만."

"병방 비장 정석희도 의심을 하고 있다더만. 전봉준하고 어렸을 때 친구라고 뒤를 재고 있다잖어?"

"쓸 만한 사람들은 다 없앨 모양이구만."

"원래 사내 못난 것 집안에서 큰소리고 양반 못난 것 장에 가서 큰소리지."

장꾼들은 저마다 한마디씩 했다. 그때 양반 차림에 나귀를 타고 그 곁을 지나가던 노인 하나가 나귀를 멈추었다. 하늘 높이 매달린 김시풍 머리를 한참 동안 쳐다봤다.

"아까운 인물 하나가 까마귀밥이 되었구나. 고황에 든 병은 편작도 못 다스릴 터. 이제 5백년 사직이 상것들 발아래 짓밟힐 날만 남았구나."

노인은 혼자 탄식을 하며 나귀를 타고 쓸쓸하게 사라졌다.

다음날 전주 성안에는 흉흉한 소문이 나돌았다. 그날 저녁 완산 칠봉에 도깨비불이 수없이 날아다니고, 선화당 지붕에는 머리를 산발한 귀신이 나타나 칼바람 소리를 내며 날아다녔다는 것이다. 담에서 지붕으로 휙휙 날아다니는 귀신을 보았다는 사람이 여럿이었고, 도깨비불을 보았다는 사람은 셀 수도 없이 많았다.

4월 17일. 함평 읍내 들판에서는 농민군들 무술 조련이 한창이었다. 부대별로 갖가지 조련을 하고 있었다.

"저기 저 짚벼늘이 조정군들이오. 저놈들이 우리한테 총을 쏘고 있소. 저놈들을 공격합니다. 젤 앞줄 열 사람 이리 나와서 옆으로 서시오!"

지시를 하는 사람은 도망쳐온 조정군 병사였다. 머리에 수건을 쓰고 화승총과 대창을 든 농민군들 10명이 앞으로 나와서 횡대로 섰다. 그동안 여러 고을 무기고에서 화승총을 빼앗아 화승총 든 사람이 꽤나 많았다.

"내가 공격, 하면 갈 지 자로 쫓아갑니다. 저기 간 다음에는 거기서 다음 사람들이 그리 갈 때 총 겨누는 시늉을 해보시오. 갈 지 자로 가면 총을 제대로 겨누겠는가 잘 겨누어봅니다. 자, 공격!"

농민군들은 달려갔다. 윗몸을 잔뜩 낮추고 갈 지 자로 달렸다. 갈 지 자로 잔뜩 몸을 뒤틀며 내달았다. 짚벼늘에 이르자 총을 든 사람들은 개머리판으로 조정군 턱을 걸어올리듯 사정없이 짚벼늘을 걸어올리고 대창 든 사람들은 사정없이 쑤셨다. 전봉준 등 두령들이 곁에 와서 구경을 하고 있었다.

"잘한다."

다음 차례를 기다리고 있던 농민군들이 소리를 질렀다. 구경 온 동네 아이들도 깔깔거렸다.

"저렇게 갈 지 자로 달려야 저쪽에서 총을 제대로 겨냥을 못 하요."

그 다음 줄이 또 그렇게 달렸다. 먼저 달려간 사람들은 총을 겨누고 있었다. 대창을 든 사람들도 총 겨누는 시늉을 하고 있었다. 농민군들은 신바람이 나서 갈 지 자로 달리는 걸음걸이가 비호같았다. 두령들은 고개를 끄덕였다.

조정군에서 온 병사들은 총 쏘는 법도 가르치고, 진법도 옛날 진법과 조화를 시켜 가르쳤다. 농민군들은 전쟁이라면 모두가 총은커녕 대창도 처음 잡아본 사람들이라 조정군에서 도망쳐온 사람들은 큰 몫을 하고 있었다.

저쪽 조련장에서 함성이 터졌다. 창던지기 조련장이었다. 사람 형상을 여러 개 만들어 세워놓고 창을 던졌다. 무당이 무꾸리할 때 만든 제웅처럼 얼기설기 만든 사람 형상이 20여 개 줄줄이 서서 창을 맞고 있었다. 창이 제대로 맞을 때마다 환성이 터졌다. 전봉준 일행이 그쪽으로 갔다.

"정백현이 올 때가 됐는데?"

전봉준을 따라가던 송희옥이 나주 쪽에서 오는 길을 돌아봤다.

"나주 목사 민종렬은 보통내기가 아니라던데 호락호락 우리를 맞아들일까요?"

손여옥이 송희옥한테 속삭였다.

"맞아들이지 않으면 들이쳐야지요."

송희옥이 쉽게 말했다. 그래야 전주에 있는 홍계훈이 나올 게 아니냐는 것이다.

"나주는 원체 성이 단단해서 쉽잖을 것 같던데요."

손여옥이 고개를 갸웃거렸다.

농민군은 그저께 영광에서 이리 옮겨왔다. 이제 나주로 가려고 목사 민종렬한테 농민군 맞을 준비를 하라는 편지를 보내놓고 답을 기다리고 있는 참이었다. 비서 정백현이 편지를 가지고 간 것이다.

무장에서 4일간 홍계훈 움직임을 지켜보던 농민군은 영광으로 옮겨 역시 3일간 지켜보다가 그제는 이리 옮겨왔다. 그사이 김덕호를 통해서 홍계훈의 움직임을 초조하게 지켜보며 남쪽으로 천천히 내려온 것이다. 홍계훈은 전주로 들어간 지 열흘이 지나도록 꼼짝도 않고 있었다.

농민군들은 그동안 열심히 조련을 하고 무기도 보완했다. 창던지기는 두말할 것도 없고 총 쏘기, 봉술, 단검던지기, 태견 등 각가지 무술을 익히고 진법도 익혔다. 단검던지기와 봉술은 임군한 패가 가르쳤다. 임군한 패의 솜씨가 빼어났으므로 그들이 시범을 보이면 모두 혀를 내둘렀다. 임문한이 대둔산에서 틈만 나면 가르쳤던 보람이 있었다. 젊은이들한테 제일 인기 있는 것은 단검던지기였다. 농민군들은 모두가 열성이 이만저만이 아니어서 하루가 다르게 솜씨들이 달라졌다. 편을 갈라 솜씨를 겨루기도 하고, 창던지기와 단검던지기 같은 것은 고을 두령들이 상품을 걸어놓고 솜씨를 겨루게 하기도 했으며 끼리끼리 내기를 하기도 했다. 농민군들은 무술이 익어가는 만큼 싸움에 자신이 붙는 것 같았다.

그동안 무기도 상당히 달라졌다. 화승총도 많이 거둬들였고, 대창도 쇠창으로 바뀌었다. 황토재에서 대창은 몽둥이 구실밖에 못 했다. 한두 사람 찌르고 나면 끝이 무뎌져버렸다. 무장에서부터 대장간을 여럿 차리고 쇠창을 벼리고 단검이나 표창도 수없이 벼려냈다. 함평에 와서도 대장간을 여남은 개 차려 밤낮없이 풀무질 소리와 망치질 소리가 그치지 않았다. 만득이 손작두도 제대로 칼로 벼렸다. 끝을 내고 길이도 더 늘려 제대로 칼 모양을 갖추었다.

그러나 농민군은 겉으로는 이렇게 기세를 올리고 있었으나 내부 사정은 여간 심각한 게 아니었다. 농민군이 눈덩이처럼 불어날 줄 알았는데, 무장에서부터 발길이 뜸해지더니 요 며칠 사이에는 수가 되레 줄어들고 있었다. 농민군을 따라다니며 밥을 얻어먹던 사람들도 2,3천 명이나 되던 사람들이 불과 며칠 사이에 거의 돌아가버리고 지금은 겨우 2,3백 명만 남아 있었다. 그들이 돌아간 것은 보리가 풋바심을 할 수 있을 만큼 여물어 집에 가도 밥을 먹을 수 있었기 때문이다. 농민군이 더 불어나지 않는 것도 보리가 익어가는 것과 상관이 있었다. 보리타작과 모내기가 코앞에 닥쳐온 것이다. 일 년 지나다가 제일 바쁜 때가 보리타작과 모내기철이고 가장 고된 일도 보리타작과 모내기였다. 유독 시를 다투는 것이 보리타작이었다. 보리를 베어두고 봄장마라도 들면 보리가 밭에서 싹이 나버렸다. 하늘에 구름만 끼어도 벼락같이 보리를 져 들여야 했다. 가을 벼등짐과는 달리 보리등짐은 초롱을 잡고 밤중까지 하기 십상이었다. 농민군에 나올 만한 사람들은 모두가 자기 스스로 농사를 짓는 가난한 농사꾼들이라 늙은 부모나 마누라한테 그런 일을 맡겨놓고 나오기란 이만저만 어려운 일이 아니었다. 기왕에 나왔던 사람들도 날짜가 가자 초조해지기 시작했다. 전주로 곧장 쳐들어갈 줄 알았다가 보리가 익어가자 이삼일 전부터 한두 사람씩 빠져나가기 시작했다.

농사꾼들뿐만 아니었다. 어민들도 마찬가지였다. 가까운 법성포 근방 사람들만 하더라도 바로 이때가 조기잡이 철이었다. 이름난 영광굴비는 지금이 한철이었다. 칠산 바다에는 조기잡이배가 타작마당에 콩알 널리듯 바다에 촘촘히 들어차 있었다.

두령들은 정읍에서 나설 때 각 고을을 돌면서 농민들을 더 모아들이기로 했던 계획을 바꾸지 않을 수 없었다. 고을을 도는 사이 농민군이 더 불어나야 할 텐데 불어나지 않을 것이 뻔했으므로 그렇게 되면 스스로 약점을 드러내는 꼴이 될 것 같았다. 그래서 요사이는 농민군을 이리저리 분산시켜 수를 숨기고 있었다. 지금 장흥과 강진 등 남해안 지역 농민군들이 2천여 명 올라오고 있기는 했으나 그 수가 와도 만 명이 조금 넘을까 말까였다.

지금 농민군은 홍계훈을 전주성에서 끌어내서 틈을 보아 치자는 것인데, 이 수 가지고는 홍계훈과 맞붙을 수가 없을 것 같았다. 두령들은 말은 않고 있었으나, 속으로는 여간 난감하지 않았다.

홍계훈은 지금 날마다 조정에 증원군 파병과 청나라 군사 청병을 요청하면서 한편으로는 영병을 조정군으로 편입시켜 군사를 증원하고 있었다. 그가 출동을 할 때는 적어도 1천 명은 거느리고 출동할 것 같았다. 그렇다면 농민군과 군사 수는 10대 1이지만 무기는 비교가 되지 않았다. 농민군의 기본화기는 화승총이 20명에 1명꼴이므로 모두 5백여 정이고, 양총이 백산 기습 때 빼앗은 20여 정과 황토재전투에서 빼앗은 100여정을 합쳐 도합 120여 정이었으나 실탄은 평균 20여 발이 못 되었다. 화승총과 양총의 성능은 250대 1로 보는 사람들까지 있을 지경이므로 농민군은 양총 120여 정으로 겨우 상대를 해야 하는데 그나마 실탄이 문제였다. 실탄 20발은 한 차례 싸울 양도 되지 않았다. 거기다가 중화기는 비교가 되지 않았다. 조정군은 야포가 청나라 것까지 14문에 회선포가 10문이었다. 농민군도 천보총, 회룡총 같은 것이 4,50정 있고 소형 야포가 10여 문 있었다. 그러나 쌀 2말 무게가 되는 천보총이나 회룡총은 사거리는 웬만큼 되었으나 소리만 대포 소리였지 명중률이 형편없었고, 야포도 마찬가지여서 농민군이 가지고 있는 중화기는 화력을 전부 합쳐보았자 회선포 1문 푼수도 되지 못했다. 농민군들은 황토재에서 이긴 것만 가지고 기고만장이었으나 조정군에서 도망쳐온 병사들 이야기를 들어본 두령들은 모두 속으로 고개를 젓고 있었다. 경군은 건달들만 모였던 영병과는 처음부터 달랐다.

"오는구만."

송희옥이 저쪽을 보며 눈을 밝혔다. 정백현이 별동대원 여남은 명을 달고 바삐 다가왔다. 얼굴이 잔뜩 굳어 있었다. 두령들은 모두 정백현을 보고 있었다. 정백현은 고개부터 저었다.

"거절입니다. 상감의 교지를 받고 고을을 다스리는 목민관이 어찌 난군을 성안에 용납하겠느냐고 합니다."

정백현은 바삐 말을 하고 나서 이마의 땀을 닦았다. 전봉준을 비롯한 두령들은 정백현을 빤히 건너다보고 있었다.

"성채며 주변 경계가 아주 삼엄했습니다. 한판 겨룰 준비를 단단히 하고 있는 것 같습니다."

"하룻강아지 범 무서운 줄 모르는구만."

송희옥이 주먹을 쥐었다.

"바로 쳐들어갑시다. 전라도에서 농민군 세력이 미치지 못하는 고을이 있다는 것도 문제지만, 더 중요한 것은 나주성을 치면 홍계훈이 움직이지 않을 수 없을 것입니다. 우리는 더 충그리고 있을 형편이 못 됩니다."

김개남이 말했다. 이미 논의했던 것이라 아무도 반대하는 사람이 없었다.

"나주성은 우선 성채가 만만치 않습니다. 미리 소상하게 계책을 세우고 단단히 준비를 한 다음에 쳐들어가야 할 것입니다."

최경선이었다.

"내일 쳐들어갑시다. 김장군께서 나주 오권선 씨랑 몇 분이 먼저 계책을 세워보시오. 계책을 세운 다음에 두령회의를 열어 의논합시다. 나머지는 모두 부대로 가서 내일 나주로 진군할 준비를 하시오."

전봉준이 결단을 내렸다. 김개남에게 계책을 세우라고 한 것은 작전 계획부터 성을 치는 일까지 김개남에게 지휘를 맡기려는 속셈이었다.

나주성을 치는 것은 만만한 일이 아니었다. 우선 성곽이 전주성 다음으로 튼튼했다. 전라도 각 고을 성은 이름만 성이지 거의가 토성이라 성채가 허물어져 시늉만 남아 있는 데가 태반이었다. 남원성과 장흥성, 그리고 돌로 쌓은 고창성과 영암성이 성 구색을 어지간히 갖추고 있었다. 또 목사 민종렬은 요사이 수령치고는 만만찮은 인물이었다. 더구나 민가치고는 더 그랬다. 민가들은 전라도 수령으로 와 있는 금산 민영숙이나 영광 민영수 등 모두가 민가 떠세로 백성 늑탈밖에 모르는 자들이었으나, 민종렬은 식자부터 어지간히 들었고 늑탈을 하더라도 곤장으로만 우겨대는 다른 고을 수령들하고는 다른 데가 있었다. 그래서 나름대로 인심도 얻고 있었다. 거기다가 영장 이원우가 용병술이 만만찮다고 소문이 나 있었다. 그런 사람들이 읍내 부자들과 유생들 지원을 얻어 성을 지키기로 하면 성을 함락시키기가 쉽잖은 일이었다. 그러나 홍계훈을 끌어내기 위해서는 치지 않을 수 없었고, 다음에 홍계훈과 싸우더라도 배후에 그런 세력을 두고 싸우는 것은 위험한 일이었다.

그때 막동과 기얼은복은 표창던지기와 봉술 조련을 시키다가 다른 패와 대거리를 하고 산자락 양지갓에 앉아 담배를 피우고 있었다.

"저것이 어디서 오는 부대여? 무안으로 갔던 부댄가?"

기얼은복이 들판을 보며 말했다. 학다리 쪽에서 웬 부대 3백여 명이 '보국안민' '광제창생' 등 창의기를 앞세우고 오고 있었다.

"장흥이다. 뒤에는 해남이고, 그 뒤에는 진도고."

고을기 글씨가 선명했다. 이방언이 근처 고을 두령들과 함께 오는 참이었다.

"진도도 오네."

막동이 일어섰다.

"장흥 농민군 만세."

조련 받던 농민군들이 만세를 불러 환영했다. 지금 장흥, 강진, 해남 등 몇 고을 부대는 올라오다가 광주에 머물고 있었으며, 담양과 창평 부대는 담양에 머물고 있었다. 이방언 등 그 부대 두령들이 본대를 거기 두고 일부만 거느리고 이리 오고 있었다. 두령들은 도소로 가고 호위하고 온 농민군들은 흩어졌다.

장흥 농민군들은 선발대 3백 명이 먼저 와서 황토재 싸움에도 참전을 했으나, 이방언은 강진, 보성, 해남 등 다른 고을 봉기를 독려하여 같이 오느라 늦은 것이다. 장흥 농민군 부대는 능주에서 능주와 보성 농민군과 합류하여 광주로 진출한 다음, 5개 고을 부대가 함께 지금 광주에 머물고 있었다. 화순이나 동복 등 고을 단위로 봉기하지 못한 고을 농민들도 몇백 명씩 이방언 부대에 합류하여 지금 광주에 머물고 있었다.

"장대가리 아녀?"

이방언 등 두령들과 함께 도소에 들어갔다 나온 젊은이한테 막동이 알은체를 했다.

"아이고."

장대가리는 깜짝 반색을 했다.

"별일 없었지? 이번에 올 때 일부러 자네 집에 다녀왔그만. 식구들은 모두 잘 계시드만."

장대가리가 말했다.

"고맙네."

막동은 재작년 삼례집회에서 장대가리가 이름 과거에 나왔을 때 그가 진도 사람이라는 것을 알고 찾아가 만났다. 막동이 집을 나올 때 한 동네 사는 산주를 죽이고 도망친 사건은 하도 큰 사건이라 5년 전 일이지만 이웃 면에 산다는 장대가리도 알고 있었다. 누이동생이 송기를 발라먹다 산주한테 들켜 얻어맞는 것을 보고 너무 화가 나서 몽둥이를 든 게 너무 일판이 커졌던 것이다.

"으짜겠어? 홍계훈하고 붙어도 이기겠어? 진도서는 겨우 3백 명밖에 안 나섰제마는 기세는 다른 고을 사람들 두 배 세 배여."

장대가리가 말했다. 막동이 장대가리를 끌고 주막으로 갔다. 진도는 동학 접주가 시원찮아서 그 수나마 젊은이 몇 사람이 앞장을 서서 겨우 모았다고 했다. 오늘은 젊은이들만 70명이 이리 오고 나머지는 해남 부대에 곁붙이로 붙어 있다고 했다. 그러고 보니 장대가리는 여기 온 젊은이들뿐만 아니라 진도 농민군 전체 우두머리인 것 같았다.

"나한테는 이 전쟁이 고향에 가는 전쟁이구만."

막동이 잔을 들고 장대가리를 보며 웃었다.

"맞어. 자네는 이 전쟁에 이겨야 활개치고 고향에 들어가겠구만. 그라고 본게 자네가 젤 앞장서서 싸워야겠네그려."

장대가리가 큰소리로 웃었다. 막동이 쓸쓸하게 웃으며 잔을 기울였다. 막동은 그동안 고향에 한번 다녀오기는 했다. 한밤중 몰래 동네로 스며들어 가족들만 만나고 왔던 것이다.

"하여간 전쟁에만 이겨. 그때는 내가 나서서 그 자식들 콧대를 꺾어줄 것인게. 그런데 어쩌, 홍계훈 군대는 대포야 양총이야 엄청나다고 하던데?"

"그려. 황토재에서 이긴 다음이라 모두 방방 떠 있는데 경군에서 도망쳐온 군사들 이야기를 들어본게 대창 가지고는 어림도 없을 것 같아."

막동의 표정은 무거웠다. 평소 그답지 않았다. 장대가리도 고개를 갸웃거리며 술잔을 들었다.

해거름에 오거무가 달려왔다.

"내일 홍계훈이 출동을 한답니다."

오거무는 땀을 닦으며 전봉준한테 김덕호 편지를 건넸다. 김덕호 편지는 대충 이런 내용이었다.

내일 홍계훈이 출동한다고 한다. 조정에서 증원군을 파견한다는 전보를 받고 출동하기로 한 것 같다. 그런데

190

여기서 깊이 생각할 것이 한 가지 있다. 진즉부터 염려
해온 바이지만 청나라 군대 차병借兵문제이다. 홍계훈은
요사이 증원군 파병 요청보다는 청나라 군대를 차병하
라는 장계만 계속 올린 것 같다. 민영준이 청나라 군대
를 끌어들이려고 홍계훈으로 하여금 청나라 차병 장계
를 계속 올리라고 한 것이 아닌가 싶다. 전주에서는 홍
계훈과 서방걸이 날마다 혀를 맞물고 지내는데 그러고
보면 위와 아래가 손발이 잘 맞는 셈이다. 이번 싸움은
그런 점에서 미묘한 싸움이 되겠다. 농민군이 조정군을
무찔러버리면 바로 그것은 청나라 군대를 차병하는 좋
은 빌미가 되기 때문이다. 만약 조정에서 청나라 군대를
불러온다면 나라꼴이나 농민군 형편은 설명할 필요가
없을 것 같다. 그리고 그저께는 정석희도 전장군과 내통
했다는 혐의로 감옥에 가두어버렸다. 전장군과 어렸을
때 친구였다는 소문이 홍계훈 귀에 들어간 것이 아닌가
싶다.

　편지를 읽고 난 전봉준은 눈길이 안으로 깊이 잦아들고 있었다.
전봉준은 두령들을 모두 모으라고 한 다음 도소에 있는 손화중에게
편지를 보였다.
　"등짐장수가 짐을 받아도 걱정 못 받아도 걱정이라더니 지금 우
리가 그 짝입니다그려. 자칫하면 빈대 잡으려다가 초가삼간 태우는
꼴이 되잖겠습니까?"

손화중이 입술을 빨았다. 지금 농민군 형편으로는 홍계훈과 당장 맞붙기도 버거운 일이지만, 맞붙어서 설사 섬멸을 시켜버린다 하더라도 민씨 일파들은 얼씨구나 하고 청나라 군대를 불러들일 것이므로 그러다가는 손화중 말마따나 빈대 잡으려다 초가삼간 태울 판이었다.

조정에서 증원군을 파병하기로 한 것은 어제 중신회의에서 결정된 일이다. 이 자리에서 민영준은 청나라 군대 차병 문제를 제기했다가 중신들의 반대에 부딪쳐 그 대안으로 증원군을 파견하기로 한 것이다.

중신들을 부른 고종은 얼굴이 어느 때보다 굳어 있었다. 그는 요사이 건뜻하면 민영준을 불러 난군들이 어떻게 되었느냐, 전주는 괜찮을 것 같으냐, 난군을 칠 만한 좋은 계책이 없겠느냐, 안절부절 못했다.

"지금 나라 형편이 위급존망의 어려움에 처한 것 같소. 한양은 사면 수적受敵의 땅으로 방비하기 어렵고 다시 북우北憂의 염려도 없잖소. 나의 뜻은 기회를 보아 충주로 옮기고자 하는데 경들 생각은 어떠하시오?"

고종은 침통한 표정으로 물었다. 대신들은 너무도 엉뚱한 소리에 모두 한참 입을 벌리고 있었다. 이만한 일로 파천을 하다니 도대체 말이 안 되는 소리였다.

"조정이 움직이면 민심이 극도로 소연하여 걷잡을 수가 없을 것이옵니다. 전에도 말씀드렸듯이 내정을 개혁하고 난군들을 따뜻하게 어루만지면 귀화시킬 수 있을 것으로 아옵니다. 그럴 만한 능력이 있는 인재를 찾아 난군을 효유하는 것이 득책인 줄로 아뢰옵니다."

정범조가 조용한 목소리로 말하며 고개를 주억거렸다.

"난군들은 그사이 전주를 넘본 적도 없사옵고, 아직 경군은 난군들하고 싸움을 해본 적도 없사오니 더 두고 보면서 선후책을 강구하는 것이 좋을 줄로 아옵니다. 원래 난을 일으키는 무리들은 소리만 요란스럽지 흩어질 때는 구름과 같사옵니다. 이번 난군들은 전주를 넘보기는커녕 점점 멀리 내려가는 것을 보더라도 허장성세만 요란스럴 뿐 실속은 없는 듯하옵니다."

조병세였다. 대신들은 고종이 저렇게 겁을 먹고 있는 까닭을 훤히 알고 있었다. 민영준이 농민군 기세를 과장할 대로 과장해서 고종한테 겁을 주었기 때문이다. 청나라 군대를 불러들이려는 수작이었다.

"그렇지 않습니다. 그들이 전주로 오지 않는 까닭은 조정군도 지난번 감영군처럼 성 밖으로 꾀어내서 치려는 계책입니다. 그동안 동학도들은 수만 명으로 불어나서 우리나라 군대는 나라 안에 있는 군대 전부를 동원해도 도저히 토벌을 할 수가 없는 형편입니다. 이제 청나라 군대를 불러오는 길밖에 없겠다는 장계가 날마다 빗발치고 있사옵니다. 여기 앉아서 아무것도 모르고 한가한 소리들을 하고 있사오나 현지 사정은 이만저만 위태로운 것이 아니옵니다. 만약 지금 내려가 있는 장위영병이 패하면 전주는 빈집과 마찬가지고, 전주가 무너지면 공주까지는 허허벌판입니다. 공주가 동학군들 손에 들어가면 충청도 동학도들이 가세할 것은 불문가지이온데, 전라도 동학도에다 충청도 동학도까지 합세하여 차령산맥을 넘으면 과천이 지척이옵니다. 이제 길은 청나라 군사를 차병하는 길밖에는 다른 길이 없사옵니다. 사직의 안위가 풍전등화인 줄로 아뢰옵니다."

민영준은 침통한 목소리로 풍전등화에다 힘을 주며 사뭇 고개를 주억거렸다. 그는 홍계훈의 장계를 내세웠다. 홍계훈이 청나라 차병 장계를 처음 올린 것은 그가 전주에 당도한 이틀 뒤인 4월 10일부터였다. 홍계훈이 장계를 받은 민영준은 4월 12일 임금에게 청병 차용을 주청했고, 겁을 먹은 임금은 4월 14일 대신들을 모아 그 문제를 의논했다. 민영준은 그때도 홍계훈이 보낸 장계를 내세우며 있는 말 없는 말 농민군 기세를 과장할 대로 과장해서 청나라 군대를 불러오는 길밖에 없다고 했으나 조병세를 비롯한 모든 대신들 반대에 부딪쳐 뜻을 이루지 못했다. 그런데 이틀 뒤에 또 이 문제를 내놓은 것이다.

"그제도 말씀드렸지만 내정을 개혁하여 우선 관리들 늑탈만 없애면 가라앉을 것인데 외국 군대를 불러오다니 고양이를 다스리자고 집안에다 늑대를 불러들이는 격인 줄로 아뢰옵니다."

정범조가 단호하게 반대를 했다. 영의정 심순택을 비롯한 모든 대신들이 정범조의 말에 동조했다. 외국 군대를 불러오는 것은 너무도 심각한 일이므로 민영준 앞에 기를 펴지 못하던 다른 대신들도 이 문제에만은 모두 한마디씩 했다. 그때 심순택이 나섰다.

"외국 군대를 차병하는 것보다는 증원군을 보내는 것이 어떨까 하옵니다. 강화영병과 한양을 지키고 있는 장위영병 가운데서 얼마를 덜어내면 4백여 명쯤은 파견할 수 있을 것 같사옵니다. 그쯤 증파를 하고 한양 수비는 평양 기영병箕營兵을 불러들여 맡기는 것이 어떨까 하옵니다."

심순택이 조심스럽게 대안을 제시했다. 그게 좋겠다고 대신들
이 모두 동조를 했다. 민영준은 한양을 어떻게 기영병에게 맡기느
냐는 등 여러 가지 이유를 들어 반대를 했으나 고종이 반대를 하고
나왔다.

"한양 수비에 조금 무리가 있더라도 외국 군대를 불러오는 것보
다 낫겠소. 그렇게 하도록 하시오."

민영준은 상판이 일그러졌으나 더 대거리를 하지 못했다.

회의를 마치고 나온 민영준은 하는 수 없이 파병 명령을 내렸다.
그러나 홍계훈은 홍계훈대로 군대 증파 전보를 받고도 우리나라 군
대로는 도저히 당할 수 없다고 거듭 장계를 올렸다.

며칠 뒤 일이지만 심지어는 영광에서 증원군을 기다리는 날도 홍
계훈은 같은 취지로 장계를 올렸다.

조그마한 성처럼 외로운 우리 군대는 정부에서 보내고
있는 증원군과 합쳐도 1천여 명에 불과합니다. 무기는 농
민군보다 좋지마는 병사들은 약하고 겁을 먹고 있어서
적과 싸우면 이길 방법이 없습니다. 감영으로 다시 물러
가서 전주성이나 제대로 지키고 싶지마는 짐과 탄약이
너무 많아서 2백 리 길을 쉽게 움직일 수도 없습니다. 적
은 날로 수가 불어나는데 우리는 달리 후원해 주는 사람
도 없으니 막막할 뿐이옵니다.

8. 장태

농민군 두령들이 모두 모였다. 전봉준은 조정에서 증원군을 파견했다는 소식과 내일 홍계훈이 출동한다는 말을 한 다음 김덕호가 우려한 점을 설명했다.

"홍계훈을 제대로 치기도 그렇고 그냥 놔둘 수도 없고 지금 우리는 어설프기 짝이 없는 처지인데 그 점부터 이야기합시다."

손화중이었다.

"거기까지 생각하다가는 우리는 당장 해산해야 한다는 소리가 되고 맙니다. 증원군이 온다면 영광이나 줄포로 올 게 틀림없습니다. 어느 쪽으로 오든 홍계훈은 그들과 합류하려고 그쪽으로 갈 것입니다. 그리 가는 것을 기다렸다가 증원군하고 합류하기 전에 적당한 자리를 보아서 삼면에서 포위를 하고 칩시다. 삼면에서 죄어가면 서쪽은 바다니까 홍계훈은 배수진이 될 수밖에 없습니다."

김개남이 손화중 말을 한마디로 퉁겨버리고 작전계획까지 말했다.

"그렇습니다. 사태가 어찌 됐든 당면한 적은 치고 보아야 합니다. 증원군이 와서 합류를 한다면 이만저만 난감한 일이 아닙니다. 김두령 말씀대로 삼면에서 포위를 하고 치면 그 싸움에서 이기든 지든 우선 전주는 우리 손에 들어온 것이나 마찬가집니다."

오시영이 김개남 의견에 찬동했다. 전주가 손에 들어오는 것이나 마찬가지란 것은 전주 쪽을 등지고 진을 치게 되기 때문이다.

"주력부대를 곧바로 장성으로 옮겨 장성을 거점으로 몇 개 부대로 나누어 영광과 줄포를 포위하고 들어가는 것이 좋겠습니다."

김개남이 말했다. 그때 손화중이 다시 나섰다.

"그들을 치더라도 신중에 신중을 기해서 작전계획을 짜야 할 것입니다. 우리 농민군은 한번 패하면 그것으로 그만입니다. 조정군은 패하더라도 그 한판 싸움에서만 패하지마는 우리는 한 번 패하면 끝장입니다. 농민군은 한번 패하면 거의가 흩어져버릴 것입니다. 조정군하고 우리 농민군이 다른 점은 바로 이 점입니다. 우리는 백성을 강제로 끌어들일 수도 없고 싫다고 돌아서도 붙잡을 수가 없습니다. 더구나 경군 병사들한테 들어서 다들 잘 알고 계시겠지만 우리는 무기로는 도저히 조정군을 당할 수가 없습니다. 우리는 군사들 수로 우겨낼 수밖에 없으니 농민군이 적어도 조정군 3,40배는 되어야 할 것인데 고을을 돌면 많이 모여들 줄 알았던 우리 예상이 빗나가버렸습니다. 지금 광주와 담양에 있는 부대를 전부 합쳐도 그 수가 그 수입니다. 무기가 조금 나아졌다 하나 관군하고는 비교가 안 됩니다."

손화중은 전력을 비교하며 신중론을 폈다. 기본화기인 화승총과 양총의 전투력을 250대 1로 비교한 사람도 있었다. 이 해 2차 봉기 때 대구 초토사로 임명되었던 지석영의 비교였다.

"지금도 그러한데 증원군이 오면 어떻게 되겠습니까? 기회는 이때입니다. 우리가 홍계훈 군을 쳐서 그 무기만 빼앗으면 전쟁은 이미 이겨논 것이나 마찬가집니다. 증원군이 오기 전에 만여 명이 물밀 듯이 몰려가면 충분히 승산이 있습니다."

김개남이 확신에 찬 소리로 말했다.

"나는 경군 병사들한테서 대포 위력을 들어보고 놀랐습니다. 김두령 말씀대로 그들한테 이겨서 무기까지 빼앗는다면 더 바랄 것이 없지마는 우리가 패하는 날에는 손두령 말씀대로 죽도 밥도 아닙니다. 하여간 싸우더라도 계획을 물샐틈없이 세워서 싸워야겠습니다."

김덕명이 말했다.

"손장군 말씀처럼 우리는 싸움 한 판 한 판에 농민군 전체의 명운이 걸려 있습니다. 그러나 지금 싸우지 않을 수가 없습니다. 다행히 아직 시일이 있습니다. 홍계훈 군은 증원군이 줄포나 법성포에 닿을 날짜에 맞추어 그리 움직일 것 같습니다. 신중에 신중을 기해서 작전계획을 세워 대비를 하고 있다가 홍계훈이 움직이는 것을 보면서 대처를 합시다. 김개남 장군께서 작전계획을 더 소상하게 짜보십시오."

전봉준이 결론을 내렸다. 모두 이의가 없었다.

"그런데 조정군하고 싸우기 전에 한 가지 할 일이 있습니다."

장흥 이방언이 조용히 입을 열었다.

"지난번 무장에서 선포한 포고문과 백산에서 선포한 격문에서 우리가 봉기한 명분은 뚜렷하게 밝혔습니다. 그러나 조정에다 이러이러한 일을 잘못하고 있기 때문에 우리가 일어난 것이라고 잘못한 일을 세세하게 열거하여 고치라고 요구를 한 일은 없습니다. 그사이 한두 번 그런 문제를 언급하기는 했으나 그것은 고을 수령들한테 한 소리고 조정에다 공공연하게 요구하지는 않았습니다. 일테면, 민씨 일당이 나라를 그르쳐놨으니 그들을 몰아내고 내정은 이러이러하게 개혁을 하랄지 이런 요구를 분명하게 하고 나서 듣지 않을 때 싸우는 것이 싸움의 순서일 것입니다."

이방언이 또박또박 말했다. 두령들은 정말 그렇다는 듯이 모두 고개를 끄덕였다. 그러고 보니 진짜 할 소리는 하지 않은 셈이었다. 실은 부안이나 영광 수령들에게 부분적으로 몇 가지 조목을 들어 고치라고 한 적은 있으나 조정에다 그런 구체적인 요구를 한 적은 없었다. 이방언은 계속했다.

"그것은 우리가 봉기하여 달성하고자 하는 목표가 무엇인지 우리 스스로 뚜렷한 목표를 정하는 일이기도 합니다. 조정에서는 우리가 한양으로 진군해서 조정을 뒤엎어버릴 줄만 알고 있는데 그것은 아니지 않습니까?"

"조정을 뒤엎어야지 그럼 무엇하러 한양으로 쳐들어가자는 것입니까?"

최경선이 이의를 달고 나섰다.

"조정을 뒤엎는다면 어디까지 뒤엎자는 것이지요?"

이방언은 덩둘한 표정으로 물었다.

"민가 일당은 물론이요 조정 대신 놈들을 전부 몰아내버리고, 쓸 만한 사람들을 새로 불러들여 정사를 맡기고 수령들 임명이야 군전, 환전, 무명잡세 같은 것을 제대로 발라잡아야 하지 않겠습니까?"

최경선이 받았다.

"쓸 만한 사람들을 새로 들여앉히다니 모두가 그놈이 그놈인데 그런 놈들한테 또 나라를 맡기자는 말이오?"

김개남이 최경선을 보며 목소리를 높였다.

"말을 하다가 보니까 아주 중대한 문제에 부딪쳤습니다. 우리가 이렇게 들고일어나기는 했지만, 나라를 어디까지 어떻게 뜯어고쳐야 할 것인가 그 점에는 우리 두령들부터가 서로 생각이 이렇게 다릅니다. 차제에 그 점 명확히 선을 그어야 할 것 같습니다."

이방언이 새삼스럽게 진지한 표정으로 가닥을 추슬렀다. 모두 분에 못 이겨 들고일어나기는 했으나 그렇게 따지고 보니 어디까지 고쳐야 할 것인지 개혁의 목표는 당장 최경선과 김개남부터가 달랐다.

"정승 판서 자리라고 우리가 못 앉으란 법도 없지 않소?"

오시영이 쉽게 내뱉었다.

"거기까지 가려면 이 나라를 바닥에서부터 홀랑 뒤엎어야 합니다. 그렇게 되면 당장 유생들이 벌떼같이 일어날 것이고, 조정에서는 청나라건 일본이건 닥치는 대로 외국 군대를 불러들일 것인데 우리 힘이 거기까지 미칠 것 같소? 오르지 못할 나무는 쳐다보지 말아야 합니다. 우리 힘으로 감당할 수 있는 만큼만 우리 힘에 맞게 일을 작정해야 합니다."

이방언이 고개를 절레절레 저으며 말했다. 김개남이나 오시영도 더 이상 구체적인 생각을 못 했던지 말이 막혔다. 정승 판서는 놔두고 상민들이 고을 수령 자리 하나만 차지한다 하더라도 유생들 눈에는 강아지가 안방 아랫목에 앉은 것보다 더 황당무계한 일로 보일 터였다. 그런데 모두가 상민들인 농민군 두령들이 정승 판서 자리에 앉는다는 것은 하늘과 땅이 맞닿는 천지개벽을 한 다음에나 있을 법한 일이었다.

"내 생각은 이렇습니다."

김덕명이 나섰다.

"고쳐야 할 것은 아까 최두령 말씀대로 뻔합니다. 결국 누가 고치느냐 하는 것인데, 그것은 물론 우리 농민군이 고쳐야 합니다. 그러나 우리가 정승 판서 자리에 앉을 수는 없습니다. 내 생각에는 민씨들을 몰아내고 국태공을 앉혀야 할 것 같습니다. 윗자리에 국태공 같은 당찬 사람을 앉혀놓고 우리가 무기를 들고 한양에 그대로 버티고 있으면 정승 판서 자리에 누가 앉든 모두가 꼼짝을 못할 것입니다. 우리 농민군은 일부는 한양에 그렇게 버티고 있고 나머지는 자기 고을로 돌아가되 지금 고부나 무장, 영광 같은 데서 하고 있는 것같이 우리 고을 일은 우리 손으로 고쳐나가는 것입니다. 이방언 두령께서 우리 힘에 맞게 일을 작정해야 한다고 하셨는데 옳은 말씀입니다. 그러다가 우리 힘이 더 커지면 그때는 또 커진 만큼 우리 힘에 맞게 한 발 한 발 더 내치는 것입니다."

김덕명이 구체적인 제안을 했다. 이방언이나 김덕명 두 사람은 다 두령들 가운데서 가장 나이가 많은 50대였다. 나이가 많으니만큼 개혁에 대해서 구체적인 생각을 많이 했던 것 같았다. 그러나 김개남은 절레절레 고개를 저었다.

"대원군을 앉혀노면 그 사람이 백성을 위해서 일할 것 같습니까? 옛날 그 사람이 권력을 한손에 틀어쥐었을 때 백성은 이제야말로 세상을 바로잡을 영웅이 나왔다고 쌍수를 들어 환영을 했습니다. 서원을 때려부수고 양반들한테도 군포를 물릴 때 얼마나 통쾌했습니까? 그러나 군포 하나만 가지고 보더라도 그것은 백성을 위한 일이 아니었습니다. 양반들한테 물린 만큼 상민들 몫을 탕감해주었습니까? 양반들한테서 받은 만큼 왕실 수입을 늘렸을 뿐 상민들한테는 전보다 더 가혹하게 받아냈습니다. 서원을 때려부순 것도 그들이 백성 원성을 사고 있기 때문에 부순 것이 아니라, 그들이 고을 수령들을 우습게보기 때문에 조정의 위엄을 세우자는 일이었습니다. 경복궁을 지을 때 본색이 제대로 드러났지요. 덩실하게 궁궐을 지어 왕실의 권위를 높이려고 그토록 무지막지하게 백성 피를 짜낸 사람이 바로 대원군입니다. 지금 그 사람 눈에 보이는 것도 민씨들하고 똑같이 권력만 보일 뿐 백성은 강아지만큼도 보이지 않습니다. 지금 우리 백성이 민씨들한테 이를 갈고 있듯이 그 사람도 민씨들한테 이를 갈고 있지만 이를 갈고 있는 까닭은 백성하고 전혀 다릅니다. 그 사람은 정권을 빼앗아 보복을 하려고 이를 갈고 있지 백성 고통을 덜어주려고 이를 갈고 있는 것이 아닙니다. 우리가 창을 들고 한양에 버티고 있자고 하셨지만, 대원군 술수면 우리쯤 손바닥에 놓인 등겨보다 더 쉽게 날려버립니다. 파락호 시절에 자기를 숨기려고 별의별 험한 짓들을 다 한 사람입니다. 그런 험한 짓을 할 수 있는 사람이 무슨 짓

202

을 못하겠습니까?"

　김개남은 대원군에게 적의에 가까운 불신을 드러냈다.

　"저도 같은 생각입니다. 대원군은 권력밖에 눈에 안 뵈는 늙은 늑
대입니다."

　고영숙이 동조를 하고 나왔다. 다른 두령들도 고개를 끄덕였다.

　"그렇지만 지금 조정을 뒤엎고 일을 맡길 사람은 대원군말고 누
가 있습니까? 파락호든 왈패든 우선 민씨들과 유생들을 누를 사람은
대원군을 내놓고는 없습니다."

　손화중이었다.

　"유생들을 누른 다음에는 우리를 누릅니다. 죽 쑤어 개 주어도 유
분수지 어떻게 대원군한테 정권을 맡깁니까? 그는 죽만 먹고 마는
것이 아니라 먹고 힘을 타면 우리를 뭅니다."

　"우리는 창칼을 쥐고 있는데 호락호락 물리겠습니까? 높은 데를
단번에 뛰어오를 수는 없습니다. 사다리를 놓든 누구 등을 딛고 올라
가든 발판이 있어야 합니다. 우리는 대원군 등을 한번 딛고 오르자는
것입니다. 우리를 물지도 모르니까 우리는 총칼을 꼬나들고 눈을 부
릅뜨고 지키면서 우리가 시키는 대로 일을 하도록 하는 것입니다."

　손화중이 차근하게 말했다.

　"하여간, 나는 대원군은 절대 반대요. 아까 조정에 개혁할 것을
요구하자고 하셨는데, 그 요구만 하고 누구를 앉히느냐는 더 두고
봅시다."

　김개남은 단호했다.

　"그게 아닙니다. 조정을 뒤엎는다는 것은 민비 콧대를 꺾고 민가

들을 몰아내는 일인데, 몰아내기는 우리가 몰아내더라도 우리가 정권을 잡을 수는 없는 까닭에 누군가를 내세우라고 해야 합니다. 대원군 말고는 당장 그런 일을 맡길 사람이 누굽니까? 지금 우리 힘에 맞게 일을 도모하자면 그 길밖에는 없습니다."

손화중도 단호하게 말했다.

"아무리 비위에 맞지 않아도 당장은 대원군밖에는 없을 것 같습니다."

오시영이 동조를 하고 나왔다. 그러나 김개남은 대원군은 안 된다고 단호하게 고개를 저었다.

"아까 손장군께서 등을 딛고 올라선다는 말씀을 하셨는데 그 말씀이 의미심장한 말씀 같습니다. 앞으로 사태는 어떻게 변할지 모릅니다. 아닐말로 우리가 한양까지 쳐들어갈 수 있을는지 어쩔는지 그것도 장담을 할 수가 없지 않습니까? 국태공은 유생들도 웬만큼 신임을 하고 있습니다. 우선 그이를 내세우라고 해두고 우리가 정작 한양으로 쳐들어갔을 때는 그때 형편대로 하는 것입니다. 세상만사가 허설쑤입니다. 이런 때는 더 그렇지요."

최경선이 절충안 비슷하게 말을 했다. 모두 고개를 끄덕였다. 김개남은 얼굴을 펴지 않으면서도 반대를 하지 않았다.

"최경선 두령 말씀대로 하는 것이 어떻겠습니까? 민씨들을 몰아내자는 데는 천하에 동조하지 않을 사람이 없을 테니 지금은 그것만을 목표로 내세워서 많은 사람들 동조를 받읍시다. 그래야 우리가 조정군과 싸우더라도 역모가 되지 않을 테니 유생들도 잠잠할 것이고 일반 농민들도 안심하고 나올 것입니다."

전봉준은 최경선 말을 더 명확하게 정리를 했다. 모두 좋겠다고 했다. 김개남은 말이 없었다.

"그러니까 우선, 우선입니다. 대원군을 내세우라 해놓고 민씨들 부터 치는 것입니다. 그러면 두 분께서 조정에 보낼 통문 초를 한번 잡아보시겠습니까?"

전봉준은 김덕명과 이방언을 보며 말했다.

"실은, 그 문제를 미리 생각해보고 초를 한번 잡아봤습니다. 제대로 다듬어지지는 않았습니다마는 한번 보십시오."

이방언은 주머니에서 초안을 꺼내서 두령들 앞에 펴놨다. '호남 유생등은'으로 시작한 초안은 민유방본民惟邦本과 보국안민을 강조한 다음 군전, 환전, 무명잡세, 부역, 인징, 전운영 횡포, 균전사 농간, 아전들 횡포 등 당장 백성을 괴롭히는 문제를 여덟 가지로 열거하여 이런 폐정을 개혁해야 한다고 했다. 그리고 지금 수령에서 관노들까지 토색질이 얼마나 심하고 백성의 참상이 얼마나 비참한가를 말하고, 농민들은 이런 고통을 견디다 못하여 부득이 병기를 들고 일어났다고 봉기의 계기를 말하면서 이런 심정은 팔도 사람들이 다 같다는 점을 강조한 다음 아래와 같은 말로 국태공에게 정권을 맡기라는 소리로 끝을 맺었다.

오로지 부자간의 윤리와 군신간의 의리로써 국태공을 받들어 나랏일을 맡기시어 아래로는 백성을 편하게 하고 종묘사직을 보위하도록 하십시오

上奉國太公監國以全父子之倫君臣之義不安黎民更保宗社.

"좋습니다. 이대로 합시다."

김덕명이 대번에 좋다고 찬성을 했다. 아무도 이의가 없었다. 이 글을 함평 현감 권풍식한테 보내 홍계훈을 통해 조정에 보내도록 하기로 했다.

4월 18일. 드디어 홍계훈이 전주에서 출동을 했다. 홍계훈은 서방걸과 나란히 말을 타고 행군을 했다. 군사는 7백여 명이었다. 크루프 야포와 회선포 등 중화기를 앞세우고 행진을 했다. 군사 7백여 명은 장위영 병정 460여 명과 전주영병 3백여 명이었다. 영병 3백여 명은 전주 감영 병졸과 근처 고을에서 긁어모은 병졸들이었다.

홍계훈은 총제영 중군 황헌주가 증원군을 거느리고 오늘 제물포를 떠난다는 전보를 받고 출동한 것이다. 증원군은 장위영병 3백 명과 강화도를 수비하는 총제영 병정 150명 도합 450명으로 이루어진 혼성부대였다. 홍계훈은 증원부대가 영광 법성포에 21일이나 22일쯤 당도할 것 같았으므로 그에 맞추어 출발한 것이다.

전주성과 감영을 지키는 영병들을 홍계훈이 몽땅 끌고 가버리자 전주성은 거의 텅텅 비어버렸다. 감사 김문현은 각 고을에 군사를 보내라고 불같이 파발을 띄웠다.

용머리고개를 넘던 홍계훈은 저만치 뒤에 따라오는 감영 판관 민영승을 불렀다.

"원평장이 내일이라지요?"

"그러하옵니다."

"민판관이 먼저 가서 효수를 제대로 하는가 보고, 경군이 지낼 처

소며 먹는 것 등 경군 위의에 어긋남이 없도록 조처하시오."

민영승은 알겠다며 말 엉덩이에 채찍을 갈겼다. 민영승한테 효수 어쩌고 한 소리는 지금 원평에서 효수를 하고 있기 때문이다. 홍계 훈은 오늘 아침 전주를 출발하기 전에 대관 이학승한테 느닷없는 명령을 내렸다.

"전봉준과 내통한 정석희를 원평 장거리로 끌고 가서 효수를 하도록 하시오."

날벼락도 이런 날벼락이 없었다. 지난번 김시풍을 효수한 다음 정석희까지 가둬버리자 전주 감영은 초상집이었다. 감사를 비롯한 아전들은 손에 땀을 쥐고 홍계훈 눈치만 보며 가슴을 졸이고 있다가 오늘 출동한다고 하자 모두 가슴을 쓸며 후유 한숨을 내쉬고 있는 판인데 날벼락이 떨어진 것이다. 하필 전쟁에 나가면서 효수를 하라고 하자 감영 아전들은 입이 더 벌어졌다. 곧이곧대로 생각하면 전쟁에 나가는 결의를 그만큼 강하게 보이자는 것이겠고 특히 전봉준에 대해서 그만큼 강렬한 도전 의지를 드러내자는 것이라고 할 수 있었다. 더구나 효수 장소를 원평으로 택한 것은 농민군들이 거기서 여러 번 집회를 하는 등 거기가 사실상 농민군 거점이나 마찬가지라 백성에게 그만큼 겁을 주자는 속셈이라고 할 수 있었다. 그러나 그렇게만 생각하기에는 여태 농민군한테 벌벌 떨던 것으로 보아 너무 돌발적인 일이었다. 증원군이 온다는 바람에 그만큼 자신이 붙었다고 볼 수도 없었다. 요사이는 증원군 보내달라는 말보다는 청나라 군대를 불러와야 한다고 날마다 전보국 송신기에서 불이 날 지경이었기 때문이다.

정석희가 전봉준과 내통했다는 혐의는 고부봉기 직전에 그가 전봉준을 만났다는 사실이 결정적인 증거였다. 전봉준이 작년 겨울 고부 사람들 앞장을 서서 감영에 소를 올리러 왔을 때 두 사람이 오랜만에 주막에서 만난 일이 소문이 났던 것이다. 누가 그것을 고자질했던지 홍계훈은 그걸 빌미로 정석희한테 여러 가지 죄를 덮어씌웠다. 고부봉기 때 감영군이 두 번이나 농민군을 습격하다가 실패한 것도 정석희가 전봉준한테 미리 알렸기 때문이라 했고, 그때마다 전봉준한테서 적잖은 돈을 받았다는 것이다.

김덕호는 홍계훈이 떠난 한참 뒤에야 정석희 소식을 듣고 기겁을 했다. 정신없이 서문모한테로 달려갔다.

"서대인, 그 사람은 살려야 합니다. 2백 원입니다."

김덕호는 다급하게 속삭이며 주머니를 하나 불쑥 내밀었다. 주머니가 불룩했다. 일화 1원은 10냥 정도였다. 주머니를 챙긴 서문모가 두말없이 말에 올랐다. 서문모는 말 엉덩이에서 불이 나게 채찍을 휘둘렀다. 금구 읍내 가까이 가서 홍계훈 군의 행렬을 따라잡았다. 홍계훈과 함께 나란히 말을 타고 가는 서방걸을 따냈다.

"저는 정석희 씨한테 크게 은혜를 입은 사람입니다. 그 사람 목숨만 구해 주십시오."

서문모는 잡담 제하고 간단히 말하며 주머니를 내밀었다. 서방걸은 대수롭지 않게 고개를 끄덕이며 서문모가 내민 주머니를 받아들고 제자리로 갔다. 서문모는 조마조마한 기분으로 멀찍이 뒤를 따르고 있었다.

"초토사께 청이 하나 있소이다."

서방걸 말에 홍계훈은 무슨 일이냐며 고개를 돌렸다.

"방금 전주 서대인이 나를 만나러 달려왔습니다. 서대인이 오늘 효수한다는 정석회한테 크게 은혜를 입은 일이 있는 모양입니다. 여기까지 손수 말을 달려온 것을 보면 보통 은혜가 아닌 듯합니다. 손이 큰 사람이라 앞으로도 보답이 만만찮을 것입니다마는 당장 가져온 인정도 적잖은 것 같습니다."

서방걸이가 주머니를 내보였다.

"전쟁판에 나가면서 천지신명께 고사를 한번 걸쭉하게 지낼까 했더니 이거 난처하게 됐습니다."

홍계훈은 껄껄 웃었다.

"미안합니다."

"괜찮소. 모처럼 서대인 청인데 어찌 거절을 하겠소?"

홍계훈은 껄껄 웃었다. 서방걸은 고맙다고 웃으며 뒤따르고 있는 홍계훈 심복한테 손짓을 했다.

"이거 챙겨두게."

심복한테 주머니를 건넸다. 홍계훈은 원세록을 불러 얼른 가서 정석회 효수를 중지하라고 영을 내렸다. 원세록이 말을 달렸다. 홍계훈은 요사이 서방걸 말이라면 상전 앞에 하인 꼴이었다. 청나라 군대를 불러오는 길밖에 없다고 조정에다 장계를 올린 것은 민영준 뜻을 살펴서 한 일이지만, 그때마다 따로 서방걸하고 의논을 해서 서방걸 뜻을 받드는 것 같은 모양을 갖추었다. 자기 힘으로는 도무지 농민군을 토벌할 자신이 없는 판이라 청나라에 청병을 하라는 요구는 두루 사개가 맞아떨어지는 일이었다. 더구나 청나라 군대가 왔을 때는 조선군 대장으로서 자기 위치는 서방걸 입김에 따라 결정이될 것 같고, 당장 지금 나가고 있는 전쟁만 하더라도 자기가 패하면자기를 변명해 줄 사람은 서방걸밖에 없었다.

"우리 조정에서 귀국에 청병을 한다면 군사들이 여기 당도하는데 며칠이나 걸릴까요?"

잠깐 말이 없던 홍계훈이 서방걸을 돌아보며 물었다.

"넉넉잡고 사흘이면 군산포에 당도할 것입니다. 청나라 군대가온다면 농민군들은 말만 듣고도 기가 죽지 않겠습니까? 장군께서는그동안 신중하게 대처를 하다가 바로 그 기회를 잡아서 결정타를 때리십시오."

서방걸이 말을 하며 지레 껄껄 웃었다. 홍계훈도 따라 웃었다.

"우리 조정에서 쉽게 결단을 내릴는지 그게 의문이올시다."

"난군 사정을 잘 몰라 그럴 테니 날마다 농민군 기세를 소상히적어서 장계를 올려야 할 것입니다. 우리나라 상인들은 조금만 더있으면 난군들 기세가 금방 팔도로 번질 것 같다고 걱정이 태산입니다."

서방걸은 청나라 상인들을 통해서 얻은 농민군 정보를 날마다 소상하게 청나라 통리아문으로 띄우는 한편 홍계훈한테도 넘겨주며겁을 주고 있었다. 청나라 상인들 정보가 수령들한테서 올라온 보장보다 훨씬 정확하고 빨랐다. 청나라 행상이 시골 구석구석 안 가는데 없이 날마다 누비고 다녔으므로 지금 전봉준 휘하에 집결해 있는농민군 동향뿐만 아니라, 각 고을 농민들 움직임과 일반 백성의 인심에 대한 정보는 서방걸의 정보를 따를 수가 없었다.

원평 가까이 갔을 때였다. 원세록이 되돌아왔다.

"한발 늦었사옵니다. 이미 목이 매달려 있었사옵니다."

홍계훈은 낭패한 얼굴로 서방걸을 돌아봤다.

"엎질러진 물인데 어찌합니까?"

서방걸이 대범하게 껄껄 웃었다. 그로서야 *콩 눌은밥은 눌을 수록 좋았다. 서문모에 대한 체면도 충분히 섰으므로 크게 마음 쓸 것이 없었다. 서방걸은 아까 홍계훈 심복한테 넘겼던 돈주머니를 다시 넘겨받은 다음 말을 멈추고 길가에 서 있었다. 서문모가 달려왔다.

"한발 늦었습니다."

서방걸은 간단히 사정을 말하며 돈주머니를 넘겼다.

4월 22일(양력 5월 26일) 자정. 농민군들이 함평 읍내를 빠져나가고 있었다. 동쪽 하늘에는 새벽달이 조금 올라와 있었다. 농민군들은 1백 명에서 2백 명씩 패를 지어 북쪽으로 바쁜 걸음을 쳤다. 걸음걸이는 여간 빠르지 않았으나 기침소리 하나도 내지 않았다. 요란스럽게 휘날리고 다니던 깃발은 봇짐 속에 챙겼는지 맨 간짓대만 밤하늘을 가르고 있었다. 풍물은 고의춤에 차거나 어깨에 메고 갔다. 농민군 행렬은 끝이 없었다.

50여 리를 내달아 선두가 광주에서 영광으로 빠지는 큰길을 가로지를 때 동쪽 하늘에 희부옇게 동살이 잡혀왔다. 그때 영광 쪽에서 달려오는 사람들이 있었다. 장호만이 이천석과 김만복을 달고 숨을 헐떡거리며 전봉준 앞으로 달려왔다.

"홍계훈 군은 영광에 그대로 머물고 있습니다."

장호만이 땀을 닦으며 전봉준한테 다급하게 말했다.

"수는 더 불어난 것 같지 않더냐?"

"초저녁에 어디선가 군졸들이 1백여 명 왔습니다. 고창이나 홍덕 같은데서 고을 벙거지들이 온 것 같습니다."

전봉준은 알았다며 계속 동태를 살펴 알리라고 했다. 세 사람은 고개를 꾸벅하고 돌아섰다. 지금 임군한 졸개들은 세 패가 영광에서 홍계훈 군의 움직임을 정탐하고 있었다. 그들은 원평에서부터 홍계훈 뒤를 따라가며 계속 그들 움직임을 알려오고 있었다. 요사이 며칠 동안은 오거무가 다니지 않았다. 급한 일이 있으면 나서려고 그는 홍계훈 뒤만 따르고 있었다. 홍계훈이 방향을 엉뚱한 데로 바꾸거나 달리 급한 일이 생기면 그때 뛸 참이었다.

농민군들은 장성 읍내 쪽을 향해 치닫고 장호만 일행은 불갑산을 오른쪽으로 쳐다보며 밀재를 부지런히 올라갔다. 불갑산은 서해로 뻗어가가던 노령산맥이 장성 갈재 방장산에서 한 줄기가 갈라져 장성과 고창을 양쪽으로 끼고 남쪽으로 한참 내려오다가 마지막으로 우뚝 솟아오른 봉우리였다. 장호만 패가 잿길 중간쯤 굽잇길을 돌아갈 때였다.

"저게 웬 놈들이야?"

함평 읍내 쪽에서 오다가 잿길로 들어서던 사람들이 장호만 일행을 발견하고 깜짝 놀랐다.

"저렇게 바삐 가는 것이 암만해도 수상하요. 농민군 첩자들이 아닌가 모르겠소."

"그런 냄새가 난다. 저놈들을 잡자. 첩자라면 상이 클 것이다. 저놈들은 세 놈이고 우리는 다섯인게 붙을 만하다."

"저러고 댕기는 놈들은 긴다난다 하는 놈들일 것인디라우."

"긴다난다 하면 지놈들 배때기에는 철판 깔았다냐? 재를 넘어가면 함평서 오는 길하고 만나는 삼거리에 우리 패가 기다리고 있을 것이다. 뒤를 따라가다가 거기서 족치자. 시방 난군들이 아무리 큰소리쳐도 경군들 대포 맛 한번 보면 풍비박산이 된다. 오늘 낼 사이에 원군도 온다더라. 홍장군이 전주에서 나설 적에는 그만한 승산이 있은게 나선 것이다."

함평 읍내서부터 농민군 뒤를 재고 오던 함평 벙거지들이었다. 그들은 함평에서 30여 리쯤 농민군 뒤를 따르다가 나산에서 이쪽으로 빠진 패였다. 함평 현감 권풍식은 농민군이 북쪽으로 움직인다는 말을 듣고, 농민군 뒤를 재라고 벙거지들 세 패를 뒤따라 보내놓고 자기는 부랴부랴 영광 홍계훈한테로 말을 달렸다. 벙거지한테는 가다가 중간 중간에서 빠져나와 농민군이 어디로 가는가 영광으로 알리라고 했다. 이 패말고 나머지 두 패는 아직도 농민군 뒤를 따라가고 있었다. 농민군들은 오늘 나주로 쳐들어간다고 소문을 냈는데 엉뚱한 데로 가고 있으므로 권풍식은 바짝 긴장했다.

권풍식은 배짱이 어지간한 자였다. 흥덕이나 고창 등 다른 고을 수령들은 농민군이 몰려가자 뒤도 안 돌아보고 도망쳐버렸으나, 권풍식은 그대로 버티고 있었으며 농민군한테 호락호락 굽실거리지도 않았다. 아전 출신으로 돈으로 벼슬길에 올라 어렵사리 수령이된 사람이라 어지간한 곤욕쯤 몸으로 때우고 벼슬자리를 지키기로 작정을 한 것 같았다. 그 역시 죄가 한두 가지가 아니었으므로 농민군들은 함평에 당도하자마자 그를 묶어 닦달을 했다. 그때 뜻밖에 함평 선비들이 몰려와서 용서를 해 달라고 했다. 권풍식도 늑탈이 심했지만 그래도 백성 사정을 헤아리는 것이 다른 수령에 비해서 방불했다는 것이다. 전봉준은 선비들 체면을 보아 용서한다며 풀어주었다. 그를 닦달한 것은 꼭 늑탈한 응징보다는 코를 숙여놓자는 속셈이었으므로 선비들한테 생색을 낸 것이다.

함평은 다른 고을과는 크게 다른 점이 있었다. 우선 선비들 움직임이 달랐다. 농민군들이 함평으로 진군해 오자 선비들이 1백여 명이나 몰려나와 농민군을 환영했다. 다른 고을에서는 볼 수 없는 일이었다. 그런데 함평 농민군은 다른 고을에 비해 절반도 되지 않았다. 30여 년 전 임술년 농민봉기 때 너무 험하게 당한 탓인 것 같았다. 함평은 그때 봉기했던 전라도 28개 고을 가운데서 익산과 함께 제일 거세게 일어났는데 그것은 유생들을 거느리고 농민들 앞장을 섰던 정한순에 대한 농민들의 신망과 그의 지도력 때문이었다. 이번에 선비들이 나서서 농민군을 맞은 것은 그때 이루어진 선비들과 농민들의 유대감 때문인 것 같았고, 현감을 용서해 달라고 한 것은 이번에는 되도록 피해를 줄여보자는 속셈에서 나온 일 같았다. 그때 관의 보복이 너무 가혹했으므로 함평 사람들은 30여 년이 지난 지금까지도 그 악몽에서 벗어나지 못하고 있었다.

권풍식의 정탐꾼들은 장호만 패와 일정한 거리를 유지하며 뒤를 재고 있었다. 밀재를 넘어 팔음리에 이르렀다. 앞장서 가던 장호만이 입을 열었다.

"뒤를 돌아보지 말고 내 말만 들어라. 우리 뒤에 수상한 것들이 따르고 있다. 재 너머에서부터 우리 뒤를 따라오다가 금방 동네로 들어가더니 다섯 놈 가운데 세 놈이 지게를 지고 나왔다. 어디로 짐 지러 가는 예사 사람들로 꾸미자는 수작 같다."

멀쩡한 장정들이 다섯 명이나 맨몸으로 가면 수상하게 여길 것 같아 자기들 간에는 머리를 굴린 것 같았다. 장호만이 고개를 돌리지 않은 채 말을 이었다.

"해장거리가 제대로 걸린 것 같다. 들길로 나가기 전에 저 모퉁이 돌아가서 작살을 내자. 내가 발을 삔 척 주저앉음시로 발목을 잡고 엄살을 부릴 것인게 느그들은 나를 거드는 척해라. 그러고 있다가 가까이 오면 작살을 낸다."

모퉁이를 돌아섰다. 조금 가다가 장호만은 발을 삐끗하는 시늉을 하며 그 자리에 풀썩 주저앉았다. 두 사람은 발을 만지는 시늉을 했다. 뒤따르던 자들이 가까이 왔다.

"왜 그러시오?"

작자들이 고개를 디밀었다.

"꼼짝 마라."

이천석과 김만복은 단검을 가슴에 바싹 들이대며 소리를 질렀다. 장호만도 훌쩍 일어서며 시퍼런 단검을 겨누었다. 모두 무춤했다.

"꼼짝하면 배때기에 바람구멍이 난다. 죽고 싶은 놈은 움직여라."

다섯 사람이 꼼짝 못하고 서 있었다. 모두 가위눌린 사람들처럼 꼼짝 못했다. 벙거지들은 장호만 패의 칼 다루는 솜씨와 눈빛에 대번에 기가 죽었다.

8. 장태 215

"지게를 벗어!"

장호만이 소리를 질렀다. 하릴없이 지게를 벗었다. 손을 머리 위로 올리라고 했다. 손을 올렸다. 뒤로 돌아서라고 했다. 돌아섰다. 다섯 사람 동작이 기계처럼 똑같았다. 말 잘 듣는 어린아이들 같았다. 장호만이 가까이 가서 허리춤을 뒤졌다. 단검이 나왔다. 웬 놈들이냐고 물었다. 함평 장교와 나졸들이라고 맨 앞에 선 자가 대답했다. 누가 시키더냐고 했다. 현감 권풍식이 시켰다며 권풍식은 영광 홍계훈한테로 가면서 농민군 움직임을 보고 오라 했다고 묻잖은 말까지 지레 실토를 했다.

"너희들 말고 다른 패가 있지?"

"예, 세 패가 나섰는데, 두 패는 농민군 뒤를 그대로 따라가고 있소."

"지금 따라가고 있는 패도 따라가다가 영광으로 오라고 했냐?"

"그랬소. 한 패는 더 따라가다가 덤바위재를 넘어 영광으로 올 것 같고, 나머지는 계속 더 따를 것 같소."

작자는 떠듬떠듬 말했다.

"지금은 전쟁판이다. 네놈들은 전쟁판에 잘못 끼어들었다."

장호만은 이천석과 김만복한테 눈짓을 했다. 단검으로 앞에 있는 자 옆구리를 푹 쑤셨다. 이천석과 김만복도 동시에 쑤셨다.

"오매."

셋은 옆구리를 싸안고 나동그라지고 둘은 홱 돌아서서 손을 싹싹 비비며 살려달라고 애걸을 했다. 두 사람은 연방 손을 비비며 무춤무춤 뒤로 물러섰다.

"안됐다마는 살려줄 수가 없다."

장호만이 다가갔다. 둘은 냅다 뛰었다. 장호만 손에서 칼이 쌩 날았다. 한 사람 목덜미에 꽂혔다. 이천석 칼도 날았다. 제대로 꽂혔다. 다가가서 칼을 수습했다.

"얼른 영광으로 갔다가 덤바위재로 가자."

장호만이 서둘렀다. 길가에 시체를 그대로 널어놓은 채 세 사람은 바람같이 내달았다.

권풍식은 달빛 아래 70여 리 길을 정신없이 말을 달려 날샐 녘에 영광에 당도했다. 홍계훈은 권풍식이 왔다는 말을 듣고 잠자리에서 벌떡 일어났다. 끼고 자던 계집을 보릿자루 밀치듯 홀쩍 떠밀어버리고 정신없이 옷을 주워입었다.

"난군들이 자정부터 북쪽으로 진군을 하고 있습니다."

"아이고, 이놈들이 전주로 가는 겐가?"

홍계훈은 저도 모르게 아이고 소리를 냈다.

"어제 나주로 간다고 소문을 냈는데 방향이 다릅니다. 그대로 갔다면 금방 장성 읍내에 당도할 것 같습니다. 정탐꾼을 여러 패 놓아 뒤를 재라 했습니다. 조금 있으면 올 것입니다."

권풍식이 다급하게 말했다.

"내가 너무 빨리 온다 싶었는데, 이런 낭패가 없구만. 황헌준가 이 사람은 무얼 꾸물거리고 이제까지 안 오는 게야?"

홍계훈이 제물에 버럭 화를 냈다. 그는 전주에서 여기까지 오는 사이 속도 조절에 안절부절이었다. 황헌주가 법성포에 닿기 전에 가면 농민군들한테 자기 혼자 작살이 날 것 같고, 너무 늦게 가도 안될 것 같고, 어떻게 해야 좋을지 허허벌판에 나온 산짐승 꼴로 눈알을 번뜩였다. 고창까지도 농민군 동태를 보고받으며 미적거렸으나 고창을 지나면서부터는 이판사판 냅다 달렸던 것이다. 법성포에 와서 보니 예상했던 대로 황헌주는 당도하지 않았다. 홍계훈은 법성포에다 군사 일부를 남겨두고 어젯밤에 영광으로 왔다.

"여기서 장성은 몇 리쯤 되지요?"

"산길로 70리쯤 됩니다."

"그놈들이 위로 가면 전주성으로밖에 더 가겠소? 전주성에 들어가서 오물오물 몰려있으라 하시오. 몰살을 시켜버리겠소. 하하."

홍계훈은 내가 언제 겁을 먹었느냐는 듯이 이내 큰소리를 쳤다. 장성에서 여기까지 70리가 넘는다니 농민군 목표가 전주인 것 같아 안심이 되는 모양이었다.

"난군들은 지금 광주하고 담양에도 적잖은 수가 모여 있다고 하는데 장성에서 그들과 합류할는지 모르겠습니다."

권풍식이 조심스럽게 말했다.

"거기서 합류한 다음에 이리 공격해 올지 모르겠다는 말이오?"

홍계훈이 눈을 크게 뜨고 물었다.

"나주로 간다고 헛소문을 내고 은밀하게 움직이는 것이 수상하기에 드리는 말씀입니다."

홍계훈은 알았다며 장교들을 모았다.

"난도들이 오늘 자정에 함평에서 모두 장성 쪽으로 갔소. 광주와 담양에 모여 있는 난군들과 장성에서 합류할는지 모르겠소. 합류하

218

여 그들이 전주로 가는 것은 전혀 개의할 것이 없으나 혹시 이리 공격해 오면 곤란합니다. 만약 그들이 이리 공격해 오면 증원군이 올 때까지 중간에서 막아야 합니다."

홍계훈은 바삐 말을 이었다.

"이학승 대관 인솔 아래 원세록 대관과 오건영 대관 등 귀관 세 사람은 1대씩 거느리고 대포 2문과 회선포 1문을 가지고 가서 적정부터 면밀하게 살피시오. 난군들이 이쪽으로 공격해 오거나 공격할 태세를 갖추고 있으면 포격으로 선제공격을 하여 예봉을 꺾으시오. 공격은 어디까지나 포격으로 결판을 보아야 합니다. 전초전에 임하는 귀관들 임무는 막중합니다. 공격을 할 때는 철저하게 공격하여 예봉을 완전히 꺾어버리시오. 알겠소?"

"옛!"

홍계훈이 준엄하게 명령을 내리자 세 사람은 몸을 바짝 곧추세우며 큰소리로 대답했다.

"그러나 공격을 해오지 않거나 공격할 태세를 갖추고 있지 않으면 절대로 공격하지 말고 적정만 자세히 살피면서 시시각각 보고하시오. 귀관들 일차적 임무는 적정을 살피는 일입니다. 난군들을 섬멸할 작전계획은 증원군과 합류한 다음에 세우겠소. 증원군은 틀림없이 오늘은 법성포에 당도할 것이오. 귀관들 주 임무는 적정을 살피는 것이라는 사실을 명심하고 난군이 공격할 움직임을 보이지 않으면 절대로 공격을 해서는 안 됩니다. 알겠소?"

"옛!"

다시 큰소리로 대답했다. 홍계훈은 곧바로 출동명령을 내렸다.

공격을 할 때는 포격으로 결판을 내라고 하는 것으로 미루어 농민군에 대한 홍계훈의 기본 전술은 포격전인 것 같았다. 1대는 140명이므로 병력은 420명이었다. 그러나 거의가 향병이고 장위영병은 얼마 되지 않았다. 향병은 삼분의 일만 양총이고 나머지는 화승총이었으며 그들은 그동안 제대로 조련도 시키지 않고 거의 짐꾼 취급밖에 하지 않았다. 전주에서 여기까지 올 때도 대포나 포탄 등 짐을 지우고 오거나 보초를 세우는 등 구지레한 허드렛일만 시켰다. 그들은 군복부터 달랐다.

"여기는 사방 경계를 엄격히 하고 순찰을 강화하시오. 나는 법성포에 다녀오겠소."

홍계훈은 남아 있는 장교들한테 명령을 내린 다음 곧바로 법성포로 말을 달렸다. 그는 연방 뒤를 돌아보며 내달았다. 농민군이 금방 뒤쫓아오기라도 하는 것 같이 초조한 모습이었다. 그는 30리를 달려 법성포에 당도했다. 곧바로 법성포 뒤 인의산으로 올라갔다. 산꼭대기에 이르자 칠산바다가 일망무제로 펼쳐졌다. 칠산바다에는 조기잡이배들이 수천 척 깔려 있었다. 그러나 증원군을 싣고 올 화륜선은 보이지 않았다.

"왜 이렇게 꾸물거리고 있나?"

홍계훈이 눈살을 찌푸렸다. 조기잡이배들은 바다에 그냥 떠 있는 것이 아니라 더뎅이가 져 있는 것 같았다. 그러나 홍계훈 눈에는 바다고 조기잡이배고 그런 것은 제대로 보이지 않았다. 홍계훈은 꼭 살 맞은 날짐승처럼 불안한 눈으로 영광 쪽과 바다를 정신없이 번갈아 보았다.

"저 배에는 지금 사공들이 타고 있지?"

홍계훈은 법성포 선창에 매어 있는 큰 짐배를 가리키며 따라온 장교한테 다급하게 물었다. 그렇다고 했다. 그는 어제 고창에서 여기 당도하자마자 배부터 징발하라고 영을 내렸다. 법성포에서 제일 큰 짐배를 3척이나 징발했다. 그는 배에 올라가서 여기저기 둘러본 다음 3척 모두 꼼짝 못하게 부두에다 꽁꽁 묶어두라고 영을 내린 다음 영광으로 출발했던 것이다. 농민군한테 밀리면 그 배를 타고 돛 달아붙일 속셈이었다.

"저 작자가 지금 증원군 오는가 보고 있는 모양이지요?"

법성포 어귀 보리밭 가에 몸을 숨기고 속삭이는 사람들이 있었다. 김갑수, 오거무, 막동이었다. 오거무가 먼저 따라와 홍계훈 동정을 살피고 있었고 김갑수와 막동이 헐떡거리며 달려온 것이다.

"홍계훈이 이리 와버렸은게 영광 있는 관군들은 그대로 영광에 있겄지라우?"

막동이 김갑수한테 물었다.

"왜?"

"기얼은복이 제대로 일어났는가 모르겄글래 그라요."

"안 깨우고 왔냐?"

김갑수가 깜짝 놀라 물었다.

"깨우기는 깨웠는데 하도 잠충이라 그러요."

"제대로 깨워얄 것 아니냐?"

김갑수가 버럭 화를 냈다. 오늘 새벽 홍계훈 군 동정을 살피고 있던 김갑수는 느닷없이 홍계훈이 법성포 쪽으로 달려가는 것을 보고 깜짝 놀랐다. 김갑수는 같이 번을 서고 있던 막동한테 얼른 가서 시또하고 기얼은복을 깨워놓고 오거무를 데리고 오라고 주막으로 쫓았다. 막동이 정신없이 달려가서 기얼은복을 깨워 여기 있는 관군 동정을 살피라고 일러놓고 오거무를 데리고 달려왔던 것이다. 그런데 막동은 이제 생각해 보니 시또와 기얼은복이 제대로 일어났는지 찜찜한 모양이었다. 그들은 새벽에 대거리를 하고 가서 꽃잠이 들어 있었다.

점심때가 가까워질 무렵 농민군 여러 부대가 광주 쪽에서 못재를 넘어 장성 읍내로 오고 있었다. 장흥, 보성, 능주, 강진, 해남 부대였다. 모두 2천여 명쯤 되었다. 그 가운데 세 부대는 대원들이 긴 대나무를 하나씩 메고 왔다. 밑동을 잘라 가지만 쳐버린 대나무였다. 대창은 대창대로 들고 대나무를 메고 왔으므로 이만저만 거추장스러워 보이지 않았다. 장흥, 보성, 능주 부대였다.

부대가 재를 넘어 내려올 때 읍내 쪽에서 장흥 이방언과 김학삼이 바삐 달려갔다. 두 사람은 함평에서 온 농민군 본대와 함께 이미 장성 읍내에 당도해서 기다리고 있다가 자기 부대가 온다고 하자 달려가고 있었다. 함평에서 밤중에 출발하여 장성 읍내에 도착한 농민군 본대는 벌써 부대별로 포진을 하고 있었다.

이인환, 강봉수 등 장흥 두령들과 보성, 능주, 강진, 해남 두령들이 이방언을 맞아 반갑게 인사를 했다.

"대 가져오느라 고생들 했소."

이방언이 웃으며 두령들 손을 잡았다. 능주에서 만난 장흥과 보성, 능주 세 부대는 능주에서부터 좋은 대밭을 만나면 그때마다 대를 베어가지고 온 것이다. 광주에서 만난 해남과 강진 부대는 이방언의 지시가 없었으므로 그냥 온 것이다.

두령들이 이방언 주변으로 모였다.

"저 아래 넓은 데 가서 장태를 틀어가지고 가는 것이 어쩌겠소?"

이방언이 말하자 두령들은 그러자고 했다.

"강진하고 해남 사람들은 저쪽 동네 가서 대를 베어옵시다. 미리 말을 해놨소."

이방언은 장태를 틀어가지고 읍내로 오라며 강진과 해남 부대를 이끌고 읍내 가정부락으로 달렸다.

장흥, 보성, 능주 부대는 조금 내려오다가 논으로 들어갔다.

"이제 언제 어디서 경군하고 싸움이 붙을지 모릅니다. 능주서 틀었던 저 장태하고 똑같이 장태를 트시오."

맨 꽁무니에 굴리고 온 장태를 가리키며 말했다. 닭장태와 비슷했다. 닭장태보다 굵기는 훨씬 굵어 가슴 높이고, 길이는 한 길쯤 되었다. 원래 닭장태는 대로 바구니처럼 길게 틀되 가운데 부분은 불룩하게 틀어 그 부분의 높이가 무릎 정도였고 길이는 한 발이 조금 넘을까말까 했다. 그렇게 길쭉하게 틀어 한쪽은 막고 한쪽에는 문을 달아 처마 안쪽에 매달아놓으면 닭이 밤에 그리 올라가서 잤다. 살쾡이 같은 짐승의 습격을 막기 위해서였다. 낮에는 마당이나 집터서리에 돌아다니며 먹이를 주워 먹던 닭들이 날이 어두워지면 주인이 놔준 사다리를 타고 장태로 올라갔다. 그런데 능주서 틀었다는 장태는 굵기도 가슴 높이였고, 가운데가 불룩하지도 않았으며 길이도 닭

장태보다 조금 더 길었다.

"먼저 대부터 쪼개시오. 시작이 어려운게 자리를 잡을 때는 솜씨
있는 사람들이 거들어 주시오."

두령들이 돌아다니며 채근했다.

"걱정도 팔자요. 닭장태 안 틀어본 사람이 누가 있다고 그런 걱정을
다 하고 댕기요. 이런 속은 두령들 문자속보담 훤한게 염려 노시오."

농민군들은 대를 쪼갠 다음 심대를 똑같은 길이로 *일매지게 잘
라 틀을 잡아나갔다. 삽시간에 장태가 모양을 드러내기 시작했다.
양쪽 *아구리를 바구니처럼 예쁘게 마무리한 사람도 있었다. 대여섯
명이 하나씩 들었다.

"그 마무리 솜씨 한번 빌립시다."

"맨입으로?"

솜씨 있는 사람들이 돌아다니며 거들었다. 그 많은 대나무가 삽
시간에 둥그런 장태로 변해버렸다. 장태는 높이는 거의 같았으나 한
발쯤 되는 것도 두 발쯤 되는 것도 있고 더 짧은 것도 있었다.

"장태를 굴리고 갑시다."

이인환이 영을 내렸다. 모두 장태를 굴리고 나섰다. 2백 개가 넘
었다. 농민군들은 마치 개구쟁이들처럼 낄낄거리며 장태를 굴리고
읍내로 달려갔다.

"그것이 뭣이오?"

다른 고을 농민군들 눈이 둥그레졌다.

"보면 모르겠소, 닭장태 아니오?"

"닭장태를 뭘라고 갖고 오요? 쌈은 안 하고 닭 키울라우?"

"닭도 키우고 홍계훈이랑 경군 놈들 잡으면 몽땅 여기 담아갖고 장흥으로 떠메고 갈라요."

"전쟁판에 거문고도 아니고 닭장태가 뭐여?"

군사들은 도대체 모르겠다는 표정들이었다. 장흥과 능주, 보성 농민군들은 의기양양하게 장태를 굴리며 장성 읍내로 들어갔다.

함평에서 장성에 도착한 농민군은 크게 세 부대로 나뉘어 진을 쳤다. 본진인 전봉준 부대는 장성 읍내 남쪽 산자락에다 진을 치고, 손화중 부대는 읍내 남쪽, 김개남 부대는 북쪽에다 진을 쳤다. 손화중 부대에는 고영숙 부대와 손여옥 부대 등이 소속되고 김개남 부대에는 김덕명 부대와 전라도 동북부 여러 고을 부대가 소속되었다. 본진에 소속된 이방언 부대는 읍내 쪽으로 조금 들어가서 진을 쳤다. 강진과 해남 부대도 장태를 틀어가지고 와서 합류했다.

본진은 월평리 황룡강가에 솥을 걸고 점심을 해먹고 있었다. 북쪽이나 남쪽에 진을 친 두 부대는 그 근처 동네로 들어가서 밥을 해먹었다. 늦게 온 사람들은 오는 족족 밥을 먹었다. 여기서도 동네 사람들이 잔뜩 몰려와서 구경도 하고 밥도 먹었다.

장흥 부대는 김학삼이 거느리고 왔던 선발대와 합류하여 장태를 보며 떠들썩했다.

"이래노면 대포에 맞아도 끄떡없겠구만."

장태는 두 겹으로 튼 것도 있고 안에 짚을 잔뜩 뭉쳐 넣은 것도 있었다.

"저 사람이 옥에 갇혔던 만득이란 사람인가?"

장태를 보며 자랑스럽게 떠들던 장흥 사람들은 만득이를 보며 눈이 둥그레졌다. 그사이 만득이 소문이 장흥 사람들 사이에 퍼졌는데 엄청나게 큰 칼을 메고 나서자 새삼스럽게 고개를 끄덕이며 수군거렸다. 그는 엄청나게 큰 칼을 메고 있었다. 고부 호방집에서 들고 나선 손작두를 제대로 벼려 자루를 길쭉하게 박았기 때문에 크기부터가 엄청나게 컸다. 슴베가 들어간 칼자루 끝에는 구리로 단단하게 *호인까지 감아 칼 구색이 의젓했다. 나이 먹은 대장장이가 만득이 칼솜씨에 반해 특별히 솜씨를 내서 벼려준 것이다.

"어디 한번 들어봅시다."

묵촌 총각대방 이또실이 만득이 칼을 받아들었다.

"아이고, 나는 이 칼을 짊어지고 댕기락 해도 못 짊어지고 댕기겠네."

두 손으로 칼자루를 잡고 앞으로 겨누며 입을 벌렸다. 너도나도 칼을 들어봤다. 이렇게 큰 칼을 제대로 휘두를 수 있을까 하고 모두 고개를 갸웃거렸다. 만득이는 여유 있게 웃고 있었다.

만득이는 원래 볏모숨을 두 손에 한 모숨씩 쥐고 양손걸이로 홀태질을 할 만큼 솜씨도 대단하고 힘도 장사였다. 양손으로 홀태질하는 솜씨는 하학동 이주호 집에 살 때부터 난 소문이다. 아직까지 아무도 흉내를 내지 못하는 기막힌 재주였다. 지난 가을 이방언 집에서 만득이가 그 솜씨를 보이자 동네 사람들이 모두 몰려와 구경을 했다. 너도 나도 흉내를 내보려 했지만 어림도 없었다. 볏모숨을 잡아 후리는 솜씨도 솜씨지만, 벼를 훑을 때 힘이 부쳐 몇 번 훑다가 고개를 저으며 물러섰다. 이렇게 타고난 재주에다 이 얼마 사이에는 대둔산 김갑수한테서 칼솜씨를 제대로 익혔다. 며칠 사이에 20여 근 짜리 손작두 칼을 바람개비 돌리듯 했다. 힘을 모아 내리찍으면 장정 다리통만한 소나무가 무 토막 잘리듯 잘릴 지경이었다. 가르치던 김갑수도 혀를 내둘렀다.

9. 황룡강의 물보라

선임 대관 이학승은 장교 두 사람과 병졸 4백여 명을 거느리고 바람같이 내달아 점심참이 조금 넘었을 무렵 장성 읍내가 건너다보이는 장성배기 등성이에 당도했다. 농민군은 보이지 않았다.

"강가에 몰려 있습니다."

척후병이 달려와서 말했다. 바삐 앞으로 가서 신촌荜村 구시등에 올라섰다. 앞이 들판으로 툭 트이며 멀리 황룡강黃龍江가에 농민군 모습이 건너다보였다. 읍내 한참 아래쪽 황룡강가에 몰려 있는 농민군은 진이 흐트러져 있었다. 이학승은 군사들을 오른쪽 숲속으로 숨으라고 한 다음 원조경遠照鏡으로 농민군 모습을 살폈다. 농민군들은 밥을 먹고 있었다. 강가 모래밭에는 솥이 여남은 개 걸려 있었다. 농민군들은 남쪽 산자락에도 있는 것 같고, 읍내 쪽에도 있는 것 같았다. 그러나 강가 모래톱에 가장 많이 몰려 있었다. 이학승은 원세록한테 원조경을 넘겼다. 원세록이 한참 원조경을 들여다봤다.

"완전히 오합지졸이구면요."

원세록이 오건영한테 원조경을 넘기며 이학승을 돌아봤다.

"장꾼도 아니고 군대도 아니고 난장판입니다."

오건영이 원조경에 눈을 대고 말했다. 저런 까마귀 떼들을 보고 여태 벌벌 떨었다니 어이가 없다는 투였다. 농민군들은 총과 창을 을러메기는 했으나 대오도 짓지 않고 허랑하게 움직이고 있었다.

"저것들 대포 한 방이면 까마귀 떼 날아가듯 하잖겠습니까?"

원세록이 이학승을 보며 말했다. 이학승은 대답하지 않고 다시 원조경을 받아 눈으로 가져갔다. 한참 들여다보았다. 눈에서 원조경을 떼며 입술을 잘근 깨물었다. 그도 몇 방 갈겨버리고 싶은 생각이 굴뚝같은 모양이었다. 크루프 야포 2문이 공중을 향해 입을 벌리고 있었다.

"여남은 방 갈겨버리면 몰살을 시켜버릴 것 같습니다."

오건영 말에 세 사람은 서로 건너다보며 야릇한 표정으로 웃었다. 못된 짓을 하고 싶은 아이들처럼 장난기가 어린 웃음이었다.

'귀관들 주 임무는 적정을 살피는 것이라는 사실을 명심하시오. 난군이 공격할 움직임을 보이지 않으면 절대로 공격을 해서는 안 됩니다. 알겠소?' 엄하게 다지던 홍계훈의 말이 떠올랐다.

"포 여남은 방이면 풍비박산이 됩니다. 저것들이 공격해 와도 우리는 양총에다 회선포가 있잖습니까? 공격이랍시고 대들 때도 저 꼬라지고 무작정 떼 몰려올 것입니다. 포로 조지고 회선포와 양총으로 갈기면 저런 것들 몇만 명도 당합니다. 포에 사지가 찢기고 회선포가 배때기를 줄줄이 꿰뚫고 나가면 겁먹지 않는 놈 없을 것입니다. 저것들이 언제 이런 대포를 구경이나 했겠습니까?”

원세록이 입침을 튀겼다.

“공격을 합시다. 원대관은 저 동네 산발치에 군사들을 배치하고 오대관은 저쪽 소나무 숲 속으로 배치하시오. 노출되지 않게 주의하시오. 회선포는 산등성이에 적당히 설치하시오.”

이학승이 왼쪽 신촌과 오른쪽 숲을 가리키며 조용히 영을 내렸다. 두 대관은 병졸들을 거느리고 달려갔다.

“포를 정치定置하고 발사 준비를 하라.”

이학승이 포수들에게 영을 내렸다. 조수들은 재빠르게 삽으로 자리를 골라 포를 앉혔다. 원세록은 1개 대를 거느리고 보리밭 사이로 몸을 숨기며 신촌 동네 산발치로 가서 대나무밭을 등지고 산발치에 포진을 한 다음 회선포를 설치했다. 오건영은 오른쪽 소나무 숲 끝에 포진을 했다. 구시등에 남은 부대도 포진을 했다.

여기 신촌 동네는 울산 김씨들 집성촌으로 이 근처는 소가 누운 형국이래서 이 등성이를 구시(구유)등이라 했고, 저쪽 너머 골짜기를 까치골이라 했다. 까치골은 소가 쟁기질을 할 때 쟁기에 뒤집히는 까치밥을 먹으려고 까치가 따라다닌 데서 붙은 이름이었다. 밭에는 보리가 키대로 자라 눌눌하게 익어가고 있었다. 포병들은 포를 단단히 앉힌 다음 이내 포탄을 장전했다.

“제1포 발사 준비 완료!”

“제2포 발사 준비 완료!”

두 포 포수가 큰소리로 소리를 질렀다. 이학승은 원세록과 오건영 부대에 손을 들어 포격을 하겠다는 손짓을 했다.

"제1포 제2포, 모두 강가에 있는 난군들 한가운데를 조준하라!"

포수들은 날랜 솜씨로 조준을 했다.

"발사 명령이 떨어지면 제1탄을 쏜 다음 즉시 제2탄 발사 준비를 한다. 제2탄은, 제1포 제2포 각각 좌우 50보 간격으로 조준한다. 복창!"

"발사 명령이 내리면 제1탄을 쏜 다음 즉시 제2탄……."

포수들은 큰소리로 복창을 했다.

"제1포 제2포, 발사!"

"제1포 발사!"

"제2포 발사!"

— 뻥.

— 뻥.

포가 불을 뿜었다. 포탄은 기세 좋게 날아갔다. 포탄 두 개가 마치 먹이를 향해 솟구치는 독수리처럼 공중으로 곡선을 그으며 날아갔다. 포탄은 서로 20여 보의 간격을 두고 떨어졌다. 순간 모래가 솟구쳐 올랐다. 모래와 함께 사람의 몸뚱이도 대여섯씩 공중으로 튀어 올랐다. 무시무시한 위력이었다. 그 근방에 허옇게 널려 있던 농민군들은 잠시 멍청하게 서 있다가 이내 도망치기 시작했다.

"제1포 제2탄 좌로 50보 발사 준비 완료!"

제1포 사수가 소리를 질렀다. 제2포도 준비 완료를 소리쳤다.

"제1포 제2포, 발사!"

땅이 무너지는 소리를 내며 포탄이 또 기세 좋게 날아갔다. 강가에 또 포탄이 터졌다. 탄착점에서는 아까와 똑같은 광경이 벌어졌다. 농민군들은 사방으로 마치 돌멩이 맞은 물방울 퉁기듯 했다.

"제1포 제2포, 각각 탄착점 앞으로 1백보 간격 발사 준비!"

포수들은 날랜 솜씨로 포탄을 장전하고 조준을 했다.

"제1포 앞으로 1백보 간격 발사 준비 완료!"

제2포도 준비 완료했다고 소리를 질렀다. 이학승은 또 발사하라고 고함을 질렀다. 포탄이 또 터졌다. 황룡강 강가는 그야말로 수라장이었다. 농민군들은 우케 멍석에 참새 떼들처럼 정신없이 도망쳤다. 강가에 나와 구경하던 장성 읍내 사람들도 오금아 날 살려라 냅다 뛰었다.

―징징징징징.

그때 농민군 본진에서 징소리가 다급하게 울렸다. 징은 여남은 개가 한꺼번에 울렸다. 이학승은 포격을 멈추고 농민군 움직임을 잠시 보고 있었다.

"저것들은 이제 맥을 못 출 것이다. 여기 있다가 공격해 오면 이번에는 회선포하고 양총 맛을 한번 보여주자. 회선포에 양총 맛까지 보아야 저놈들이 경군 무서운 줄을 알 것이다."

원세록 말에 병사들은 모두 크게 웃었다. 농민군들은 깃발을 흔들며 재빠르게 움직였다. 대오를 정비하는 것 같았다.

"워매, 여기서 전쟁이 벌어진다. 모두 동네 밖으로 도망쳐라!"

동네 노인들이 악을 썼다. 동네 사람들은 정신없이 도망치기 시작했다. 경황 중에도 집으로 들어갔다 나온 사람들이 있었다. 조그마한 궤짝을 들고 나온 사람도 있고, 웬 단지를 안고 나온 할머니도 있고, 명주베를 묶어 이고 나온 여자도 있고, 책을 한아름 안고 나온 노인도 있었다. 단지는 신주단지 같고 책은 족보 같았다.

"시방 농민군하고 관군하고 뚱금없이 동네 앞에서 전쟁이 붙을 것 같소. 그래서 동네 사람들이 모두 내빼고 있소. 우리 식구들은 진직 다 내뺀게 염려 마시오."

신주단지를 안은 할머니는 신주단지에다 연신 중얼거리며 달려 갔다.

─ 징징 징징 징징.

농민군 본진에서 또 징소리가 울렸다. 이내 진을 수습한 농민군들이 몰려오기 시작했다. 농민군은 생각했던 것보다 빨리 진용을 수습했다. 농민군들이 웬 바구니 같은 것을 수백 개 몰고 왔다. 농민군들은 황룡강에 허옇게 물보라를 일으키며 대바구니를 강물에 띄워 밀고 달려왔다. 농민군들은 강둑을 넘어 들판으로 올라섰다.

"제1포, 제2포 이쪽 강 언덕을 향해 발사 준비!"

포가 뻥뻥 터졌다.

"저게 뭐야?"

경군들은 깜짝 놀랐다. 큼직한 바구니가 수백 개 들판으로 올라 섰다. 장태였다. 농민군들은 장태 뒤에 숨어서 장태를 굴리며 달려 왔다. 장태는 논둑을 넘어 기세 좋게 굴러왔다. 마치 그렇게 생긴 괴물이 굴러오는 것 같았다. 2,3백 개나 되는 큼직큼직한 장태가 논둑을 넘어 굴러오자 마치 바람 부는 바다에 파도가 일렁이듯 온 들판이 장태로 파도를 이루어 일렁이는 것 같았다. 장태가 가까이 왔다. 장태는 높이가 모두 가슴 높이였으나 길이는 긴 것도 있고 짧은 것도 있었다.

"포를 가지고 저 뒷등성이로 가서 다른 부대가 나타나면 공격하라. 이쪽 병사들도 따라가라."

이학승이 초관에게 명령을 했다. 초관은 포 부대를 인솔하고 장성배기 등성이로 몰려갔다. 이학승 부대 한 명이 따라갔다.

"회선포 발사!"

원세록이 회선포 발사 명령을 내렸다. 장태를 향해 총을 갈겼다.

ㅡ드드드드드.

회선포가 불을 뿜었다. 회선포는 마치 맷돌질하는 소리를 내며 총탄을 퍼부었다. 그러나 장태는 꿈쩍도 않고 앞으로 앞으로 굴러왔다. 이내 소총도 불을 뿜었다. 경군들은 계속 갈겨댔으나 소용없었다. 장태에서 총탄이 툭툭 퉁기는 것 같았다. 장태를 뚫고 들어가도 안에서 무엇에 박치는 것 같았다. 장태는 꼭 불가사리같이 굴러왔다. 장태 2,3백 개가 논두렁을 넘어 계속 굴러왔다. 이내 장태 뒤에서 위로 고개를 내밀고 총을 쏘기 시작했다. 화승총 사거리까지 장태를 몰고 와서 총을 쏜 것이다. 경군들도 연방 쏘아댔다. 장태는 점점 가까이 오며 총을 쏘았다. 긴 장태에는 대여섯 명이 붙어 갈겨댔다. 장태 뒤에 붙은 농민군들은 한패가 장태에 엎디어 총을 쏘면 다른 패는 뒤에 숨어서 탄약을 재고, 그 패가 총을 쏘면 총을 쏜 패는 다시 탄약을 재고, 농민군들은 대거리로 총을 쏘고 탄약을 재며 다가왔다. 장태는 조금씩 조금씩 가까이 오며 갈겨댔다.

이싯뚜리 부대는 홍덕 부대와 함께 회선포를 쏘는 원세록 부대와 붙고, 달주 부대는 고부 부대와 함께 이학승 부대와 붙었다. 그리고

234

나머지 부대는 오건영 부대와 붙었다.

이싯뚜리 부대와 달주 부대는 황토재 전투에서 빼앗은 양총이 2,30정씩 있었다. 이싯뚜리 부대는 회선포 쪽으로 돌진했다.

"갈겨라."

경군 장교들은 미친 듯이 소리를 질렀다.

— 드드드드.

이싯뚜리 부대 장태 여남은 개가 회선포 앞으로 육박해 갔다. 회선포에 장태가 벌집이 되었다. 장태도 회선포 앞에서는 맥을 추지 못했다. 벌집이 된 장태에 붙었던 농민군들이 쓰러지고 장태가 멎었다. 살아남은 사람들은 뒤따라오는 장태로 도망쳤다. 다른 장태도 더 가까이 가지 못했다.

"장태를 두 겹으로 굴리고 가자!"

이싯뚜리가 소리를 질렀다. 빈 장태를 앞세우고 장태를 밀고 가자는 것이다. 벌집이 된 장태부터 뒤에다 장태를 대고 밀고 갔다. 앞 장태는 저절로 굴러갔다. 쌍장태였다. 곁에서도 같은 모양으로 장태를 쌍으로 굴렸다. 쌍장태 네댓 쌍이 회선포를 향해서 육박해 갔다. 논두렁이 나오면 장태를 세워놓고 논두렁 밑으로 기어가서 앞 장태를 밀어올리고 뒷 장태를 가져다 댔다.

— 드드드드드.

회선포는 계속 장태를 향해 불을 뿜었다. 앞 장태는 벌집이 되었으나 장태 형체는 남아 그대로 굴러갔다. 드디어 회선포가 양총 사거리에 가까워졌다.

"조금만 더 가서 쏘자."

이싯뚜리가 소리를 질렀다. 장태를 회선포 앞으로 바짝 밀고 갔다. 드디어 장태 뒤에서 양총이 불을 뿜었다. 장태는 계속 육박해 가며 양총을 갈겨댔다. 그러나 회선포를 쏘는 사수들은 바위를 교묘하게 이용하고 포 뒤에 숨어서 쏘았으므로 좀처럼 총에 맞지 않았다. 더구나 회선포 곁에는 여남은 명이 엎드려 이쪽에다 양총을 갈겨대고 있었다.

"저놈들 막아라!"

달주가 소리를 질렀다. 이학승 부대가 원세록 부대를 엄호하려고 그쪽으로 옮겨가려 했기 때문이다. 저 아래쪽 오건영 부대는 이미 무너지고 있는 것 같았다.

그때 들판 북쪽 조그마한 야산 등성이에서 농민군 대부대가 나타났다. 김개남 부대였다. 남쪽 손화중 부대도 역시 같은 모양으로 저 아래서 진격을 했다. 그들은 징도 울리지 않고 바람같이 진격을 해서 갑자기 나타난 것이다. 양쪽 부대가 이쪽으로 내달았다. 원세록 부대 일부가 그쪽으로 옮겨가며 김개남 부대를 향해 총을 갈겨대기 시작했다. 김개남 부대는 일부는 이쪽으로 밀물처럼 몰려오고 일부는 저 뒤쪽으로 내달았다. 포위를 하려는 것 같았다. 뒤쪽으로 달리는 부대 맨 앞에는 말을 탄 기마병 20여 명이 쏜살같이 달려갔다. 김봉득 부대였다. 그는 17살밖에 되지 않았으나 기마술이 뛰어나서 자기보다 나이 많은 사람들을 거느리고 있었다.

— 뺑.

그때 장성배기 등성이에서 야포소리가 났다. 김개남 부대 뒤편에 떨어졌다. 논에 구덩이가 파이고 흙이 튀어 올라갔다. 네댓 발이 터

졌다. 그러나 부대 맨 꽁무니에 떨어졌으므로 아까처럼 피해는 크지
않았다. 이내 포격이 그쳤다. 너무 가까워 쏘지 못하는 것 같았다.
김개남 부대는 벌떼처럼 내달았다. 김봉득 기마부대 20여 명은 양총
을 피해 저쪽으로 에돌아 산으로 올라붙었다. 원세록 부대 일부가
그쪽으로 내달았다.

이싯뚜리 부대는 정신없이 공격을 했다. 회선포를 공격하는 장태
는 회선포에 바짝 붙어 양총을 갈겨댔다.

"도망친다, 쏘아라."

이내 원세록 부대는 회선포를 떠메고 대밭을 향해 도망쳤다. 소
총부대가 엄호를 했다.

"쏴라."

이싯뚜리 부대 양총이 회선포 떠메고 가는 사람들한테 집중 사격
을 했다. 두 명이 고꾸라졌다. 엄호하며 따라가던 병사들이 회선포
를 들고 대밭 울타리를 뚫고 들어갔다. 그 사이 또 두세 명이나 쓰러
졌으나 곁에 가던 병사들이 악착스럽게 회선포를 떠메고 대밭 속으
로 사라졌다. 이싯뚜리는 장태를 버리고 대밭으로 쫓아 들어갔다.

그때 이학승 부대가 동네 쪽으로 가까이 오며 공격을 했다. 달주
부대는 이학승 부대를 집중적으로 공격했다.

"죽여라."

그때 남쪽에서 몰려온 손화중 부대도 선두는 이미 저쪽 야산으로
붙고 있었다. 오건영 부대는 거의 포위되고 말았다.

"후퇴하라!"

이학승이 소리를 질렀다. 이학승 부대는 일부가 엄호를 하는 사

이 나머지는 신촌 동네로 도망쳤다. 동네로 도망친 부대 엄호를 받으며 나머지 부대도 동네로 들어갔다. 동네 가운데 큰 골목으로 도망쳐 까치골로 넘어갔다.

"승종이만 동네로 쫓아가고 모두 나를 따르라!"

달주가 고함을 질렀다. 달주는 부대를 끌고 장성배기 쪽으로 달려갔다. 이미 앞으로 다른 부대가 몰려가고 있었다.

"우리는 이쪽으로!"

달주 부대가 소리를 지르며 동네를 오른쪽으로 두고 등성이를 넘어갔다.

이미 관군은 거의 포위되고 말았다. 김개남 부대와 손화중 부대가 북쪽과 남쪽에서 포위망을 좁혀오고 있었다. 두 부대는 각각 두 패로 나뉘어 죄어왔다. 북쪽에서 이쪽으로 내닫던 김개남 부대는 이미 저쪽 등성이를 전부 둘러싸고 있었다.

— 드드드드.

회선포가 엉뚱한 데서 맷돌질 소리를 냈다. 신촌 동네 등성이 너머 까치골에서 갈겨댔다. 이쪽에서 넘어간 이학승 부대를 엄호하려고 김개남 부대를 공격하고 있었다. 대밭으로 들어갔던 이싯뚜리 부대가 까치골로 넘어오고 동네로 뒤를 쫓던 김승종 부대도 까치골로 넘어갔다. 이학승 부대는 원세록 부대 쪽으로 도망쳤다. 그러나 이싯뚜리 부대와 김승종 부대는 쫓아가지 못했다. 원세록 부대 공격이 너무 거셌기 때문이다.

그때 달주 부대가 위쪽 등성이를 넘어왔다. 이학승 부대와 맞부딪치고 말았다.

"양총만 나서라."

달주가 소리를 질렀다. 양총 든 병사들만 앞으로 나서며 이학승 부대를 공격했다. 이학승 부대는 50여 명밖에 남지 않았다. 그때 저쪽 김개남 부대가 원세록 부대를 향해 돌진했다. 천여 명이 몰려오자 원세록 부대는 그대로 도망쳤다. 원세록 부대를 물리친 김개남 부대 일부가 이쪽으로 몰려왔다. 그때 이학승은 다시 되돌아 까치골로 도망쳤다. 저쪽 들판이 뚫려 있었다. 김개남 부대가 몰려간 곳이었다.

"죽여라!"

이싯뚜리 부대가 이학승 부대 앞을 막았다. 김승종 부대도 몰려왔다. 이학승 부대 50여 명은 까치골에서 완전히 포위되고 말았다.

"너희들은 저쪽으로 뛰어라."

이학승이 두 무리로 나누어 포위망을 뚫으려 했다. 한 무리는 김개남 부대를 치받고 내닫고 이학승은 20여 명을 거느리고 이싯뚜리 부대를 뚫고 북쪽으로 내달았다. 그러나 어림도 없었다. 농민군과 경군은 그대로 뒤엉켜 육박전을 벌였다.

"아이고."

"워매."

농민군들은 닥치는 대로 쑤시고 후려갈겼다. 백병전이 붙자 총소리가 멎고 창과 칼이 위력을 발휘했다. 양총도 나무꾼들 지겟작대기 꼴이었다. 경군들은 농민군 창에 찔려 수없이 넘어졌다.

"저놈이 대장이다."

이싯뚜리가 고함을 지르며 달려갔다. 농민군이 앞뒤 사방에서 몰려들었다. 농민군들은 사정없이 대창을 찔렀다. 대창 하나가 드디어 이학승 등에 꽂혔다.

"윽!"

농민군들 대창이 연거푸 이학승을 찔렀다. 순식간에 이학승 몸에는 대창이 여남은 개 꽂혔다. 이학승이 거느린 병졸들도 모두 같은 꼴이 되고 말았다. 농민군들은 피에 주린 이리 떼 같았다. 이쪽으로 도망쳤던 이학승 부대는 전멸이었다. 농민군들은 이학승과 원세록 부대 패잔병을 쫓아 영광 쪽으로 내달았다.

그때 신촌에서 한참 남쪽 들판에서는 오건영 부대의 마지막 남은 대원 50여 명이 황룡강 남쪽으로 도망치고 있었다.

"거기를 막아라."

무장 송문수 부대가 그쪽에 있는 장태부대한테 소리를 지르며 쫓아갔다. 어찌된 일인지 장태 30여 개가 거기 몰려 있었다. 김치걸이 거느린 보성 부대였다.

"장태를 내던지고 그놈들 막아라!"

송문수가 2백여 명을 끌고 돌진하며 거듭 소리를 질렀다. 그쪽으로 도망치던 경군들이 방향을 바꾸었다.

"그냥 쫓아가라. 장태 놔두고 쫓아가!"

송문수가 목이 찢어져라 악다구니를 쓰며 쫓아갔다. 그제야 장태 뒤에서 병사들이 나와 쫓아갔다. 장군들은 벌써 저만치 도망치고 있었다. 저쪽에서 다른 부대가 쫓아갔다. 그러나 오건영 부대는 남쪽으로 멀리 도망쳐버렸다.

"저런 병신들 뭐하고 있지?"

송문수가 발을 굴렀다. 보성 부대는 어찌된 일인지 장태를 가지고 강둑 밑에 있다가 이제야 나와 얼씬거리고 있었던 것이다.

"저런 미친놈들이 장태까지 가지고 뭘 하고 있는 거야?"

두령들은 경군들이 도망치는 것을 보고 발을 굴렀다.

그때 경군을 쫓아 영광 쪽으로 내달았던 부대들이 돌아오기 시작했다. 들판에는 시체가 수없이 널려 있었다. 농민군 대창부대는 시체를 하나하나 들춰보며 설맞은 놈들한테는 다시 창질을 하며 함성을 질렀다.

부상자를 떠메고 황룡강가로 달려가는 패도 있었다. 거기서는 말목 지산 영감 등 의원 여남은 명이 부상자들을 치료하고 있었다. 여러 고을에서 온 의원들이었다. 부상자들이 30여 명 치료를 받고 있고 지금도 계속 떠메고 갔다. 대포와 회선포에 팔다리가 나간 부상자들 모양은 처참했다.

"대포 간다."

함성이 쏟아졌다. 크루프포와 회선포 각각 1문씩이었다. 병사들이 포를 떠메고 경군 시체가 즐비한 들판으로 달려왔다. 김개남 부대였다.

"와!"

모두 함성을 질렀다. 그러나 몇 사람만 대포를 끌고 오고 김개남 부대는 아직 오지 않았다. 그들은 지금 계속 경군을 쫓고 있었다. 농민군들은 몰려들어 크루프포와 회선포를 만져보며 구경했다.

"양총 봐라. 양총이다."

여기저기서 뻥뻥 총소리가 났다. 양총을 빼앗은 농민군들은 양총을 공중에서 한 방씩 쏘아보며 환성을 질렀다. 양총을 들고 좋아서 춤을 추는 사람들이 백여 명이었다. 양총을 챙긴 사람들은 좋아서 어쩔 줄을 몰랐다. 달주 부대와 이싯뚜리 부대가 가장 많이 챙겼다. 제일 앞에서 돌진을 했기 때문이다. 2,30정씩 챙긴 것 같았다. 농민군들은 승리감에 도취되어 제정신들이 아니었다.

그때 두령들은 저쪽에서 굳은 얼굴로 의논을 하고 있었다. 경군 패잔병들을 추격, 홍계훈 본대를 치자느니 그대로 전주로 가자느니 의견이 대립된 것이다. 김개남이 손짓을 하며 주로 말을 하는 것 같았다.

─깨갱갱 갱갱 깨갱갱 갱갱.

꽹과리와 징이 한참 기승을 부렸다. 신호용으로 가지고 다니던 것이었다. 그냥 고의말에다 차고 나온 사람들도 있었다. 풍물재비들은 풍물이라면 담배 피우는 사람 담배쌈지 챙기듯 했다. 북, 장고는 없고 꽹과리와 징이 한참 요란을 떨었다.

그때 여기저기서 장태를 굴리고 한 군데로 모여들었다.

"야, 장태 온다."

"그렇게 총을 맞었어도 썽썽하그만잉."

장태는 총 맞은 자국만 있을 뿐 형체는 그대로 멀쩡했다.

"허허, 총사슬이 이렇게 튕겨나가부렀구나."

농민군들은 총탄이 비끌려 나간 자리를 만져보며 새삼스럽게 감탄을 했다.

"비켜, 비켜!"

젊은이 하나가 장태 속에서 허리를 잔뜩 굽히고 장태를 굴리며 길로 달려왔다. 몸통은 더 굵고 길이는 몽땅했다. 한 발도 못 되었다.

"저것은 외톨이 장대구만!"

모두 웃으며 박수를 쳤다. 그 장태는 두 겹이었다. 장태 두 개를 들어 덮씌운 것이다. 안에 들어가서 굴리려면 한 겹으로는 불안해서 두 겹으로 덮씌운 것 같았다. 젊은이가 웃으며 장태 속에서 나왔다.

"진짜는 이것이 진짜요. 좁은 데도 가고 속에서 혼자 굴리고, 얼마나 좋아. 총도 여러 방 맞았는데 끄뜩도 안 했구만."

농민군들은 역시 총 맞은 자국을 만져보며 감탄을 했다.

"나는 이것 타고 댕김시로 경군 놈들 멸종을 시킬 참이오."

젊은이는 장태를 앞뒤로 굴리며 어깨판을 으쓱거렸다.

"작두장사 어서쇼. 경군 모가지 몇 명 잘랐소? 못 잘랐어도 열 명은 잘랐지라우?"

장흥 농민군들이 만득이 곁으로 몰려들었다.

"열은 다 못 되고 여닐곱은 짜른 것 같소."

작두칼을 어깨에 멘 만득이가 수줍게 웃으며 말했다.

"칼 휘두르는 솜씨 본게 조자룡이 따로 없습디다. 칼이 한번 번쩍할 때마다 모가지가 하나씩 툭툭 떨어지더만. 떨어져도 저만치 나가떨어지더라구."

"어디 칼이나 한번 들어봅시다."

농민군 한 사람이 만득이 칼을 받아들었다.

"아이고 이렇게 무건 칼을 한 손으로 휘두르더만이라. 진짜 장사는 당신이 장사요."

너도 나도 만득이 칼을 들어보며 혀를 내둘렀다.

"장태장군에 작두장사에 오늘 장흥서 인물 여럿 났네."

모두 와크르 웃었다. 어느새 이방언한테는 장태장군이라는 별호가 붙고 덩달아 만득이도 작두장사였다.

"당신은 거기서 뭣을 하고 있었소?"

그때 장흥 김학삼이 보성 김치걸한테 다그쳤다.

"틀림없이 그리 한 부대가 올 것 같아 목을 지키고 있었지라우."

"뭐요?"

어이없는 소리에 김학삼은 멍청하게 김치걸을 보고 있었다.

"보성 사람들 꼴이 이게 뭐요? 싸우기가 그렇게 무서우면 뭘라고 전쟁에 나왔소?"

곁에 섰던 보성 젊은이 하나가 김치걸한테 삿대질을 하며 소리를 질렀다.

"나도 그만한 생각이 있어서 그랬어."

김치걸이 버럭 고함을 질렀다.

"생각이라우? 그러고 있어야 안 죽고 살겠다는 생각이지라우?"

보성 젊은이가 핀잔을 주었다.

"뭣이 으째, 이놈!"

김치걸이 턱없이 큰 소리로 고함을 질렀다.

"그 목소리가 배짱이라면 경군 혼자 몰살시켰겠소."

젊은이는 지지 않고 거듭 핀잔을 주었다.

"이런 때려죽일 놈."

김치걸은 미치겠다는 표정이었다. 보성 젊은이들은 피글피글 웃고 있었다.

그때 한참 기승을 부리던 꽹과리 소리가 뚝 그쳤다. 이내 징소리가 났다. 그리 모이라는 신호였다. 해가 중천에서 한참 기울고 있었다. 두령들은 지금도 그대로 이야기를 하고 있고 최경선만 빠져나와 논두렁에 서 있었다. 징잡이는 최경선 곁에서 계속 징을 울려댔다. 군사들이 몰려들었다.

"고생들 하셨습니다. 조금 있다가 다시 모이겠습니다. 그 전에 할 일이 있습니다. 경군 시체를 저쪽 산자락 밑으로 모으십시오. 시체를 모아놓고, 이따가 다시 모이라고 할 때까지 여기서 쉬십시오."

최경선이 싱겁게 이야기를 끝내고 다시 두령들 있는 데로 갔다. 모두 시체를 떠메고 산자락 밑으로 갔다. 시체를 줄줄이 열을 지어 눕혔다. 산에서도 시체를 떠메고 왔다. 두령들은 아직도 이야기가 끝나지 않고 있었다.

"이런 기회는 두 번 다시없습니다. 천만뜻밖에도 예상치 않은 싸움이 붙어 대승을 했습니다. 대포도 빼앗고 양총도 백여 정이나 빼앗았습니다. 이대로 몰려가면 경군을 깡그리 궤멸시킬 수 있습니다. 경군은 여기서 참패를 했기 때문에 완전히 사기가 떨어졌습니다."

김개남이 주먹을 쥐며 입침을 튀겼다.

"지금쯤 틀림없이 증원군이 당도했을 것입니다. 아까 사로잡은 경군 입에서 나온 소립니다. 만만하게 봐서는 안 됩니다. 홍계훈이 가지고 있는 포가 12문에 회선포도 그대로 있습니다. 거기다가 증원군이 얼마나 가지고 올는지 모릅니다."

손화중이 말했다.

"지금 이 기세로 몰려가면 정신 못 차립니다. 이대로 가서 몰살을 시킵시다."

고영숙이었다. 다른 두령들도 김개남 주장에 동조하는 사람이 많았다.

"몰살을 시킬 수도 있습니다. 그러나 그렇게 되면 민가 일당은 틀림없이 청나라 군대를 불러들입니다. 그동안 청병을 불러와야 한다는 홍계훈 장계가 빗발쳤다지 않습니까? 빈대 잡으려다 초가삼간 태웁니다. 이제 저만큼 혼쭐을 냈으니 전주에 들어가서 조정을 위협하며 모내기가 끝날 때까지만 버팁시다. 모내기만 끝나면 수십만 명이 모여듭니다."

김덕명이었다.

"경군 무기만 뺏으면 청나라 군대가 와도 무서울 것이 없습니다."

양쪽 주장이 팽팽히 맞서 목소리가 높아지고 있었다. 전봉준이 나섰다.

"아까 붙잡은 경군 말을 들어보면 증원군은 지금쯤 법성포에 당도했을 것 같습니다. 여기 온 이학승은 우리를 너무 깔보다가 패했습니다. 저 사람들 무기를 얕보아서는 안 됩니다. 증원군이 얼마나 더 가져오는지 모릅니다. 야포와 회선포 위력 안 보셨습니까? 오늘은 다행히 장태가 위력을 나타내서 크게 이겼으나 들판에서 싸우지 않으면 장태는 쓸모가 없습니다. 우리는 수로 우겨댈 수밖에 없습니다. 이대로 전주로 가서 모내기철을 넘기고 봅시다."

그러나 김개남과 고영숙이 격렬하게 반대를 했다. 전봉준은 그들 말이 끝나기를 기다렸다가 다시 받았다.

"우리는 한번 패하면 그만입니다. 이쯤 승리로 만족하고 전주를

246

차지합시다. 황토재에 이어 여기서도 경군을 격파하고 전주를 차지
했다면 농민들도 그만큼 들떠 많이 모여들 것이고 조정도 겁을 먹을
것입니다. 지금 추격하면 조정군을 쳐서 혹시 이길는지도 모르지만
이겨도 우리한테는 더 큰 짐이 생기지 않습니까? 더 말씀 마시고 전
주로 갑시다."

전봉준이 단호하게 결론을 내렸다.

"거기까지 염려를 하기로 하면 어떻게 싸움을 한단 말이오?"

김개남이 소리를 질렀으나 전봉준은 더 대꾸하지 않았다.

"지금 바로 전주로 출발합시다. 고부 별동대하고 이싯뚜리 부대
는 정읍까지 가서 자라 하고 나는 갈재 너머 천원역에서 자겠소. 다
른 부대는 형편대로 오늘 저녁에 갈 목표를 정하되 원평까지는 불단
걸음으로 달려야 합니다. 목표를 정한 대로 알려주시오."

전봉준은 말을 마치자 자리를 떠났다. 시체와 노획품 있는 대
로 갔다. 두령들이 몇 사람 따라나섰으나 김개남과 손화중 등 몇 사
람은 그 자리에 남아 있었다. 시체는 대관 이학승을 포함해서 3백여
구였다. 무기는 크루프포와 회선포 1문씩이었고 양총 1백여 정에 화
승총 2백여 정이었다. 크루프포와 회선포는 포탄과 실탄이 한 발도
남아 있지 않았고, 양총 실탄은 총 하나에 20발에서 30발 정도였다.
농민군 시체도 20여 구였다. 황룡강가에서 맨 먼저 포격에 죽은 사
람이 30여 명이었으므로 50여 명이 죽은 것이다. 중상자들이 얼마나
더 죽을는지 몰랐다.

"장위영병은 12명밖에 죽지 않았단 말인가?"

시체를 둘러본 전봉준이 두령들을 돌아봤다.

"그럼 우리가 향병들하고만 싸웠단 말이오?"

두령들은 모두 어이없다는 표정들이었다.

"장위영병들은 여기서도 도망칠 구멍밖에 안 본 것입니까, 부러 향병들만 앞에 내세운 것입니까?"

두령들은 넋 나간 표정들이었다. 마치 허깨비들하고 싸운 것이 아닌가 싶은 모양이었다. 처음부터 장위영병은 그만큼 적게 왔던 것이다.

그러나 오늘 전투는 뜻밖에도 큰 승리였다. 농민군은 경군이 이리 오는 것마저 까맣게 모르고 있었으므로 행운이라면 너무도 큰 행운이었다. 혹시 공격을 해오더라도 증원군이 온 다음에 차근하게 공격을 할 줄 알았고, 더구나 영광에는 든든한 정탐꾼이 세 패나 나가 있었으므로 마음을 턱 놓고 있었던 것이다.

새벽에 대거리를 하고 꽃잠이 들었던 시또와 기얼은복은 막동이 깨웠는데도 다시 곯아떨어져버렸고, 이학승 부대가 장성으로 출발한 다음에 영광 읍내에 당도한 장호만 패가 시또와 기얼은복을 깨우자 기얼은복이 그때야 아까 홍계훈이 법성포 쪽으로 간다는 것 같더라며 눈을 밝혔다. 그들은 이학승 패가 장성으로 간 줄은 까맣게 몰랐으므로 덤바위재로 가는 것보다 여기서 경군의 움직임을 지켜보는 것이 더 중요한 일일 것 같다며 경군이 주둔하고 있는 동네 골목만 지켜보고 있었다.

농민군이 함평에서 곧바로 영광으로 가서 붙지 않고 이리 온 것은 오늘처럼 들판에서 싸우자고 온 게 아니었다. 되레 들판에서 싸우면 불리할 것 같아 산에서 싸우려고 이리 온 것이었다. 농민군은 증원군이 오기 전에 홍계훈을 작살을 내기로 작정하고 두 가지 작전을 놓고 검토했다. 한 가지는 홍계훈을 삼면에서 포위하고 바다 쪽으로 몰아 공격을 하자는 작전이었고, 한 가지는 지난번 감영군 경우처럼 밤에 야습을 하자는 작전이었다. 그런데 두 가지 모두 쉽지 않을 것 같았다.

삼면에서 포위하고 공격을 하자는 작전은 그들의 엄청난 화력 때문에 승산이 없을 것 같았다. 그들은 이미 그런 작전에 대비해서 낮에는 들판만 골라서 진군을 해왔다. 들판에서 붙으면 그들은 처음에는 대포로 우겨대고 조금 더 가까이 가면 회선포로 갈겨댈 것이며 더 가까이 가면 양총으로 지져댈 판이었다. 그들이 가지고 있는 무기의 위력은 경군에서 도망쳐온 병사들 이야기를 들어 잘 알 수 있었다. 야습은 더 어려울 것 같았다. 낮에는 들판으로만 오다가 밤이 되면 산으로 숨어버렸기 때문이다. 시험 삼아 별동대를 보내 야습을 해보았으나 어림없었다. 본대가 숨어 있을만한 곳을 어림잡아 조심조심 다가가자 느닷없이 어둠속에서 총알이 날아왔다. 대원들은 깜짝 놀라 그 자리에 엎드렸다. 한참 있다가 움직이자 또 총소리가 났다. 그 다음부터는 꼼짝할 수가 없었다. 어디서 또 총알이 날아올지 모르기 때문이었다. 적은 어디에 숨었는지 알 수가 없는데 이쪽에서 움직이면 총알이 금방 날아왔다. 산으로 들어가다가 산자락에서 그 꼴이 되고 말았다. 적이 대비를 하고 있을 때 야습을 한다는 것은 마치 장님이 총 겨누고 있는 사람을 잡으려고 두 팔을 벌리고 더듬고 다니는 꼴이었다. 야습은 목표가 확실하고 적이 야습할 줄을 모르고 방심하고 있을 때만 쓸 수 있는 전술이었다. 홍계훈군은 이미 농민군 작전을 모두 예상하고 철저하게 대비를 하고 있었던 것이다.

전술을 바꿀 수밖에 없었다. 산을 이용하기로 했다. 산이라면 여러 가지로 이쪽이 유리할 것 같았다. 관측 거리가 짧기 때문에 야포와 회선포 공격을 피하는 데도 유리하고, 양총을 상대로 화승총으로 싸우기도 그만큼 유리했다. 언덕이나 바위 등 지형지물을 이용하면 사거리가 짧은 화승총으로도 사거리가 긴 양총에 웬만큼 대항할 수 있을 것 같았다. 굴곡이 많고 바위와 나무가 많은 험산일수록 유리할 것 같았다. 장성과 영광 사이는 70리가 첩첩이 산이었다. 그 산을 이용해서 싸우기로 한 것이다.

그래서 이리 진을 옮겼던 것인데 느닷없이 경군이 공격을 해오는 바람에 이판사판 대들었던 것이고, 김개남 부대와 손화중 부대가 본진과 떨어져 진을 쳤던 것은 다른 데서도 그랬기 때문에 여기서도 그랬던 것인데, 그게 바로 경군의 공격에 대비하는 진형이 되었던 것이다. 더구나 이쪽에서는 장태가 결정적인 역할을 했다. 행운이라면 행운이 겹친 것이다. 장태를 고안한 이방언도 장태의 쓸모를 자신 있게 내세우지 못했던 것인데 뜻밖에도 엄청난 위력을 발휘했다.

장태는 껍질이 단단하고 매끄러운 대를 방탄에 활용한 것이다. 총알이 쇠붙이에 빗맞으면 옆으로 튀겨나가는 이치를 이용한 것이다. 이방언은 장흥에서 장태를 만들어 직접 실험을 해보기까지 했다. 그런데 이번 전투는 들판에서 벌어져 그 장태가 마치 장갑차 같은 위력을 발휘했다. 장태는 사거리와 발사 시간 등 성능이 형편없는 화승총으로 양총에 대항하는 데 결정적인 몫을 했다. 황토재 전투에서는 어둠을 이용해서 양총의 성능을 무력화시켰고, 이번에는 장태로 양총의 성능을 무력화시켜 승리를 거둘 수 있었다.

이방언은 이때부터 장태장군이라는 별호를 얻었다. 이방언은 그 이외에도 별호가 둘이었다. 하나는 남도장군 또 하나는 관산 이장군이었다. 남도장군은 남도에서는 동학 접주로서 이방언이 가장 영향력이 컸기 때문이다. 대접주는 아니지만 대접주인 김개남, 손화중, 김덕명에 못지않은 세력을 거느리고 있었다. 본거지 장흥을 중심으로 보성, 강진, 영암, 해남까지 세력이 미쳤다. 관산 이장군은 그의 고향이 장흥 관산 근방이기 때문이다. 농민군들이 별호로 부른 사람은 녹두장군 전봉준과 장태장군 이방언뿐이었다. 이방언은 나이가 56살로 전봉준보다 16살이나 위였으나 젊은이들 못지않게 정정하고 용맹스러웠으며 병사들한테는 그만큼 인자했다.

"전주로 진격이다! 우리는 오늘 정읍까지 간다."

이싯뚜리가 소리를 질렀다.

"와, 가자."

승리감에 도취된 농민군들은 우레 같은 함성을 질렀다. 드디어 꿈속에서도 바라던 전주 진격이었다. 모두 하늘로 솟구쳐오를 것같이 기뻐 날뛰었다. 해가 한참 기울고 있었다. 농민군 병사들은 영광으로 쫓아가서 경군하고 싸우든 전주로 진격하든 어느 쪽이든지 바라던 일이었다.

장성에서 갈재 너머 천원은 50리였고 정읍까지는 70여 리였다. 거의 밤중에 들어갈 판이었다. 달주 부대와 이싯뚜리 부대 등 젊은이들은 정읍까지 가고 전봉준 부대와 손화중 부대는 천원역, 김개남 부대 등 나머지 부대는 갈재 조금 못 미쳐 장성 사거리 근방에서 자기로 했다.

달도 없는데 정읍까지는 이만저만 무리가 아니었으나 홍계훈이 어떻게 움직일지 몰랐으므로 충그릴 수가 없었다. 만약 홍계훈이 벼락같이 전주로 달려가서 전주를 다시 차지해버린다면 낭패였다. 한 발짝 차이로 전주성을 빼앗길 수도 있었다. 오늘 밤에 정읍과 천원에서 자면 원평까지는 노래를 부르면서 갈 수 있고, 원평에만 당도하면 전주는 손안에 들어온 것이나 마찬가지였다. 두령들은 급하게 재촉을 했고 병사들은 부리나케 움직였다.

"야포하고 회선포 위력이 그렇게 엄청난 줄은 몰랐습니다."

전봉준과 말머리를 나란히 하고 말없이 가던 손화중이 무거운 목소리로 입을 떼었다.

"글쎄올시다."

전봉준도 굳은 표정으로 대꾸했다. 두 사람은 말없이 걷고 있었다. 병사들이 승리감에 도취되어 정신이 없이 나대는 것과는 달리 두령들은 어두운 표정이었다. 특히 전봉준의 표정이 어두웠다. 야포와 회선포의 위력이 너무도 엄청났던 것이다.

홍계훈이 법성포에서 패전 소식을 들은 것은 해가 넘어간 다음이었다. 저녁 새참 때쯤 증원군 4백 명이 도착해서 이제 살았다고 한숨을 내쉬며 증원군을 거느리고 온 영관 황헌주 손을 잡고 너털웃음을 터뜨리고 있는 참인데 병사 둘이 땀을 뻘뻘 흘리며 달려왔다.

"난군을 공격하다가 그만 패하고 말았습니다."

홍계훈은 벼락 맞은 사람처럼 병사만 보고 있었다. 대관 이학승 이하 병사들이 3백여 명이나 죽고 무기도 거의 빼앗겼다고 하자 홍계훈은 넋이 나간 표정이었다. 지난번 임피에서 하룻밤 사이에 병사들이 3백여 명이나 도망쳤다는 보고를 받았을 때보다 더 처참한 표정이었다.

"추격해오지 않느냐?"

홍계훈은 한참만에야 정신이 난 듯 소리를 질렀다.

"추격해오다 말았습니다. 금방 또 연락이 올 것입니다."

"이놈들이 추격해올지 모릅니다. 군사를 배치합시다."

홍계훈은 황헌주에게 정신없이 소리를 질렀다. 법성포를 중심으로 군사들을 배치했다. 정탐병들이 계속 달려왔다. 추격해오지 않는 다고 했다. 그러나 홍계훈은 안심을 못하는 표정이었다.

"갈재 쪽으로 갔습니다. 전부 그리 가는 것 같습니다."

정탐병이 서너 패 와서야 홍계훈은 겨우 안심을 하는 것 같았다.

"음, 두고 보자. 열 배 스무 배로 갚을 것이다. 이놈들이 필경 전주로 들어가렸다. 오냐, 들어가서 오물오물 몰려 있기만 해라."

홍계훈은 이를 갈았다. 눈에는 금방 핏발이 섰다.

"바로 전주성이 너희 놈들 묏등이다. 포탄 천 발이면 전주는 가루가 되고 말 것이다."

홍계훈은 이를 부득부득 갈았다. 어금니에서 돌멩이 으깨지는 소리가 났다. 홍계훈은 영광에 있는 군사들을 이리 오라고 영을 내린 다음 거판스럽게 술상을 차려놓고 증원군 장교들 환영잔치를 베풀었다.

"한 번 실패는 병가의 상사올시다. 이제 저놈들은 독 안에 든 쥐 아닙니까?"

황헌주는 껄껄 웃으며 홍계훈을 위로했다.

"감사합니다. 결단코 두 번은 실패하지 않겠습니다. 그놈들은 가 보았자 전주입니다. 이제 바쁠 것이 없습니다. 병사들도 뱃길에 지쳤으니 여기서 차근하게 피로를 풀고 천천히 갑시다. 이제 작살내는 일만 남았습니다. 섭산적을 만들어버리겠습니다."

술이 거나해진 홍계훈의 웃음소리가 한결 호들갑스러웠다.

달주 부대와 이싯뚜리 부대는 첫닭이 울 무렵 정읍 읍내 근처 동네에 도착했다. 한두 됫박씩 나눠지고 온 쌀을 내놓으며 동네 사람들한테 밥을 해달라고 했다. 밤중에 들이닥쳐 소란을 피웠으나 동네 사람들은 나갔던 자식 맞듯 반겼다. 더구나 장성에서 경군과 싸워 이겼다는 말을 듣자 얼싸안을 듯 기뻐했다.

다음날은 서두를 필요가 없었다. 경군이 법성포에서 움직이지 않고 있다면서 푹 쉬라는 전갈이 왔기 때문이다. 함평에서부터 2백여 리 행역에다 이틀 동안이나 잠을 설쳐 지칠 대로 지친 대원들은 실컷 자고 실컷 먹고 또 실컷 잤다. 이제 전주는 손에 들어온 것이나 마찬가지였다. 모두 정읍으로 와서 하룻밤을 샜다.

농민군은 다음날 태인에서 자고 다음날인 4월 24일에는 전군이 제대로 행군 대열을 갖추어 원평으로 진군했다. 깃발을 있는 대로 꺼내 간짓대에 매달고 풍물을 치며 의기양양하게 행군을 했다. 길가에는 엄청나게 많은 사람들이 몰려들어 미친 듯이 함성을 질렀다.

황룡강 전투 소문이 퍼져 10리, 20리 밖에서까지 달려왔다. 구경꾼들은 마치 적군한테 점령 당했다가 해방된 사람들이 자기 나라 군대를 맞는 것 같았다.

"농민군 만세."

"어서 가서 김문현도 때려죽이시오."

사람들은 악다구니를 쓰며 만세를 불렀다. 머리에서 수건을 풀어 들고 춤을 추는 할머니, 목이 메어 눈물만 줄줄 흘리는 여인네, 숫제 엉엉 대성통곡을 터뜨리는 사람 등 가지가지였다. 물 *자배기를 들고 나와 바가지에 물을 떠서 내미는 아주머니도 있었다. 농민군들은 물바가지를 다투어 받아 꿀꺽꿀꺽 마셨다. 목이 말라서가 아니라 호의가 고마워 걸쩍지게 마셔주는 것 같았다. 물 마시는 것을 보자 여인네들은 새삼스럽게 집으로 달려가서 물 자배기를 이고 다투어 길가로 내달았다.

"이런 세상 못 보고 죽은 사람들은 얼매나 원통할까?"

할머니들은 새삼스럽게 먼저 죽은 남편이나 친척들이 생각나는 모양이었다.

"저기 보리밭 밟는 사람이 누구요?"

저 뒤쪽에서 말을 타고 달려오던 별동대원이 소리를 질렀다. 모두 깜짝 놀라 그쪽을 봤다. 동네 어귀에서 보리밭으로 달려오는 사람이 있었다. 별동대원은 삿대질을 하며 거푸 소리를 질렀다. 달려오던 사람은 앗 뜨거라 길로 성큼 올라섰다.

"우리는 아무리 바빠도 보리밭을 안 밟소. 동네 사람들도 조심하시오."

별동대원은 몰려선 사람들한테 보리밭 조심하라고 연거푸 소리를 지르며 앞으로 달려갔다. 젊은이는 길 아래 마른 도랑과 논으로 달려가면서 구경꾼들한테 연방 보리밭 조심하라고 소리를 질러댔다.

'동도대장' 기를 앞세운 전봉준이 백마를 타고 지나갈 때면 구경꾼들은 미친 듯이 소리를 지르며 박수를 쳤다. 전봉준은 앞뒤로 별동대 호위를 받으며 의젓하게 가고 있었다. 하얀 두루마기에 흰 두건을 쓰고 눈같이 하얀 백마를 탄 전봉준 모습은 언제 보아도 신비로웠다.

"전봉준 장군 만세."

"녹두장군 만세."

전봉준은 환영하는 인파들에게 손을 흔들어 답례를 하며 지나갔다. 한참 가자 할머니 한 사람이 유독 요란스럽게 소리를 지르며 전봉준한테로 달려나왔다. 손에 조그마한 보자기를 들고 소리를 질렀다.

"봉준이, 나네 나! 모르겠는가? 자네 이웃집에 살던 한몰댁이여."

전봉준은 얼핏 할머니를 돌아봤다. 전봉준의 얼굴이 환해졌다. 전봉준은 말에서 훌쩍 내려 고개를 깊숙이 숙여 절을 하며 할머니 손을 잡았다.

"그간 무고하셨소?"

어렸을 때 황새머리에서 이웃집에 살던 여자였다. 전봉준 어머니하고 비슷한 나이로 유독 가까이 지내던 사이였다. 벌써 할머니가 다 돼 있었다.

"오매 오매. 자네 어무니 아부지가 살아 기셨더라면 얼매나 조까."

할머니는 전봉준 손을 잡고 어쩔 줄을 몰랐다. 동네 사람들이 모두 몰려들어 전봉준을 에워쌌다.

"나 알겠는가? 범바우 양반이여, 범바우 양반. 허허."

전봉준은 동네 노인들한테도 깊숙이 고개를 숙였다. 모두 손을 잡고 반겼다.

"이거 떡이네, 떡. 엊저녁이 우리 돌아가신 바깥양반 지사네. 지사떡인게 나눠 묵소."

아까 그 할머니가 수건에 싼 것을 내밀었다. 전봉준은 고개를 숙이며 받아 김만수한테 넘겼다. 전봉준은 동네 사람들한테 인사를 하고 다시 말에 올랐다.

전봉준 다음에는 손화중이 따랐다. '보국안민輔國安民 농민군 총령관 손화중' 기를 앞세우고 역시 말을 타고 의젓하게 가고 있었다.

"손화중 장군이다. 손화중 장군 만세."

손화중도 말 위에서 연방 손을 흔들며 답례를 했다. 하얀 두루마기가 유독 정갈하게 때깔이 흘렀다. 농민군 대장이라기보다는 과거에 장원하여 유가라도 도는 선비 같았다. 손화중한테도 우렁찬 함성이 거푸 쏟아졌다.

'성도청결聖道淸潔 농민군 총령관 김개남.'

김개남 기가 뒤를 따랐다.

"김개남 장군이다."

김개남에 대한 환호도 대단했다. 태인이 본고장이라 전봉준에 대한 열기 못지않았다. 이어서 김덕명 기가 뒤따랐다. 역시 함성이 하늘을 찔렀다.

'광제창생廣濟蒼生 장흥 농민군 이방언' 기가 뒤를 따랐다.

"장태장군이다. 장태장군 만세."

"이방언 장군 만세."

어느 두령 못지않게 고함소리가 컸다. 뒤에는 이방언 부대가 장태를 수백 개 굴리며 따랐다.

"작두장사다. 작두장사 만세."

"와, 작두칼 봐라."

작두칼을 을러멘 만득이를 보자 장군들 못지않게 함성이 쏟아졌다. 장태 소문과 함께 작두칼을 휘둘렀던 만득이 소문도 그사이 널리 퍼진 것이다. 만득이 이야기는 마치 옛날이야기에 나오는 영웅처럼 신비롭게 꾸며져서 야단법석이었다. 만득이는 어깨에 작두칼을 메고 당당하게 걸으면서도 영웅답지 않게 얼굴을 붉혔다. 이방언 부대는 장태와 작두장사 때문에 어느 부대보다 열광적인 환영을 받았다.

각 고을 두령들이 지나갈 때마다 함성이 하늘을 찔렀다. 행렬이 거의 지나갔다. 목이 쉬도록 소리를 지르던 사람들은 맨 꽁무니에 따라오는 깃발을 보고 무춤했다. 엉뚱한 깃발이 하나 따르고 있었다.

'병신도 널리 구제한다. 병신 대장 설만두 장군.'

금건 반 폭에 서툴게 쓴 꾀죄죄한 깃발이었다. 절름발이 김판돌이 깃발을 들고 앞서고 그 뒤에는 설만두와 하학동 강쇠, 그리고 절름발이가 여남은 명 따르고 있었다. 사람들은 폭소를 터뜨리며 박수를 쳤다. 기를 든 김판돌은 절름거리는 다리를 한껏 더 익살스럽게 절름거렸고, 설만두는 곰배팔이 팔목으로 잔뜩 거드름을 피우면서 거만스럽게 활개를 치고 갔다. 강쇠는 한쪽 어깨에 붙다시피 한 고개를 더 굽히느라 몸통을 숫제 한쪽으로 기울이고 갔으며, 뒤따르는 절름발이들도 절름거리는 다리를 한껏 더 요란스럽게 절었다. 절름발이들은 몸뚱이가 올라갔다 내려갔다, 위아래 사방으로 홍청망청 갈 지 자로 요동을 치며 걸었다. 깃발도 언문으로 풀어 썼고, 글씨도 병신 걸음걸이처럼 삐뚤빼뚤이었다.

"병신 대장 만세."

"설만두 장군 만세."

"호떡장군 만세."

"설만두가 아니고 네가 진짜 익은 만두다. 익은 만두 장군 만세."

사람들은 웃느라 눈물까지 흘리며 환호소리가 하늘을 찔렀다. 병신들 행렬을 보자 아이들이 제일 신이 났다. 아이들은 신이 나서 병신 행렬 뒤에 따라붙었다. 아이들은 모두 걸쌈스럽게 절름발이 흉내를 내며 요란스럽게 따라갔다. 아이들은 너도 나도 따라붙어 원평에 가까이 갔을 때는 수백 명이었다. 아이들이 붙자 병신 부대도 한 부대 구색이 의젓했다.

맨 뒤에는 짐을 실은 마바리가 길게 따라왔다. 군량과 여러 가지 군수품이었다. 군량은 정읍과 태인에서 어제오늘 사이에 부자들이 내놓은 것만도 삼백여 섬이었다. 그 뒤에는 가족들이 2,3백 명 따르고 그 속에는 길례 등 사당패와 연엽도 끼여 있었다.

원평에 이르자 원평 사람들은 더 열광적으로 환영을 했다. 더구나 오늘은 원평 장날이라 군중이 엄청났다. 원평 사람들은 지난번 감영군들한테 험하게 당한 원한까지 사무쳐 만세 소리와 통곡 소리가 하늘을 찔렀다.

농민군들은 한쪽 들판으로 모였다. 백산에서 농민군 대회를 연 다음 이리 진출했다가 물러선 지 한 달 만에 제자리로 돌아온 것이다. 들판에는 가마솥이 백여 개가 걸려 김을 피워 올리고 있었다. 선발대가 먼저 와서 밥을 하고 국을 끓이고 있었다. 부자들이 내놓은 쌀을 솥이 넘치게 삶아댔다.

미리 마련해놓은 단으로 전봉준이 올라갔다. 함성이 하늘을 찔렀다. 엄청나게 많은 군중이 미친 듯이 함성을 질렀다.

"여러분 감사합니다."

전봉준이 입을 열자 군중은 조용해졌다. 전봉준 말소리는 카랑카랑한 쇳소리였으나 군중이 너무 많았으므로 저 뒤에까지는 미치지 못했다. 그러나 모두 숨을 죽인 채 귀를 기울이고 있었다.

"우리는 여기서 떠나 그동안 황토재에서는 감영군을 무찌르고 황룡강에서는 경군을 무찔렀습니다. 그것은 모두가 여러분들이 우리를 거들어 주시고 이기라고 축원해 주신 덕택입니다. 지난번에 감영군이 여기 와서 얼마나 험하게 설쳤는지 잘 알고 있습니다. 우리가 그 못된 감영군을 섬멸을 하기는 했습니다마는 우리 농민군은 유독 원평 사람들 여러분한테 너무 큰 빚을 지고 있습니다. 그 빚을 갚는 길은 우리가 신명을 바쳐 좋은 세상을 만드는 것이라 생각합니다."

군중은 숨을 죽이고 전봉준 말을 듣고 있었다. 여기저기서 흐느졌다. 전봉준은 고부에서 그랬듯이 여기서도 소를 빼앗기거나 크게 손해 본 사람들한테는 반드시 그것을 갚아주겠다고 다짐을 하며 모두 힘을 합쳐 좋은 세상을 만들자는 말로 끝을 맺었다. 함성과 박수 소리가 하늘을 찔렀다.

이내 풍물패가 판을 잡았다. 여러 패가 판을 잡고 한껏 신나게 풍물을 두들겨댔다. 동네 사람들도 풍물판에 뛰어들어 춤을 추며 얼렀다. 밥이 되는 대로 밥을 먹기 시작했다. 한쪽에서는 밥을 먹고 한쪽에서는 풍물을 치고 잔치판이 요란스러웠다. 해가 넘어갈 때까지 동네 사람들은 돌아갈 줄을 몰랐다.

농민군 두령들도 오랜만에 느긋하게 술을 한잔씩 했다. 농민군은 경군이 이리 올 때까지 여기서 기다리며 형편을 보다가 전주로 들어갈 참이었다. 홍계훈 군은 아직도 법성포에 그대로 있다는 것이다.

두령들이 술을 마시는 사이 전봉준은 밖으로 나와 지난번에 효수한 정석희를 어디다 묻었는가 물었다.

"묻은 것이 아니고 없어졌습니다. 이틀 동안이나 효수를 해놨는데, 홍계훈이 간 다음날 날이 새서 본게 없어졌습니다. 식구가 와서 내려갔겠지라우."

전봉준은 효수했다는 장터 쪽을 망연히 보고 있다가 도소로 정한 주막으로 들어갔다. 두령들이 전봉준한테 잔을 권했다. 전봉준도 오랜만에 느긋한 기분으로 잔을 받았다.

날이 어두워졌을 때였다. 월공 스님이 두 사람을 데리고 왔다. 전봉준이 나가서 따로 맞았다.

"전에 말씀드렸던 스님들입니다."

스님들이 전봉준 앞에 합장을 하며 절을 했다.

"지금 1백여 명이 모였습니다. 이 스님은 지허 스님이라고 능주 운주사 스님이신데, 출가는 여기 금산사에서 하신 분이십니다. 이 스님께서 승려부대를 거느리기로 했습니다. 이 스님은 장흥 보림사 도명 스님이신데 지허 스님을 거들어 일을 하실 것입니다. 다른 스님들은 지금 금산사 암자에 모여 있습니다."

지허와 도명은 전봉준한테 다시 합장을 하며 고개를 숙였다.

"그동안 높으신 성망을 들으며 멀리서 우러러보고만 있었습니다. 보살행에는 대도가 없는 줄로 알고 있습니다. 장군께서 앞장서신 이 길이야말로 진정한 보살행이라 여겨 우리도 잠시 목탁을 놓고 장군님을 거들기로 했습니다. 아시다시피 임진왜란 때 처영處英선사께서는 이곳에서 승병 1천 명을 일으켜 권율 장군과 함께 배제에서 왜군을 크게 무찌른 일이 있습니다. 우리도 부처님께 살신공양을 서원하고 나섰습니다."

지허가 정중하게 말했다. 도명도 같이 합장을 했다.

"감사합니다. 스님들까지 나서시면 농민군들 사기는 하늘을 찌를 것입니다. 이번에 나서신 스님들이야말로 구도를 제대로 하신 스님들 같아 감격스럽습니다. 스님들이 이런 용단을 내리셨으니 이 나라 불교도 잠을 깨어 한 걸음 성큼 제 길로 들어설 것 같습니다."

전봉준의 말에 지허와 도명은 합장을 하며 고개를 숙였다.

"우리는 평소에는 겉으로 드러내지 않고 뒤에서 거들겠습니다. 뒤에서 할 일도 많을 것 같습니다."

전봉준은 앞으로의 농민군 계획을 대충 설명하면서 농민군은 주력부대만 전주로 들어가고 나머지는 뒤에 남아 사태의 진전에 임기응변을 하기로 했다며 스님들도 뒤에 남아서 거들어달라고 했다. 전봉준은 두 스님을 데리고 두령들한테로 가서 소개를 했다. 두령들도 몹시 반가워했다.

그때 또 반가운 사람이 왔다. 하동 김시만이 온 것이다. 젊은이 1백여 명을 이끌고 왔다. 전봉준은 얼싸안을 듯이 반겼다. 전봉준은 정석희 때문에 울가망해 있던 터에 옛 친구가 나타나자 더 반가운 모양이었다.

"아버님은 어떠신가?"

"아직도 기동을 제대로 못 하시네마는 이제는 좀 우선하신 편이네. 진즉 온다는 게 아버님이 누워 계시는 바람에 늦었구만. 아버님은 날마다 자네 소식에만 귀를 기울이고 계시네."

전봉준은 김시만을 두령들한테 소개했다.

"젊었을 때 같이 얼려 남도 산천을 두루 누비고 다녔던 사이입니다."

전봉준이 어느 때 없이 얼굴을 활짝 펴고 웃었다. 김시만은 지난번 고부봉기 때도 왔다 갔으므로 고부 두령들이나 손화중 등 거두들하고는 구면이었다. 전봉준은 같이 산을 싸다니며 병담을 하던 젊은 시절이 그윽한 추억으로 다가오는 것 같았다.

날이 어두워졌을 무렵이었다. 달주하고 이싯뚜리가 왔다. 얼굴이 몹시 굳어 있었다.

"딱한 일이 생겼습니다. 못된 작자 하나가 술을 마시고 동네 가서 부녀자를 겁간한 모양입니다."

동네 사람들이 잡아서 묶어왔다고 했다. 보리밭 하나도 밟지 않
는 농민군이 백성한테 이런 짓을 할 리가 없어서 가짜가 아닌가 싶
어 묶어가지고 왔다고 한다는 것이다. 상투가 풀리고 옷이 찢긴 작
자가 처마 끝에 걸어놓은 희미한 장명등 아래 무릎을 꿇고 있었다.
두령들은 멍청하게 작자를 건너다보고 있었다.

"알아보니 전주 농민군인데 평소에도 껄렁껄렁하던 건달이라고
합니다."

"호사다마라더니 승리감에 도취해노니 이런 엉뚱한 일이 일어나
는구만."

김덕명이 혼잣소리로 뇌었다. 전봉준은 데리고 가서 단단히 가둬
놓고 명령을 기다리라 했다. 별동대원들이 작자를 끌고 나갔다.

다음날 아침 원평 장터에는 사내의 목이 높이 매달리고 곁에는
방문이 나붙었다.

우리는 대의의 깃발을 들고 일어선 의군이다. 우리는 의
군으로서 지킬 바 강령을 만천하에 선포한 바 있거니와
천만뜻밖에도 부녀자를 겁간하여 윤상을 짓밟고 계령을
저버린 자가 있다. 지금 천하 백성의 함성이 충천하는 까
닭이 무엇인가? 우리 깃발이 미치는 곳마다 시들었던 대
의가 살아나고 광제창생의 서광이 비치기 때문이다. 얼
음 위에 댓잎을 깔고 같이 추위를 견디던 정의를 잊을 수
가 없고, 흉악한 총구 앞에 한 무리로 표적이 되어 싸우
던 의리 또한 가볍지 않으나, 대의 앞에서는 그런 일은

사사로운 일일 뿐이다. 살을 도려내는 아픔으로 목을 베어 본을 보이노니 이로써 우리 모두 깊이 고개 숙여 대오 각성하는 단서가 된다면 크게 다행이겠노라.

까마귀가 허공을 날았다. 농민군 얼굴은 모두 숙연했다. 나중에 시체는 관에 담아 자기 집으로 보내주었다. 농민군 병사들이나 두령들 모두 침울한 표정이었다.

전주 입성을 앞두고 여기서 며칠 머무는 동안에도 여러 고을에서 농민군들이 몰려왔다. 수는 많지 않았으나 모두 자기 고을도 참여한다는 뜻으로 달려왔다. 적게는 2, 30여 명이 온 고을도 있었다. 지금까지 봉기한 지역과 대표자들은 다음과 같다.

고창(손여옥 등 3명)	무장(송문수 등 4명)
고부(김도삼 등 13명)	정읍(임정학)
태인(김영하 등 5명)	금구(송태섭 등 10명)
김제(조익제 등 8명)	옥구(허 진)
만경(진우범)	임실(최승우 등 15명)
남원(김홍기 등 15명)	순창(이용술 등 10명)
진안(이사명 등 3명)	장수(김숙여 등 3명)
무주(이응백 등 3명)	부안(신명언 등 2명)
전주(최대봉 등 6명)	영광(최시철 등 2명)
무안(배규인 등 15명)	담양(남주송 등 6명)

장흥(이방언 등 3명) 창평(백 학 등 2명)

장성(김주환 등 6명) 능주(문장렬 등 2명)

광주(강대열 등 3명) 나주(오중문 등 2명)

보성(문장현 등 2명) 영암(신 성 등 3명)

흥양(유희도 등 3명) 해남(김도일 등 2명)

곡성(조석하 등 4명) 구례(임춘봉)

순천(박낙양) 강진(김병태 등 6명)

10. 전주 입성

4월 25일(양력 5월 29일). 영광에 갔던 오거무가 땀을 뻘뻘 흘리며 달려왔다. 경군이 영광을 출발했다는 것이다.

"전부 한꺼번에 오던가?"

"예, 군사는 수가 1천5백여 명쯤 되는 것 같습니다. 대포를 실은 수레하고 짐바리가 3백도 넘습니다. 똑같은 구색으로 단단히 싼 짐은 무기하고 탄약이 아닌가 싶은데 그 짐바리만 2백이 넘습니다. 당산리 가까이 오는 것을 보고 바삐 왔습니다. 짐이 많아 걸음이 느립니다. 지금은 고창 들판쯤 오고 있을 것입니다."

"한 구색으로 싼 짐은 모두 무기하고 탄약 같더란 말인가?"

전봉준이 물었다.

"각이 지게 싼 짐은 탄약 같았습니다. 임처사도 탄약 같다고 했습니다."

임처사란 임군한이었다. 임군한은 지난번 황룡강 공격 때 시또와 기얼은복이 잠에 곯아떨어져 낭패를 본 뒤로는 직접 자기가 현지에 나가서 정탐을 했다.

"알았네. 자네가 고생을 많이 해야겠네. 점심 먹고 다시 다녀오게."

"고생이랄 게 있습니까요."

전봉준 말에 오거무는 고개를 깊이 숙이고 되돌아섰다. 사태가 다급해질수록 오거무의 진가가 제대로 드러났고, 임군한 등 졸개들 진가도 빛이 나기 시작했다. 김확실은 사천왕처럼 전봉준 곁에서 퉁방울눈을 밝히며 호위를 하고 있었으며, 텁석부리를 비롯한 졸개들은 위험을 무릅쓰고 경군들 움직임을 정탐하고 있었다. 그들은 눈치도 비상했지만 무엇보다 위험에 대처하는 능력은 그들을 따를 사람이 없었다. 김덕호는 김시풍을 없애고 나서 지금도 왕삼을 데리고 전주에서 정보를 뽑아내고 있었다. 전부터 줄을 대고 있던 이속들을 이용해서 자잘한 정보를 알아냈으며 큰 정보는 서문모를 앞세워 뽑아냈다.

"그러면 우리도 바로 전주로 움직여야지 않겠소?"

최경선이 말했다.

"무기와 탄약이 2백여 바리라면 엄청납니다. 그것만 우리 손에 넣으면 청나라 군사 몇만 명이 와도 무한양 게 무엇이겠소?"

고영숙이 다시 경군을 치자는 주장을 내세웠다.

"싸워 이기는 것만 능사가 아닙니다. 경군은 우리가 마음만 먹으면 언제든지 칠 수 있잖습니까? 전주로 가서 차근하게 틈을 봅시다."

손화중이었다.

"도망쳐온 경군들 말을 들으니 저놈들이 완산에 진을 친다면 두더지처럼 참호를 파고 들어앉을 것 같은데, 그렇게 들어앉아놓면 치기가 어렵습니다. 저렇게 움직일 때라야 기회가 있습니다. 우리한테 밀리면 그 무거운 짐을 지고는 도망칠 수가 없을 테니 무기와 탄약 2백 짐은 고스란히 우리 것입니다. 우리가 전주에 들어간 사이 청나라 원병이라도 온다면 어떻게 되겠소?"

김개남이 입침을 튀겼다.

"저도 김장군님 말씀에 찬성입니다. 전주에 들어가는 날에는 전주가 전쟁터가 될 판인데 그렇게 되면 전주성 안팎 사람들이 어떻게 되겠습니까?"

전주 접주 서영두였다. 전주 농민군은 거의 성 밖에서 농사짓고 있는 사람들이므로 전주에서 싸움이 벌어진다면 농민군 가족이 피해를 입을 것은 빤한 일이었다. 서영두는 자기가 거느린 관노부대 50여 명을 비롯해서 전주에 연고가 있는 농민군 150여 명을 벌써 성안에 침투시켜 농민군이 들어갈 때 안에서 싸워 성문을 열도록 해놓고 있었으나 전주에서 싸움이 벌어질 것을 생각하면 아뜩한 모양이었다.

그때 김만수가 방문을 열었다.

"조정에서 왔다는 관리들이 두령님들을 뵙자고 합니다. 임금님 윤음을 가지고 왔다고 윤음을 받을 차비를 하라고 합니다. 임금이 보낸 선전관이랍니다."

"윤음? 지금 어디 있느냐?"

"이리 오고 있습니다."

전봉준은 두령들을 돌아보았다.

"윤음? 이판에 윤음이라면 잠꼬대 같은 소리겠지만, 가지고 왔다니 오라 해서 받아나 보지요."

김개남이 먼지 날리는 소리로 픽 웃으며 말했다.

"들어오라 해라."

전봉준 말에 최경선 등 두령 몇 사람이 나갔다. 그래도 임금이 보낸 사자라는데 방 안에 앉아서 맞을 수는 없다고 생각한 것 같았다. 윤음을 가지고 온 사람들은 이효응과 배은환이었다. 그들은 임금이 지난 18일에 농민군에게 내린 윤음을 가지고 온 것이다. 홍계훈을 따라 영광으로 해서 함평으로 갔다가 농민군이 장성으로 가는 바람에 다시 장성으로 따라갔으나 전투가 벌어지자 전하지 못하고 이리 온 것이다.

화려한 관복을 입은 이효응과 배은환이 대문으로 들어섰다. 붉은 보자기를 앞에 받쳐 든 배은환이 앞장을 서서 정중한 걸음걸이로 천천히 다가오고 있었다. 여각에 들어 관복으로 갈아입고 온 것 같았다. 관복을 입고 나타나리라고는 미처 생각하지 못했던 두령들은 눈이 둥그레졌다. 두 사람은 마당 가운데 서서 마루에 서 있는 두령들은 건너다봤다. 이효응이 앞으로 썩 나섰다.

"우리는 상감께서 내리신 윤음을 봉행하고 온 선전관들이오. 이미 통고를 했거늘 무엇을 하고 있는 게요? 어서 석고를 깔고 북쪽을 향해 사은숙배한 다음 윤음을 배수하시오."

이효응이 노기 띤 표정으로 근엄하게 말했다. 두령들은 잠시 멍청한 표정으로 서로를 건너다봤다. 여기가 어디라고 저런 미친놈이 있는가 하는 표정들이었다. 그때 방안에 앉아 있던 김개남이 일어서서 마루로 썩 나섰다.

"이놈들아, 그런 같잖은 위세는 썩은 수령들한테나 부려라. 우리는 지금 그 윤음을 보낸 조정의 군대하고 전쟁을 하고 있는 의군들이다. 허튼 수작 작작하고 윤음인가 잠꼬댄가 그것이나 내놓고 가거라."

김개남은 벼락같이 내질렀다. 허우대가 헌칠한 김개남은 목소리도 허우대만큼 우람했다. 그는 허리에 장검을 차고 있었다. 마당에는 구경꾼들이 삽시간에 가득 차버렸다. 복색 다른 사람들이 나타나자 농민군과 동네 사람들이 몰려든 것이다.

"그런 무엄 방자한 소리를 누구한테 하는가? 상감마마 윤음을 봉행한 선전관들에게 호놈이라니 네놈은 어느 나라 백성인가? 더구나 윤음을 잠꼬대라니 그런 무엄 방자한 말이 어디 있단 말인가?"

이효응은 얼굴이 새빨갛게 달아올라 버럭버럭 악을 썼다. 어찌나 힘을 들여 악을 쓰는지 몸뚱이가 공중으로 떠오르는 것 같았다.

"이 미친놈아, 호랑이굴에 들어가서 웃통을 벗어라. 우리는 관복만 보아도 생목이 오르는 사람들이다. 목이 날아가기 전에 어서 내놓고 꼴 치우지 못하느냐?"

김개남은 칼로 손이 가며 소리를 질렀다. 눈에서는 시퍼렇게 살기가 쏟아지고 있었다.

"상감마마 옥음은 예가 아니면 기침소리 하나도 전할 수가 없는 법이다. 우리는 그냥 돌아가겠다. 그러나 똑똑히 알아두어라. 너희들은 상감마마를 능멸하고 조관을 훼욕했다. 상감마마를 능멸하고 조관을 훼욕한 죄는 목이 열 개라도 살아남지 못하리라. 마지막으로 묻는다. 그것이 제정신으로 한 소리인가? 제정신으로 한 소리라면 그렇다고 똑똑히 대답하렷다."

벌겋게 달아오른 이효응이 얼굴이 푸들푸들 떨렸다.

"오냐, 똑똑히 대답해 주마."

김개남은 마루에서 성큼 내려서서 신을 신고 뚜벅뚜벅 이효응 앞으로 갔다. 칼을 쑥 뽑아들었다. 순간, 아차 할 사이도 없이 칼이 번쩍 햇빛을 갈랐다. 칼날이 이효응 목을 지나가버렸다. 몸통 위에 얹혔던 머리가 좀 만에 댕강 땅에 떨어졌다. 뒤따라 목 없는 몸뚱이가 말아놓은 멍석 넘어지듯 저 혼자 쿵 넘어졌다.

"아니!"

마루에 나와 있던 전봉준과 손화중이 동시에 소리를 지르며 마당으로 내려섰다. 그러나 더 가지 못하고 우뚝 멈춰 섰다. 보자기를 받쳐 들고 있던 배은환 목도 김개남 칼에 댕강 떨어졌다. 배은환 몸뚱이도 멍석 넘어지듯 쿵 넘어졌다. 땅바닥에 쓰러진 두 사람 목에서는 피가 쿨쿨 쏟아졌다. 마치 뒤집힌 오지병에서 물이 쏟아지는 것 같았다. 곁에 떨어진 머리통에서는 멀겋게 벌어진 두 눈이 허투루 하늘을 쳐다보고 있었다.

"이자들 끌어다가 아무 데나 파묻어버려라."

김개남은 칼을 칼집에 철커덕 꽂으며 저쪽에서 보고 있는 변왈봉을 향해 내뱉었다. 두령들은 몽둥이 맞은 사람들처럼 김개남을 보고 있었다.

"이미 내논 역적 무엇이 두렵습니까? 들어가서 하던 의논이나 계속합시다."

김개남은 일그러진 웃음을 웃으며 태연하게 말했다. 그는 이야기 하다가 잠시 밖에라도 다녀온 사람같이 대수롭지 않은 표정이었다. 두령들과 구경꾼들은 손끝 하나 까딱하지 않고 김개남과 시체를 번 갈아 보고 있었다. 시체에서는 계속 피가 쏟아져 마당을 적시고 있 었다. 마당에 떨어진 보자기도 피에 젖었다. 손화중이 먼 산으로 눈 길을 보내고 있었다.

그때 대문께 서 있던 사람들이 모두 뒤를 돌아봤다. 또 누가 오는 것 같았다. 군중이 다급하게 길을 내주었다. 마치 대문이라도 열리 듯 마당에 가득 찬 군중이 양쪽으로 갈라섰다. 김장식이 웬 낯선 사 람들을 셋이나 앞세우고 들어왔다. 그들은 시체를 보고 우뚝 멈춰 섰다. 피를 쏟고 있는 시체와 두령들을 번갈아 봤다. 세 사람 얼굴빛 이 대번에 백지장이 되었다.

"웬 사람들이냐?"

김개남이 물었다.

"큰길에서 기찰을 하다가 잡았습니다. 돈을 엄청나게 많이 가지 고 가길래 문초를 했더니 임금님이 보낸 내탕금이라든가 그런 돈을 가지고 홍계훈을 찾아간다고 합니다."

시체를 본 김장식이 겁에 질려 떠듬떠듬 말했다.

"사실인가?"

김개남이 작자들 앞으로 다가가며 낮은 소리로 물었다. 관복을 입고 마당에 뒹굴고 있는 시체를 본 세 사람은 눈알이 비명이라도 지르며 튀어나올 것 같았다. 세 사람은 김개남과 시체를 다급하게 번갈아 봤다.

"내탕금을 가지고 홍계훈한테 가는 것이 사실인가?"

김개남이 낮은 소리로 거듭 다그쳤다.

"예, 예. 나는 선전관 이주호라 하온데 그저 상감마마 내탕금을 가지고 갈 뿐이옵니다."

이주호는 다리까지 발발 떨며 말을 더듬거렸다. 나머지 두 사람은 배행하는 하인이었다.

"내탕금? 홍계훈더러 잘 처먹고 농민군 토벌하라고 내탕금을 보냈단 말이냐?"

김개남은 버럭 고함을 질렀다. 이주호는 사시나무 떨듯 온몸을 달달 떨 뿐 대답을 못했다. 입이 굳어버린 것 같았다. 하인들도 마찬가지였다.

"나는 아무 죄도 없사옵니다."

"너희들도 저놈들하고 저승길을 동행해라."

"김두령!"

손화중이 소리를 질렀다. 그러나 이미 허공을 가른 김개남의 칼이 이주호 목에 떨어졌다. 한번 내친 칼이 연달아 바람을 가르듯 옆에 선 하인들 목도 그대로 잘라버렸다. 아까하고 똑같이 무 토막 잘리듯 목이 툭툭 잘렸다. 마당에 홍건하게 흘러내린 피 위에 세 사람 목이 떨어지고 그들 몸뚱이 역시 멍석처럼 무너져내렸다. 김개남의 칼은 물 위를 스치는 제비 같았고, 정확하기가 꿩 덮치는 매 같았다.

"시체를 모두 끌어다가 파묻어라."

김개남은 아까처럼 변월봉을 향해 내뱉어놓고 돌아섰다. 그는 얼굴빛 하나 변하지 않았다. 떡판에서 찰떡 치고 난 머슴 얼굴보다 더 태연했다. 아까와 다른 것이 있다면 시체 치우라는 목소리가 더 컸을 뿐이다.

"내가 너무 독장을 쳐서 미안합니다. 들어가서 이야기합시다."

김개남은 먼저 마루로 올라서며 말했다. 그러나 아무도 움직이는 사람이 없었다. 토방에 섰던 전봉준이 돌아서서 방으로 들어갔다. 모두 침통한 표정으로 따라 들어갔다. 전봉준과 손화중의 얼굴은 유독 침통했고 발걸음도 무거워 보였다.

"허 참, 복은 쌍으로 안 오고 화는 홀로 안 온다등마는, 이쁘잖은 임금 사자가 겹으로 달려들어 장작불에 물거리 얹히는 꼴이구만."

김경천이 저쪽 마루에서 이죽거렸다. 정백현 등 비서들은 말없이 마당만 내려다보고 있었다.

"내가 너무 설쳐서 미안합니다. 그러나……."

김개남이 자리에 앉으며 막 입을 열 때였다. 그때 또 방문이 열렸다. 별동대원 두 사람이 무슨 편지를 들고 왔다. 역시 큰길에서 기찰을 하고 있던 대원들이었다.

"법헌께서 전봉준 장군님께 보내신 편지랍니다. 가지고 온 사람은 그냥 돌아가겠다고 편지만 전하고 가버렸습니다."

김만수가 편지를 받아 전봉준한테 넘겼다.

"오늘은 일진이 어떻게 생긴 날이관데, 임금 사자에 법헌 파발에 바깥바람이 *높바람에 샛바람일까? 저 편지도 존 소리는 아닐 것 같은데……."

김경천이 또 혼잣소리로 이죽거렸다. 김경천 말에 곁에 섰던 정백현이 눈을 흘겼다. 정백현은 김경천 말이라면 무슨 말이든지 횟물

먹은 메기처럼 고개를 내둘렀다.

전봉준이 편지 피봉을 뜯었다. 전봉준은 알맹이를 방바닥에 펴놨다. 글씨가 멀리 앉아서도 보일 만큼 컸다. 두령들은 고개를 디밀고 읽기 시작했다.

죽은 아버지 원수를 갚으려 할진대 마땅히 효도를 할 것이요, 인민을 곤궁에서 건지려 할진대 마땅히 어질지어다. 효도를 하면 인륜이 밝아질 것이요, 어짐을 베풀면 민권이 회복되리라. 현기玄機가 나타나지 않았으니 마음을 조급하게 가지지 말 일이다. 이것은 선사의 유훈이다. 아직 운이 열리지 않았고 때가 이르지 않았다. 경거망동을 하지 말 것이며, 더욱 진리를 캐어 깊이 깨달아 천명을 어기지 말라.

맨 먼저 읽은 전봉준이 아무 표정 없이 편지에서 눈을 뗐다. 김개남도 편지에서 눈을 떼며 껄껄 웃었다.

"어쩌면 조정하고 안암팎으로 이렇게도 손뼉이 잘 맞아 돌아갈까요? 또 어쩌자고 이런 소리가 들이닥치기는 한날한시에 똑같이 들이닥친단 말이오?"

김개남이 허옇게 웃으며 편잔을 던졌다. 전봉준이 입을 열었다.

"법현 말씀은 기왕에 해오시던 말씀이니 새삼스럽게 괘념하여 군이 따질 것이 없습니다. 그리고 왕사를 처치한 일도 이제 와서는 돌이킬 수 없는 일입니다. 돌이킬 수 없는 일을 놓고 시비를 가리는 것

276

은 부질없는 일이며, 더구나 지금 따지는 것은 현명한 일도 아닙니다. 다만, 왕사들 처단은 그 영향이 클 것 같으니 당장 그 대비가 급할 뿐입니다. 이 일이 김두령 혼자 독단적으로 한 일이라 소문이 나면 우리한테 득이 될 것이 없습니다. 왕사들 처단은 우리 두령들 전부가 합의하여 결행한 일로 하고 목을 효수하는 것이 어떻겠소?"

전봉준이 담담하게 말했다.

"내가 좀 성급했는지는 모르겠으나, 기왕 조정을 향해 칼을 빼든 마당에 저런 벌레 같은 놈들 처단에 시비가 있대서야 어떻게 같이 일을 하겠습니까?"

김개남이 전봉준을 보며 큰소리로 내질렀다. 지금 시비를 가리는 것은 현명한 일이 아니라고 뒤를 남기자 비위가 상한 것 같았다. 순간 전봉준 눈에서도 노기가 번쩍했다. 순간이었으나 두 사람 눈길이 칼날 부딪치듯 날카롭게 부딪치며 소리가 날 것 같았다. 이내 전봉준이 눈길을 거둬들였다. 김개남은 겉으로는 태연한 것 같았으나, 사람을 다섯이나 처치한 다음이라 그만큼 감정이 날카로워진 것 같았고, 전봉준은 전봉준대로 누르고 있던 감정이 튀긴 것 같았다. 너무도 중대한 일을 자기 맘대로 혼자 독장을 쳐버리자 그만큼 못마땅했던 모양이었다. 손화중은 아까부터 한쪽만 보고 있었다.

"시비라기보다 앞으로 유생들이 얼마나 법석을 떨겠습니까? 그 점을 크게 유념해야 합니다."

최경선이 한마디 끼었다.

"까짓 것들, 전라도 유생 놈들 전부 모아봤자 몇 움큼이나 되겠소?"

김개남 역시 눈을 부릅뜨고 쏘았다. 최경선도 눈을 치떴으나 전봉준이 가로막았다.

"지금 이 일로 진중이 소연할 것입니다. 각자 자기 진으로 나가보도록 합시다."

전봉준이 자리에서 훌쩍 일어서버렸다. 모두 따라 일어섰다. 전봉준은 시체를 수습하고 있는 마당을 지나 대문을 나섰다. 최경선이 나와 이들을 장터에 효수하라는 지시를 정백현한테 하고 전봉준 뒤를 따랐다.

"유생들이 가만있지 않을 것인데 유생이 움직이면 큰일입니다."

최경선이 전봉준 옆으로 나서며 곤혹스런 표정으로 말했다. 전봉준은 대꾸하지 않고 걷기만 했다.

"손화중 두령이나 이방언 두령 등 다른 두령들도 모두 그것을 걱정하는 것 같습니다."

이 일이 유생들 사이에서 일파만파로 험하게 번져나갈 것은 불을 보듯 뻔했다. 농민군이 일어나자 밥술이나 먹는 유생들은 그러지 않아도 자기들끼리 모여 앉으면 죽일 놈들 살릴 놈들 입침을 튀기고 있었다. 농민군 기세가 너무 거셌으므로 감히 내놓고 나서는 사람은 없었으나 모두 바람 탄 범 보듯 모로 선 도끼눈에 흰자위를 굴리고 있는 판이었다. 유생들도 나라꼴에 개탄하기는 마찬가지였으나 도대체 상것들이 나라를 바로잡겠다니 그들 눈에는 종놈이 집안을 바로잡자고 나선 것보다 더 황당한 일이었다. 그런데 임금 사자를 두 패나 목을 베어버렸으니 일판은 만만치가 않았다. 그들 눈에는 자식이 부모 목을 벤 것보다 더 용서할 수 없는 일이었다.

아까 이효응이나 배은환이 언감생심 사자 굴에 들어와서 눈 하나

278

꿈쩍 않고 두령들에게 그렇게 큰소리를 쳤던 것도 그들이 겁이 없거나 정신이 나가서가 아니었다. 상것들인 농민군 두령들쯤 두령이 아니라 두령들 할애비래도 그들 눈에는 양반 눈에 씨종보다 더 하찮은 놈들로 천길만길 저 아래 아득히 내려다보였기 때문이다.

지금 유생들이 기를 펴지 못하고 있지만 백성한테 미치는 그들 힘은 만만찮았다. 몽둥이로 겨루는 맞대매로야 김개남 말마따나 몇 움큼 안 되는 유생들쯤 삭도 날에 건재보다 더 속절없는 허재비들이지만, 저래도 될까 하고 지금 어정쩡하고 있는 농민군들한테는 그게 아니었다. 아리송한 문자를 섞어 시운이 어쩌고 대세가 어쩌고 뇌까리는 소리는 무식한 사람들한테 깜깜 밤중에 불빛 같은 소리로 위력을 발휘할 수도 있었다. 전봉준과 손화중이 그동안 유생들을 건드리지 않으려고 살얼음을 밟듯 한 것도 그 때문이었다. 지난번 무장 포고문만 하더라도 인륜이니 충성이니 공자왈 맹자왈, 마음에 없는 풍월로 뒤발을 했던 것도 오로지 유생들 비위를 건드리지 않으려는 배려에서였다. 이렇게 손을 부등가리 안옅 죄듯 하고 발은 살얼음 밟듯 조심조심하고 있는 판에, 조관을 다섯 사람이나 목을 베어버렸으니 10년 적공이 하루아침에 무너진 꼴이었다.

유생들 동향도 동향이지만 이제 조정과는 타협의 여지가 없었다. 전쟁판에서 사자를 죽인다는 것은 사자가 전하는 말에 거부한다는 의사를 그만큼 강하게 나타내는 의사 표시의 한 가지 방법이기도 했다. 그런데 임금의 효유문을 가지고 온 사자에다 내탕금을 가지고 가는 사자까지 잡아 목을 베어버렸으니, 적의를 그만큼 강하게 드러내버린 결과가 되고 말았다. 조관들 모가지를 싹둑싹둑 잘라버린 김개남의 칼은 조정과의 화해의 여지는 물론 의사소통의 길마저 태풍에 닻줄 끊듯 철저하게 끊어버린 것이다. 이제 농민군은 망망대해에서 오로지 한양을 향해 돛폭에 태풍을 안아버린 꼴이었다. 전봉준은 두 어깨가 바위라도 짊어진 것 같았다.

병사들은 두령들과는 전혀 딴판이었다. 김개남 이야기가 전해지자 농민군들은 황토재전투에 이겼을 때나 황룡강전투에 이겼을 때보다 더 들떠버렸다.

"나 쪼깐 봐. 김개남 장군이 그놈들 모가지 짜른 것을 내가 흉내를 한번 내볼 것인게 찬찬히 봐잉."

젊은이 하나가 대창을 꼬나들고 제법 자세를 잡았다. 강진 최차돌이었다.

"이효응이 시방 김개남 장군 말마따나 호랭이굴에 들어와서 웃통을 벗고 꽝꽝 곰을 지르는구만. '제 정신으로 말을 한 것인지 똑똑히 대답을 하렷다.' 이효응이가 이런게, 김개남 장군이 '오냐 똑똑히 대답을 해주마.' 이라고 성큼성큼 그 작자 앞으로 나가는구만. 가등마는 댓바람에 칼을 뽑아갖고 휘두르는데……."

최차돌은 제법 가락수 있게 대창을 내둘러 이효응 목 자르는 시늉을 했다.

"맞아. 나도 옆에서 봤는데 꼭 그랬어. 최차돌 가락수도 김개남 장군이 따로 없네. 흉내가 진짜 웃때리겠구만."

진도 장대가리였다. 둘이 다 삼례집회 때 이름 과거에 나갔던 젊은이들이었다. 그때 이름 과거에 나섰던 젊은이들은 그게 연이 되어 지금도 틈만 있으면 만나 얼렸다. 삼례집회나 금구집회 때부터 나섰으므로 열성도 열성이지만 지금 와서는 그게 대단한 위신이어서 그때 나섰던 젊은이들은 거의가 그 고을 젊은이들 우두머리였다. 최차돌은 고부 별동대처럼 강진 젊은이들을 거느리고 있었다.

"그런데 말이여, 칼이 틀림없이 모가지를 지나갔는데 모가지가 그대로 제자리에 있잖겠어? 이것이 먼 일이겠어? 한참 보고 있은게 모가지가 비틀함시로 꼭지 떨어진 호박매이로 땅으로 툭 떨어지는구만. 대가리가 떨어지고 난게 이참에는 또 내둥 가만히 서 있던 몸뚱아리도 그제야 정신이 난 놈매이로 옆으로 빙글 돔시로 픽 고꾸라지네그랴."

최차돌은 빙글 도는 시늉까지 하며 시체가 넘어지는 흉내를 냈다. 최차돌 능청에 모두 배를 쥐고 웃었다.

"묘한 일이다 하고 한참 생각을 해본게 그제야 이치를 알겠더만. 항아리를 말이여, 주먹만한 돌멩이로 때리면 항아리가 산산박살이 나잖겠어? 그런데 땅나구가 항아리를 뒷발로 차면 어쩌겠어? 깨질 것 같제? 깨질 것 같아도 안 깨져. 안 깨지고 그 자리에 구멍만 퐁 뚫린다 이 말이여. 칼이 모가지를 짜르고 지나갔는데, 대가리가 그대로 제자리에 한참 앉아 있다가 떨어진 것도 바로 그 이치더구만. 땅나구 발이 총알같이 센게 항아리가 안 깨지고 구멍이 뚫어진 것인데, 김개남 장군 칼도 그렇다 이 말이여. 내 말 알겠제?"

최차돌 설명에 모두 고개를 끄덕였다.

"맞어. 대차나 최차돌 해몽을 듣고 본게 이치가 훤하구만. 나는 곁에서 구경을 함시로도 먼 속이 먼 속인지 송아지 관청 구경이등마는 듣고 본게 이치가 동산에 덩실 보름달이구만."

장대가리 추임새가 흐드러졌다.

"나는 고부 농민군인디라⋯⋯."

그때 한쪽에 앉아 있던 사내가 끼어들었다. 오기창이었다. 언제 왔는지 느닷없이 여기 나타난 것이다. 최낙수며 장춘동이며 뚝전 젊은이들도 곁에 앉아 있었다.

"나는 고부 사람이제마는 인자부터 김개남 장군 밑으로 들어갈라요. 기왕 칼 들고 싸울라면 모가지 짜를 놈은 그렇게 툭툭 짜르고 화끈하게 싸워사제라. 나는 오늘부터 당장 태인 농민군이오."

오기창이 큰소리로 말했다.

"나도 김개남 장군 밑으로 들어갈라요."

최낙수 등 패거리도 맞장구를 쳤다.

"저 양반들도 성깔깨나 있는 양반들 같구만."

모두 와 웃었다.

"하여간에, 조정에 틀거지를 틀고 앉아 있는 대신 놈들이 오늘 소식을 들으면 간이 써늘할 것이오."

"지금은 간만 써늘하겄제마는, 며칠 뒤에는 모가지가 써늘할걸."

농민군들은 유쾌하게 웃었다.

"들어본게 조정 놈들 모가지 자르기 전에 당장 정읍에도 모가지 자를 작자 하나 있습디다. 정읍 김진사라고 소문난 부자 있잖소? 다른 부자들은 살림이 그 사람만 못해도 군량미를 30섬 50섬씩 제 사날로 갖다 바치는데, 이 작자는 김개남 장군이 일부러 사람을 보내서 내노락 해도 열 섬밖에 안 내놨다지 않소. 김개남 장군이 화가 머리끝까지 솟아서 그놈 끌어오라고 했다가 곁에서 말리는 바람에 참 았답니다."

젊은이 하나가 말했다.

"한양 쳐들어가기 전에 그런 쫄따구들부터 처치해부러사 쓰잖으 까? 그런 놈들은 농민군이 삐득하는 날에는 얼씨구나 춤을 출 놈들 이여."

"맞소. 그런 놈들은 두령들이 이래라저래라 하기 전에 밑에서 알 아서 처치를 해부러사 쓰요."

모두 한마디씩 했다. 눈을 밝히며 듣고 있던 오기창이 최낙수와 장춘동을 돌아봤다. 그들 눈에도 빠듯 힘이 꼬였다. 오기창이 일어 섰다. 패거리가 모두 일어섰다. 오기창은 두 사람 귀에다 뭐라 속삭 이며 저쪽으로 갔다. 두 사람은 연방 고개를 끄덕였다.

"쇠뿔도 각각 염불도 몫몫이라고 그런 놈 임자는 누구겠어?"

최낙수가 웃었다. 장춘동도 이를 악물었다.

"시방 두령님들은 선전관에 어사에 조정 놈들을 시원시원하게 처 치를 하고 있는데, 자네는 어째서 물 건너 외손주 죽은 상판인가?"

장흥 묵촌 두레 좌장 이주언이 유사 이태주 등을 치며 웃었다. 멍 청하게 혼자 앉아 먼산바라기를 하고 있던 이태주가 깜짝 놀라 뒤를 돌아봤다.

"허허해도 빚이 천 냥이라등마는 날씨가 꾸물한게 속이 타서 죽 겠소. 보리가을은 한시를 재촉하는데, 달랑 한나 있는 손대할라 만 삭 아니오? 이러다가 봄장마라도 겨노면 보리가 밭에서 싹이 나고 말제 조화 있겠소?"

키가 껑충한 이태주는 한숨이 땅이 꺼졌다. 하늘은 금방 소나기라도 한 줄기 쏟아놓을 듯 잔뜩 찌푸리고 있었다. 요사이 보리는 하루가 다르게 누레지고 있었다. 벌써 보리를 베어낸 밭이 보였다. 보리 익는 것은 벼와는 달리 하루가 달랐다.

"지금 집안일 걱정 없는 사람이 누가 있겠는가? 우리 집도 예편네가 가슴앓이로 비실비실하는 걸 보고 와서 나도 시방 한나절이 열흘이네."

"그래도 우리 집에다 대겄소?"

"잊어부러. 동네 사람들이 보리가 싹 나는 것을 보고 있지 않을 것이네."

"그것은 예사 때 인심이제. 허깨비들만 남은 동네서 자기 일도 한 어깨에 두 지게 세 지겐데 남의 일까지 거들 짬 있겄소?"

"여기만 해도 장흥까지 접어진 천린데 천 리 밖에서 걱정해봤자 앉은뱅이 용쓰기제 뭣이겠는가? 딱하기는 딱하네마는 되는 대로 되아가락 하제 으짤 것이여."

이주언이 태평하게 웃었다.

"나는 암만해도 가봐사 쓰겄소. 이 총중에서 나 하나 가도 쇠털 하나 아니겄소? 집안일 생각하면 전쟁이 붙어도 손에 창이 제대로 안 앵길 것 같소."

이태주가 힘없는 소리로 이죽거렸다.

"이 사람아, 그것이 시방 말이라고 하는가? 오늘이라도 경군이 닥치면 싸움은 그때가 대마루판인데, 내둥 여그까지 나온 사람이 돌아가? 어려운 일에는 열 손 보태는 것보다 한 손 빠지는 것이 더 표가

나는 법이네. 더구나 자네 같은 사람이 가보게. 모두 빠져나갈 궁리
에 눈들이 뒤꼭지에 붙네. 일판이 그렇게 되어버려도 괜찮겠는가?
내 말이 으짠가, 그른가?"

이주언이 눈을 부릅뜨고 다그쳤다.

"참말로 이거 빼도 박도 못하고 환장하겠구만잉."

이태주는 상판이 밤송이가 되었다.

"행여 더는 그런 눈치 보이지 말게. 하찮은 *가매 한나도 앞 교군
다라서 잰 걸음 느린 걸음인데, 처음에 나서기가 불행이제 동네 임
직 명색이 파임을 내면 먼 꼴이 되겠어? 더구나, 가는 데마다 장흥
농민군 장흥 농민군, 치사 소리가 흐드러지는데, 그런 치사 소리를
어떻게 배반한단 말인가?"

이주언이 잔뜩 일그러진 이태주 상판을 노려보며 내쏘았다.

"미치겠구만."

이태주 상판은 그대로 밤송이였다. 이주언 말마따나 농민군 가운
데 집안 사정이 딱하지 않은 사람이 없었다. 겉으로 내색은 않지만,
이태주처럼 어두운 얼굴로 하늘을 쳐다보지 않는 사람이 없었다. 당
장 보리타작도 보리타작이지만, 곧 이어서 모내기를 해야 할 판이었
다. 모내기는 보리타작과는 또 달랐다. 때를 놓치면 일 년 농사가 그
만이었다. 두레가 하는 일은 모내기가 제일 큰일인데, 동네마다 바
로 그 두레꾼들이 빠져나와 버린 것이다. 지금 동네에 남아 있는 사
람들은 예사 때는 두레꾼들이 참을 먹을 때 곁다리로 밥이나 축내던
여자들과 늙은이들뿐이었다.

모내기는 *망종 전후에 시작해서 늦어도 *소서까지 한 달 사이에

끝내야 한다. 오늘이 4월 25일(양력 5월 29일)이므로 망종이 열흘 앞으로 바짝 다가오고 있었다. 들판에는 며칠 뒤면 보리 베기가 제대로 시작될 판이었다. 농민군들은 모두 집에 천장만장 일이 처장여 있는데 날마다 손을 놀리고 있으려니 꼭 죄를 짓고 있는 것 같았다.

4월 27일. 어제 원평을 떠나 삼천에서 잔 농민군은 아침 일찍 전주를 향해 진군을 했다. 오늘은 전주 장날이었다. 삼천에서 전주는 불과 10리밖에 되지 않았다. 고부 별동대를 비롯한 각 고을 별동대가 자기 본대에서 떨어져나와 앞장을 섰다. 원평에 머물고 있던 사이 각 고을마다 고부를 본떠 젊은이들로 별동대를 편성했던 것이다. 별동대 2천여 명이 앞장을 서서 성문을 들이치고 들어가기로 한 것이다. 지금 경군은 고창을 지나 이리 오고 있었고 전주성에는 이속들이 총을 들고 성채 위에서 싸울 준비를 하고 있었다. 이미 성안에는 전주 농민군들이 스며들어 성문을 열기로 되어 있었다. 모들뜨기가 거느린 전주 관노 출신을 비롯해서 전주 농민군 2백여 명이 성문 열 준비를 하고 있었다.

농민군에서 고영숙 부대와 손여옥 부대는 전주성으로 들어가지 않고 밖에 있다가 경군과 싸움이 붙으면 뒤를 치기로 했다. 그들은 어제 저녁 아무도 모르게 모악산 골짜기로 들어가버렸다.

별동대를 제외한 농민군은 깃발을 늘어뜨리고 풍물을 치며 행진을 했다. 별동대가 이속들을 제압하고 나면 농민군 본대는 며칠 전 원평에서 들어갈 때처럼 질서 있게 입성하려는 계획이었다. 지금 성채 위에는 이속들이 총을 들고 서성거리고 있다지만 그들은 허수아

286

비나 마찬가지였다. 감사 명령에 못 이겨 하는 수 없이 얼씬거리고 있겠지만 총 몇 발 갈기면 쥐구멍을 찾을 위인들이었다.

"김문현 이놈, 엊저녁이 네놈 제삿날이다."

"김문현을 죽여서는 안 돼. 그런 놈은 잡아서 조근조근 닦달을 해야 혀."

성문으로 달려갔던 파발꾼들이 달려왔다.

"지금도 이속들이 성채에 있습니다."

"미련한 놈 어디에는 불송곳도 안 들어간다더니 답답한 놈들이구만."

전봉준 뒤를 따르던 손화중이 가볍게 탄식을 했다. 어제 농민군이 전주를 10리 남겨놓고 삼천에서 하룻밤을 세운 데는 그만한 까닭이 있었다. 관속붙이 등 도망칠 자들은 모두 도망치라고 여유를 준 것이다. 농민군 '명의'와 '약속' 두 군데 모두 첫째 항목으로 내세우고 있는 '쓸데없이 사람을 죽이지 않고 물건을 부수지 않는다'와 '언제나 적을 대할 때는 칼에 피를 묻히지 않고 이기는 것을 가장 큰 공으로 삼는다'는 강령을 이런 데서부터 실천하자는 것이었다. 어제 전주로 쳐들어간다고 잔뜩 들떴던 병사들은 50리를 와서 기껏 10리를 남겨놓고 유진을 하자 불만이 대단했지만 그것을 누르고 기회를 준 것인데 기어이 버티고 있다니 딱한 일이었다. 자기들만 버티고 있는 게 아니라 며칠 전부터는 성문을 처깔해놓고 피난가려는 사람들 발길마저 막고 있었다. 특히 이속들에 대해서는 무자년에 쫓겨난 관노들 원한이 서릿발 같은데 답답하기 짝이 없는 일이었다.

"아니, 저게 뭐야?"

용머리고개를 넘던 별동대 선두가 깜짝 놀라 발을 멈추었다. 전주성에서 시커먼 연기가 솟아오르고 있었다. 삽시간에 어마어마한 불길이 동쪽 하늘을 떠오르는 해를 가렸다. 전주성이 온통 불바다가 된 것 같았다. 성안 집 전부가 타고 있는 것이 아닌가 싶었다. 농민군들은 병사들이나 두령들 할 것 없이 걸음을 멈추고 멍청하게 보고 있었다.

"도대체 저게 어찌된 일이오?"

전봉준이 놀라 물었다.

"성안에다 몽땅 불을 질러버린 것 같습니다. 빨리 가서 불을 꺼야지 않겠습니까?"

손화중이 다급하게 소리를 질렀다.

"진격!"

전봉준이 큰소리로 명령을 내렸다.

"진격이다. 친격!"

두령들은 목이 찢어져라 소리를 지르며 앞으로 뛰어갔다. 농민군들은 정신없이 내달았다.

"허허, 저런 때려죽일 놈들!"

한참 달리던 농민군은 다시 발을 멈추고 말았다. 성벽이 온통 불길에 싸여 있었다. 불길은 성안이 아니라 성 밖에서 솟고 있었다. 서문 밖에서만 연기가 났다. 서문을 중심으로 성채 밑에 빽빽이 들어찬 집들이 모두 불길에 싸여 훨훨 타고 있었다. 수백 채, 아니 천여 채가 불길에 싸여 있었다. 말 그대로 불바다였다. 서문 밖 사람들이 미친 듯이 소리를 지르며 이리 뛰고 저리 뛰고 정신없이 나대고 있었다. 그러나 불길이 너무 엄청났으므로 불길을 잡을 엄두도 못 내

288

고 뛰어다니기만 했다. 불길은 마치 무지막지한 마귀가 혓바닥으로 어루만지듯 성벽을 핥고 있었다.

서문 밖에는 저잣거리를 가운데 두고 성벽 아래 상가와 여염집이 천여 채나 빽빽이 들어차 있었다. 그 천여 채가 다 타고 있었다. 서문 밖에서 열리는 장은 전라도에서 가장 큰 장이었고, 그래서 거기에는 *부상대고들이 몰려 살고 있었다. 호남의 금굴이라 불리는 곳이었다. 비록 성 밖이지만 고래 등 같은 기와집이 수백 채 줄을 지어 성안의 관속들이나 양반들 집과 위세를 겨룰 지경이었다. 그 고래 등 같은 기와집들도 모두 불길에 싸여 길길이 기왓장을 튀겨 올리고 있었다. 농민군은 망연자실, 넋 나간 꼴로 불구경을 하고 있었다. 장 짐을 이고 온 장꾼들도 모두 발을 멈추고 불구경을 하고 있었다.

그때 저쪽에서 헐레벌떡 뛰어오는 사람들이 있었다. 얼굴이 새파랗게 질려 있었다. 서문밖 상인들 같았다.

"농민군 대장 어디 있소? 대장 조께 봅시다."

미친 듯이 소리를 지르며 달려왔다. 전봉준 등 두령들이 앞으로 뛰어왔다.

"관리들이 불을 질렀소. 김문현이 불을 지르라 했다요. 서문밖 사람들이 그놈들을 붙잡고 드잡이판이 벌어졌는데, 한 놈을 잡아서 족친게 김문현이 영을 내렸다고 합디다. 관속들은 말리는 사람들을 총으로 쏴 죽임시로 전쟁이 중하제 집이 중하냐고 불을 질렀소."

상인들은 정신없이 주워섬겼다.

"전쟁이 중요하다니요?"

"농민군이 몰려오면 성 밖 지붕에 올라가서 성안에다 총질을 한다는 소리지라우."

너무도 엉뚱한 소리에 두령들은 서로를 돌아봤다. 불길 사이로 성채 위를 지나다니고 있는 사람들이 보였다. 성가퀴 너머로 고개만 내밀고 있는 사람들도 있었다.

"어서 가서 저놈들을 쳐죽이시오."

상인들은 길길이 뛰며 소리를 질렀다. 두령들은 넋이 나가 아무 대꾸도 못하고 그대로 서 있었다. 어떻게 손을 쓸 길이 없었다. 김개남도 입을 꾹 다물고 처참한 표정으로 불타는 광경만 보고 있었다. 눈이 튀어나올 것 같았다. 김개남은 이내 주먹을 쥐며 두령들을 향했다.

"저 불은 저 불 크기만큼 확실하게 우리한테 가르쳐주는 것이 있소. 관속배들 눈에 백성이 무엇으로 보이고, 백성의 재산이 어떻게 보이는가 똑똑히 가르쳐주고 있소. 관속배나 양반들은 이 땅에서 하나도 남김없이 씨를 말려야 합니다. 우리가 내세운 대의는 그때야 비로소 자리를 잡을 것이오."

김개남이 큰소리로 소리를 지르며 느닷없이 허리에 차고 있는 칼을 쑥 뽑아들었다. 시퍼런 칼날이 날카롭게 번득였다.

"이제부터 나는 내 앞에 나타나는 관속배는 어느 놈이든 결단코 한 놈도 살려두지 않겠소. 보는 족족 목을 자를 뿐이오. 저 불길과 저 백성의 아우성 앞에서 나는 천지신명께 맹세를 합니다."

김개남은 말마디를 똑똑 끊어 마치 씹어 뱉듯이 한 마디 한 마디를 내뱉었다. 그의 눈에서는 불이 타고 있었고, 허공에 솟은 칼날이 부르르 떨고 있었다.

"내가 관속들 목을 벨 때는 오늘 이 맹세를 떠올려주시오. 결단코 타협이 없을 것이오."

김개남은 며칠 전 임금의 사자 목을 벨 때부터 벌써 이런 맹세를 실천해온 셈이었다.

집들이 내려앉기 시작했다. 지붕이 내려앉을 때마다 엄청난 불길이 솟아올랐다. 지붕은 계속 내려앉았고 그때마다 엄청난 불길이 솟아올랐다. 집을 잃은 사람들은 미친 듯이 날뛰고 있었다. 불 속에서 꺼낸 이불이며 옷가지를 쌓아놓고 통곡을 하는 사람, 고래고래 악을 쓰며 잿더미 사이를 뛰어다니는 사람, 허수아비처럼 멍청하게 서서 불길만 건너다보고 있는 사람, 몽둥이로 성문을 두들기며 악을 쓰고 있는 사람, 머리를 산발하고 손뼉을 치며 뛰어다니는 부인네, 아비지옥과 규환지옥이 따로 없었고, 마른하늘에 날벼락이 따로 없었다.

그때 성안 골목 모들뜨기 패도 정신이 나간 듯 불구경을 하고 있었다. 성문이 바로 건너다보이는 골목이었다.

"성채 위에 있던 놈들이 안 뵈네. 골목에 있던 놈들도 없어져부렀 구만."

모들뜨기가 퉁방울눈을 돌아보며 말했다.

"어어, 모두 내빼부렀으까?"

퉁방울눈은 그러지 않아도 커다란 눈알을 더 크게 뒤룩거렸다. 그러나 성문을 지키는 병사들은 여남은 명이 그대로 서 있었다. 성문에는 김장독 *지지름돌만한 쇠통이 완강하게 성문을 물고 있었다.

"그런데 으째서 농민군들은 안 오고 있제? 불이 난게 겁을 집어묵 었으까?"

모들뜨기가 퉁방울눈에게 속삭였다. 관노부대 50여 명은 성문 근처 골목에 흩어져 눈을 밝히고 있었다. 그들은 농민군 징소리만 기다리고 있었다. 징소리를 신호로 뛰어나가 성문 지키는 병사들을 처치하고 문을 열기로 되어 있었다. 징소리를 기다리는 것은 그들뿐만 아니었다. 다른 농민군 150여 명도 골목에 박혀 징소리를 기다리고 있었다. 성문을 여는 일은 쉬운 일이 아니었다. 성문에는 엄청나게 큰 쇠통이 잠겨 있었다. 열쇠가 없으면 그것을 열 장사가 없었다. 그래서 성문에 불을 지를 참이었다. 징이 울리면 관노패는 성문 지키고 있는 병졸들하고 싸워 성문을 점령하고 다른 패 150명들은 아무 집에나 들어가 섶나무와 장작을 한 아름씩 안고 달려오기로 했다.

"지금 쫓아가서 성문 열쇠를 빼았으면 으짜까?"

"없어. 저런 쫄따구들이 열쇠를 갖고 있겄어? 열쇠는 장교 놈이 갖고 지금 다른 데 있을 것이여."

모들뜨기였다.

"저것들은 또 멋들이여?"

퉁방울눈이 성벽 쪽 골목을 가리키며 모들뜨기를 봤다. 장정 여남은 명이 총을 들고 성문 쪽을 노려보고 있었다.

"맨 앞엣놈은 형리청 장가 놈 아녀?"

모들뜨기가 속삭였다.

"맞어. 형리청 그 독종이구만. 모두 그 패거리 같구만."

"농민군이 쳐들어오면 앞장을 서서 싸우자는 배짱인가? 그러면 성 위에 있던 놈들이 모두 내려와서 골목 안에 박혀 있는가?"

두 사람은 고개를 갸웃거렸다.

"저놈은 또 뭐야?"

성채 위에 한 사람이 엎드려 성 밖을 보면서 밑에 있는 형리청 장가한테 손짓을 하고 있었다.

"저것들이 먼 일통을 꾸미고 있구만. 가서 저것들부터 작살을 내야잖겠어?"

그때였다.

— 징징징 징징징 징징징.

성밖에서 징소리가 울렸다. 성문을 열라는 신호였다.

"가자!"

모들뜨기가 소리를 지르며 성문으로 달려갔다. 50여 명이 고함을 지르며 몽둥이와 대창을 겨누고 뛰어갔다. 성문을 지키고 있던 병사들은 앗 뜨거라 정신없이 도망쳤다. 골목에 있던 장가 패거리가 거꾸로 성문을 향해 내달았다. 장가 패는 총을 들었으나 수는 10여 명밖에 되지 않았다. 10여 명 말고 더 따라나서는 사람들은 없었다. 장가 패는 성문에 붙었다.

"저놈들 죽여라!"

모들뜨기가 고함을 지르며 돌진했다. 장가 패는 무춤했다.

"이놈들아, 우리 몽둥이부터 받아라."

모들뜨기가 장가 패거리를 향해 악을 쓰며 몽둥이를 휘둘렀다. 장가 패는 총을 겨누었다.

"우리는 농민군이다. 총만 쏴봐라."

모들뜨기가 버티고 서서 소리를 질렀다. 그때 저쪽 골목에서 나무를 한 아름씩 껴안고 달려왔다.

"우리도 농민군한테 성문을 열어줄라고 왔소. 열쇠 여기 있소."

장가가 열쇠를 내보이며 소리를 질렀다. 그사이 관노 패 50여 명이 장가 패는 빙 둘러싸버렸다.

"이 도적놈, 목숨 도모가 바빴구나. 이놈들 다 죽여라."

모들뜨기가 소리를 질렀다. 관노들이 사정없이 몽둥이를 휘둘렀다. 장가 패거리는 관노 패의 거친 몽둥이에 여기저기 나동그라졌다. 장가도 몽둥이에 머리를 맞고 나동그라졌다. 모들뜨기가 열쇠를 챙겼다. 이미 성문에는 나무가 가득 쌓여 불이 붙고 있었다.

"열쇠 여깄다. 불 꺼라."

모들뜨기가 소리를 질렀다. 농민군들이 정신없이 나무를 끌어내기 시작했다. 모들뜨기가 쇠통에 열쇠를 박았다. 쇠통을 따냈다.

"잡아당겨라."

모두 달려들어 힘차게 문을 잡아당겼다. 삐지직 소리를 내며 성문이 입을 열었다. 장가패 예닐곱 명이 땅바닥에 널브러져 버르적거리고 있었다.

"와!"

농민군이 함성을 지르며 쏠려 들어왔다. 농민군들은 목이 찢어져라 함성을 지르며 성문 문도리가 미어지게 쏠려들었다. 마치 둑 무너진 봇물 쏟아지듯 했다. 별동대 이천여 명이었다. 별동대보다 더 눈에 불을 켜고 거세게 안으로 쏠려드는 사람들이 있었다. 서문밖 상인들이었다. 그들은 몽둥이, 쇠스랑, 괭이, 낫, 도끼, 식칼 등 닥치는 대로 들고 쏠려 들어왔다. 핏발 선 눈을 번뜩이며 쏠려드는 상인들 모습은 저승에서 뛰어나온 무슨 악귀들 같았다. 농민군은 그들

기세에 밀리고 있었다.

"빨리 가서 선화당이랑 관아부터 점령하라."

별동대를 지휘하고 온 최경선이 소리를 질렀다. 별동대는 상인들과 경주라도 하듯 내달았다. 상인들 일부는 남문 쪽으로 달려갔다. 거기에는 아전들이 몰려 살고 있었다.

선발대가 쏠려든 다음에 농민군 본대가 천천히 행진해 왔다. 본대는 원평에 당도할 때처럼 제대로 열을 지어 깃발을 앞세우고 풍물을 치며 성문을 들어섰다. 농민군 두령들은 이미 성안에는 저항 세력이 없다는 것을 알고 여유 있게 입성을 하고 있었다. 풍물을 치고 들어오기는 했으나 풍물패는 흥겹게 나대지 않고 잔뜩 굳은 얼굴로 길군악 가락만 치며 들어왔다.

"농민군 만세."

"어서 가서 김문현을 때려죽이시오."

어느새 길거리에는 부민들이 가득 몰려 농민들을 향해 소리를 질렀다. 집을 잃은 상인들하고는 달리 조금 여유가 있었으나 모두 울분에 싸여 있었다.

"전봉준 장군 만세."

"녹두장군 만세."

'동도대장' 기를 앞세운 전봉준이 백마를 타고 들어오자 부민들은 미친 듯이 환성을 질렀다. 울분에 싸여 내지르는 소리라 숫제 악다구니였다. 손화중, 김개남, 김덕명 등 엊그제 원평에 들어오던 순서대로 들어왔다.

이방언 부대가 장태를 굴리고 들어왔다. 여기서도 장태부대에 대한 환영은 열광의 도가니였다.

"작두장사 만세!"

전주 사람들도 작두장사 소문을 들은 모양이었다.

"오매 오매. 무사히 풀려났구나."

구경꾼들 속에서 두 손을 모아쥐며 혼자 속삭이는 여자가 있었다. 유월례였다.

"그 작두칼로 어서 가서 김문현 모가지를 자르시오."

군중은 소리를 질렀다. 만득이는 군중을 보지도 않고 굳은 얼굴로 지나갔다.

"오매 오매. 그런게 그 소문난 작두장사가 바로 저이였구나."

군중 속에 끼여 있는 유월례 눈에서는 눈물이 흘러내리고 있었다. 물꼬라도 터진 듯 눈물이 한없이 흘러내렸다.

유월례를 데리고 전주로 온 호방은 영저리 집 방 한 칸을 빌려 거기서 같이 지내고 있었는데 그가 고부 아전들과 함께 잡혀가버리자 유월례는 끈 떨어진 망석중이 꼴이 되고 말았다. 그는 지금 오갈 데 없이 혼자 방을 지키고 있는 참이었다. 유월례는 눈물을 닦을 경황도 없이 그대로 줄줄 흘리며 저쪽으로 멀어져가는 만득이를 보고 있었다. 얼굴이라도 더 보고 싶었으나 군중이 하도 많이 몰려 옴나위를 할 수가 없었다. 장태를 굴린 장흥 부대가 멀어지자 유월례는 군중 뒤로 빠져나왔다. 그는 골목 어귀에서 담에다 손을 짚고 하염없이 눈물만 흘리고 있었다.

11. 북관묘의 민비

전주 동쪽 성문에는 사람들이 엄청나게 몰려와서 돌계단으로 올라가고 있었다. 성 위에는 삽시간에 사람들이 허옇게 몰렸다. 유독한 군데로 사람들이 잔뜩 몰렸다. 거기에 사다리가 하나 성 밖으로 걸려 있었다. 피난민들은 그 사다리를 타고 내려갔다. 봇짐을 이고진 사람들이 서로 먼저 사다리로 내려가려고 아우성이었다. 사다리를 타고 내려가다가 땅으로 곤두박여 머리가 깨진 사람, 차례를 기다리다 뒤돌아서서 저쪽으로 뛰는 사람, 이런 난장판이 없었다. 그동안 성을 빠져나가지 못하게 단속을 하는 바람에 꼼짝을 못하고 있다가 이제야 모두 뛰쳐나온 것이다.

"물렀거라!"

그때 사인교 하나가 요란스럽게 소리를 지르며 동문으로 들이닥쳤다. 높은 관속 같았다. 그러나 가마 뒤에는 병졸이 한 명도 따르지 않았고 가마꾼들만 가마를 떠메고 달려왔다. 정신없이 들이닥친 가마가 성문 앞에서 멈췄다. 안에서 도포에 갓을 쓴 사내가 나왔다. 감사 김문현이었다.

"각하, 성문이 잠겼사옵니다. 문지기들은 모두 도망쳐버리고 한 놈도 없사옵니다."

"무, 문지기들이 어디 갔단 말이냐?"

김문현이 떨리는 소리로 악을 썼다. 가마꾼들은 허투루 주변을 두리번거렸으나 병졸은커녕 어리친 강아지 한 마리 없었다. 성문에는 물렛돌만한 자물쇠가 문고리를 물고 늘어져 있었다.

"그, 그럼 열쇠도 없단 말이냐? 어, 어서 무, 문지기 놈들을 찾아 보아라."

김문현은 성문 쇠통을 쳐다보며 고함을 질렀다. 시커먼 쇠통은 김문현 고함소리에, '이놈아, 꼼짝 말고 거기 있거라' 맞고함이라도 지르듯 문고리를 단단히 물고 완강하게 늘어져 있었다. 가마 곁에는 삽시간에 피난민들이 잔뜩 몰려들었다. 저쪽에서 사다리를 타고 내려가려던 사람들도 가마를 보고 이쪽으로 달려왔다. 높은 사람 행차 같았으므로 성문이 열리리라 생각한 모양이었다.

"아이고, 난군들이 쫓아오는 것 같사옵니다."

가마꾼이 뒤를 돌아보며 소리를 질렀다. 그들이 왔던 큰길에서 피난민들이 수백 명 몰려오고 있었다.

"아이고, 큰일 났다. 성으로 올라가자."

김문현은 성벽으로 올라가는 계단을 쳐다보았다. 그러나 계단 앞에는 사람들이 잔뜩 몰려 있어 비집고 들어갈 엄두도 낼 수 없었다.

큰길에서는 피난민들이 계속 몰려오고 있었다.

"이 옷으로는 표가 나서 안 되겠다. 이놈아, 네 옷을 벗어라. 나하고 바꿔 입자."

새파랗게 질린 김문현이 가마꾼 하나를 가리키며 다급하게 말했다. 뒤를 힐끔거리며 옷고름을 잡아채고 도포를 훨훨 벗었다.

"그 옷을 입으면 지가 대신 맞아죽을 것인디라우?"

가마꾼은 울상을 지으며 뒷걸음질을 쳤다.

"이놈아, 너는 상투나 뭐나 모양대가리가 상것이 패박혀 있잖느냐?"

김문현이 고함을 질렀다.

"아이고, 그래도 싫습니다요."

가마꾼은 팽글 돌아서더니 저쪽으로 냅다 뛰었다. 다른 가마꾼도 덩달아 뛰었다. 가마꾼들은 힐끔힐끔 김문현을 돌아보며 도망쳤다.

"이놈들, 난이 평정되면 모두 모가지가 날아갈 줄 알아라."

김문현이 고함을 질렀다. 맨 꽁무니에 도망치던 가마꾼이 발을 멈췄다. 난이 평정되면 모가지가 달아난다는 말에 겁이 난 모양이었다. 성문 앞으로 몰려왔던 사람들은 모두 성벽으로만 오르느라 정신이 없었다. 큰길에는 피난민들만 몰려올 뿐 농민군들은 아직 나타나지 않았다.

"이리 오너라. 돈, 돈 있다."

김문현이 도포 속에서 황소 불알만한 주머니를 가마꾼한테 보이며 손을 까불었다. 가마꾼은 머쓱한 표정으로 서 있었다. 김문현은 피난민들이 달려오는 큰길을 돌아보며 주머니 끈을 끌러 은자 몇 닢을 집었다. 그러나 가마꾼은 그대로 서 있었다. 김문현이 곁으로 갔다. 날쌔게 작자 덜미를 잡았다.

"이놈아, 너희들은 괜찮다. 얼른 벗어라. 난군만 진압하면 그때는 중상이 있으리라. 어서 벗어라."

김문현이 가마꾼한테 은자를 내밀며 달랬다. 그러나 가마꾼은 큰길을 힐끔거리며 얼른 돈을 받으려 하지 않았다.

"이놈아, 얼른 벗어라, 돈 더 주마."

김문현은 범 본 여편네 문고리 잡듯 한 손은 가마꾼 덜미를 거머쥐고 한 손으로는 주머니를 가리켰다. 저쪽에서는 사람들이 계속 몰려왔다.

"벗겠습니다요. 여기 노십시오."

가마꾼은 김문현이 내민 은자를 챙긴 다음 윗도리부터 훨훨 벗었다. 김문현은 다급하게 큰길을 돌아보며 제 저고리를 벗어 가마꾼한테 주고 가마꾼 저고리를 받아 달달 떨리는 손으로 소매를 꿰었다. 그때 동저고리를 입은 떠꺼머리 하나가 두 사람이 하는 수작을 멀찍이서 보고 있었다. 아까 주인을 따라 이리 달려왔던 종자 같았다. 작자는 김문현과 가마꾼이 하는 수작을 *동상전 여리꾼처럼 비슬비슬 웃으며 노려보고 있었다.

"저는 바지 속에 아무것도 입지 않았습니다요."

가마꾼은 바지를 벗으려다 말고 울상을 지었다.

"이놈아, 이 통에 누가 네놈 좆대가리 떼갈 줄 아느냐?"

김문현이 버럭 악을 썼다. 가마꾼은 돌아서서 바지를 벗었다. 두 사람은 바지를 바꿔 입었다. 큰길에는 아직 농민군은 보이지 않았으나, 피난민들은 계속 몰려오고 있었다. 떠꺼머리는 연신 빙글거리며 두 사람을 노려보고 있었다.

"이놈아, 신, 신도 바꿔 신자."

"옜수."

가마꾼은 짚신을 벗어 내던지고 돈을 더 받을 생각도 않고 맨발로 냅다 도망쳤다. 김문현은 허리끈과 바지말기를 싸잡아 쥐고 신부터 바꿔 꿰었다. 그는 사시나무 떨듯 떨리는 손으로 주머니 달린 허리끈을 잡아맸다. 손이 사뭇 떨리는 바람에 묵직한 주머니가 허리끈을 달고 땅바닥으로 툭 떨어졌다. 그때였다. 여태 힐끔거리고 있던 떠꺼머리가 비호같이 달려가서 주머니를 낚았다.

"이놈!"

김문현이 악을 썼다. 떠꺼머리와 김문현은 허리끈을 잡고 줄다리기를 했다. 김문현이 고함을 지르며 허리끈을 손에다 감았다. 떠꺼머리가 주머니를 사정없이 잡아챘다. 주머니 끈이 뚝 떨어졌다. 김문현은 엉덩방아를 찧으며 뒤로 벌렁 나가떨어졌다.

"저놈 잡아라. 저 때려죽일 놈."

김문현은 벌떡 일어나며 고래고래 악을 썼다. 떠꺼머리는 쇠불알만한 주머니를 옆구리에 끼고 닭 챈 소리개처럼 냅다 뛰었다. 그는 피난민들이 몰려오고 있는 큰길로 사라져버렸다.

그때 큰길에서 고함소리가 났다. 드디어 몽둥이를 든 사람들이 몰려왔다. 서문밖 상인들이었다. 성문 옆 계단 아래 몰려 미처 계단을 오르지 못한 사람들이 저쪽으로 도망쳤다. 김문현도 그들 속에 휩싸여 성벽을 따라 북문 쪽으로 도망쳤다. 큰길에서는 상인들이 수

없이 몰려왔다. 상인들은 한 패는 성채로 쫓아 올라가고 한 패는 성벽 아래서 몽둥이를 휘둘렀다. 김문현도 군중 속에 섞여 이리저리 몽둥이를 피해 밀려다녔다. 눈에 벌겋게 핏발이 선 상인들은 닥치는 대로 후려갈겼다. 비명소리가 하늘을 찌르고 수없이 나동그라졌다. 상인들은 누가 누구인지 가리고 자실 것도 없이 무작정 몽둥이를 휘둘렀다. 도망치는 사람들이라면 다 때려죽일 놈들이라고 생각한 모양이었다. 삽시간에 시체가 수없이 널렸다. 서문밖 상인들뿐만 아니었다. 농민군에 가담한 관노들도 상인들하고 똑같이 몽둥이를 휘두르고 다녔다.

군중 속에 휩쓸려 밀려다니던 김문현은 빈틈을 보아 군중 속에서 빠져나왔다. 저쪽에 나동그라진 시체 쪽으로 달려갔다. 3,40명이 피를 흘리며 나자빠져 있었다. 김문현은 잽싸게 피가 흐르지 않는 곳을 골라 맞아 죽은 사람 곁에 엎어졌다. 김문현이 시체 사이에서 슬그머니 고개를 들고 사방에서 벌어지고 있는 광경을 둘러보았다.

성채 위에서도 난장판이 벌어졌다. 상인들은 성채 위에 몰린 피난민들을 양쪽에서 몰아붙이며 몽둥이를 휘둘렀다. 피난민들은 성위 한가운데로 몰려들었다. 수백 명이 오물오물 한 군데로 몰렸다. 상인들은 정신없이 몽둥이를 휘둘렀다. 한 군데로 죄어든 피난민들은 몽둥이를 피하려다 성벽 아래로 굴러 떨어지고, 사람에 밀려 굴러 떨어지고 아수라장이었다. 성벽 아래로 수없이 굴러 떨어졌다.

"이 도적놈들, 감사 놈은 어디 갔냐?"

상인들 한패가 이쪽으로 달려왔다. 김문현이 누워 있는 데로 오며 나동그라진 사람 위에다 새로 몽둥이를 휘둘렀다. 조금만 꾸물거

리는 사람이 있으면 머리통을 후려갈겼다. 퍽퍽 머리통 터지는 소리
가 났다.

"씨를 말려."

김문현은 자기 곁에 죽어 있는 사람 발목을 들어 얼른 자기 목에
걸쳤다. 상인들은 몽둥이를 휘두르며 점점 가까이 오고 있었다. 퍽
퍽 머리통 깨지는 소리가 점점 가까워졌다. 김문현이 눈을 질끈 감
고 있었다. 퍽퍽 소리가 날 때마다 꼭 자기 머리통이 깨지는 것 같았
다. 바로 곁에서 퍽 소리가 났다.

"아이고, 부처님!"

김문현은 목에 걸친 시체 다리를 부처님 다리 안듯 껴안았다. 이
내 퍽퍽 소리가 멀어졌다. 자기 머리통에서는 퍽 소리가 나지 않았
다. 김문현은 후유 한숨을 내쉬었다. 그들이 저쪽으로 몰려갔다. 김
문현은 한참 만에 시체 다리를 밀어 올리며 돌담에 족제비처럼 고개
를 쳐들었다. 어느새 모두 몰려가버리고 아무도 모습이 보이지 않았
다. 저쪽 성벽 위에도 사람이 보이지 않고 성벽 아래는 시체만 그득
히 쌓여 있었다. 김문현이 목에 걸친 다리를 젖혔다. 고개를 들어 사
방을 살폈다. 아무도 없었다. 시체 사이에서 기어나왔다. 바삐 돌계
단으로 올라갔다. 저쪽에 걸쳐 있는 사다리로 달려갔다. 사다리 밑
에도 시체가 수없이 쌓여 있었다. 김문현은 사다리를 타고 손발을
발발 떨며 한발 한발 내려섰다. 발발 떨던 발이 이내 땅에 닿자 오금
아 날 살려라 정신없이 내달았다.

그때 판관 민영승은 태조 영정을 등에 지고 위봉산성으로 기세
좋게 들어가고 있었다. 그는 김문현보다 먼저 감영을 나와 경기전에

가서 태조 영정을 맡아 짊어지고 북문 쪽에서 성을 넘어 도망쳤던 것이다. 그는 가쁜 숨을 쉬면서도 얼굴은 꽃봉오리 따 담은 얼굴이었다. 이 싸개통에서 태조 영정을 건졌으니 이제 승지 자리 하나는 떼어 놓은 당상이었다. 그러나 김문현은 상인들 몽둥이에 머리통은 깨지지 않았으나, 감사 모가지는 이미 지난 18일 날아가버렸다. 벌써 후임으로 서리독판교섭통상 사무직에 있던 김학진金鶴鎭이 전라감사에 임명되어 지난 24일 임금 앞에 *사폐를 올리고 지금 내려오고 있는 길이었다. 김문현뿐만 아니라 홍계훈 모가지도 사실상 날아갔다. 황룡강 패전의 책임을 물어 행군대죄行軍待罪의 조치가 내려졌으며, 대호군 이원회李元會를 양호순변사兩湖巡邊使에 임명, 홍계훈 군과 강화 영병을 거느리라 한 것이다. 그리고 엄세영嚴世永을 *염찰사廉察使로 임명, 백성을 무마하도록 했다. 그들은 지금 바삐 전주로 내려오고 있는 길이었다.

전주 거리에는 여기저기 농민군 방이 나붙었다.

우리 농민군은 보국안민의 깃발을 들고 일어선 의군들이다. 우리는 오로지 백성과 나라를 위해서 진력할 뿐이요, 결코 다른 뜻이 없으니 백성은 모두 안심하라. 관리들도 죄가 없는 사람은 논하지 않을 것이요, 설사 죄가 있더라도 전과를 뉘우치고 우리 의거에 합종하는 사람들은 특별히 용서할 것이다. 그렇지 않고 대적하는 사람은 목을 벨 것이다.

그 말에 따로 급히 써넣은 글씨가 있었다.

　이제부터 사사로이 사람을 죽이거나 집을 부수고 불을
　지르지 말라. 이후 그런 일이 있으면 엄벌에 처할 것인즉
　각별히 명심하라.

　서문밖 상인들과 관노들에 대한 경고였다. 사람들이 몰려 방을
읽고 있었다. 그러나 정작 방을 읽어야 할 상인들과 관노들은 눈에
불을 켜고 미쳐 날뛰고 있었다.
　작두칼을 메고 들어온 만득이를 보고 한없이 눈물을 흘리던 유월
례는 정처 없이 거리를 걷고 있었다. 유월례 귀에는 상인들 아우성
소리도 들리지 않았고, 겁에 질린 부민들 표정도 보이지 않았다. 넋
나간 사람처럼 아까 만득이가 사라진 쪽으로 정처 없이 가고 있었
다. 울며 울며 가다 멈추다 가다 멈추다 가다 하고 있었다.
　동문과 북문께로 쫓아가 피난민들을 작살낸 상인들은 성안 골목
을 휘지르고 다녔다. 벌써 여기저기서 불길이 하늘 높이 솟아올랐다.
　"더는 못 지르게 하고 불을 꺼라."
　농민군 두령들이 소리를 질렀다. 농민군들은 불을 끄기에 정신이
없었다. 한쪽에서는 불을 지른 사람은 가만두지 않겠다고 소리를 지
르고 다녔다. 불을 지르려는 상인들과 농민군 상에 여기저기서 드잡
이판이 벌어졌다.
　터벅터벅 자기가 든 영저리 집 골목으로 들어서던 유월례는 우뚝
걸음을 멈췄다. 눈앞에서 불길이 치솟고 있었고 골목에서 사람들이

아우성을 치고 있었다.

"오매!"

유월례는 깜짝 놀랐다. 영저리 집이 불타고 있었다. 순간 유월례 눈에서 빛이 번쩍했다. 잠에서 깨난 사람 같았다.

"아이고 내 돈!"

유월례는 주먹을 쥐고 부르르 떨었다. 이내 대문으로 달려갔다. 골목에는 사람들이 가득 차 있었다. 유월례는 수풀이라도 헤치듯 사람들을 헤치며 앞으로 나갔다. 대문이 입을 벌리고 있었다. 큰방에서 구름 같은 연기가 쏟아져나왔다. 자기가 든 방에도 연기가 쏟아져나오고 있었다. 유월례는 총알같이 대문으로 내달았다. 불기운이 화끈하게 얼굴에 끼쳐왔다.

"저 여자 잡아라!"

고함소리와 함께 우악스런 손이 유월례 덜미를 낚아챘다. 유월례는 놓으라고 악을 쓰며 몸부림을 쳤다. 시렁에 얹어놓은 고리짝 속 보퉁이를 꺼낼 생각밖에 없었다. 덜미 잡은 손을 거세게 뿌리쳤다. 그러나 몸이 앞으로 나가지 않았다.

"미쳤어?"

뒤에서 목덜미를 흔들며 악을 썼다. 유월례는 몸부림을 쳤으나 소용없었다.

"안 죽을라면 이리 나오시오."

목덜미를 잡은 사내가 악을 썼다. 방문은 시커먼 연기와 함께 시뻘건 불길을 토해내고 있었다. 사내는 유월례를 끌고 나와 대문 밖으로 사정없이 밀어버렸다.

"내 돈, 내 돈."

유월례는 불길을 보며 주먹을 쥐고 소리를 질렀다. 그때 뒤에서 누가 고함을 질렀다.

"전주 부민들은 들으시오."

모두 뒤를 돌아보았다.

"농민군 도소에서 내린 영이오. 이 시각 이후로 사람을 죽이거나, 불을 지르는 사람은 누구를 불문하고 전부 잡아다 처형을 합니다. 이제부터 농민군 영에 따라주시오. 다시 말합니다. 똑똑히 들으시오."

농민군은 같은 소리를 다시 한 번 되풀이했다.

"불이 이웃집으로 못 붙게 합시다. 거기 있는 사람들은 모두 물을 길어오시오."

다른 농민군들이 골목 안으로 비집고 들어오며 소리를 질렀다. 농민군들은 옆집으로 들어가 뒤란에서 멍석부터 끌어냈다. 사다리를 놓고 지붕으로 멍석을 밀어올렸다. 불타고 있는 집 쪽 지붕에다 멍석을 폈다. 방에서 이불까지 꺼내 사다리로 올렸다. 이불도 펴서 지붕을 덮었다. 저쪽 집에서도 지붕으로 멍석과 이불을 올렸다.

"저러면 불이 못 건너겠다."

구경하고 있던 사람들이 감탄을 했다.

"거기 있는 사람들은 구경만 하고 있지 말고 모두 가서 물을 길어오시오."

멍석과 이불을 깐 농민군들이 지붕에서 골목을 내려다보며 소리를 질렀다. 골목에 몰려 있던 사람들은 그제야 정신이 난 듯 아무 집에나 들어가 물동이를 들고 달려왔다.

"싸게 올리시오!"

물동이를 사다리로 올렸다. 지붕에 깔아놓은 멍석과 이불에다 물을 끼얹었다.

"그 사람들 일 한번 각단지게 하네."

골목에 몰려 있던 노인들이 감탄을 했다. 물을 흠뻑 뿌리고 나서 농민군은 지붕에서 내려왔다.

"길 비키시오."

그때 골목 어귀에서 소리지르며 농민군 여남은 명이 들어왔다.

"여기는 다 되었느냐?"

"예, 웬만큼 되었습니다. 저 옆집에도 멍석하고 이불을 펴고 물을 뿌려놨습니다."

지붕에서 내려온 농민군이 대답했다.

"가만있자, 인자 본게 저이가 장흥 장태장군 아녀?"

"맞네. 나이 지긋한 것이 장태장군 이방언 대장이구만."

골목에 섰던 노인들이 속삭였다. 유월례는 이방언이란 말에 얼핏 고개를 돌렸다. 정말 이방언이었다. 유월례는 친정아버지라도 만난 듯 반가웠다. 저도 모르게 그리 다가가려다 우뚝 멈추었다. 이방언을 호위하고 있는 젊은이들도 모두 낯익은 젊은이들이었다. 묵촌 젊은이들 네댓 명이 창과 칼을 들고 이방언을 호위하고 있었다. 두레 총각대방 이또실, 농담 잘하는 박성만, 조사총각 을만, 유독 자기를 따르던 이방언 집 종 막동 등이었다. 유월례는 사람들 속에서 멍청하게 그들을 건너다보고 있었다. 그때였다.

"작두장사다."

작두칼을 을러멘 만득이가 부하 대여섯 명을 이끌고 골목으로 들어왔다. 유월례는 저도 모르게 사람들 뒤로 몸을 숨겼다.

"저쪽 불길은 잡혔습니다."

만득이가 이방언한테 보고를 했다.

"다행이다. 여기도 옮겨 붙지 않겠다. 이제 우리가 맡은 구역은 안심이다. 더만 못 지르게 단단히 지키면 되겠다. 단단히들 지켜라."

이방언은 한숨 돌린 듯 안심하는 표정으로 말했다. 유월례는 사람들 어깨 너머로 만득이만 보고 있었다. 만득이는 예사 사람 칼보다 두 배나 크고 긴 칼을 메고 눈에서 번개가 번쩍이고 있었다. 절간 사천왕 같았다. 처음부터 이럴 때 저런 칼을 메고 싸우라고 점지해서 태어난 사람 같았다. 여태까지 구박받고 굽죄이며 살아온 세월은 바로 이럴 때를 기다려 참아 살아온 세월이 아니었던가 싶었다.

"길 비킵시다. 나갑시다."

이방언 호위병들이 소리를 질렀다. 그때 노인 하나가 앞으로 나섰다.

"장태장군 이방언 대장님 아니신게라우?"

"그렇습니다. 더는 불을 못 지르게 합시다."

이방언이 다급하게 말했다.

"쌈 싸우는 일만도 한 짐일 것인데, 이런 일까지 해주시다니 활인불이 따로 없소. 관군에 대면 당신들이 진짜배기 군대요. 인자부터 당신들이 천년만년 감영도 주장하고 나라도 주장하고 다 주장하시오."

노인들은 꾸벅꾸벅 절을 하며 치사가 땅이 꺼졌다. 이방언은 고맙다고 고개를 끄덕이며 호위병들에 둘러싸여 골목을 나갔다. 만득이 패도 따라나갔다. 유월례는 사람 속에 말뚝처럼 꼼짝 않고 박혀서서 사라지는 만득이 뒷모습을 보고 있었다.

"워매, 내려앉네."

영저리 집이 펑 소리를 내며 지붕이 가라앉았다. 순간 불길이 하늘 높이 솟아올랐다. 좀 만에 골목에 몰려섰던 사람들이 한두 사람씩 빠져나갔다. 그러나 유월례는 그대로 멍청하게 불만 바라보고 있었다.

'내가 무슨 염치로 세상을 살아갈까?'

유월례는 잉걸불로 벌겋게 익어가는 불을 노려보며 이를 악물었다. 숨을 씨근거렸다.

"비키시오. 이 집이 김가 놈 집이다."

몽둥이를 든 사람들이 골목으로 쏟아져 들어왔다. 사람들을 밀치며 멍석과 이불을 씌워놓은 집으로 몰려들어갔다. 그들은 몽둥이로 살림을 때려 부쉈다.

"불 지르면 가만 안 둘 거여."

곧바로 농민군들이 소리를 지르며 몰려왔다. 상인들과 농민군 사이에 드잡이판이 벌어졌다. 농민군은 우악스럽게 몰아냈다. 골목에 있는 사람들도 모두 몰아냈다. 유월례도 내몰리고 말았다.

골목 밖으로 나온 유월례는 멍청하게 서 있었다. 어디로 갈 데가 없었다. 갑자기 허허벌판에 혼자 내동댕이쳐진 것 같았다. 찾아갈 집도 없고, 찾아갈 사람도 없었다. 돈도 옷 보따리도 모두 재가 되어버렸다. 만득이는 이제 아득한 남이었고, 이방언이나 동네 사람들도 모두 남이었다. 오늘 저녁 당장 어디서 밥을 먹으며 어디서 잠을 잔단 말인가? 다른 사람들은 그래도 여기가 고향이라 집이 불탔더라도 자기 친척이 있을 터였다. 그러나 자기는 아무 데도 갈 데가 없고 의지할 사람도 없었다. 호방 얼굴이 떠올랐다. 그러나 그는 더 아득한 남이었다.

"미친년, 미치고 환장한 년이지. 돈에 눈이 뒤집혀 미치고 환장한 년이다. 누구를 탓할 건 없다. 나 같은 년이 어떻게 남편 얼굴을 보며 남 앞에 고개를 들고 산단 말인가?"

그는 혼자 중얼거리며 터덜터덜 정처 없이 발을 옮겨놓고 있었다. 그러지 않아도 낯설기만 하던 거리가 한층 더 낯선 것 같았다. 유월례는 이제 눈물도 나지 않았다. 상인과 관노들이 악다구니를 쓰며 몰려다니고 농민군들도 소리를 지르며 싸대고 있었으나 유월례 눈에는 아무것도 보이지 않았다. 아까 훨훨 타던 불길만 눈앞에 아른거렸다. 그 불길 속으로 뛰어들지 못한 것이 후회스러웠다. 죽고 사는 것이 그렇게 한순간으로 갈라지는 것이라면 죽는 것도 그렇게 어렵거나 대단한 것도 아닌 것 같았다. 아까 벌건 불길 속에 뛰어들었더라면 그 황홀한 불길 속에 편안하게 싸 안겼을 것 같았다. 벌건 불 속에서 훨훨 춤추듯 죽어가는 자기 모습이 너무도 아름답게 느껴졌다. 맨 처음 자기 방으로 뛰어들려 했던 것도 돈을 가지러 가려는 것이 아니라 그 불길 속에 싸이려고 달려갔던 것 같았다.

유월례는 새로 정신이 난 듯 주변을 둘러보았다. 저쪽에서 연기가 솟아오르고 있었다. 마치 자기를 향해 손짓이라도 하는 것 같았다. 유월례는 이끌리듯 그쪽으로 발걸음을 옮겼다. 바삐 내달았다.

불길 속에서 황홀하게 춤을 추는 자기 모습이 떠오르고 그 위에 만득이 얼굴이 스쳤다. 만득이가 자기를 본다면 만득이에게 손을 흔들어주며 황홀하게 사라질 수 있을 것 같았다. 유월례는 불타는 집 골목을 향해 바삐 내달았다.

"아이고, 이것이 누구여?"

그때 느닷없이 앞을 가로막는 사람이 있었다. 강쇠네였다. 깜짝 놀라 발을 멈췄다. 저만치 경옥이 유월례를 보고 서 있었다. 유월례는 얼핏 환상이 아닌가 했다. 경옥이 여기 와 있다니 도대체 믿을 수 없는 일이었다. 눈을 한번 씀벅여 보았다. 환상이 아니었다.

"아가씨!"

경옥을 보며 입안소리로 뇌었다. 유월례를 싸늘하게 쏘아보고 있었다. 한참 쏘아보고 있던 경옥은 그냥 돌아서려다 말고 고개를 돌렸다.

"호방 만나 팔자 고쳤다는 소문 잘 들었다. 돈벌이도 좋다더구나. 더럽고 추잡한 년!"

경옥이 침이라도 뱉듯 뱉어놓고 팽글 돌아서버렸다. 강쇠네는 유월례와 경옥을 번갈아 보며 어쩔 줄을 몰랐다.

"멋하고 있어?"

경옥이 강쇠네한테 소리를 질렀다. 경옥은 강쇠네를 데리고 저쪽으로 사라져버렸다. 유월례는 그 자리에 서서 경옥과 강쇠네 뒷모습을 멍청하게 건너다보고 있었다. 그들은 서문밖 상인들이 아우성을 치고 다니는 사이로 사라졌다. 강쇠네가 한번 뒤를 돌아봤을 뿐이다.

'더럽고 추잡한 년!'

경옥의 말이 칼날처럼 가슴을 후볐다. 서릿발 치던 경옥의 표정 위에 만득이 얼굴이 겹쳤다.

'더럽고 추잡한 년.'

유월례는 입속으로 뇌어보았다. 침이라도 뱉을 것 같던 경옥의 표정이 그대로 눈앞에 어른거리고 있었다. 그래, 나는 더럽고 추잡한 년이지. 더럽고 추잡한 년이지. 미치고 환장한 년이지. 유월례는 입으로 뇌면서 힘없이 발을 떼어놓았다.

그때 강쇠네가 헐레벌떡 달려왔다. 유월례는 경계하는 눈으로 강쇠네를 건너다보고 있었다.

"아까 아가씨 한 소리 너무 노엽게 생각 말어. 유월례가 미워서 한 소리가 아니고, 호방이 미워서 한 소리여. 그런 소리는 조끔도 맘에 끼지 말고, 마나님 만나거든 우리가 찾고 있다고 해줘. 나리마님 병 고치고 계시던 의원님 집도 불타버렸는데 나리마님 내외가 온데 간데없어서 시방 찾아댕기고 있구만."

아까 농민군이 들어오는 걸 구경하고 갔더니 이주호가 치료를 받고 있는 의원집이 불에 타버리고 이주호 내외도 어디로 가버렸는지 종적이 없다는 것이다. 청룡바우며 모종순도 같이 있었는데 그들도 어디로 갔는지 찾을 수가 없다고 했다.

"누구든지 만나거든 우리가 찾고 있다고 그래줘."

강쇠네는 자기 할 말만 얼른 해놓고 왔던 쪽으로 달려가버렸다. 유월례는 강쇠네 말에 대답하지 않았다.

'더럽고 추잡한 년.'

유월례는 그 자리에 서서 경옥이 내뱉고 간 말을 다시 뇌었다. 안으로 잔뜩 잦아든 유월례 눈길에서 갑자기 빛이 번쩍했다. 살기가 감돌고 있었다. 마치 살인을 결심한 눈 같았다. 열세 살 때 자기를 덮쳤던 주인이 떠올랐다. 이상만이 떠올랐다. 이상만의 그 끈질기고 어기찬 손길이 구렁이처럼 몸에 친친 감기는 것 같았다. 호방이 떠올랐다. 만득이를 죽여버리겠다고 자기를 노려보던 표독스런 눈이었다. 유월례는 허공에 눈을 박고 그대로 서 있었다.

"옛날 춘향이는 맘 하나 갖고 춘향이 노릇 했제마는 요새는 몽둥이로 조지는데 몽둥이 앞에 춘향이 있간데라우. 하학동 부잣집 딸도 역졸들이 몽둥이로 내갈겨놓고 겁탈을 했답디다. 깔깔깔."

음충맞게 깔깔대던 홍덕댁 말이 떠올랐다.

"돈?"

유월례는 다시 두 어깨가 축 늘어졌다. 지난번 고부에서 돈이 불어갈 때 가슴을 두근거리면서도 한쪽으로는 마음이 여름 하늘 뭉게구름처럼 부풀어올랐다. 그때부터 제 사날로 호방 가슴 속을 파고들었고 밥상머리에서 아양을 떨기까지 했다.

'더럽고 추잡한 년!'

유월례는 이내 불타는 집 골목으로 발길을 옮겼다. 사람들이 정신없이 들락거리고 악다구니가 쏟아졌다. 불길이 하늘 높이 훨훨 타오르고 있었다. 자기더러 어서 오라고 한껏 거세게 손짓을 하는 것 같았다. 유월례는 입술을 잘근 깨물며 발을 옮겼다. 바삐 걸음을 옮겼다. 저 불길 속에 들어가면 아주 편한 세상으로 갈 것만 같았다.

한참 가던 유월례는 다시 발걸음을 멈췄다.

"미륵이!"

유월례는 한손으로 아랫배를 만지며 입속으로 가느다랗게 뇌었다. 뱃속에 아이가 자라고 있었다. 미륵코를 갈아주며 벙그렇게 웃던 만득이 얼굴이 떠올랐다. 작두칼을 을러메고 눈을 번뜩이던 모습이 겹쳤다. 사내를 낳으면 미륵이라고 이름을 짓자고 웃던 만득이 얼굴이 눈앞을 덮쳤다.

유월례는 한손을 아랫배에 대고 훨훨 타는 불길을 보고 있었다. 그때 저쪽 골목에서 자기를 보고 있는 사람이 있는 것 같았다.

"오매, 호방댁 아녀?"

젊은 여자가 수다스럽게 반색을 하며 유월례한테로 달려왔다.

"아이고매."

유월례도 얼결에 손을 잡았다. 조병갑 첩 매선이었다. 매선은 호방이 유월례를 데리고 이리 왔다는 소식을 듣고 있었다며, 호방 소식은 들었느냐, 지금 어디를 가느냐, 있는 집이 어디냐, 정신 사납게 수다를 떨었다.

농민군들은 상인들과 관노들 보복을 말리느라 정신이 없었다. 싸우러 온 것이 아니라 싸움을 말리러 온 꼴이 되고 말았다. 누가 누구하고 싸우는 싸움인지 모를 지경이었다. 집을 잃은 수천 명의 서문밖 상인들은 계속 미쳐 날뛰었고, 전에 집을 잃고 쫓겨났던 관노들까지 덩달아 나대는 통에 걷잡을 수가 없었다. 농민군들이 골목마다 지키며 단속을 하자 집에 불은 더 지르지 못했으나, 악에 받친 상인들은 몽둥이를 끌고 다니며 옷을 좀 깨끗하게 입은 사람만 보아도 관속붙이 가족 아니냐고 시비를 걸었고, 걸핏하면 몽둥이를 휘둘렀다.

농민군 도소에서는 두 번 세 번 방을 붙여 절대로 보복은 허용하지 않겠다고 엄명을 내리고 철저하게 단속했다. 그렇게 단속을 하는 한편 당장 집을 잃은 서문 밖 상인들 구제에 나섰다. 관곡을 풀어 나누어주고 피해 조사를 하도록 전주 두령들에게 지시했다. 전주 접주 서영두와 최대봉 등이 수습에 앞장을 섰다.

"여러분, 나도 집을 잃은 사람입니다. 지금 우리가 잡아죽일 놈들은 피래미 같은 관속 나부랭이가 아니라, 서문 밖에 불을 지르라고 영을 내린 김문현입니다. 한양으로 쳐들어가서 조정을 뒤엎어버리고 김문현 같은 놈들은 잡아다가 남문 밖에서 목을 달아맵시다. 우리 모두 농민군과 힘을 합쳐 싸워야 합니다."

서영두가 상인들을 모아놓고 주먹을 휘두르며 열변을 토했다.

"우리는 원수를 기어코 갚아야 합니다. 그러나 지금처럼 아무한테나 갚아서는 안 됩니다. 농민군은 곧바로 한양으로 쳐들어갑니다. 한양으로 쳐들어가서 민가 일당부터 썩은 권신들을 전부 몰아낸 다음에 김문현 같은 놈은 제일 먼저 처단을 할 것입니다. 그 다음에는 전주 사람들 피해부터 갚도록 할 것입니다. 이것은 전봉준 장군이 찰떡같이 약속을 한 일입니다."

서영두가 주먹을 쥐고 흔들며 소리를 질렀다.

"우리도 전부 농민군에 들어가자."

여기저기서 악다구니가 쏟아졌다.

"좋습니다. 농민군에 들어오겠다는 사람은 모두 받아들이겠습니다."

"나도 한마디 합시다."

군중이 한참 악을 쓰고 나자 저쪽에서 나이 지긋한 사람이 손을 들었다. 모두 그쪽을 봤다. 구레나룻이 푸짐한 50대 사내였다.

"김문현 같은 놈은 첨부터 악독한 종자들인게 그런다 치고 농민군한테도 잘못이 있습니다. 홍계훈하고 싸우려면 밖에서 싸울 일이지 무엇 때문에 전주성으로 들어옵니까? 지금 홍계훈이 이리 오고 있다는데 앞으로 일이 더 큰일입니다. 홍계훈이 성안에 포라도 쏘는 날에는 전주는 진짜로 쑥대밭이 될 판이오. 지금 당장 한양으로 쳐올라가든지, 성을 나가서 싸우든지 하여간 전주성에서 나가라고 하시오."

사내는 또박또박 말했다. 서영두는 느닷없는 말에 머쓱해지고 말았다. 구레나룻은 손에 몽둥이가 아니고 길쭉한 담뱃대를 들고 있었다. 모시옷으로 낭창하게 차려 입은 것이 돈푼깨나 있는 상인 같았다. 모두 머쓱한 표정들이었다. 군중이 웅성거리기 시작했다.

"농민군이 성으로 들어왔다고 탓을 하셨지만 김문현 같은 썩은 관속들을 잡아죽이려면 성으로 들어와야지 밖에서 어떻게 잡아죽이겠습니까? 당장 한양으로 쳐들어가라고 하셨는데 그럼 한양 가서도 성 밖에서 얼씬거리란 말씀이오?"

서영두가 버럭 소리를 질렀다.

"한양하고 여기는 사정이 달라요."

구레나룻은 지지 않고 소리를 질렀다.

"다르기는 무엇이 다르단 말입니까? 도대체 김문현이 그런 무지막지한 짓을 하리라고 우리나 당신들이나 꿈엔들 생각했습니까? 그리고 홍계훈이 성안에다 포격을 하다니 명색 조정군이 그런 무지막지한 짓을 한단 말입니까? 지금 농민군 도소에서는 이번에 피해 보신 분들한테 당장 먹을 식량을 나누어주고, 피해를 얼마나 당했는가 지금 조사를 할 참입니다. 한양으로 쳐들어간 다음에는 전부 변상을 받게 할 것입니다. 모두 같이 나서야 합니다."

상인들이 동요한데다 구레나룻이 따지고 나오는 것이 예사롭지 않아 서영두는 한층 소리를 높였다. 서문 밖 상인들만 하더라도 밑바닥 사람들하고는 농민군에 대한 생각이 전혀 달랐다.

서영두는 앞으로 곡식을 더 나눠주겠다고 하면서 농민군하고 한 덩어리가 되어 싸워야 한다는 말을 다시 한 힘을 주어 되풀이한 다음 자리를 떴다.

그때 두령들이 선화당으로 모여들고 있었다. 사대문을 중심으로 각 고을 농민군들을 성 위에다 배치를 끝내고 성안 골목골목을 돌아보고 오는 길이었다. 도소는 선화당에 차리고 각 고을 농민군은 관아 건물과 관리들 집들에 나누어 들었다. 그리고 객사와 객사 주변에는 민회 패며 전봉준의 외곽부대가 들고, 연엽 등 옷 짓는 여자들과 사당들은 객사 옆에 부잣집이 비어 있어 그리 들게 했다. 여자들은 여기서도 연엽이 거느리고 옷을 짓기로 했다.

장호만은 이천석과 김만복 등 졸개들을 달고 바삐 선화당으로 들어섰다.

"경군은 오늘 점심참에 원평에 당도했습니다."

장호만이 선화당에 있는 임군한한테 보고를 했다. 임군한은 장호만을 데리고 전봉준한테로 갔다.

"수는 그대로든가?"

전봉준이 물었다.

"예, 그대로 1천5,6백여 명인 것 같습니다. 향군들은 불만이 많아 오늘도 도망치다 3명이나 잡혀 포살을 당했답니다. 그들은 거의 수레를 밀거나 짐을 지는 따위 허드렛일만 하는데다 경군들이 개처럼 험하게 부리는 통에 불평이 많은 것 같습니다. 그리고 홍계훈은 지난번에 죽은 조관들 묏등에 참배했다 합니다."

임군한 부대는 지금도 제일 위험한 일을 가장 헌신적으로 해내고 있었다. 그들은 경군에서 도망친 병사들 일부를 자기들 편에 끌어넣어 경군의 움직임과 그들의 내막을 알아내는 일을 도맡고 있었다. 위험하기 짝이 없는 일이었으나 아직 붙잡힌 사람도 없었고 이렇다 할 실수도 없었다. 지금도 여러 패가 경군 근처에 남아 경군이 움직이는 것을 지켜보고 있었다. 이들이 물어오는 정보는 아주 중요했다. 경군이 숙영을 할 때나 행군을 할 때의 진법 등 군사 운용의 중요한 요체를 낱낱이 보고 와서 보고를 했다. 정규군대 경험이 있는 임군한이 직접 가서 자세히 보고 대응할 방법까지 진언을 했다.

"신식 군사훈련을 받은 정규군대라 만만치가 않습니다. 칼과 활로 싸우던 옛날 진법과는 전혀 다릅니다. 양총과 대포로 싸움을 하는 시대라 저 사람들 전술을 만만하게 보아서는 안 됩니다."

임군한은 평소 그답지 않게 요사이 와서는 경군의 무기와 전술을 절대로 만만하게 보아서는 안 된다는 말을 되풀이했다. 전봉준도 그것이 한 짐이었다. 겉으로 내색은 하지 않았으나 지난번 황룡강에서 야포와 회선포 위력을 본 뒤부터 그의 얼굴은 항상 굳어 있었다.

　북관묘北關廟에서는 꽹과리와 북 소리가 요란을 떨었다. 알록달록한 무복에 꿩꼬리깃을 길쭉하게 꽂은 모자를 쓰고 양손에는 방울과 북채를 잡은 진령군이 미친 듯이 몸을 놀리며 정신없이 넋두리를 쏟아내고 있었다.

　정면에는 신장상이 걸려 있었다. 신장은 사천왕처럼 눈알이 튀어나오고, 입술 양쪽에는 멧돼지 이빨 같은 날카로운 뻐드렁니가 길쭉하게 나왔으며, 양손에는 시퍼런 칼을 들고 있었다. 그 신장 앞에 열심히 절을 하고 있는 여인이 있었다. 민비였다. 그는 수없이 절을 하며 입안엣소리로 무어라 중얼거리고 있었다. 민비 이마에는 땀방울이 맺히고 있었다. 진령군 입에서는 넋두리가 끝도 가도 없이 쏟아져나왔다.

　"동방에 동제장군 서방에 서제장군 남방에 남제장군 북방에 북제장군 한가운데 황제장군……."

　쇠잡이와 북잡이들은 민비한테다 눈을 대고 앉아 정신없이 꽹과리와 북을 치고 있었다. 그들 건너편에는 제웅이 여섯 개 세워져 있었다. 사람 실물 크기로 꽤 정교하게 만들어 바지저고리와 도포도 제대로 입혔으며, 발에는 버선까지 신겼다. 특이한 점이라면 머리에 쓰고 있는 것이 갓이나 관이 아니고, 황톳물 들인 수건이었다. 그리고 쇠잡이 옆에 있는 큼직한 함지박 위에는 활이 한 대 놓여 있었다. 화살도 여남은 개나 되었다. 활도 제대로 활이었고 화살도 마찬가지였다. 뒷자리에는 소반이 하나 놓여 있고 거기에는 큼직큼직한 비단 주머니가 여남은 개 놓여 있었다.

"어팟쇠……."

진령군이 넋두리를 멈추었다. 민비도 절을 그쳤다. 뒤쪽에 시립
하고 있던 궁녀 하나가 수건을 들고 민비 곁으로 다가갔다. 민비는
수건을 받아 땀을 닦았다.

"민대감은 와 있느냐?"

"아까부터 밖에 기다리고 계신다 하옵니다."

"늦더라도 굿이 끝난 다음에 나를 만나고 가라 하여라."

시녀는 고개를 주억거리며 돌아서서 밖으로 나갔다.

"동방에 동제장군 북방에 북제장군……."

진령군이 음조를 넣지 않고 맨 사설로 주워섬기며 곁에 있는 활
과 화살을 집어들었다.

"해동 조선 전라도 땅에서 외로 나고 거꾸로 나고 뒤집혀나온 전
봉준 손화중 김개남 김덕명 이방언 최경선 놈들아, 귓구멍을 칼칼이
씻고 들어라."

진령군은 활시위에 화살을 매겨 들고 제웅 앞으로 가면서 *포함
을 주었다. 마치 진짜 전봉준, 김개남 등 농민군 장군들을 대하고 하
는 소리 같았다. 진령군 눈에서는 독기가 펑펑 쏟아져나왔다. 포함
소리를 그치고 맨 왼쪽 제웅을 향해 활을 겨누었다. 쏘았다. 화살이
가슴에 박혔다. 다음 제웅을 향해 또 활을 겨누어 쏘았다. 차례로 계
속 쏘았다. 대여섯 발 앞에서 쏘았으므로 쏘는 족족 다 맞았다. 제웅
은 모두 가슴에 화살이 꽂혔다.

"잘 쏘았소."

민비는 표독스런 눈으로 활 쏘는 것을 보고 나서 진령군한테 처사를 했다. 소반 위에 있는 주머니를 하나 집어들었다. 복전함 앞으로 갔다. 주머니 입을 벌렸다. 은자가 쏟아졌다. 하얀 은자가 마치 자루에서 쌀 쏟아지듯 했다.

"오방신장……."

진령군은 또 화살을 시위에 메겨 들고 제웅 앞으로 다가서며 포함을 주었다. 아까처럼 맨 왼쪽 제웅부터 화살을 겨누었다. 힘껏 시위를 당겨 쏘았다. 가슴에 박혔다. 다음 제웅들한테 연달아 쏘았다. 제웅들은 가슴에 화살이 두 대씩 박혔다. 민비는 또 복전에다 은자를 쏟았다.

밤중이 가까울 무렵에야 굿이 끝났다. 민비가 북관묘를 나왔다. 그때 민비 앞으로 민영준이 다가왔다.

"이제 끝났사옵니까?"

"난군들은 어찌 되었느냐?"

민비가 다급하게 물었다. 민영준은 들어가서 여쭙겠다고 했다. 주물러 논 창호지 같은 민영준이 얼굴에서 민비는 이미 심상찮은 낌새를 눈치 챘는지, 입을 꾹 다물고 팔랑팔랑 앞장을 섰다.

"전주성이 함락된 것 같사옵니다."

"뭣이라? 함락된 것 같다니 그런 흐리멍텅한 소리가 어디 있느냐?"

민비가 눈을 오끔하게 뜨고 서릿발 같은 소리로 다그쳤다.

"난군들이 오늘 쳐들어올 것 같다는, 아까 그 전보가 온 뒤로 전보가 끊겼사옵니다. 여기서 속보를 재촉하는 전보를 아무리 쳐도 답이 없사옵니다. 전주가 함락되어 난군들한테 전보국이 점령당한 것이 아닌가 하옵니다."

민영준은 기어들어가는 소리로 이죽거리며 허리를 굽혔다. 마치 부러진 허리가 저절로 숙여지듯 힘이 없었다.

"뭣이라고?"

민비는 날카롭게 쏘았다.

"황공무지로소이다."

민비는 숨을 씨근거리며 표독스런 눈으로 민영준을 쏘아보고 있었다. 그러나 민비 눈앞에는 민영준의 시커먼 사모만 날 잡아먹으란 듯이 버티고 있었다. 민영준은 콧병난 병아리처럼 하염없이 방바닥에 코를 떨어뜨리고 있었다.

"홍재희란 자가 그렇게 형편없는 자더란 말이냐?"

민비는 다시 목소리가 쇳소리로 찢어졌다. 홍재희는 홍계훈의 전 이름이었다.

"그자는 원래가 흐리멍텅한 놈이옵니다."

"그놈을 보내자고 한 것이 누구관대 그 따위 소릴 하고 있느냐?"

민비의 칼날 같은 소리에 민영준은 목이 자라목으로 어깨 속을 파고들었다.

"전라도 수부가 난도들 손에 떨어지다니 도대체 이 일을 어찌하면 좋단 말이냐?"

민비는 이내 숨결을 고르고 나서 애가 타는 소리로 물었다.

"이제 길은 딱 한 가지뿐이옵니다."

민영준은 호랑이 만난 놈 창구멍 내다보듯 조심스럽게 고개를 들어 민비를 보며 뇌었다.

"한 가지 길이라니, 또 청나라 군대 불러오자는 소리냐?"

민비는 한층 눈을 오끔하게 뜨고 노려봤다.

"이제 그 길밖에 없사옵니다. 홍계훈이 진즉부터 길은 그 길뿐이라고 장계를 올리지 않았사옵니까?"

"증원군이 내려갔는데도 안 된단 말이냐? 증원군이 내려간 뒤에는 아직 싸움이 붙은 적이 없지 않느냐?"

"증원군이 간 다음에는 아직 싸움을 하지 않았사오나 난군들 기세가 이만저만 거세지 않은 것 같사옵니다."

"그래도 싸워보지도 않고 지레 긴단 말이냐?"

"그러하오면 차선책으로 원세개 나리께 우리 군대 지휘를 맡아달라고 청하는 것이 어떨까 하옵니다. 자기가 우리나라 군대를 맡으면 5일 안에 쓸어버리겠다고 하신 적이 있습니다."

민영준은 조심스럽게 말을 개어 올려놓고, 담구멍에 족제비눈으로 민비를 쳐다보고 있었다.

"지금도 나서 줄 것 같으냐?"

"지금은 사정이 크게 달라져서 어떨지 모르겠사오나 한번 가서 의논을 해볼까 하옵니다. 원세개 나리는 지난번 홍계훈이 출동할 때부터 대포를 4문이나 보내고, 자기 심복까지 보내 홍계훈을 돕고 있사옵니다."

"돕고 있다고? 홍, 다 시커먼 속셈이 있는 게야."

민비는 표독스런 눈에 다시 살기가 돋아나며 고개가 팽글 옆으로 돌아갔다.

"하오나……."

민비는 무슨 생각을 하는지 고개를 돌린 채 한참 동안 말이 없었다.

"우선 증원군과 힘을 합쳐서 제대로 싸우라고 엄하게 닦달부터 하여라. 도대체 아무리 못난 것들이라고 그 좋은 무기를 가지고 대창 든 무지렁이들 하나 물리치지 못한단 말이냐?"

"분부대로 거행하겠사옵니다. 하온데 전주가 함락되었다는 사실을 상감께서 아시면 심려가 너무 크실 것 같사와 아무도 상감께 그 말씀을 올리지 말라고 조신들한테 엄하게 함구령을 내렸사옵니다."

"알든 말든."

허수아비 같은 작자가 알든지 말든지 무슨 소용이냐는 소리 같았다. 민영준이 물러갔다.

12. 전주 사람들

농민군이 전주에 입성한 다음날인 4월 28일, 원평에서 잔 경군이 아침 일찍 전주를 향해 진군을 한다는 보고가 들어왔다. 점심참에는 벌써 완산에 당도해서 진을 친다는 보고였다. 완산은 어제 농민군이 왔던 삼천에서 전주로 들어오는 길 왼쪽에 있는 산으로 주봉을 비롯해서 곤지봉, 투구봉(솔봉), 용두봉 등 크고 작은 봉우리 7개가 오밀조밀 어깨를 맞대고 있어 완산 7봉이라 부르기도 했다.

그때 서영두 등 전주 두령들이 숨을 헐떡이며 도소로 달려왔다.

"전주 농민군은 출동 준비가 끝났습니다. 상인들도 5백 명 가까이 합세했습니다."

서영두가 다급하게 말했다.

"누가 지금 싸운다고 했소?"

최경선이 덩둘한 표정으로 서영두를 건너다봤다.

"전주 사람들은 지금 싸울 줄 알고 눈에 불을 켜고 있습니다. 상인들이 더 야단들입니다."

그들은 경군이 전주로 다가오면 으레 농민군들이 나가 싸울 것으로 지레 짐작을 하고 서둘러 전투 준비를 한 것 같았다.

"경군이 움직이는 것을 보아 차차 계책을 세울 테니 기다리시오."

최경선이 잘라 말했다.

"전주 사람들은 지금 이를 갈고 있는데 이게 뭡니까?"

서영두와 같이 온 전주 두령들이 소리를 질렀다.

"경군이 어떻게 나오는가 봐서 계책을 세우자는 것이 도소 방침입니다. 가서 이해를 시키시오."

"지금 농민군들보다 상인들 기세가 더 무섭습니다. 지금 안 싸운다고 하면 야단이 날 것 같습니다."

서영두가 큰소리로 말했다. 다른 두령들도 자기들은 상인들을 말릴 재간이 없다고 소리를 질렀다.

"전투는 아이들 돌싸움이 아닙니다. 적이 움직이는 것을 잘 보아서 빈틈없는 계획을 세워서 싸워야 합니다. 잘 타일러서 해산을 시키시오."

손화중까지 나서서 달랬다.

"허허, 이걸 어쩌지?"

전주 두령들은 하는 수 없이 물러나긴 했으나 자신이 없는 표정이었다. 한참 만에 장흥 이인환이 달려왔다.

"전주 사람들이 자기들끼리 홍계훈을 친다고 성문을 나가고 있습니다. 우리 장태도 빼앗다시피 가져가버렸습니다."

두령들은 깜짝 놀랐다. 최경선 등 두령들은 서문으로 달려갔다.

"저런!"

이미 전주 농민군들은 서문을 빠져나가 저만치 내닫고 있었다. 천 명도 넘었다. 그들의 기세는 말릴 길이 없을 것 같았다. 장태를 굴리며 내달았다. 악이 받친 서문밖 상인들에다 남문밖 사람들까지 합세한 것이다.

"저놈들 다 죽여라."

전주 농민군들은 장태를 앞세우고 북 치고 징을 치며 기세등등하고 몰려가고 있었다. 그들은 무작정 장태를 앞세우고 정신없이 몰려갔다.

"이것 큰일인데요."

무장 접주 송경찬이 최경선을 돌아보며 고개를 저었다. 최경선도 심란한 표정으로 보고만 있었다.

전주 사람들은 기세 좋게 내달아 산발치로 붙었다. 최경선 등 두령들도 뒤를 따라갔다. 경군은 어디에도 보이지 않았다. 산으로 들어서자 장태는 거의 쓸모가 없었다. 숲 속으로는 굴리고 갈 수가 없었기 때문이다. 그들은 장태를 버리고 산줄기로 붙었다. 경군은 보이지 않았으나 틀림없이 저쪽 산속에 있을 것 같았다. 전주 사람들은 악을 쓰며 몰려갔다. 한참 들어가도 경군은 나타나지 않았다.

"이놈들아, 어디 숨었냐?"

"무작정 쳐올라갑시다."

그때였다.

— 드드드드.

느닷없이 산등성이에서 회선포 소리가 났다.

"워매."

"아이고."

여기저기서 비명을 지르며 쓰러졌다. 경군은 보이지 않고 숲 속에서 회선포 소리만 무시무시하게 울렸다. 대여섯 문이 한꺼번에 갈겨대는 것 같았다. 사람들이 픽픽 쓰러졌다. 이내 도망치기 시작했다.

"후퇴하라."

서영두가 소리를 질렀다. 산자락에는 삽시간에 사람들이 허옇게 넘어졌다. 총이고 대창이고 내던지고 내달았다. 마치 산사태라도 난 것 같았다. 회선포는 계속 불을 뿜었다. 사람들이 수없이 쓰러졌다. 사람에 걸려 넘어지고 그 위에 겹쳐 넘어졌다.

회선포 소리가 그쳤다. 전주 사람들이 도망쳐온 곳에는 시체가 수십 구나 널려 있었다. 전투랄 것도 없었다. 너무도 짧은 시간이었고, 너무도 어이없는 꼴이었다. 한참 도망쳐온 사람들은 모두 넋 나간 꼴로 허옇게 널려 있는 시체를 건너다보고 있었다. 부상자들이 절뚝거리며 내려왔다.

최경선은 침울한 얼굴로 도소로 돌아왔다. 간단히 보고를 했다.

"상인들은 정신이 나간 것 같습니다."

"저런 엉뚱한 피해까지 입었으니 또 어떻게 나올지 새로운 걱정거리가 생겼습니다."

전봉준은 침통한 표정으로 말했다.

집을 잃은 상인들은 거듭 날벼락을 맞은 꼴이었다. 상인들이 맨 앞장을 섰기 때문에 죽은 사람들은 거의 상인들이었다. 황토재전투와 황룡강전투 소문만 듣고 경군을 너무 깔보았던 것이다. 더구나 분에 받쳐 천방지축 나대다가 엄청난 피해를 보고 말았다.

"저 사람들을 진정시켜야겠는데, 무슨 방도가 없겠소?"

전봉준은 난감한 표정으로 두령들을 둘러보았다. 두령들도 입술만 빨 뿐이었다. 악에 받쳐 또 무슨 돌발적인 일을 지를는지 조마조마했으나 뾰족한 방법이 없었다.

"전주 두령들하고 선후책을 의논해 보시오."

전봉준이 최경선과 송희옥에게 말했다. 두 사람은 알겠다며 밖으로 나갔다. 그때 경군 정탐 나갔던 임군한과 강상호가 들어왔다. 강상호는 도망쳐온 경군 우두머리였다. 임군한이 두령들 앞에 널찍한 창호지를 폈다. 대충 그린 지도였다.

"이것이 전주성 서쪽 지도입니다. 경군은 지금 여기 완산에다 진을 치고 있는데 한 부대는 북쪽으로 가고 있습니다. 북문에서 서쪽 여기가 황학대이고 거기서 남쪽이 다가산입니다. 지금 북쪽으로 가고 있는 부대는 여기 다가산에다 진을 치든지 다가산하고 황학대하고 두 곳에 나누어서 치든지 할 것 같습니다. 영병들이 여기 지리를 잘 아는 터라 진을 규모 있게 칠 것 같습니다. 다가산에서 완산까지는 5리 남짓합니다."

임군한은 지도를 짚어 보이며 설명했다. 두령들은 모두 지도를 들여다보며 임군한의 설명을 듣고 있었다.

"본진은 어디다 둘는지 모르겠는데 완산에서는 지금 참호를 파고 있습니다. 방어 태세부터 제대로 갖추는 것 같습니다. 오늘 전주 상인과 농민군들이 몰려갔다가 참패한 곳은 바로 완산 이 부분입니다."

임군한 스스로가 옛날 경군 출신인데다 강상호는 바로 엊그제 그 부대에서 나온 사람이라 상당히 자세하게 보고 온 것이다.

"우리는 경군 움직임을 더 보고 오겠습니다. 그런데 지금 전주성 전부가 저 사람들 야포 사거리 안에 들어갑니다. 선화당은 농민군 도소로는 너무 표가 날 것 같은데 우선 도소부터 옮기는 것이 어떻겠습니까?"

임군한 말에 두령들은 깜짝 놀랐다.

"잘 보셨습니다. 나도 그것을 걱정하고 있던 참입니다. 지난번 고부봉기 때도 감영에서는 도소만 두 번이나 습격했습니다. 농민군은 조직이 허약하기 때문에 두령들만 처치하면 모두 오합지졸이 된다고 생각하고 있습니다. 지금 바로 옮깁시다."

김개남이 말했다. 두령들은 고개를 끄덕였다. 그때였다. 정백현이 문을 열었다.

"고부 노인들이 찾아왔습니다. 두령님들을 뵙자고 합니다. 별산 영감이라면 알 것이라고 합니다."

"별산 영감?"

전봉준이 훌쩍 일어나서 밖으로 나갔다. 별산 영감과 앵성리 김진두 등 여남은 명이 마당에 서 있었다. 고부 향교 장의들이었다. 그들은 얼굴이 잔뜩 굳어 있었다. 전봉준이 반갑게 맞아들였다. 대충 수인사를 했다.

"수고들 하셨소. 승전을 축하합니다. 지금 백성은 정말로 새 세상이 올 것 같다고 정신들이 없습니다. 더구나 이렇게 전주성까지 차지해버리자 우리도 전주성 들어오는 발길이 한결 가볍습니다. 그런

데 한 가지 크게 걱정되는 일이 있어서 이러고 왔소이다."

별산 영감은 치사를 늘어놓은 다음에 말소리를 가다듬으며 두령들을 돌아봤다. 두령들은 말없이 노인들을 보고 있었다.

"우리는 고부 향교 장의들입니다마는 농민군들 봉기에 두 손을 들어 환영을 하고 있는 사람들입니다. 지난번 고부봉기 때는 하찮은 일이나마 힘을 모아 거들기도 했고, 그 때문에 이용태한테 말할 수 없는 수모를 당하기도 했습니다. 그런데 지난번 원평에서 상감이 보낸 조관들을 두 패나 목을 베었다고 하는데, 그 때문에 여기저기서 유생들이 야단법석입니다. 우리도 그 일만은 이해할 수가 없소이다. 바로 상감이 보낸 사자 목을 벤 것은 그대로 상감한테 칼을 겨누는 것하고 조금도 다를 것이 없는 일이오."

별산 영감은 조리 있게 따지고 나왔다. 두령들 얼굴이 굳어졌다. 별산 영감이 말하는 사이 같이 온 사람들은 김개남을 힐끔거렸다.

"하하."

김개남이 큰소리로 웃었다.

"영감님들이 여기까지 오신 뜻을 충분히 헤아리겠습니다. 지난번 고부봉기 때 힘을 합해 주셨다는 말씀도 들었고 이번에도 두 손을 들어 환영해 주신다니 감사합니다. 그리고 지금 여기까지 먼 길을 달려오신 것도 우리가 하는 일이 염려스러워서 오신 것 같습니다. 아시다시피 선전관과 내탕금을 가지고 간 자들 목을 벤 것은 바로 이 김개남올시다. 지금은 평상시가 아니고, 더구나 우리는 지금 상감이 농민군을 치라고 보낸 군대하고 전쟁을 하고 있는 중입니다. 평소 상감을 등에 업고 백성한테 갖가지 무지막지한 황포를 부리고 늑탈을 일삼는 놈들이 누구입니까? 바로 조신들입니다. 그 조신들이 전쟁하는 마당에서까지 상감 위의를 팔아 설치는 데는 그대로 둘 수가 없었습니다. 우리는 조병갑이나 이용태, 김문현도 잡으면 가차없이 목을 벨 것입니다. 민가 일당은 조병갑이고 조신들이고 모두가 상감을 업고 나라를 좀먹는 역적들입니다. 조정으로 쳐들어가면 이런 간신배들 목을 전부 벨 때까지 그놈들이 업고 설치는 상감 위의를 인정할 수가 없습니다. 그런 위의를 인정한다면 상감이 보내신 군대하고 어떻게 전쟁을 할 수 있습니까? 상감의 위의건 국법이건 나라의 모든 법도를 바르게 세워 바르게 떨치도록 하자는 것이 우리가 일어선 목적입니다. 그때까지는 상감이 내리신 어떤 말씀도 들을 수가 없고 어떤 위의에도 굽힐 수가 없습니다. 겉으로는 상감 말씀과 위의의 허울을 쓰고 있지마는 실상은 나라를 좀먹는 권귀들 말이고 위의이기 때문입니다."

김개남은 이로정연하게 말했다. 그는 무작정 무력만 앞세우고 설치는 *뚝장이 아니었다. 두령들 가운데서 누구 못지않게 글을 많이 읽었고, 누구 못지않게 이치를 따지는 사람이었다.

"선전관은 칼을 들고 온 군대도 아니고, 조복을 갖추고 상감의 윤음을 받들고 온 사람들이었소. 더구나, 상감의 윤음이 땅에 떨어져 피에 물들었다니, 이런 망극한 일이 어디 있단 말이오? 지금 유생들은 길길이 뛰고 있소. 당장 조병갑하고 이용태한테 피해를 입은 고부 유생들까지도 그렇소. 이 소문이 팔도에 퍼지면 각지 서원과 향교 유생들이 가만있지 않을 것이오."

김진두가 단호하게 말했다.

"이번에 창을 들고 일어선 농민군과 유생들은 바로 그 점이 다릅니다. 아까 여러분들께서도 우리 봉기를 환영하신다고 하셨습니다. 그런데 그동안 유생들은 무엇을 하고 있었습니까? 조정의 썩은 대신과 각 고을 방백, 수령들이 백성 뒤지에 쌀 한 톨 남기지 않고 긁어갈 때 유생들은 무엇을 하고 있었으며, 죄 없는 백성이 그자들 곤장에 살이 묻어나고 백성 아우성이 하늘을 찌를 때 유생들은 어디서 무엇을 하고 있었습니까? 그 불한당들과 한통이 되어 백성을 뜯어먹으며 *구전문사求田問舍에 여념이 없었고, 보신안명保身安命에만 급급했을 뿐이오. 그 불한당들이 상감 위의를 업고 상감 위의를 더럽힐 대로 더럽힐 때는 항상 따뜻한 자리에 베개를 높이 베고 나 몰라라 고개를 돌리고 있던 유생들이 이제 와서 무슨 염치로 상감 위의를 걱정을 하고 나온단 말입니까? 선전관 목을 벤 내 칼은 만백성의 아우성을 대신한 칼입니다. 유생들이 일어서면 어찌하느냐고 걱정해 주셔서 감사합니다. 그러나 그런 썩어빠진 유생들이 이제 와서 상감 위의 어쩌고 큰소리를 치고 나온다면 내 칼은 결단코 그자들 모가지도 제자리에 붙여놓지 않을 것입니다."

김개남이 거쿨진 목소리는 깡깡 방 안을 울렸다. 벽이라도 뚫고 나갈 것 같았다.

"말씀이 너무 지나치십니다. 이 땅의 만백성은 상감의 백성이요, 조정의 공경대신과 수령방백 등 모든 명리는 상감의 수족입니다. 선비 가운데는 우리 같은 궁벽한촌의 이름뿐인 궁유窮儒도 있고, 재물에만 눈이 어두운 부유腐儒 또한 천지에 널려 있소. 그러나 명리 가운데서도 상감의 수족 가운데 수족인 조관 목을 베는 것을 보고서야 선비 명색이 어찌 눈을 돌리고 있겠소? 조관의 목을 베는 것을 보면 농민군 두령들 속마음은 역모를 하자는 게 아니냐고 입침을 튀기고 있소. 이번 봉기가 아무리 천하 없는 명분을 내걸었다 하더라도, 조관 목 벤 일을 바로잡지 않고서는 한양으로 가는 농민군 발 앞에는 천릿길 길목마다 선비들이 줄줄이 늘어서서 규탄을 할 것입니다."

김진두는 단호하게 말했다.

"하하."

김개남은 호탕하게 웃었다.

"알겠습니다. 우리 두령들 가운데서도 바로 영감님들께서 걱정하시는 그 점을 염려하여 제가 한 일을 못마땅하게 여기는 분들이 많습니다. 그러나 나는 천릿길 길목마다 늘어선 유생들 목을 전부 베고 갈 것입니다. 포악한 수령들 곤장에 죄 없는 백성 살이 묻어날 때 당신들은 무엇을 하고 있었더냐고 모두 무 토막 자르듯 치고 갈 것입니다. 내 눈에는 굶주리는 천하 백성의 부옇게 뜬 얼굴과 지금 당장 집을 잃고 미쳐 날뛰는 전주 서문밖 백성의 핏발 선 얼굴밖에는 아무것도 보이는 것이 없습니다."

김개남은 단호하게 말했다. 고부 유생들은 멍청하게 김개남이 얼굴만 건너다보고 있었다. 그때 이방언이 나섰다.

"장흥 이방언올시다. 나는 임헌회任憲晦 선생 문하에서 글을 읽은 사람입니다. 그때 같이 무릎을 맞대고 동문수학했던 김한섭이라는 죽마고우는 내가 출진하는 날까지 나를 극구 말렸습니다. 그러나 내 귀에도 김개남 두령과 같이 백성 아우성밖에는 들리는 것이 없어 이 칼로 내 팔을 자르듯 그 친구 우정부터 자르고 나섰소이다. 나는 김개남 두령의 이번 처사에 찬성하지 않습니다마는 나무랄 생각은 없습니다. 이것이 목숨을 건 사람과 그렇지 않은 사람들이 지금 나라 형편을 보는 차이이고, 나라를 바로잡으려는 방도의 차이입니다. 김개남 두령께서도 말씀드렸거니와 우리 본의는 상감의 위의를 손상시키자는 것이 아니라, 상감의 위의를 업고 설치는 썩은 권귀들을 처치하고 상감의 위의를 바로 세우자는 것입니다. 조관 목을 베었다고 떠드는 사람들의 공허한 목소리는 우리 귀에 들리지 않습니다. 이 점 이해하시고 되레 그 사람들을 타일러 주시기 바랍니다. 시비를 가리려면 우리가 상감의 주변을 깨끗이 할 때까지 지켜보고 있다가 가리자고 하십시오."

이방언이 담담한 목소리로 말했다. 임헌회는 이름난 유학자였다.

"아무리 그렇다 하더라도 상감이 직접 보낸 조관의 목을 벤 것은 도저히 이해할 수가 없소이다. 적장이 보낸 사자의 목을 베는 것도 법에 없는 일이거늘 황차 상감의 위의를 걱정하신다면서 상감의 윤음을 가지고 온 상감의 수족을 벤대서야 앞뒤가 맞지 않소이다. 우리는 이만 물러가겠소. 다만, 두령들 본의를 가장 잘 알고 있는 우리마저 그 일만은 납득할 수 없으니 그 점 깊이들 생각하시오."

별산 영감이 말을 맺으며 자리에서 일어섰다. 모두 어두운 얼굴로 따라 일어섰다. 여태 말이 없던 전봉준과 손화중도 따라 일어섰다. 아문 밖까지 그들을 바래다주고 돌아왔다.

선전관 목 벤 사건은 유생들 사이에서 두고두고 말썽이 되어 전쟁이 끝날 때까지 명분 싸움에서 농민군들 짐이 되었다.

밤중이었다. 남문 밖 동네 골목으로 수상한 그림자들이 몰려들고 있었다. 그믐이라 깜깜했으므로 성문 위에 있는 농민군들도 그들을 보지 못하고 있었다. 1백 명 가까운 수였다.

"저거 무슨 불이야?"

성 위에 있던 농민군이 소리를 질렀다. 동네 골목에 횃불이 하나 나타난 것이다. 또 나타났다. 횃불은 삽시간에 여남은 개가 되더니 금방 1백여 개가 되었다. 좀 만에 엄청난 불길이 솟아올랐다. 초가집에 불이 붙은 것이다. 횃불이 골목을 휘젓고 다니며 집에 불을 질렀다. 계속 불길이 올랐다.

"불이야, 남문 밖에 불지른다."

성 위에 있던 농민군들이 소리를 질렀다.

"불이야, 불이야!"

동네 사람들도 뛰어나오며 소리를 질렀다. 불길은 여기저기서 계속 솟아올랐다. 남문 밖 사람들이 악다구니를 쓰며 뛰어다녔다. 이번에는 느닷없이 총소리가 나기 시작했다. 양총 소리였다. 불길은 삽시간에 수백 채에서 솟아올랐다. 요사이 쨍쨍 가물었으므로 불길은 더 거셌다.

"홍계훈이 군사들이 불을 지르요. 농민군은 뭣하고 있소?"

동네 사람들이 성 위를 쳐다보며 목이 찢어져라 악을 썼다. 동네 사람들은 악을 쓰며 뛰어다니고, 총소리는 연방 뺑뺑 하늘을 찢었다. 어느새 온 동네가 전부 불바다가 되고 말았다.

남문 근처 성가퀴에 있던 농민군들이 남문 앞으로 몰려들었다. 2백여 명이 성문을 열고 뛰어나갔다. 그러나 불이 너무 거세어 곁에는 얼씬도 할 수 없었다. 어느새 횃불들은 감쪽같이 사라지고 하나도 보이지 않았다. 총소리도 나지 않았다. 불길은 산발한 귀신들이 머리카락을 휘날리듯 공중을 핥고 있었다.

성 위로 올라온 농민군 두령들은 얼빠진 표정으로 불길만 내려다 보고 있었다. 불길은 하늘을 향해 춤을 추고 동네 사람들은 악을 쓰 며 날뛰고, 어디 지옥에서나 벌어짐직한 광경이 이승에서 벌어지고 있었다. 밤에 동네가 불타고 있는 광경은 서문밖 광경보다 더 처참 했다.

"오늘 전주 사람들이 쳐들어갔다고 앙갚음인가?"

최경선이 허탈한 소리로 뇌었다. 각 고을 농민군들이 모두 남문 으로 몰려나왔다.

"나가서는 안 됩니다. 지금 나가봤자 불길을 잡을 수도 없고, 더 구나 저게 우리를 유인해내려는 홍계훈의 계교인지도 모릅니다."

김개남이 소리를 질렀다.

"나가지 말고 모두 들어오도록 하여라."

전봉준이 소리를 질렀다. 하는 수 없는 일이었다. 나가서 같이 덤 벙거리면 체면은 설지 모르지만, 그런 인정이나 체면에 얽혀 거추없 이 나댈 때가 아니었다. 농민군 병사들과 두령들은 그저 허탈한 꼴 로 불구경만 하고 있었다.

불이 잦아들 무렵 두령들이 성문을 나가 불탄 자리를 돌아봤다. 성벽 밑에 다닥다닥 붙여 지은 집은 한 채도 남지 않고 다 타버렸다.

"귀동아! 우리 귀동이 못 봤소?"

여기저기서 가족들 이름을 부르며 뛰어다녔다.

"할무니 할무니."

한밤중이라 그대로 타죽은 사람도 많은 것 같았다. 남문 밖 사람들은 모두 미친 듯이 소리를 지르고 울부짖었다. 살림 하나도 제대로 꺼내지 못한 사람이 태반이었다.

"이 때려죽일 놈들아, 먼 죄가 있다고 사람까지 죽이냐?"

총 맞아 죽은 장정 곁에서 여자들이 악을 썼다. 아까 났던 총소리는 왜 불을 지르느냐고 대드는 장정들한테 쏜 총소리였다. 살림을 꺼내다가 불에 덴 사람, 총에 설맞아 피를 흘리는 사람, 까무러친 할머니를 붙안고 울부짖는 사람, 도대체 지옥이 따로 없었다. 눈 깜짝할 사이에 집을 잃어버린 사람들은 모두 실성한 것 같았다. 농민군 두령들은 총상을 입은 사람과 불에 덴 사람들을 성안으로 옮기라 하고, 꺼내놓은 이불이며 살림들을 한쪽으로 챙기도록 했다.

"어서 홍계훈을 쳐라."

"전주 사람 다 죽는다. 농민군들은 어서 나가 싸워라."

"농민군은 멀라고 전주로 들어와서 전주 사람들 다 죽이냐?"

남문 밖 사람들은 이번에는 농민군한테 악을 썼다. 두령들은 당황했다. 경군이 불 지른 앙얼이 엉뚱한 데로 튀기고 있었다. 다음날 남문 밖 사람들이 선화당으로 몰려와서 아우성을 쳤다.

"농민군은 전주로 잠자러 왔냐?"

"어서 나가서 홍계훈을 쳐라."

서문밖 사람들도 새로 분이 나서 같이 몰려와 악을 썼다. 당장 홍계훈을 치든지 전주에서 나가라고 아우성이었다. 전혀 예상을 못했던 일들이 연달아 벌어지는 통에 농민군 두령들은 정신을 차릴 수가 없었다. 홍계훈이 여기까지 내다보고 그런 짓을 했는지는 모르지만,

농민군으로서는 이만저만 난처한 일이 아니었다.

최경선이 군중 앞으로 나섰다.

"저는 농민군 영솔장 최경선올시다. 우리도 저놈들을 치고 싶은 생각은 당신들하고 똑같습니다. 그렇지만 전쟁을 성질대로 할 수는 없습니다. 우리한테 계책이 있습니다. 저놈들은 우리가 틀림없이 다 쳐죽일테니 그때까지 참아주십시오."

최경선이 간곡한 말로 타일렀다.

"계책 기다리다가 우리는 다 죽겠소. 싸울라면 밖에서 싸우제 멀라고 전주로 들어와서 생사람을 죽이오?"

"당장 안 칠라면 전주서 물러가라."

군중은 중구난방으로 악다구니를 썼다.

"전봉준 나오락 해라."

악에 받친 사람들은 무슨 말을 해도 귀에 엉기지 않는 것 같았다. 군중은 악다구니를 쓰며 계속 선화당으로 몰려들었다. 눈에 핏발이 선 사람들은 전봉준 나오라고 소리를 지르며 선화당 마당을 가득 메웠다. 전봉준한테라도 분풀이를 하자는 태도였다. 서문 밖 상인들이나 남문 밖 빈민들은 농민군들하고는 처지가 달랐다. 그들도 관리들한테 늑탈을 당하고 있었지만 농민들과는 비교가 되지 않았다. 당장 자기들이 이렇게 험하게 당하자 애먼 놈 곁에서 벼락 맞았다는 생각인 것 같았다. 선화당에 있던 농민군들은 성난 군중 서슬에 주눅이 들어 멍청하게 보고만 있었다.

그들은 계속 악다구니를 쓰며 몰려들었으나 두령들은 선화당에 없었다. 어제 도소를 옮겨버린 것이다. 최경선이 선화당에서 한참 떨어진 새 도소로 갔다. 사정을 말하자 전봉준이 말없이 자리에서 일어섰다.

"어디를 가시려고 그러십니까? 지금 상인들이나 남문 밖 사람들은 모두 눈이 뒤집혔습니다. 무슨 봉변을 당할지 모릅니다. 농민들하고는 태도가 다릅니다."

손화중이 말렸다.

"그렇지만 이러고 있으면 숨어 있는 꼴밖에 더 되겠소?"

전봉준은 듣지 않고 방문을 나섰다. 지금은 나갈 때가 아니라며 두령들이 말렸으나 전봉준은 듣지 않고 나갔다. 김개남, 손화중 등 두령들도 하는 수 없이 전봉준을 따라나섰다. 전봉준은 선화당 마당으로 들어섰다. 넓은 마당이 발 들여놓을 틈이 없었고, 악다구니 소리가 선화당을 날려버릴 것 같았다. 아까보다 서슬이 더 거셌다.

"제가 먼저 올라가서 말을 하겠습니다. 여기 계시다가……."

최경선이 전봉준 소매를 잡았다.

"염려 마시오."

전봉준은 상관 말라고 손을 저으며 군중을 헤치고 앞으로 나갔다. 최경선이 먼저 토방으로 올라섰다. 전봉준도 올라섰다. 전봉준이 자리를 잡아 섰다. 손화중, 김개남 등 두령들도 올라와 곁에 섰다. 군중은 조용해지기 시작했다. 좀 만에 군중은 물을 뿌린 듯 조용해졌다.

"여러분, 뭐라고 위로드릴 말씀이 없습니다."

전봉준은 침통한 표정으로 입을 열었다.

"저자들이 악독하다는 것은 알고 있었지마는, 죄 없는 양민들한테 이렇게 무지막지한 짓을 할 줄은 미처 몰랐습니다. 서문 밖에 불을 지르고 또 남문 밖에까지 불을 지를 줄은 여러분들도 상상을 못했을 것입니다마는, 우리 농민군도 상상을 못했습니다. 여러분, 우리는 저런 악독한 자들을 치려고 일어선 사람들입니다. 지금 저자들을 못 치면 우리 자손들까지 우리하고 같은 꼴을 당할 것입니다. 조금만 참아주십시오. 우리는 여러분 편입니다. 바쁘다고 바늘허리에 실을 매어 쓸 수는 없습니다. 이 전쟁에서 이겨야 우선 여러분이 분을 제대로 풀 수 있습니다. 저자들을 친 다음에는 서문 밖과 남문 밖에 불지르라고 영을 내린 자들부터 잡아 목을 달아매고, 불타버린 여러분의 귀한 집과 재산을 한 푼도 여축 없이 갚아 드리겠습니다. 그러자면 먼저 이 전쟁에서 이겨야 합니다. 그래야 여러분 재산도 찾고 나라 법도를 바로잡을 수 있습니다. 지금은 그만큼 중요한 시기입니다. 우리를 믿고 조금만 참아주십시오.”

전봉준은 간곡하게 말했다. 전봉준은 군중을 둘러보며 잠시 뜸을 들였다. 군중은 쥐죽은 듯 조용했다. 전봉준 뒤에 선 두령들도 숨을 죽이고 있었다.

“이 전쟁은 반드시 우리가 이깁니다. 그러나 이기자면 돌다리도 두드려 건너야 하고, 우리 농민군이나 백성이 모두가 한마음 한뜻이 되어야 하고, 아무리 고통스럽고 분이 나더라도 참을 때는 참아야 합니다. 수백 리 길을 멀다 않고 달려와서 목숨을 걸고 싸우는 농민군 병사들과 두령들을 믿고 조금만 참아주십시오.”

전봉준은 확신에 찬 어조로 말했다.

“참을텐게 저 새끼들 다 죽이시오.”

한쪽에서 소리를 질렀다.

"한시라도 빨리 쳐죽이시오."

비슷한 악다구니가 쏟아졌다. 뜻밖에 쉽게 누그러지는 것 같았다.

"참고 기다리다가는 우리는 다 죽소. 다 죽어."

"멀라고 전주에 들어오기는 들어왔소? 싸우더라도 나가서 싸우시오."

"전주에서 나가시오."

나가라고 악다구니가 쏟아졌다. 나가라는 소리가 목이 찢어졌다. 아까보다 더 거셌다. 전봉준은 손을 들어 제지를 했다. 다시 조용해지기 시작했다.

"그 심정 백번 압니다. 그러나 여러분들이 그렇게 몰아치면 우리 계획에 무리가 생깁니다. 교활한 홍계훈은 바로 그 점을 노리고 있습니다. 저런 무지막지한 짓을 한 것은 여러분을 앞세워 우리를 몰아붙여 우리 계획을 무너뜨리려는 계략입니다. 홍계훈의 계략에 말려들어서는 안 됩니다. 억울하기 짝이 없지만 억울한 심정을 조금만 누르고 참아주십시오. 제가 여러분한테 부탁드릴 말씀은 참아달라는 이 한마디뿐입니다. 지금 참아주시는 것이 여러분의 분을 푸는 길이고 불타버린 재산을 찾는 길이고 크게는 나라를 건지는 길입니다. 지금은 이 나라가 망하느냐 다시 일어서느냐 갈림길에 서 있습니다."

군중은 또 물 뿌린 듯 조용히 듣고 있었다. 그러나 숨을 씨근거리고 있는 게 어느 순간에 돌변하여 나가라고 악다구니가 쏟아질지 알 수 없었다.

"여러분, 조금만 참아주십시오. 어제와 그제 여러분이 당한 분을 풀기 위해서도 우리는 신명을 바쳐 싸우겠습니다. 두고 보십시오. 이 전쟁은 틀림없이 우리가 이깁니다."

전봉준이 힘있게 다짐했다. 군중은 조용했다. 홍계훈의 계략이라는 말이 먹혀든 것 같았다.

"여러분을 믿고 우리는 홍계훈을 칠 계책을 다듬겠습니다. 우리를 믿어주십시오. 부탁입니다."

군중은 웅성거릴 뿐 더 악다구니를 쓰지 않았다.

"홍계훈 계략에 놀아나지 말고 조금만 참읍시다."

군중 속에서 소리를 지르는 사람이 있었다.

"참읍시다. 지금 우리가 믿을 사람이 농민군밖에 또 누가 있소?"

"이를 물고 쪼금만 참자."

군중은 미치겠다는 표정들이었으나 그 소리를 되받아치는 사람은 없었다. 군중은 웅성거리기만 했다. 전봉준이 나오기만 하면 요절을 낼 것 같던 서슬이 수그러들고 있었다.

"감사합니다. 우리는 이미 목숨을 내놨습니다. 여러분의 분을 풀기 위해서라도 싸우고 싸워서 기어코 이기겠습니다. 조금만 참아주십시오. 감사합니다."

전봉준은 말을 마치고 돌아섰다. 그는 아까처럼 군중 사이를 뚫고 나왔다. 두령들이 뒤를 따랐다. 군중은 웅성거리며 길을 내주었다. 전봉준의 위력이 제대로 나타났다. 요사이 떠돌고 있는 갖가지 전설적인 풍문과 두 번 전투에서 이긴 전과에 대한 신뢰가 전주 사람들을 승복시킨 것 같았다.

"여기에서 모내기가 끝날 때까지 버티자는 계획은 다시 생각해야 겠습니다."

도소로 들어온 전봉준은 무겁게 입을 열었다.

"홍계훈이 불을 지른 것은 어제 전주 사람들이 나선 것에 대한 보복인지 모르지만 그 불똥은 우리한테 떨어졌으니, 전술이라는 점에서 보면 대단한 계략이 되고 말았습니다. 그들은 이런 꼴을 빤히 보고 있을 테니 이다음에는 성안에다 포격을 하지 말라는 법이 없습니다."

전봉준 말에 모두 숙연해지고 말았다.

"그렇습니다. 빨리 계책을 세웁시다. 김문현이나 홍계훈이나 관속배들 눈에 백성은 파리만큼도 보이지 않습니다."

김개남이 맞장구를 치고 나왔다. 그때 이싯뚜리가 숨을 헐떡거리며 뛰어들어왔다.

"선화당에 몰려왔던 전주 사람들이 경군을 공격하러 북문으로 또 몰려갔습니다."

두령들은 깜짝 놀랐다. 북문으로 나간다면 황학대 쪽을 공격할 생각인 것 같았다. 지금 경군은 임군한이 예상한 대로 황학대와 다가산에 진을 치고 있었다.

"어제 그렇게 당했는데 또 나선단 말이오?"

전봉준이 물었다.

"아까 전주 사람들이 선화당에서 나가는데 자칭 도사라는 사람이 엉뚱한 소리를 하는 바람에 그만 들떠버렸다고 합니다. 도사라고 도복을 입은 사람이 나서서, 농민군들이 황톳물 들인 수건을 쓰고 황토재에서도 이기고 황룡강에서도 이겼으니 여기서도 황학대를 치면 틀림없이 이길 것이라고 장담을 하자 갑자기 들떠버렸다고 합니다."

"뭣이, 황학대?"

김개남이 깜짝 놀랐다.

"이것 참 답답한 일이구만."

전봉준은 입술을 빨았다. 또 당할 것은 불을 보듯 훤한 일이었다. 어제 경군 화력에 당해봤으면서도 저렇게 날뛰고 있으니 답답하기 짝이 없는 일이었다. 그러나 눈이 뒤집힌 사람들을 진정시킬 방법이 없었다. 앞에 나서서 설치는 사람들은 집을 잃은 사람들이라 일반 농민군과는 달리 전주 두령들 손안에 들어오지도 않았다. 서영두를 비롯한 농민군 우두머리들도 그들 서슬에 밀려다니고 있었다.

"갑시다. 우리가 가서 말립시다."

전봉준이 앞장을 서서 북문 쪽으로 갔다. 벌써 회선포 소리가 맷돌질 소리를 냈다. 두령들은 정신없이 내달았다. 북문을 빠져나가자 저쪽에서 달주가 달려왔다.

"올라가다 물러섰습니다. 회선포를 갈기자 산속으로 들어가지도 못하고 돌아섰습니다."

"사람들은 많이 상하지 않았소?"

"많이 죽은 것 같습니다."

"그 도사란 작자를 잡아들여서 처벌을 합시다."

김개남이 버럭 화를 냈다.

"그냥 둡시다. 도사니 도승이니 하는 사람들이 했다는 소리가 아

직까지 백성한테 해되는 소리는 없었습니다. 그자를 잡아다 닦달을
했다가 좋잖은 일이 생기면 그 도사를 닦달했기 때문이라고 엉뚱한
소문이 날 수도 있습니다."

이방언이 말했다. 두령들은 입술을 빨며 돌아섰다. 두령들 사이
에 요사이 요란스럽게 떠도는 참언을 믿는 사람은 거의 없었으나,
그런 참언이 민심에 끼치는 절대적인 영향은 예리하게 주시하고 있
었다.

자칭 도사라는 사람의 터무니없는 예언도 어이없이 깨지고 싸움도
싱겁게 끝이 나고 말았으나 이번에도 사람들이 백여 명이나 죽었다.

⊙ 녹두장군 9권 어휘풀이

가마도 앞 교군 따라서 잰 걸음 느린 걸음이다 무슨 일이든지 앞장선 사
　　람이 전후 사정을 판단하고 이끌기 마련이라는 말.

가을 논고랑에 게살 치고 있는 격 가을 논고랑에 게살을 쳐놓으면 게들이
　　저절로 살을 타고 구력으로 들어가므로, 한 가지 방법으로 계속 편하게 이
　　득을 보는 경우를 비유적으로 표현한 말.

각다귀 남의 것을 뜯어먹고 사는 사람을 비유적으로 이르는 말.

거들충이 행동에 실이 없는 사람.

고두리뼈 넓적다리뼈의 머리 부분.

고의말 고의춤.

과부댁 머슴놈 뚱녁가래 내세우듯 변통성은 없고 호기만 부린다는 말.

구전문사求田問舍 자기가 부칠 논밭이나 집을 구하는 데만 마음을 쓴다는 뜻
　　으로, 원대한 큰 뜻을 지니지 못함을 이르는 말.

노륙지전孥戮之典 중죄인의 직계 가족을 종으로 삼거나 죽이는 형벌.

높바람에 샛바람이다 북풍에 남풍처럼 서로 대립되어 있는 세력이 부딪히
　　는 경우를 이르는 말.

누지陋地 누추한 곳.

늘늘하다 수량이나 기한 따위가 넉넉하다.

동상전 여리꾼 같다 말이 없어도 눈치로 알아채고 일을 척척 하는 사람을

일컫는 말. '동상전'은 옛날 한양 종로의 종각 뒤에서 재래식 잡화를 팔던 가게. '여리꾼'은 상점 앞에서 손님을 끌어 물건을 사게 하고 주인한테 삯을 받는 사람.

뒤름바리   어리석고 미련하며 하는 일이 찬찬하지 못한 사람을 낮잡아 이르는 말.

뜩장   뚝쟁이. 성격이 무뚝뚝한 사람을 낮잡아 이르는 말.

망종芒種   이십사절기의 하나. 소만小滿과 하지夏至 사이에 들며, 이맘때가 되면 보리는 익어 먹게 되고 모를 심게 된다. 6월 6일 무렵.

맞대매   단 두 사람이 마지막으로 우열이나 승부를 겨룸.

모치   '모쟁이'의 사투리. 숭어의 새끼.

무삶이   논에 물을 대어 써레질을 하고 나래로 고르는 일. 또는 물을 대어 써레질을 한 논.

문인석文人石   능陵 앞에 세우는 문관文官의 형상으로 깎아 만든 돌. 도포를 입고 머리에는 복두나 금관을 쓰며 손에는 홀笏을 든 공복公服 차림을 하고 있다.

들때썰때   밀물 때와 썰물 때를 아울러 이르는 말.

바람받이 탱자 같다   바람이 센 곳에 열린 탱자처럼 아주 볼품이 없음을 일컫는 말.

부상대고富商大賈   많은 밑천을 가지고 대규모로 장사를 하는 상인.

사폐辭陛   먼 길을 떠날 사신使臣이 임금께 하직 인사를 드림.

사핵査覈/査核   실제 사정을 자세히 조사하여 밝힘.

소서小暑   이십사절기의 하나. 하지와 대서 사이에 들며, 이때부터 본격적인 무더위가 시작된다. 7월 7일이나 8일경.

소찬素餐   하는 일 없이 녹祿을 먹음.

시위尸位   재능도 인덕도 없으면서 함부로 관위官位에 오르는 일. 옛 중국에서, 선조의 제사 때에 그 혈통자를 신의 대리로서 신위神位에 앉혔던 데서 유래한다.

아구리 아가리.

어겹 한데 뒤범벅이 됨.

염찰사廉察使 조선 시대에, 염찰을 위하여 지방에 파견하던 벼슬아치.

웃물이 돌다 궁리하던 게 비로소 실마리가 잡히는 경우를 이르는 말.

원두한이 쓴 외 보듯 원두한이 팔 수 없는 쓴 오이를 본다는 뜻으로, 남을 멸시하거나 무시함을 이르는 말. '원두한이園頭干-'는 원두를 부치거나 놓는 사람.

원세개袁世凱 중국의 군사지도자이며 청말淸末의 개혁파 각료. 1912~16년 중화민국 초대 대총통을 지냈다.

유산 나온 아낙네 꽃길 아끼듯 걸음을 아껴서 걷는 경우를 이르는 말. '유산遊山'은 산으로 놀러 다님.

일매지다 모두 다 고르고 가지런하다.

자배기 둥글넓적하고 아가리가 넓게 벌어진 질그릇.

잠상潛商 법령으로 금지하고 있는 물건을 몰래 팔고 사는 일. 또는 그 장수.

지지름돌 물건을 눌러두는 돌.

진창만창 진탕만탕.

채장 차장. 조선 시대에, 보부상에게 발급하던 신분증명서.

천도깨비 곁에 고목 꼴 죄는 천도깨비가 짓고 벼락은 고목이 맞는다. 남 곁에 있다가 화를 입는 경우를 이르는 말.

콩 늘은밥은 늘을수록 좋다 무슨 허물이 겹치면 겹칠수록 이편에 유리한 경우를 이르는 말.

파적破寂 심심풀이.

포함 무당이 신神의 말을 받아서 호령함.

포흠逋欠 관청 물건을 사사로이 써 버림.

풍각쟁이 뒤에 조무래기 따라가듯 많은 사람들이 흥겨워서 떼 몰려가는
　　경우를 이르는 말. ‘풍각쟁이’ 는 옛날 장거리나 집집으로 돌아다니면서
　　노래를 들려주고 돈을 받던 사람.

호인護刃 군도軍刀의 칼날 슴베 위에 날을 휩싸서 댄 덧쇠. 흔히 구리로 만들
　　며, 칼이 자루에 꽂힐 때 날을 보호한다.

후명 받은 귀양다리 꼴 귀양 가 있는 사람이 사약 받은 꼴로 곤경에 처한
　　사람이 아주 죽게 된 경우를 이르는 말. ‘후명後命’ 은 귀양살이하는 죄인
　　에게 사약을 내리는 일. ‘귀양다리’ 는 귀양살이하는 사람을 낮잡아 이르
　　는 말.